Lois McMaster Bujold

GRENZEN DER UNENDLICHKEIT

Roman

Aus dem Amerikanischen übersetzt
von
MICHAEL MORGENTAL

Deutsche Erstausgabe

WILHELM HEYNE VERLAG
MÜNCHEN

HEYNE SCIENCE FICTION & FANTASY
BAND 0605452

Titel der amerikanischen Originalausgabe
BORDERS OF INFINITY
Deutsche Übersetzung von Michael Morgental
Das Umschlagbild malte Michael Hasted

Umwelthinweis:
Dieses Buch wurde auf
chlor- und säurefreiem Papier gedruckt

Redaktion: Wolfgang Jeschke

Erstveröffentlichung
by Baen Publishing Enterprises, New York
Teile des Romans erschienen in leicht abweichender Form
als Magazin-Vorabdrucke:
THE BORDERS OF INFINITY in ›Freelancers‹, 1987
THE MOUNTAINS OF MOURNING in ›Analog‹, 1989
LABYRINTH in ›Analog‹, 1989
Mit freundlicher Genehmigung der Autorin und
Thomas Schlück, Literarische Agentur, Garbsen
(# 37258)

Printed in Germany 1996
Umschlaggestaltung: Atelier Ingrid Schütz, München
Technische Betreuung: Manfred Spinola
Satz: Schaber Satz- und Datentechnik, Wels
Druck und Bindung: Presse-Druck, Augsburg

ISBN 3-453-10915-5

Inhalt

VORWORT

In einer Rahmenhandlung (PROLOG, ZWISCHENSPIEL, ZWISCHENSPIEL, EPILOG) eingebettet umfaßt dieser Episodenroman drei bedeutsame Lebensabschnitte Miles Vorkosigans (resp. Admiral Naismiths), dem Protagonisten des umfangreichen und wiederholt preisgekrönten *Barrayar-Zyklus.*

DIE BERGE DER TRAUER (THE MOUNTAINS OF MOURNING) spielt zwischen den Romanen DER KADETT und DER PRINZ UND DER SÖLDNER und kreist um das heikle Thema Recht und Gerechtigkeit. Dieser Kurzroman wurde 1989 sowohl mit dem *Nebula* als auch mit dem *Hugo Award* als beste Novelle des Jahres ausgezeichnet.

LABYRINTH (LABYRINTH) spielt in einem Lebensabschnitt zwischen ETHAN VON ATHOS und WAFFENBÜRDER. Miles Vorkosigan erhält den Auftrag, den Planeten Jackson's Whole aufzusuchen, dessen korrupter Machthaber bekannt ist für seine skrupellosen Gen-Experimente. Miles soll eine gefährliche, aus gestohlenen Genen konstruierte Kreatur töten, die eine tödliche Kampfmaschine darstellt, und wertvolles Genmaterial sicherstellen. Natürlich nimmt dieses Abenteuer eine ganz unerwartete Wendung.

Die Titelerzählung, GRENZEN DER UNENDLICHKEIT (BORDERS OF INFINITY), ist ebenfalls zwischen ETHAN VON ATHOS und WAFFENBÜDER angesiedelt. Es ist eine eher tragische Geschichte, in der die Kampfgefährten und Verbündeten Miles von den feindlichen Cetagandanern gefangengenommen, physisch und psychisch gefoltert und gedemütigt werden. Miles gelingt es, in das Gefangenenlager zu gelangen, und steht vor der schier unlösbaren Aufgabe, eine völlig geschockte, demoralisierte, mit Drogen vollgepumpte und in sich zerstrittene Menschenmasse zu einer disziplinierten Truppe zusammenzuschweißen, mit der er einen Ausbruch wagen und mit Hilfe seiner Dendarii-Söldner eine tollkühne Befreiungsaktion durchführen kann. Das gelingt ihm nur zum Teil und unter schwersten Opfern, wobei er selbst verwundet wird und im nachhinein feststellen muß, daß sein Vaterland ihm dafür keinen Dank erweist – im Gegenteil.

Der Herausgeber

PROLOG

»Sie haben Besuch, Leutnant Vorkosigan.« In dem sonst so nüchternen Gesicht des Sanitäters zuckte es ängstlich. Er trat zur Seite, um den Mann, den er begleitet hatte, in Miles' Krankenzimmer treten zu lassen. Dann zog er sich hastig zurück, noch bevor die Tür sich hinter dem Besucher zischend geschlossen hatte.

Die Stupsnase, die leuchtenden Augen und der offene, sanfte Gesichtsausdruck gaben dem Mann einen Anschein von Jugendlichkeit, obwohl sein braunes Haar an den Schläfen schon grau wurde. Er war von leichtem Körperbau, trug Zivilkleidung und war von keiner bedrohlichen Aura umgeben, trotz der Reaktion des Sanitäters. Tatsächlich umgab ihn so gut wie keine Aura. Durch die Arbeit als Geheimagent in jungen Jahren hatte Simon Illyan, der Chef des Kaiserlichen Sicherheitsdienstes von Barrayar, die lebenslange Gewohnheit angenommen, immer unauffällig zu sein.

»Hallo, Boss«, sagte Miles.

»Du bist übel zugerichtet«, stellte Illyan liebenswürdig fest. »Mach dir nicht die Mühe zu salutieren.«

Miles lachte prustend, doch das tat weh. Alles schien zu schmerzen, ausgenommen seine Arme, die von den Schulterblättern bis zu den Fingerspitzen bandagiert und ruhiggestellt waren. Sie waren von der chirurgischen Betäubung noch gefühllos. Er kuschelte sich in seinem Krankenhemd noch tiefer in die Bettdecken, doch seine Lage wurde dadurch nicht bequemer.

»Wie ist die Operation verlaufen, bei der die Knochen ersetzt wurden?« fragte Illyan.

»Etwa so, wie ich es erwartet hatte, nach den Erfahrungen von früher mit der Operation meiner Beine. Das Schlimmste war, als mein rechter Arm und meine rechte Hand aufgeschnitten wurden, damit man all die Knochensplitter herausnehmen konnte. Das war eklig. Links ging es schneller, die Bruchstücke waren größer. Jetzt werde ich eine Weile herumhocken und schauen, ob die Knochenmarktransplantate ihre synthetische Matrix aufnehmen. Ich werde eine Zeitlang etwas anämisch sein.«

»Ich hoffe, du machst es dir nicht zur Gewohnheit, von deinen Missionen auf einer Bahre zurückzukehren.«

»Mal langsam, das ist jetzt erst das zweite Mal. Außerdem werden schließlich keine unausgetauschten Knochen mehr übrigbleiben. Wenn ich dreißig bin, bestehe ich vielleicht nur noch aus Plastik.« Deprimiert erwog Miles diese Möglichkeit. Wenn er zu mehr als der Hälfte aus Ersatzteilen bestand, konnte er dann gesetzlich für tot erklärt werden? Würde er eines Tages in eine Prothesenwerkstatt kommen und »Mutter!« rufen? – Waren es die Beruhigungsmittel, die ihm Träume bescherten?

»Es geht um deine Missionen«, sagte Illyan bestimmt.

Ach so. Dieser Besuch war also nicht einfach ein Ausdruck persönlicher Besorgnis, falls Illyan je persönliche Besorgnis empfunden haben sollte. Das war manchmal schwer zu sagen. »Sie haben meine Berichte«, sagte Miles vorsichtig.

»Deine Berichte sind wie üblich Meisterwerke der Untertreibung und Irreführung«, sagte Illyan. Dabei klang er völlig gelassen.

»Nun ja … jeder beliebige könnte sie lesen. Das weiß man nie.«

»Kaum jeder ›beliebige‹«, sagte Illyan. »Aber lassen wir das.«

»Wo liegt also das Problem?«

»Beim Geld. Besonders bei der Verantwortung dafür.«

Vielleicht lag es an den Drogen, mit denen man ihn vollgestopft hatte, aber Miles konnte keinen Sinn erkennen. »Gefällt Ihnen meine Arbeit nicht?« sagte er ziemlich traurig.

»Abgesehen von deinen Verletzungen sind die Ergebnisse deiner letzten Mission höchst zufriedenstellend«, begann Illyan.

»Das sollten sie, bei Gott, auch sein«, murmelte Miles grimmig.

»... und deine letzten ... hm ... Abenteuer auf der Erde, kurz davor, unterliegen immer noch völliger Geheimhaltung. Wir werden sie später erörtern.«

»Ich muß zuerst ein paar höheren Autoritäten Bericht erstatten«, warf Miles hartnäckig ein.

Illyan winkte ab. »Ich weiß. Nein. Diese Beschuldigungen gehen auf die Dagoola-Geschichte zurück, und auf die Zeit davor.«

»Beschuldigungen?« murmelte Miles verwundert.

Illyan musterte ihn nachdenklich. »Die Aufwendungen des Kaisers zur Aufrechterhaltung deiner Verbindung zu den Freien Dendarii-Söldnern sind meiner Meinung nach ihren Preis wert, rein von einem internen Sicherheitsstandpunkt aus gesehen. Wenn du ständig am – sagen wir mal – Kaiserlichen Hauptquartier hier in der Hauptstadt stationiert wärst, dann würdest du, verdammt noch mal, wie ein Magnet die ganze Zeit Komplotte anziehen. Nicht bloß von Leuten, die Begünstigungen oder Ämter suchen, sondern von allen, die durch dich deinen Vater treffen wollen. Wie jetzt.«

Miles kniff die Augen zusammen, als könnte er damit auch seine Gedanken bündeln. »So?«

»Kurz gesagt, gewisse Kreise in der Kaiserlichen Rechnungsprüfung gehen deine Berichte über die verdeckten Operationen deiner Söldnerflotte mit der Lupe durch. Sie würden gern ausführlicher erfahren, wohin gewisse dicke Geldbündel gegangen sind. Einige eurer Ersatzteilrechnungen waren unerhört hoch. Mehr als einmal. Sogar von meinem Standpunkt aus gesehen. Sie würden sehr gerne beweisen, daß es da gewohnheitsmäßige Unterschlagungen gibt. Ein Kriegsgerichtsprozeß, bei dem du beschuldigt würdest, dir auf Kosten des Kaisers die eigenen Taschen zu füllen, würde deinen Vater und seine ganze Koalition der Mitte gerade jetzt in große Verlegenheit stürzen.«

Miles stieß überrascht den Atem aus. »Ist es schon so weit gekommen …?«

»Noch nicht. Ich habe durchaus die Absicht, diese Sache niederzuschlagen, bevor sie losgeht. Aber damit ich das tun kann, brauche ich mehr Einzelheiten. Damit ich keine unangenehmen Überraschungen erlebe, wie es mir einigemale bei deinen komplizierteren Affären gegangen ist. Wenn du es auch vielleicht schon vergessen hast, *ich* erinnere mich noch daran, daß ich einmal wegen dir einen Monat in meinem eigenen Gefängnis zugebracht habe …« Illyan warf einen düsteren Blick in die Vergangenheit.

»Das war Teil eines Komplotts gegen Vater«, protestierte Miles.

»So ist es auch diesmal, falls ich die frühzeitigen Signale richtig interpretiere. Aber Graf Vorvolk in der Rechnungsprüfung ist ihr Strohmann, und er ist deprimierend loyal und hat überdies die persönliche … äh … Unterstützung des Kaisers. Er ist unangreifbar. Aber manipulierbar, befürchte ich. Er ist präpariert worden. Er denkt, er wäre ein Wachhund. Je mehr er an der Nase herumgeführt wird, desto hartnäckiger wird er. Man muß ihn mit äußerster Sorgfalt behandeln, egal, ob er sich im Irrtum befindet oder nicht.«

»Nicht …?« hauchte Miles. Jetzt dämmerte ihm die volle Bedeutung des Zeitpunkts von Illyans Besuch. Es ging überhaupt nicht um die Besorgnis für einen verletzten Untergebenen. Aber daß er seine Fragen Miles direkt nach der Operation stellte, wo Miles noch schwach war und Schmerzen hatte, noch unter Medikamenteneinfluß stand und vielleicht verwirrt war … »Warum geben Sie mir nicht einfach Schnell-Penta und bringen es hinter sich?« knurrte er.

»Weil mir der Bericht über deine abnorme Reaktion auf Wahrheitsdrogen vorliegt«, sagte Illyan gleichmütig. »Das ist schade.«

»Sie könnten mir den Arm umdrehen.« Miles hatte einen bitteren Geschmack im Mund.

Illyans Gesichtsausdruck war nüchtern und grimmig. »Ich habe es erwogen. Doch dann habe ich beschlossen, die Ärzte die Arbeit für mich machen zu lassen.«

»Sie können manchmal wirklich ein Mistkerl sein, Simon, wissen Sie das?«

»Ja.« Illyan saß unbewegt da und rührte sich nicht. Wartete ab. Beobachtete. »Dein Vater kann sich in diesem Monat keinen Skandal in seiner Regierung leisten. Nicht während der Haushaltsdebatte. Dieses Komplott muß niedergeschlagen werden, egal, was daran wahr ist. Was hier in diesem Zimmer gesprochen wird, wird – und muß – unter uns bleiben. Aber ich muß es wissen.«

»Bieten Sie mir eine Amnestie an?« Miles leise Stimme klang bedenklich. Er spürte, wie sein Herz zu pochen begann.

»Wenn nötig.« Illyans Stimme war völlig ausdruckslos.

Miles konnte nicht die Fäuste ballen, er spürte nicht einmal seine Hände, aber seine Zehen krümmten sich. Er merkte, wie er in seiner aufquellenden Wut nach Luft rang; das Zimmer schien zu schwanken. »Sie … übler … *Bastard!* Sie wagen es, mich einen Dieb zu nennen …« Er schwankte im Bett hin und her und stieß die verdrehten Bettdecken von sich. Sein medizinischer Monitor begann Alarm zu piepsen. Seine Arme waren nutzlose Gewichte, die von seinen Schultern hingen und fühllos hin und her baumelten. »Als ob ich *Barrayar* bestehlen würde. Als ob ich meine *eigenen Toten* bestehlen würde…« Er schwang seine Füße aus dem Bett und zog sich mit einer gewaltigen Anstrengung der Unterleibsmuskeln hoch. Benommen, halb betäubt, stürzte er nach vorn. Seine Hände konnten ihn nicht aufhalten.

Illyan sprang auf und packte ihn, bevor er mit dem Gesicht auf die Matte knallte. »Was, zum Teufel, *machst* du da, Junge?« Miles war sich selbst nicht sicher.

»Was machen Sie mit meinem Patienten?« rief der weißgekleidete Militärarzt, der durch die Tür gestürzt kam. »Dieser Mann hat gerade eine größere Operation hinter sich!«

Der Doktor war erschrocken und wütend; der Sanitäter, der hinter ihm hereinkam, war nur erschrokken. Er versuchte seinen Vorgesetzten zurückzuhalten, packte ihn am Arm und zischte: »Sir, das ist Sicherheitschef *Illyan!*«

»Ich weiß, wer er ist. Es ist mir egal, selbst wenn er Kaiser Dorcas Geist wäre. Ich dulde nicht, daß er hier sein… *Geschäft* betreibt.« Der Doktor blickte Illyan mutig an. »Ihr Verhör, oder was das sein soll, kann in Ihrem eigenen verdammten Hauptquartier stattfinden. Ich möchte nicht, daß so etwas in meinem Krankenhaus gemacht wird. Dieser Patient ist noch für niemanden zu sprechen.«

Illyan blickte den Arzt zuerst verblüfft, dann empört an. »Ich habe *nicht*…«

Miles überlegte kurz, ob er theatralisch nach bestimmten Nervenknoten greifen und schreien sollte, doch im Augenblick war er nicht in der Lage, nach irgend etwas zu greifen. »Der Anschein kann so vernichtend sein«, flüsterte er in Illyans Ohr und sank in die Arme des Sicherheitschefs. Er grinste boshaft mit zusammengebissenen Zähnen. Sein Leib zitterte wie nach einem Schock, und der kalte Schweiß auf seiner Stirn war völlig echt.

Illyan runzelte die Stirn, legte aber Miles sehr vorsichtig zurück ins Bett.

»Ist schon in Ordnung«, sagte Miles keuchend zu dem Arzt. »Ist schon in Ordnung. Ich war bloß... bloß...« *Aufgeregt* schien nicht ganz das richtige Wort zu sein; er hatte für einen Moment das Gefühl gehabt, als würde seine Schädeldecke gleich explodieren. »Machen Sie sich keine Sorgen.« Er fühlte sich schrecklich durcheinander. Daran zu denken, daß Illyan, den er schon sein ganzes Leben kannte und von dem er angenommen hatte, er vertraue ihm rückhaltlos – oder warum hätte er ihn sonst auf solche ferne, unabhängige Missionen geschickt... Miles war stolz gewesen, daß man ihm, der doch noch ein junger Offizier war, so sehr vertraute, trotz so geringer direkter Überwachung seiner verdeckten Operationen... Konnte es sein, daß seine ganze bisherige Karriere nicht ein für das Kaiserreich verzweifelt notwendiger Dienst gewesen war, sondern bloß ein Trick, sich einen gefährlich ungeschickten Welpen der Vor-Sippe aus dem Weg zu halten? Spielzeugsoldaten... nein, das machte keinen Sinn. Veruntreuung. Ein häßliches Wort. Was für eine schlimme Verunglimpfung seiner Ehre, und seiner Intelligenz; als ob er nicht wüßte, woher die kaiserlichen Finanzmittel kamen und welche Opfer sie bedeuteten.

Sein düsterer Ärger sackte zu einer düsteren Depression zusammen. Sein Herz schmerzte. Er fühlte sich besudelt. Konnte Illyan – gerade Illyan! – wirklich glauben, selbst nur einen hypothetischen Augenblick lang... Ja, Illyan konnte. Illyan wäre nicht hier, würde das nicht tun, wenn er nicht ernstlich besorgt wäre, daß die Beschuldigung sich als wahr erweisen könnte.

Zu seinem Entsetzen ertappte Miles sich dabei, daß er still weinte. *Zur Hölle* mit den Drogen.

Illyan betrachtete ihn ziemlich beunruhigt. »Auf die eine oder andere Weise, Miles, muß ich morgen deine Ausgaben rechtfertigen, denn das sind Ausgaben meiner Abteilung.«

»Ich würde lieber vor einem Kriegsgericht aussagen.«

Illyan preßte die Lippen aufeinander. »Ich werde später wiederkommen. Wenn du Gelegenheit hattest zu schlafen. Vielleicht kannst du dich dann besser ausdrücken.«

Der Doktor machte sich an Miles zu schaffen, verpaßte ihm eine weitere Droge und verließ das Zimmer. Bleiern drehte Miles sein Gesicht zur Wand, nicht, um zu schlafen, sondern, um sich zu erinnern.

ERSTER TEIL

DIE BERGE DER TRAUER

DIE BERGE DER TRAUER

Als Miles vom langen See her den Hügel hinaufstieg, hörte er die Frau lamentieren. Er hatte sich nach dem Schwimmen nicht abgetrocknet, da der Morgen schon flimmernde Hitze versprach. Seewasser tröpfelte kühl von seinem Haar auf die nackte Brust und den Rücken, etwas unangenehmer von seinen abgerissenen Shorts an den Beinen hinab. Seine Beinstützen schabten an seiner nassen Haut, als er den schmalen Pfad durch das Buschwerk im militärischen Laufschritt hinaufstapfte. Seine Füße patschten in den alten, nassen Schuhen. Er verlangsamte sein Tempo neugierig, als er sich der Stimmen bewußt wurde.

Die Stimme der Frau war vor Trauer und Erschöpfung zu einem Krächzen geworden. »Bitte, Lord, bitte. Ich möchte nur meine Gerechtigkeit ...«

Die Stimme der Wache vom vorderen Tor klang irritiert und verlegen. »Ich bin kein Lord. Los, stehen Sie *auf,* Frau. Gehen Sie zurück ins Dorf und melden Sie's im Büro des Bezirksrichters.«

»Ich sage Ihnen doch, ich komme gerade von dort!« Die Frau erhob sich nicht von den Knien, als Miles aus den Büschen trat und anhielt, um die Szene auf der anderen Seite der gepflasterten Straße zu beobachten. »Der Richter kommt erst nach Wochen zurück, nach Wochen! Ich bin vier Tage gegangen, um hierher zu kommen. Ich habe nur wenig Geld ...« Eine verzweifelte Hoffnung klang in ihrer Stimme an, sie krümmte den Rücken und suchte in ihrer Rocktasche, dann richtete sie sich wieder auf und hielt dem Wächter die hohlen Hände hin. »Eine Mark und zwanzig Pfennige, das ist alles, was ich habe, aber …«

Der Blick des empörten Wächters fiel auf Miles, und der Mann straffte abrupt den Rücken, als fürchtete er, Miles könnte den Verdacht haben, ein so erbärmliches Schmiergeld führe ihn in Versuchung. »Hauen Sie ab, Frau!« versetzte er.

Miles runzelte die Stirn und humpelte über die Straße zum Haupttor. »Um was geht es denn, Korporal?« fragte er in leichtem Ton.

Der Wachkorporal war vom Kaiserlichen Sicherheitsdienst ausgeliehen und trug die grüne Dienstuniform der barrayaranischen Streitkräfte mit dem hohen Kragen. Er schwitzte und fühlte sich im hellen Morgenlicht dieses südlichen Bezirks nicht wohl, aber Miles nahm an, der Mann würde lieber schmoren, bevor er sich auf diesem Posten des Kragens entledigte. Er sprach ohne lokalen Akzent und war ein Stadtmensch aus der Hauptstadt, wo eine mehr oder weniger effiziente Bürokratie mit solchen Problemen fertig wurde, wie mit dem, das da vor ihm kniete.

Die Frau war nun allerdings aus dieser Gegend und machte einen ganz und gar hinterwäldlerischen Eindruck. Sie war jünger, als man dem Ton ihrer Stimme nach hätte zunächst schließen können. Sie war groß, ihre Augen waren rot vom Weinen, strähniges blondes Haar hing über einem frettchenhaft schmalen Gesicht und hervorstehenden grauen Augen herunter. Wenn sie sich gewaschen und dann gegessen hätte, ausgeruht, glücklich und zuversichtlich gewesen wäre, dann hätte sie beinahe hübsch aussehen können, aber davon war sie jetzt weit entfernt, trotz ihrer bemerkenswerten Figur. Schlank, aber mit vollen Brüsten – nein, korrigierte Miles seine Gedanken, als er die Straße überquerte und sich dem Tor näherte. Ihr Mieder war mit vertrockneten Milchflecken übersät, obwohl kein Baby zu sehen war. Nur vorübergehend volle Brüste. Ihr abgetragenes Kleid bestand aus maschinengewebtem Tuch, war aber von Hand genäht, grob und einfach. Ihre Füße waren nackt, voller Hornhaut, rissig und wundgelaufen.

»Kein Problem«, beruhigte der Wächter Miles. »Hauen Sie *ab!*« zischte er der Frau zu.

Sie erhob sich mit einem Ruck von den Knien und setzte sich hin wie ein Stein.

»Ich werde meinen Sergeant rufen«, der Wächter beäugte sie mißtrauisch, »und sie wegschaffen lassen.«

»Warten Sie einen Augenblick«, sagte Miles.

Sie starrte aus dem Schneidersitz zu Miles empor und wußte offensichtlich nicht, ob sie in ihn Hoffnung setzen sollte oder nicht. Seine dürftige Bekleidung bot ihr keinen Hinweis darauf, was er wohl war. Sein Körper freilich stand allzu offensichtlich zur Schau. Er hob das Kinn und lächelte dünn. Der Kopf zu groß, der Hals zu kurz, der Rücken verdickt durch sein krummes Rückgrat, krumme Beine, deren spröde Knochen schon viel zu oft gebrochen waren und deren glitzernde Chromschienen den Blick anzogen. Wäre die Frau aus den Bergen aufrecht gestanden, dann hätte Miles ihr mit dem Scheitel kaum bis zur Schulter gereicht. Er wartete darauf, daß sie die abergläubische Schutzgeste der Hinterwäldler gegen böse Mutationen machen würde, aber sie ballte nur die Fäuste.

»Ich muß den Herrn Grafen sehen«, sagte sie auf einen unbestimmten Punkt halbwegs zwischen Miles und dem Wächter gerichtet. »Das ist mein Recht. Mein Vater ist im Militärdienst gestorben. Das ist mein Recht.«

»Premierminister Graf Vorkosigan«, sagte der Wächter förmlich, »ist auf seinem Landgut, um sich zu erholen. Wenn er arbeiten würde, dann wäre er in Vorbarr Sultana.« Der Soldat blickte drein, als wünschte er, er selbst wäre wieder in Vorbarr Sultana.

Die Frau nutzte sein Zögern aus. »Sie sind nur ein

Mann aus der Stadt. Er ist *mein* Graf. Das ist mein Recht.«

»Weshalb wollen Sie Graf Vorkosigan sprechen?« fragte Miles geduldig.

»Es geht um Mord«, knurrte die Frau. Der Sicherheitsmann zuckte leicht zusammen. »Ich möchte einen Mord melden.«

»Sollten Sie den nicht zuerst Ihrem Dorfsprecher melden?« forschte Miles und bedeutete dem Wächter, er solle ruhigbleiben.

»Das habe ich gemacht. Er wird *nichts* unternehmen.« Ihre Stimme überschlug sich fast vor Empörung und Enttäuschung. »Er sagt, es ist vorbei und erledigt. Er will nicht einmal meine Anzeige zu Protokoll nehmen; er sagt, es sei Unsinn. Es würde nur für alle Probleme schaffen, sagt er. Das ist mir gleich! Ich will mein Recht!«

Miles runzelte nachdenklich die Stirn und betrachtete die Frau eingehend. Die Details paßten zusammen, erhärteten die Identität, die sie für sich beanspruchte, und ergaben einen soliden, wenn auch unterbewußten, Eindruck authentischer Wahrheit, was vielleicht dem von Berufs wegen mißtrauischen Sicherheitsmann entging. »Es stimmt, Korporal«, sagte Miles. »Sie hat ein Recht, Beschwerde einzulegen, zuerst beim Bezirksrichter, dann am Gerichtshof des Grafen. Und der Bezirksrichter ist erst in zwei Wochen wieder zurück.«

In diesem Bereich des Heimatbezirks des Grafen Vorkosigan gab es nur einen einzigen überlasteten Bezirksrichter, der nur an einem einzigen Tag im Monat in Vorkosigan Surleau, dem am Seeufer gelegenen Dorf, Gericht hielt. Da die Umgebung des Landgutes des Premierministers von Sicherheitsleuten nur so wimmelte, wenn der hohe Herr hier residierte, und auch dann gründlich überwacht wurde, wenn er nicht da war, stifteten kluge Unruhestifter ihre Unruhe anderswo.

»Scannen Sie sie ab und lassen Sie sie herein«, sagte Miles. »Auf meine Verantwortung.«

Der Wächter war einer der besten des Kaiserlichen Sicherheitsdienstes, darauf trainiert, sogar in seinem eigenen Schatten nach Attentätern Ausschau zu halten. Er schaute jetzt entrüstet drein und sagte mit gedämpfter Stimme zu Miles: »Sir, wenn ich jeden Dorfidioten nach Belieben auf dem Anwesen herumwandern lasse...«

»Ich nehme sie mit nach oben. Ich gehe in diese Richtung.«

Der Wächter zuckte hilflos die Achseln, aber salutierte nicht; Miles war nicht in Uniform. Er hakte seinen Scanner vom Gürtel und überprüfte die Frau mit großem Getue. Miles überlegte, ob der Mann vielleicht auf die Idee verfallen wäre, sie einer Leibesvisitation zu unterziehen, wenn seine Anwesenheit ihn nicht daran gehindert hätte. Der Wächter demonstrierte ausgiebig, wie wachsam, gewissenhaft und loyal er war, schließlich öffnete er das Torschloß, gab die Transaktion zusammen mit der Netzhautaufnahme der Frau in den Computer ein, trat zur Seite und nahm in ziemlich pointierter Grundstellung Haltung an. Miles mußte grinsen über diesen stummen Kommentar, dann führte er die ungepflegt wirkende Frau durch das Tor und die gebogene Auffahrt hinauf.

Bei der ersten Gelegenheit zuckte sie vor seiner Berührung zurück, machte jedoch immer noch keine abergläubische Geste, sondern beäugte ihn mit einer eigenartigen und hungrigen Neugier. Es hatte einmal eine Zeit gegeben, da hätte er über eine so offen zur Schau gestellte, angewiderte Faszination ob der Eigentümlichkeiten seines Körpers mit den Zähnen geknirscht; jetzt konnte er sie mit einer gelassenen Amüsiertheit hinnehmen, in die nur wenig Bitterkeit gemischt war. Sie würden es lernen, sie alle. Sie würden es lernen.

»Dienen Sie Graf Vorkosigan, Kleiner?« fragte sie vorsichtig.

Miles dachte einen Augenblick lang nach. »Ja«, antwortete er schließlich. Die Antwort stimmte, alles in allem, auf jeder Bedeutungsebene, außer auf der, nach der die Frau gefragt hatte. Er unterdrückte die Versuchung, ihr zu sagen, er sei der Hofnarr. Nach ihrem Aussehen zu schließen, waren ihre Probleme viel schlimmer als seine eigenen.

Trotz ihrer hartnäckigen Entschlossenheit am Tor hatte sie offensichtlich nicht ganz geglaubt, daß ihr Gerechtigkeit widerfahren würde, denn als sie jetzt ungehindert ihrem Ziel entgegenstiegen, ließ eine aufsteigende Panik ihr Gesicht noch mehr in die Länge gehen und noch mehr erbleichen. »Wie… wie rede ich ihn an?« keuchte sie. »Soll ich einen Knicks machen…?« Sie blickte an sich hinab, als würde sie sich zum erstenmal bewußt, wie schmutzig, verschwitzt und verwahrlost sie aussah.

Miles unterdrückte den Wunsch, sie an der Nase herumzuführen und zu sagen: *Knien Sie nieder und schlagen Sie Ihre Stirn dreimal auf den Boden, bevor Sie sprechen, so macht es der Generalstab;* statt dessen sagte er: »Stellen Sie sich einfach aufrecht hin und sagen Sie die Wahrheit. Versuchen Sie, sich klar auszudrücken. Er wird Ihnen glauben. Schließlich«, Miles Lippen zuckten, »fehlt es ihm nicht an Erfahrung.«

Sie schluckte.

Vor hundert Jahren war der Sommersitz der Vorkosigans eine Wachkaserne gewesen, Teil der Außenbefestigungen der großen Burg auf dem Felsen über dem Dorf Vorkosigan Surleau. Die Burg war jetzt eine ausgebrannte Ruine, und die Kaserne war in ein komfortables, niedriges Wohnhaus aus Stein umgebaut worden, mehrfach modernisiert, mit einer kunstvollen Gartenlandschaft, umgeben von leuchtenden Blumen.

Die Schießscharten waren zu großen Glasfenstern erweitert worden, die auf den See hinausgingen; auf dem Dach ragten Antennen auf. Verborgen zwischen den Bäumen am Fuß des Abhangs gab es eine neue Wachkaserne, aber sie hatte keine Schießscharten.

Als Miles mit der seltsamen Frau im Schlepptau sich der Residenz näherte, kam ein Mann in der braunsilbernen Livree der persönlichen Gefolgsmänner des Grafen aus der Vordertür. Es war der neue Mann. Wie war sein Name? Ach ja, Pym.

»Wo ist der Herr Graf?« fragte Miles ihn.

»Im oberen Pavillon, er nimmt mit Mylady das Frühstück ein.« Pym warf der Frau einen Blick zu und wartete in einer Haltung höflicher Neugier auf eine Erklärung.

»Ach so. Nun, diese Frau hier ist vier Tage gegangen, um beim Bezirksrichter einen Einspruch einzulegen. Der Richter ist nicht hier, aber der Graf, und deshalb hat sie jetzt vor, die Mittelsmänner zu übergehen und sich direkt an die Spitze zu wenden. Mir gefällt ihre Art. Bringen Sie sie hinauf, ja?«

»Während des *Frühstücks?«* sagte Pym.

Miles reckte den Kopf in Richtung der Frau. »Haben Sie schon gefrühstückt?«

Sie schüttelte stumm den Kopf.

»Das habe ich mir doch gedacht.« Miles drehte die Handflächen nach außen und übergab die Frau symbolisch dem Gefolgsmann. »Jetzt, ja.«

»Mein Vater ist im Miltärdienst gestorben«, wiederholte sie schwach. »Es ist mein Recht.« Dieser Satz schien jetzt sie selbst ebenso sehr zu überzeugen wie alle anderen.

Wenn auch Pym nicht aus den Bergen stammte, so war er doch im Bezirk geboren. »So ist es«, seufzte er und bedeutete ihr mit einer Geste, sie sollte ihm ohne weitere Umstände folgen. Ihre Augen wurden größer, als sie ihm um das Haus herum folgte, und sie blickte nervös über die Schulter zu Miles zurück. »Kleiner…?«

»Stehen Sie einfach aufrecht«, rief er ihr zu. Er beobachtete, wie sie die Ecke umrundete, grinste und nahm zwei Stufen auf einmal am Haupteingang der Residenz.

Nachdem er sich rasiert und kalt geduscht hatte, kleidete sich Miles in seinem Zimmer an – mit der gleichen Sorgfalt, die er vor zwei Tagen für die Zeremonien der Militärakademie und die Kaiserliche Truppenparade aufgewendet hatte. Saubere Unterwäsche, ein cremefarbenes, langärmeliges Hemd, dunkelgrüne Hosen mit der Paspelierung an der Seite. Die grüne Uniformjacke mit dem hohen Kragen, maßgeschneidert für seine schwierige Figur. Neue blaßblaue, rechteckige Kragenspiegel aus Plastik, die Fähnrichsabzeichen, die präzis am Kragen befestigt waren und ganz unbequem in seinen Unterkiefer stachen. Er verzichtete auf die Beinschienen und zog knielange, spiegelblanke Stiefel an, von denen er sorgfältig das letzte Stäubchen abwischte – mit den Pyjamahosen, die griffbereit auf dem Boden lagen, wo er sie hingeworfen hatte, bevor er zum Schwimmen gegangen war.

Er richtete sich auf und überprüfte sich im Spiegel. Sein dunkles Haar hatte sich noch nicht von dem letzten Haarschnitt vor den Abschlußzeremonien erholt. Ein bleiches Gesicht mit scharfen Zügen, die grauen Augen nicht blutunterlaufen, die Tränensäcke nicht gezeichnet von zu viel Ausschweifung – die Beschränkungen seines Leibes hatten ihn gezwungen, mit dem Feiern aufzuhören, bevor er sich Schaden zufügen konnte.

Echos der letzten Feier brodelten noch stumm in seinem Kopf. Sein Mund verzog sich zu einem Grinsen. Jetzt war er auf seinem Weg, die Hände fest geklammert um die unterste Sprosse der höchsten Leiter auf

Barrayar, des Kaiserlichen Militärdienstes. Beim Militär gab es nichts umsonst, nicht einmal für die Söhne aus den alten Familien der Vor. Man bekam, was man verdiente. Man konnte sich darauf verlassen, daß seine Offizierskollegen das wußten, selbst wenn Außenseiter sich wunderten. Er war endlich in einer Position, alle Zweifler von sich selbst zu überzeugen. Hinauf und hinweg, niemals nach unten schauen, niemals zurück.

Doch ein letzter Blick zurück! So sorgfältig, wie er sich angekleidet hatte, nahm Miles die Gegenstände an sich, die er für seine Aufgabe brauchte. Die weißen Stoffrechtecke seines früheren Ranges als Kadett der Akademie. Die mit kalligraphischer Hand geschriebene zweite Kopie seines neuen Offizierspatents im Kaiserlichen Militärdienst von Barrayar, extra für diesen Zweck erworben. Papiere mit einer Kopie seiner Studienbücher der drei Akademiejahre, mit allem Lob (und Tadel). Bei dem, was er als nächstes tun wollte, machte nur Ehrlichkeit einen Sinn. In einem Schrank im Erdgeschoß fand er das Feuerbecken aus Messing und den Dreifuß, eingewickelt in sein Poliertuch, dazu einen Plastikbeutel mit strohtrockener Wacholderrinde. Und chemische Feuerhölzer.

Zur Hintertür hinaus und den Hügel hinauf! Der vom Landschaftgärtner angelegte Pfad teilte sich: rechts ging es empor zu dem Pavillon, von dem aus alles zu überschauen war, die linke Abzweigung führte zu einem gartenähnlichen Stück Land, das von einer niedrigen Feldsteinmauer umgeben war. Miles trat durch das Tor in der Mauer. »Guten Morgen, verrückte Vorfahren«, rief er und zügelte dann seinen Humor. Die Anrede mochte ja stimmen, war aber zu respektlos für den Anlaß.

Er wanderte zwischen den Gräbern umher, bis er zu dem einen kam, das er suchte. Dort kniete er nieder und stellte den Dreifuß mit dem Feuerbecken auf. Dabei summte er vor sich hin. Der Stein war einfach.

General Graf Piotr Pierre Vorkosigan stand darauf, und die Daten. Wenn man versucht hätte, alle Ehren und Titel aufzuführen, die der Verstorbene in seinem Leben erworben hatte, dann hätte man Mikroschrift verwenden müssen.

Er legte ein Häuflein Rinde in das Becken, die sehr teuren Papiere, die Tuchstücke und ein Büschel dunkler Haare, das von jenem letzten Haarschnitt stammte. Dann zündete er alles an und kauerte sich auf die Fersen, um zuzuschauen, wie es verbrannte. In seinem Kopf hatte er im Laufe der Jahre hundert Versionen dieses Augenblicks durchgespielt, die von feierlichen öffentlichen Ansprachen mit Orchester im Hintergrund bis zu einem Nackttanz auf dem Grab des alten Mannes reichten. Schließlich hatte er sich für diese private und traditionelle Zeremonie entschieden, ganz nach alter Sitte. Genau zwischen den beiden Extremen.

»Also, Großvater«, murmelte er zuletzt. »Da sind wir nun endlich. Bist du jetzt zufrieden?«

All das Chaos der Abschlußzeremonien, die jetzt hinter ihm lagen, all die verrückten Anstrengungen der letzten drei Jahre, aller Schmerz liefen auf diesen Punkt zu; aber das Grab sprach nicht, sagte nicht: *Gut gemacht, du kannst jetzt aufhören.* Die Asche gab keine Botschaft von sich, im aufsteigenden Rauch erschien keine Vision. Das Zeug in dem Feuerbecken brannte allzu schnell nieder. Vielleicht war es nicht genug gewesen.

Er stand auf und staubte die Knie ab, schweigend im Sonnenschein. Was hatte er denn erwartet? Beifall? Warum war er hier, letztendlich? Um die Träume eines alten Mannes zu Ende zu träumen – wem diente sein Dienst wirklich? Großvater? Ihm selbst? Dem bleichen Kaiser Gregor? Wen kümmerte das?

»Nun, alter Mann«, flüsterte er, dann schrie er: »BIST DU ENDLICH ZUFRIEDEN?« Das Echo hallte von den Steinen.

Hinter ihm räusperte sich jemand. Miles wirbelte herum wie eine Katze, die sich verbrüht hatte. Sein Herz pochte.

»Ah... Mylord?« sagte Pym vorsichtig. »Verzeihen Sie, ich hatte nicht vor, Sie bei... irgendwas zu unterbrechen. Aber Ihr Vater, der Herr Graf, möchte, daß Sie ihm Gesellschaft leisten, oben im Pavillon.«

Pyms Gesicht war vollkommen ausdruckslos. Miles schluckte und wartete darauf, daß die scharlachrote Hitze nachließ, die er im Gesicht spürte. »Ja, danke«, sagte er mit einem Achselzucken. »Das Feuer ist fast aus. Ich werde später aufräumen. Lassen Sie es... niemand anderen anrühren.«

Er marschierte an Pym vorbei und blickte nicht zurück.

Der Pavillon war ein einfaches Bauwerk aus verwittertem silbergrauen Holz, nach allen vier Seiten offen, um die Brisen einzufangen – an diesem Morgen einige schwache Windstöße aus dem Westen. Am Nachmittag würde man vielleicht auf dem See gut segeln können. Von dem kostbaren Heimaturlaub waren nur noch zehn Tage übrig, und Miles wollte noch soviel tun, unter anderem mit seinem Cousin Ivan nach Vorbarr Sultana fahren, um dort seinen neuen Leichtflieger auszusuchen. Und dann würde er erfahren, wohin seine erste Abkommandierung ihn führte – zum Dienst auf einem Raumschiff, betete er insgeheim. Er hatte die große Versuchung unterdrücken müssen, seinen Vater zu bitten, er solle sicherstellen, daß es Schiffsdienst war. Er würde jede Stelle annehmen, die ihm das Schicksal zuteilte, das war die erste Regel des Spiels. Und er würde mit dem Blatt gewinnen, das man ihm gab.

Nach dem hellen Sonnenlicht draußen war es im Pavillon schattig und kühl. Hier standen bequeme alte Sessel und Tische, von denen einer die Überreste eines noblen Frühstücks trug. Miles wählte sich in Gedanken zwei einsame Ölkuchen aus, die auf einem mit Krümeln übersäten Tablett lagen. Seine Mutter hielt noch eine Tasse in der Hand und lächelte ihm über den Tisch hinweg zu.

Miles' Vater saß in einem abgenutzten Armsessel, leger gekleidet in Shorts und einem Hemd mit offenem Kragen. Aral Vorkosigan war ein kräftiger, grauhaariger Mann mit einem schweren Kinn, buschigen Augenbrauen und einer Narbe im Gesicht. Ein Gesicht, das sich für grimmige Karikaturen anbot – Miles hatte einige davon gesehen, in der Presse der Opposition, in den historischen Berichten über die Feinde von Barrayar. Man mußte nur eine einzige Linie zeichnen, um diese scharfen durchdringenden Augen als stumpf darzustellen und so die allgemeine Parodie eines Militärdiktators zu schaffen.

Und wie sehr wird er von Großvater heimgesucht? fragte sich Miles. Er zeigt es nicht sonderlich. Aber schließlich muß er auch nicht. Admiral Aral Vorkosigan, Meisterstratege im Weltraum, Eroberer von Komarr, Held von Escobar, sechzehn Jahre lang Kaiserlicher Regent und oberste Macht in Barrayar, außer dem Titel nach. Und dann hatte er allem noch die Krone aufgesetzt, hatte die Historiker und alle selbstsicheren Zeugen widerlegt und noch mehr Ehre und Ruhm aufgehäuft als zuvor, indem er freiwillig *zurückgetreten* war und Kaiser Gregor bei dessen Volljährigkeit die Befehlsgewalt übergeben hatte. Natürlich hatte der Posten des Premierministers den Rücktritt vom Amt des Regenten bestens vorbereitet, und er zeigte noch keinerlei Anzeichen, daß er auch von *diesem* Amt zurücktreten würde.

Und so nahm sich Admiral Arals Leben neben dem von General Piotr wie ein überwältigendes Kartenblatt aus, und wo blieb da der Fähnrich Miles? Er hielt zwei Zweier und den Joker. Er mußte sicherlich entweder aufgeben oder wie verrückt bluffen …

Die Frau aus den Bergen saß auf einem Grasbüschel, hielt einen halb verspeisten Ölkuchen in der Hand und starrte mit offenem Mund Miles in all seiner Macht und Schneidigkeit an. Als er ihren Blick auffing und erwiderte, preßte sie die Lippen aufeinander und ihre Augen funkelten. Ihr Gesichtsausdruck war nicht zu deuten – Ärger? Erheiterung? Verlegenheit? Schadenfreude? Eine bizarre Mischung aus all dem? *Und was haben Sie sich wohl gedacht, wer ich bin, gute Frau?*

Da er in Uniform war, nahm Miles vor seinem Vater Haltung an. »Sir?«

Graf Vorkosigan sprach zu der Frau. »Das ist mein Sohn. Wenn ich ihn als meine Stimme schicke, würde Sie das zufriedenstellen?«

»Oh«, hauchte sie und verzog ihren breiten Mund zu einem seltsamen, wilden Grinsen, dem intensivsten Ausdruck, den Miles bisher auf ihrem Gesicht gesehen hatte, »*ja,* Mylord.«

»Also gut. Dann soll es sein.«

Was soll sein? fragte sich Miles mißtrauisch. Der Graf lehnte sich in seinem Sessel zurück und schien sehr zufrieden zu sein, aber um seine Augen herum war eine gefährliche Spannung, die darauf hindeutete, daß irgend etwas echten Zorn in ihm erregt hatte. Kein Zorn über die Frau, denn ganz deutlich bestand zwischen ihnen eine Art Übereinstimmung, und – Miles durchsuchte schnell sein Gewissen – auch kein Zorn, der ihn betraf. Er räusperte sich behutsam, reckte das Kinn und fletschte mit einem fragenden Lächeln die Zähne.

Der Graf legte die Hände an den Fingerspitzen zusammen und sprach endlich zu Miles. »Ein außerordentlich interessanter Fall. Ich kann verstehen, warum du sie heraufgeschickt hast.«

»Ach so …«, sagte Miles. In was war er da hineingeraten? Er hatte der Frau nur in einem närrischen Impuls den Weg durch die Sicherheitswache gebahnt, um

Gottes willen, und damit seinen Vater beim Frühstück gestört. »Und?« fuhr er zurückhaltend fort.

Graf Vorkosigan hob die Augenbrauen. »Hast du es nicht gewußt?«

»Sie hat von einem Mord gesprochen, und einer mangelnden Kooperation in dieser Sache bei ihren örtlichen Behörden. Ich hatte mir vorgestellt, du würdest sie zum Bezirksrichter bringen lassen.«

Der Graf lehnte sich noch weiter zurück und rieb sich mit der Hand nachdenklich das vernarbte Kinn. »Es ist ein Fall von Kindstötung.«

Miles wurde es eiskalt im Bauch. *Damit möchte ich nichts zu tun haben.* Nun, das erklärte, warum sie trotz dieser vollen Brüste kein Baby dabei hatte. »Ungewöhnlich ... daß so etwas gemeldet wird.«

»Wir bekämpfen seit mehr als zwanzig Jahren die alten Sitten«, sagte der Graf. »Wir haben das Gesetz verkündet, wir haben es propagiert ... In den Städten haben wir schon gute Fortschritte gemacht.«

»In den Städten«, murmelte die Gräfin, »haben die Menschen Zugang zu Alternativen.«

»Aber draußen auf dem Land – nun, da hat sich wenig geändert. Wir alle wissen, was geschieht, aber ohne eine Meldung, eine Beschwerde – und bei dem Zusammenhalt der Familien, um ihre Angehörigen zu schützen –, da ist es schwer, einen Ansatzpunkt zu finden.«

»Was«, Miles räusperte sich und nickte der Frau zu, »was für eine Mutation hatte Ihr Baby?«

»Einen Katzenmund«, die Frau zeigte auf ihre Oberlippe. »Sie hatte auch ein Loch im Mund und trank schlecht, sie hat sich verschluckt und geschrien, aber sie hat genug bekommen, sie *war* ...«

»Hasenscharte«, murmelte die Frau des Grafen, die von einem anderen Planeten stammte, halb zu sich selbst und übersetzte den barrayaranischen Ausdruck in den galaktischen Standardbegriff, »und einen gespaltenen Gaumen, wie es sich anhört. Harra, das ist nicht einmal eine Mutation. Das gab es schon auf den guten alten Erde. Ein... ein normaler Geburtsfehler, wenn das nicht ein Widerspruch in sich selbst ist. Keine Strafe für die Pilgerschaft eurer barrayaranischen Vorfahren durch das Feuer. Eine einfache Operation hätte das korrigieren können...« Gräfin Vorkosigan verstummte. Die Frau aus den Bergen blickte gequält drein.

»Ich hatte davon gehört«, sagte sie. »Mylord hat in Hassadar ein Krankenhaus bauen lassen. Ich hatte vor, sie dorthin zu bringen, sobald ich ein bißchen stärker wäre, obwohl ich kein Geld hatte. Ihre Arme und Beine waren gesund, ihr Kopf war wohlgeformt, jeder konnte das sehen – sicherlich hätte man...«, sie rang die Hände und ihre Stimme wurde brüchig, »aber Lem hat sie vorher umgebracht.«

Sieben Tage Fußmarsch, rechnete Miles nach, aus dem Innern der Dendarii-Berge in die Stadt Hassadar im Tiefland. Es war verständlich, daß eine Frau, die erst kürzlich das Kindbett verlassen hatte, einen solchen Marsch um ein paar Tage aufschieben wollte. In einem Luftwagen wäre es ein Flug von gerade mal einer Stunde...

»Also wird endlich ein Fall als Mord angezeigt«, sagte Graf Vorkosigan, »und wir werden ihn genau als das behandeln. Dies ist eine Gelegenheit, die Botschaft in die entlegensten Ecken meines Bezirks zu schicken. Du, Miles, wirst meine Stimme sein, die dorthin dringen soll, wo sie zuvor noch nicht hingedrungen ist. Du wirst im Namen des Grafen über diesen Mann Recht sprechen – und das auch nicht im stillen. Es ist Zeit, daß endlich diese scheußlichen Praktiken aufhören, die uns in den Augen der Galaktiker zu Barbaren stempeln.«

Miles schluckte. »Wäre der Bezirksrichter nicht besser qualifiziert...?«

Der Graf lächelte leicht. »Für diesen Fall kann ich mir keinen denken, der besser qualifiziert wäre, als du selbst.«

Bote und Botschaft in einem; *die Zeiten haben sich geändert.* In der Tat. Miles wünschte sich anderswohin, irgendwohin – zum Beispiel wieder zurück in sein Abschlußexamen, wo er Blut geschwitzt hatte. Er unterdrückte ein unwürdiges Aufheulen: *Mein Heimaturlaub …!*

Er rieb sich am Nacken. »Wer … ah … wer hat Ihre Tochter umgebracht?« Was bedeutete: *Wen soll ich eurer Erwartung nach herausholen, an die Wand stellen und erschießen?*

»Mein Mann«, sagte die Frau tonlos und schaute auf die polierten silbrigen Bodenbretter.

Ich hab' schon gewußt, daß dies unangenehm wird …

»Sie hat geschrien und geschrien«, redete die Frau weiter, »und wollte nicht einschlafen, weil sie nicht gut getrunken hatte – und er schrie mich an, ich sollte dafür sorgen, daß sie still ist …«

»Und dann?« fragte Miles mit einem flauen Gefühl im Magen.

»Er hat geflucht und ist zu seiner Mutter gegangen, um dort zu schlafen. Er sagte, dort könnte ein Mann, der arbeiten muß, wenigstens schlafen. Aber ich hatte ja auch nicht geschlafen …«

Dieser Kerl hört sich wie ein echter Siegertyp an. Miles konnte ihn sich sofort vorstellen, einen Bullen von einem Mann mit einer einschüchternden Art – trotzdem, da fehlte etwas am Höhepunkt der Geschichte der Frau.

Dem Grafen war das auch aufgefallen. Er lauschte in völliger Aufmerksamkeit, mit dem Gesichtsausdruck, den er in Strategiesitzungen zeigte: hinter zu Schlitzen verengten Augen ein intensives Nachdenken, das man irrtümlich für Schläfrigkeit hätte halten können. Aber das wäre ein großer Fehler gewesen. »Waren Sie Augenzeugin?« fragte er in einem täuschend sanften Ton, der Miles hellwach werden ließ. »Haben Sie wirklich gesehen, wie er sie umbrachte?«

»Ich habe sie am Morgen tot aufgefunden, Mylord.«

»Sie sind in das Schlafzimmer gegangen...«, sagte ihr Graf Vorkosigan vor.

»Wir haben nur ein Zimmer.« Sie warf ihm einen Blick zu, als zweifelte sie zum erstenmal an seiner Allwissenheit. »Sie hatte geschlafen, endlich geschlafen. Ich bin hinausgegangen, um ein paar Brillbeeren zu sammeln, ein Stück die Schlucht hinauf. Und als ich zurückkam... Ich hätte sie mitnehmen sollen, aber ich war so froh, daß sie endlich schlief, und wollte es nicht riskieren, sie aufzuwecken...« Aus den zusammengekniffenen Augen der Frau traten Tränen. »Ich ließ sie schlafen, als ich zurückkam, ich war froh, daß ich essen und mich ausruhen konnte, aber dann kam die Milch«, ihre Hand berührte eine Brust, »und ich ging, um sie aufzuwecken...«

»Was, gab es keine Spuren an ihr? War nicht die Kehle durchgeschnitten?« fragte der Graf. Das war bei diesen Kindermorden auf dem Land die übliche Methode, schnell und schmerzlos im Vergleich etwa zu einer Aussetzung.

Die Frau schüttelte den Kopf. »Erstickt, glaube ich, Mylord. Es war grausam, etwas Grausames. Der Dorfsprecher behauptete, ich hätte mich im Schlaf auf sie draufgelegt, und er wollte meine Anklage gegen Lem nicht annehmen. Ich habe es nicht getan, nein! Sie hatte doch ihre eigene Wiege, Lem hat die Wiege mit eigenen Händen gemacht, als ich das Kind noch im Leib trug...« Sie war nahe an einem Zusammenbruch.

Der Graf tauschte einen Blick mit seiner Frau und neigte den Kopf leicht zur Seite. Gräfin Vorkosigan stand ruhig auf.

»Kommen Sie, Harra, gehen wir hinunter ins Haus.

Sie müssen sich waschen und ausruhen, bevor Miles Sie nach Hause bringt.«

Die Frau aus den Bergen schaute überrascht drein. »Oh, nicht in Ihrem Haus, Mylady!«

»Tut mir leid, es ist das einzige, das ich hier habe. Außer der Wachkaserne. Die Wachleute sind gute Jungen, aber Sie würden sie in Verlegenheit bringen ...« Die Gräfin führte sie davon.

»Es ist klar«, sagte Graf Vorkosigan, sobald die Frauen außer Hörweite waren, »daß du zuerst die medizinischen Fakten überprüfst, bevor du loslegst. Und ich hoffe, daß du auch das kleine Problem bemerkt hast, das hinsichtlich der positiven Identifizierung des Beschuldigten besteht. Das könnte der ideale Fall für eine öffentliche Demonstration sein, den wir wünschen, aber nicht, wenn dabei irgend etwas unklar ist. Keine blutigen Geheimnisse.«

»Ich bin kein Gerichtsmediziner«, brachte Miles sofort vor. Wenn er doch nur von diesem Haken loskommen könnte ...

»Ganz richtig. Du wirst Dr. Dea mitnehmen.«

Leutnant Dea war der Assistent des Leibarztes des Premierministers. Miles hat ihn schon getroffen – einen ehrgeizigen jungen Militärarzt, ständig frustriert, weil sein Vorgesetzter ihn nie an seinen wichtigsten Patienten heranließ – oh, den würde dieser Auftrag wirklich reizen, dachte Miles düster.

»Er kann auch seine Osteo-Ausrüstung mitnehmen«, fuhr der Graf fort und sein Gesicht hellte sich auf, »falls es einen Unfall gibt.«

»Wie ökonomisch«, sagte Miles und rollte mit den Augen. »Schau mal ... hm ... angenommen, ihre Geschichte erweist sich als wahr, und wir nageln diesen Kerl fest. Muß ich dann persönlich ...?«

»Einer von den Livrierten wird dein persönlicher Leibwächter sein. Und – wenn die Geschichte stimmt – der Scharfrichter.«

Das war nur wenig besser. »Könnten wir nicht auf den Bezirksrichter warten?«

»Jedes Urteil, das der Bezirksrichter fällt, fällt er an meiner Stelle. Jeden Schuldspruch, den sein Amt ausführt, wird in meinem Namen ausgeführt. Eines Tages wird er in deinem Namen ausgeführt werden. Es ist Zeit, daß du Verständnis für den Vorgang bekommst. Historisch gesehen mögen die Vor eine Kriegerkaste sein, aber die Pflichten eines Vor-Lords waren niemals nur militärischer Natur.«

Kein Ausweg. Verdammt, verdammt, verdammt. Miles seufzte. »Richtig. Nun ja… wir könnten den Luftwagen nehmen und in ein paar Stunden dort oben sein. Etwas Zeit aufwenden, um das richtige Loch zu finden. Uns aus dem Himmel auf sie herabstürzen, die Botschaft laut und deutlich verkünden… und vor Schlafenszeit wieder zurücksein.« Es schnell hinter uns bringen.

Die Augen des Grafen verengten sich wieder zu Schlitzen. »Nein…«, sagte er langsam, »nicht den Luftwagen, denke ich.«

»So weit dort hinauf gibt es keine Straßen für einen Bodenwagen. Nur Pfade.« Mit einem gewissen Unbehagen – sein Vater konnte doch nicht etwa daran denken – fügte er hinzu: »Ich glaube nicht, daß ich eine sehr eindrucksvolle Figur als Vertreter der kaiserlichen Autorität abgeben würde, wenn ich zu Fuß käme, Sir.«

Sein Vater warf einen Blick auf Miles' schneidige Uniform und lächelte leicht. »Oh, du siehst nicht so schlecht aus.«

»Aber stell dir vor, wenn wir uns drei oder vier Tage durch die Büsche geschlagen haben«, protestierte Miles. »Du hast uns nicht bei der Grundausbildung gesehen. Oder gerochen.«

»Auch ich habe eine Grundausbildung gehabt«, sagte der Admiral trocken. »Aber nein, du hast ganz recht. Nicht zu Fuß. Ich habe eine bessere Idee.«

Mein eigener Kavallerietrupp, dachte Miles ironisch und wandte sich im Sattel um, *genau wie bei Großvater.* In Wirklichkeit war er sich ziemlich sicher, daß der alte Mann ein paar beißende Kommentare über die Reiter abgegeben hätte, die jetzt hinter Miles auf dem Waldpfad herzogen, und vielleicht hätte er sich über die dargebotenen Reitkünste kaputtgelacht. Die Ställe der Vorkosigans hatten bedauerlicherweise an Bedeutung verloren, seit der alte Mann nicht mehr da war, der sich so für Pferde interessiert hatte. Die Polo-Pferde waren verkauft worden, die wenigen verbleibenden alten und bösartigen ehemaligen Kavallerie-Rösser waren für immer auf die Weide geschickt worden. Die Handvoll Reitpferde, die noch übrig waren, behielt man wegen ihres sicheren Trittes und ihrer guten Manieren, nicht wegen ihrer exotischen Abstammung; sie wurden von einer schnatternden Schar Mädchen aus dem Dorf in Bewegung und bei sanftem Gemüt gehalten.

Miles nahm seine Zügel auf, spannte ein Bein und verschob leicht sein Gewicht, und Ninny reagierte darauf mit einer sauberen Halbdrehung und zwei präzisen Schritten rückwärts. Nicht einmal der größte Ignorant aus der Stadt konnte den kräftigen braungrauen Wallach für ein feuriges Roß halten, aber Miles mochte ihn, wegen seiner dunklen, feuchten Augen, seiner breiten samtigen Nase, seines phlegmatischen Temperaments, das auf wildrauschende Wasserläufe und jaulende Luftwagen gleicherweise unaufgeregt reagierte, vor allem aber wegen seiner ausgezeichneten Reaktionsfähigkeit, die Ergebnis einer langen Dressur war. Hirn vor Schönheit. Schon in seiner Nähe fühlte sich Miles ruhiger, das Tier sorgte für gefühlsmäßigen Ausgleich, wie eine schnurrende Katze. Miles klopfte Ninny auf den Hals. »Wenn jemand danach fragt«, murmelte er, »dann sage ich, dein Name sei Häuptling.« Ninny zuckte mit einem seiner struppigen Ohren und stieß einen zischenden Seufzer aus.

Der Großvater hatte viel mit der unwahrscheinlichen Formation zu tun, die Miles jetzt anführte. Der große Guerilla-General hatte seine Jugend in diesen Bergen zugebracht, wo er die Invasoren, die Cetagandaner, zum Stehen brachte und dann das Kriegsglück gegen sie wendete. Zum Endsieg hatten hitzefreie Antiflieger-Suchprojektile – zu irren Kosten von anderen Planeten eingeschmuggelt – weitaus mehr beigetragen als die Kavalleriepferde, die – Großvaters Erzählungen zufolge – seine Streitkräfte über den schlimmsten Winter jenes Krieges gebracht hatten (vor allem, weil man sie essen konnte). Aber im romantischen Rückblick war das Pferd zum Symbol jenes Kampfes geworden.

Miles dachte, sein Vater sei übermäßig optimistisch, wenn er glaubte, Miles würde auf diese Weise vom nachwirkenden Ruhm des alten Mannes profitieren. Die Schlupfwinkel und Lager der Guerillakämpfer waren formlose Ansammlungen von Rostpilzen und *Bäumen,* verdammt, nicht mehr bloß Kräuter und Büsche – sie waren zuvor auf der Wegstrecke dieses Tages an einigen vorbeigeritten –, die Männer, die diesen Krieg gekämpft hatten, waren seitdem längst zum letztenmal zu Boden gegangen, genau wie Großvater. Was tat er hier? Dienst auf einem Sprungschiff wollte er tun, eine Aufgabe, die ihn hoch, hoch über all das hier hinaustragen würde. Sein Schicksal lag in der Zukunft, nicht in der Vergangenheit.

Miles' Nachsinnen wurde durch Dr. Deas Pferd unterbrochen, das an einem Zweig, der quer über dem Pfad lag, Anstoß nahm, abrupt wie angewurzelt stehenblieb und laut schnaubte. Mit einem schwachen Aufschrei fiel Dr. Dea herunter.

»Halten Sie die *Zügel* fest«, rief Miles und drängte Ninny wieder den Pfad hinab.

Dr. Dea wurde immer besser im Hinunterfallen, diesmal war er wenigstens mehr oder weniger auf den Füßen gelandet. Er grapschte nach den herabbaumelnden Zügeln, aber die Fuchsstute zuckte vor seinem Griff zurück. Dea sprang zurück, als sie sich auf der Hinterhand herumdrehte und – Freiheit witternd – wieder den Pfad hinunterstrebte, und zwar mit hocherhobenem Schweif, was in der Körpersprache der Pferde bedeutet: *Du fängst mich nicht mehr ein!* Wütend und rot im Gesicht, rannte Dr. Dea fluchend hinterher. Die Stute fiel in einen Kantergang.

»Nein, nein, rennen Sie nicht hinter ihr her!« rief Miles.

»Wie, zum Teufel, soll ich sie einfangen, wenn ich nicht hinter ihr herrenne?« schrie Dr. Dea. Der Weltraumchirurg war unglücklich. »Meine Instrumententasche ist auf dem verfluchten Biest!«

»Wie glauben Sie, daß Sie sie einholen, wenn Sie rennen?« fragte Miles. »Sie kann schneller laufen als Sie.«

Am Ende der kleinen Kavalkade drehte Pym sein Pferd zur Seite und blockierte so den Pfad. »Warten Sie einfach, Harra«, wies Miles im Vorüberreiten die besorgte Frau aus den Bergen an. »Halten Sie Ihr Pferd ruhig. Nichts verleitet ein Pferd so schnell loszurennen, wie ein anderes Pferd, das rennt.«

Die beiden anderen Reiter kamen weitaus besser zurecht. Die Frau, Harra Csurik, saß erschöpft auf ihrem Tier und erlaubte ihm, ohne Einmischung dahinzutrotten, aber zumindest ritt sie gleichmütig dahin, anstatt die Zügel wie einen Handgriff zu benutzen, was der unglückliche Dr. Dea getan hatte. Pym, der am Ende kam, war des Reitens kundig, wenn es ihm auch nicht sonderlich behagte.

Miles bremste Ninny mit lockeren Zügeln ab, wendete und zockelte hinter der Stute her, wobei er sich den Anschein ruhiger Entspanntheit gab. *Wer? Ich? Ich möchte dich nicht einfangen. Wir genießen bloß die Szenerie, nicht wahr. Genau, mach Halt für einen Bissen.* Die Fuchsstute blieb stehen, um an einem Grasbüschel zu knabbern, aber sie behielt Miles' Annäherung wachsam im Auge.

Als er ihr so nahe gekommen war, daß sie fast wieder hochschreckte, hielt Miles Ninny an und glitt vom Pferd. Er bewegte sich nicht auf die Stute zu, sondern blieb statt dessen stehen und suchte mit großem Theater in seinen Taschen. Ninny rieb eifrig den Kopf an Miles, Miles gurrte und gab dem Wallach ein Stück Zucker zu fressen. Die Stute stellte interessiert die Ohren auf. Ninny schmatzte mit den Lippen und stupste Miles, um mehr zu bekommen. Die Stute kam und schnupperte nach ihrem Anteil. Mit den Lippen nahm sie von Miles' Handfläche einen Zuckerwürfel auf, während er seinen anderen Arm ruhig durch die Schleife ihrer Zügel gleiten ließ.

»Hier, Dr. Dea. Ein Pferd. Ohne zu rennen.«

»Das ist nicht fair«, keuchte Dea und trottete heran. »Sie hatten Zucker in der Tasche.«

»Natürlich hatte ich Zucker in der Tasche. Das nennt man Voraussicht und Planung. Der Trick im Umgang mit Pferden besteht nicht darin, schneller oder stärker zu sein als sie. Das hieße, mit den eigenen Schwächen gegen die Stärken des Pferdes angehen. Der Trick besteht darin, schlauer zu sein als das Pferd. Das ist Ihre Stärke gegenüber seiner Schwäche, nicht wahr?«

Dea nahm die Zügel. »Sie machen sich über mich lustig«, sagte er mißtrauisch.

Miles grinste. Er klopfte Ninny hinter den linken vorderen Lauf, und das Pferd ließ sich gehorsam auf ein Knie nieder. Miles kletterte behende zu seinem bequem niedrigen Steigbügel hinauf.

»Macht meines das auch?« fragte Dr. Dea und beobachtete den Vorgang fasziniert.

»Leider nicht.«

Dea blickte düster auf sein Pferd. »Dieses Tier ist ein Dummkopf. Ich werde es eine Weile führen.«

Während Ninny sich mit einem Ruck wieder auf alle

viere erhob, unterdrückte Miles seinen Impuls, einen reitlehrerhaften Kommentar aus dem reichen Vorrat seines Großvaters von sich zu geben wie: *Versuchen Sie schlauer zu sein als Ihr Pferd, Dr. Dea.* Obwohl Dr. Dea für die Dauer dieser Untersuchung Lord Vorkosigan offiziell untergeben war, stand Weltraumarzt Leutnant Dr. Dea im Rang ohne Zweifel höher als Fähnrich Vorkosigan. Ältere Männer zu kommandieren, die im Rang über einem standen, erforderte ein gewisses Maß an Takt.

Die Holzfällerstraße wurde breiter, und Miles ließ sich zurückfallen, um neben Harra Csurik zu reiten. Je mehr der Weg auf ihr Zuhause zu anstieg, desto mehr schienen ihre Wildheit und ihre Entschlossenheit vom letzten Morgen nachzulassen. Oder vielleicht machte sich bloß die Erschöpfung bei ihr bemerkbar? Sie hatte den ganzen Morgen wenig gesprochen und war den ganzen Nachmittag in Schweigen versunken. Wenn sie Miles den ganzen Weg bis ans Ende der Welt schleifte und dann nicht mehr den Mumm hatte, ihm zu helfen…

»In welchem Zweig des Militärdienstes war Ihr Vater, Harra?« begann Miles im Plauderton.

Sie fuhr sich mit den Fingern in einer kämmenden Geste durchs Haar, mehr aus Nervosität als aus Eitelkeit. Durch die strohfarbenen Strähnen blickten ihre Augen ihn an wie scheue Lebewesen im Schutz einer Hecke.

»Bezirksmiliz, Mylord. Ich kann mich in Wirklichkeit nicht an ihn erinnern; er starb, als ich ganz klein war.«

»Im Kampf?«

Sie nickte. »In den Kämpfen um Vorbarr Sultana, während Vordarian nach dem Thron griff.«

Miles fragte sie nicht, auf welcher Seite ihr Vater gestanden hatte – die meisten einfachen Soldaten hatten kaum eine Wahl gehabt, und die Amnestie hatte für die Toten ebenso gegolten wie für die Lebenden.

»Aha ... Haben Sie Geschwister?«

»Nein, Mylord. Nur meine Mutter und ich sind übrig.«

Etwas von Miles Spannung fiel ab. Falls dieses Urteil tatsächlich bis zu einer Hinrichtung führen sollte, dann konnte ein falscher Schritt Blutrache unter den angeheirateten Verwandten auslösen. Und das war *nicht* die Form von Gerechtigkeit, die der Graf durchsetzen wollte. Je weniger angeheiratete Verwandte in die Sache verwickelt waren, umso besser. »Wie steht es mit der Familie Ihres Mannes?«

»Er hat sieben Geschwister. Vier Brüder und drei Schwestern.«

»Hm.« Miles sah vor seinem geistigen Auge eine ganze Gruppe von riesigen, bedrohlichen Bergburschen. Er warf einen Blick auf Pym und hatte das Gefühl, für diese Aufgabe etwas wenig Leute dabeizuhaben. Er hatte am Vorabend den Graf auf diesen Faktor hingewiesen, als sie diese Expedition geplant hatten.

»Der Dorfsprecher und seine Stellvertreter werden dich unterstützen«, hatte der Graf gesagt, »genauso wie sie es beim Bezirksrichter machen, wenn er auf der Durchreise ist.«

»Was ist, wenn sie nicht kooperieren wollen?« hatte Miles nervös gefragt.

»Ein Offizier, der einmal kaiserliche Truppen kommandieren will«, hatte der Graf mit einem Funkeln im Blick gesagt, »sollte in der Lage sein herauszufinden, wie er einen Dorfhäuptling aus dem Hinterland zur Kooperation veranlassen kann.«

Mit anderen Worten, sein Vater hatte entschieden, daß dies ein Test war, und hatte ihm keine weiteren Hinweise gegeben. Danke, Papa.

»Sie haben keine Geschwister, Mylord?« fragte Harra und holte ihn wieder in die Gegenwart.

»Nein. Aber das ist sicher bekannt, sogar am Ende der Welt.«

»Man *erzählt* sich eine Menge Dinge über Sie«, sagte Harra mit einem Achselzucken.

Miles verbiß sich die morbide Frage, als hätte er eine unreife Zitrone im Mund. Er würde nicht danach fragen, er würde nicht... er konnte nicht anders. »Zum Beispiel was?« brachte er über die steifen Lippen.

»Jedermann weiß, daß der Sohn des Grafen ein Mutant ist.« Ihre Augen weiteten sich herausfordernd. »Manche sagen, es liegt an der Frau von einem anderen Planeten, die er geheiratet hat. Einige sagen, es kam von der Strahlung in den Kriegen, oder von einer Krankheit, die er sich bei den perversen Praktiken mit seinen Offizierskollegen in seiner Jugend zugezogen hat...«

Letzteres war neu für Miles. Er hob die Augenbrauen.

»... aber die meisten sagen, er wurde von seinen Feinden vergiftet.«

»Ich bin froh, daß die meisten das Richtige sagen. Es war ein Attentat mit Soltoxin-Gas, als meine Mutter schwanger mit mir war. Aber es ist nicht...« – eine *Mutation,* seine Gedanken folgten den ausgefahrenen Rillen – wie oft hatte er dies schon erklärt? –, *es ist teratogen, nicht genetisch, ich bin kein Mutant, kein* ... Was, zum Teufel, bedeutete eine feine biochemische Unterscheidung für diese unwissende Frau? Praktisch gesehen – von ihr aus gesehen – konnte er genauso gut ein Mutant sein – »... wichtig«, schloß er.

Sie beäugte ihn von der Seite, während sie sich sanft im Rhythmus ihres Reittiers wiegte. »Manche sagen, daß Sie ohne Beine geboren wurden und die ganze Zeit in einem Schwebesessel in Palais Vorkosigan gelebt haben. Manche sagen, daß Sie ohne Knochen geboren wurden...«

»... und daß ich in einem Glasbehälter im Keller aufbewahrt wurde, ohne Zweifel«, murmelte Miles.

»Aber Karal sagte, er hätte Sie mit Ihrem Großvater

auf dem Markt von Hassadar gesehen, und Sie wären nur kränklich und zu klein. Einige sagen, Ihr Vater habe Sie in den Militärdienst gebracht, aber andere sagen, nein, Sie hätten den Planeten verlassen und seien in die Heimat Ihrer Mutter gegangen und hätten dort Ihr Gehirn in einen Computer verwandeln lassen, und Ihr Körper schwimme in einer Flüssigkeit und würde über Schläuche ernährt ...«

»Ich wußte doch, daß irgendwo in dieser Geschichte ein Glasbehälter auftauchen würde«, sagte Miles mit einer Grimasse. *Du hast auch gewußt, daß du es bereuen würdest, gefragt zu haben, aber du hast es trotzdem getan.* Sie köderte ihn, erkannte Miles plötzlich. Wie konnte sie es *wagen* ...? – aber an ihr war kein Spott, nur eine scharfe Wachsamkeit.

Sie war losgezogen, ganz mutterseelenallein, um diese Mordanklage vorzubringen, ihrer Familie und den lokalen Behörden zum Trotz, allen gewohnten Sitten zum Trotz. Und was hatte der Graf ihr als Schild und Beistand gegeben, wenn sie jetzt zurückkehrte, um sich dem Zorn all ihrer Nächsten und Vertrautesten zu stellen? Miles. Wurde er damit fertig? Das mußte sie sich wirklich fragen. Oder würde er es vermasseln, klein beigeben und dann Reißaus nehmen, und es ihr überlassen, sich dem Wirbelwind von Empörung und Rache allein zu stellen?

Er wünschte sich, er hätte sie weinend am Tor zurückgelassen.

Das Waldland, Ergebnis vieler Generationen von Terraformung, öffnete sich plötzlich zu einem Tal voller brauner einheimischer Büsche. Mitten hindurch lief aufgrund eines Zufalls der Bodenchemie ein Streifen aus Grün und Rosa, einen halben Kilometer breit – wilde Rosen, wie Miles erstaunt erkannte, als sie näher ritten. Rosen von der Erde. Der Pfad tauchte in die duftende Masse ein und verschwand darin.

Er wechselte sich mit Pym darin ab, ihren Weg

mit den Militärbuschmessern freizuhauen. Die Rosen waren kräftig und mit dicken Dornen ausgerüstet und schlugen heimtückisch elastisch zurück. Ninny tat seinen Teil, indem er den großen Kopf hin und her schwang und Blüten abknabberte und sie glücklich hinunterschlang. Miles war sich nicht sicher, wieviel er den großen Wallach davon essen lassen durfte – daß die Rosen nicht auf Barrayar heimisch waren, bedeutete noch nicht, daß sie für Pferde nicht giftig waren. Miles saugte an seinen Wunden und dachte an Barrayars konfuse ökologische Geschichte.

Die fünfzigtausend Erstsiedler von der Erde hatten gedacht, sie seien nur die Speerspitze von Barrayars Kolonisation. Dann schloß sich durch eine Anomalie der Gravitation das Wurmloch, durch das die Kolonisten gekommen waren, und zwar unwiderruflich und ohne Vorwarnung. Die Terraformung, die so vorsichtig und kontrolliert begonnen hatte, brach zusammen wie alles andere. Importierte Pflanzen und Tiere von der Erde entkamen überall und verwilderten, als die Menschen ihre Aufmerksamkeit den dringenderen Problemen des Überlebens zuwandten. Biologen bedauerten noch das massenhafte Aussterben einheimischer Arten, das die Folge gewesen war, und die Erosionen, die Trockenheiten und Überschwemmungen, aber in Wirklichkeit, dachte Miles, hatten in den Jahrhunderten des Zeitalters der Isolation die Fähigsten beider Welten ein vollkommen gutes neues Gleichgewicht erkämpft. Wenn etwas lebendig war und den Boden bedeckte, wen kümmerte es dann, woher es kam?

Wir sind alle zufällig hier. Wie die Rosen.

Sie kampierten in dieser Nacht hoch im Hügelland, und stießen am nächsten Morgen zu den Flanken der echten Berge vor. Sie hatten jetzt die Gegend verlassen, mit der Miles aus seinen Kindertagen noch vertraut war, und er überprüfte Harras Richtungsangaben häufig auf seiner aus dem Orbit aufgenommen Landkarte. Sie hielten am zweiten Tag bei Sonnenuntergang an, nur ein paar Stunden von ihrem Ziel entfernt. Harra beharrte darauf, sie könnte sie auch in der Abenddämmerung von hier aus weiterführen, aber Miles wollte nicht nach Einbruch der Dunkelheit unangemeldet an einem fremden Ort ankommen, wo er nicht wußte, welcher Empfang sie erwartete.

Er badete am nächsten Morgen in einem Wasserlauf und zog sorgfältig seine neue grüne Uniform eines kaiserlichen Offiziers an. Pym trug die braun-silberne Livree des Hauses Vorkosigan; er holte die Standarte des Grafen zusammen mit einem Teleskopstab aus Aluminium aus den Tiefen seiner Satteltasche und befestigte sie an seinem linken Steigbügel. *Bereit zum Töten*, dachte Miles freudlos. Dr. Dea trug die gewöhnliche schwarze Arbeitsuniform; ihm war unbehaglich zumute. Falls sie eine Botschaft darstellten, Miles hätte selbst gern gewußt, was sie bedeutete.

Am Vormittag hielten sie ihre Pferde vor einer Hütte an, die am Rand eines ausgedehnten Hains von Zukkerahorn lag, der vor wer weiß wie vielen Jahren angepflanzt worden war, jetzt aber durch Selbstaussaat da und dort die Talhänge hinaufwuchs. Die Bergluft war kühl und rein und klar. Ein paar Hühner staksten im Gras umher. Von den Wäldern her kam ein hölzernes Rohr, das schon halb von Algen verstopft war und nur noch tröpfelweise Wasser in einen Trog abgab, von wo es in ein morastiges grünes Rinnsal überfloß.

Harra glitt vom Pferd, glättete ihren Rock und stieg auf die Veranda. »Karal?« rief sie. Miles wartete hoch zu Roß auf die erste Begegnung. Man sollte nie einen psychologischen Vorteil aufgeben.

»Harra? Bist du's?« rief von drinnen die Stimme eines Mannes. Er stieß die Tür auf und kam herausgeeilt. »Wo bist du gewesen, Mädchen? Wir haben die Büsche nach dir durchsucht! Dachten, du hättest dir irgendwo im Gestrüpp das Genick gebrochen...« Er blieb vor den drei schweigenden Männern auf den Pferden stehen.

»Du wolltest meine Anzeige nicht niederschreiben, Karal«, sagte Harra ziemlich atemlos. Ihre Hände zupften an ihrem Rock herum. »Also bin ich zum Bezirksrichter in Vorkosigan Surleau gegangen, um selbst mit ihm zu sprechen.«

»Ach, Mädchen«, keuchte Karal reuevoll, »das zu tun war *dumm*...« Er senkte und wiegte den Kopf, während er voll Unbehagen auf die Reiter starrte. Er war ein Mann von vielleicht sechzig Jahren, mit beginnender Glatze und ledriger Haut, abgearbeitet; sein linker Arm endete in einem Stumpf. Noch ein Veteran.

»Sprecher Serg Karal?« begann Miles streng. »Ich bin die Stimme von Graf Vorkosigan. Ich bin beauftragt, das Verbrechen zu untersuchen, das Harra Csurik vor dem Gericht des Grafen angezeigt hat, nämlich den Mord an ihrer kleinen Tochter Raina. Als Sprecher des Silvy-Tales werden Sie ersucht und aufgefordert, mich in allen Dingen zu unterstützen, die in Beziehung zur Gerichtsbarkeit des Grafen stehen.«

An diesem Punkt waren die vorgeschriebenen Formalitäten zu Ende, sie hatten nicht lange gedauert, und Miles mußte sich selber etwas einfallen lassen. Er wartete. Ninny schnaubte. Das braune, mit Silber verzierte Tuch der Standarte klatschte ein paarmal weich in einer vorüberstreichenden Brise.

»Der Bezirksrichter war nicht da«, warf Harra ein, »aber der Graf war da.«

Karals Gesicht wurde grau; er starrte vor sich hin. Schließlich riß er sich mit Gewalt zusammen, nahm irgendwie Haltung an und versuchte sich ächzend an einer halben Verbeugung. »Wer... wer seid Ihr, Sir?«

»Lord Miles Vorkosigan.«

Karals Lippen bewegten sich stumm. Miles konnte nicht von Lippen lesen, aber er war sich ziemlich sicher, daß es sich um eine verzweifelte Variante von *Was für ein Mist!* handelte. »Das da ist mein Livrierter Sergeant Pym und mein Gerichtsmediziner, Leutnant Dea vom Kaiserlichen Militär.«

»Sie sind der Sohn des Herrn Grafen?« krächzte Karal.

»Sein einziger.« Miles hatte plötzlich genug von seiner Pose. Sicherlich reichte dies für den ersten Eindruck. Er schwang sich von Ninny und landete leicht auf seinen Fußballen. Karals Blick folgte ihm. *Jaa, ich bin so klein. Aber warten Sie mal, bis Sie mich tanzen sehen.* »Geht es in Ordnung, wenn wir unsere Pferde hier in Ihrem Trog tränken?« Miles zog Ninnys Zügel durch die Armbeuge und ging auf den Trog zu.

»Hm, der ist für Menschen, Mylord«, sagte Karal. »Warten Sie einen Augenblick, ich hole einen Eimer.« Er zog seine ausgebeulten Hosen hoch und trottete davon, um die Ecke der Hütte herum. Eine Minute lang herrschte unbehagliches Schweigen, dann hörte man Karals Stimme schwach: »Wo hast du den Ziegeneimer hingetan, Zed?«

Eine andere Stimme antwortete, hell und jung. »Hinter den Holzstapel, Pa.« Beide Stimmen verfielen in einen gedämpften Ton. Karal kam mit einem zerbeulten Aluminiumeimer zurückgetrottet, den er neben dem Trog abstellte. Er zog einen hölzernen Stöpsel aus der Seitenwand des Trogs, ein heller Wasserstrahl ergoß sich in einem Bogen aus dem Loch und füllte den Eimer. Ninny zuckte mit den Ohren und schnupperte und rieb seinen großen Kopf an Miles; dabei übersäte er Miles' Jacke mit roten und weißen Pferdehaaren und warf ihn fast um. Karal blickte auf und lächelte dem Pferd zu; als sein Blick jedoch zum Besitzer des Pferdes weiterwanderte, verschwand das Lächeln. Während Ninny trank, erblickte Miles kurz einen Jungen von etwa zwölf Jahren, der in den Wald hinter der Hütte davonflitzte.

Karal half Miles und Harra und Pym, die Pferde anzubinden. Miles überließ es Pym, die Sättel abzunehmen und die Pferde zu füttern, und folgte Karal in dessen Haus. Harra klebte wie eine Klette an Miles, und Dr. Dea packte seine Instrumententasche aus und schloß sich ihnen an. Auf den hölzernen Bodenbrettern klangen Miles' Stiefelschritte laut und ungleich.

»Meine Frau wird gegen Mittag zurücksein«, sagte Karal und bewegte sich unsicher im Zimmer umher, während Miles und Dea sich auf einer Bank niederließen und Harra sich auf dem Boden neben dem Herd aus Feldsteinen hinhockte und ihre Knie mit den Armen umschlang. »Ich mache … ich mache etwas Tee, Mylord.« Bevor Miles noch sagen konnte: *Nein, danke,* entwischte Karal durch die Tür, um am Trog einen Kessel zu füllen. Nein, laß ihn nur in alltäglichen Verrichtungen seine Nerven beruhigen. Dann konnte Miles vielleicht herausfinden, wieviel von dieser Verwirrung einfach gesellschaftliche Befangenheit war und wieviel – vielleicht – schlechtes Gewissen.

Als der Kessel auf dem Herd stand, hatte Karal sichtlich seine Beherrschung wiedergewonnen. Also begann Miles zu sprechen.

»Ich würde lieber diese Untersuchung sofort beginnen, Sprecher. Sie wird nicht lange dauern.«

»Sie braucht … überhaupt nicht stattzufinden, Mylord. Der Tod des Babys war natürlich – es gab keine Spuren an ihm. Die Kleine war schwächlich, sie hatte einen Katzenmund, wer weiß, was sonst noch mit ihr nicht gestimmt hat? Sie ist im Schlaf gestorben, oder durch einen Unfall.«

»Es ist bemerkenswert«, sagte Miles trocken, »wie oft solche Unfälle in diesem Bezirk vorkommen. Mein Vater, der Graf, hat sich selbst … in diesem Sinne geäußert.«

»Es war keine Veranlassung, Sie hierherzuholen.«

Karal blickte empört auf Harra. Sie saß stumm da, unbewegt von seinen Worten.

»Das war kein Problem«, sagte Miles höflich.

»Gewiß, Mylord«. Karal dämpfte seine Stimme. »Ich glaube, sie hat sich vielleicht aus Versehen auf das Kind gelegt. Da ist es doch kein Wunder, bei ihrem Schmerz, daß ihr Verstand das nicht akzeptiert. Lem Csurik ist ein guter Junge, ein treusorgender Vater. Sie will das alles gar nicht wirklich tun, ihr Verstand ist nur vorübergehend ausgeschaltet, wegen ihrer Probleme.«

Harras Augen, die hinter ihrem Haardickicht hervorschauten, waren giftig kalt.

»Ich beginne zu verstehen.« Miles Stimme klang sanft, ermutigend.

Karals Gesicht erhellte sich leicht. »Es könnte alles noch in Ordnung sein. Wenn sie nur geduldig wäre. Ihren Schmerz bezähmen würde. Mit dem armen Lem reden würde. Ich bin sicher, daß er das Baby nicht umgebracht hat. Man sollte nicht voreilig etwas unternehmen, was sie dann bereut.«

»Ich beginne zu verstehen«, Miles sprach in einem eiskalten Ton, »warum Harra Csurik es für notwendig hielt, vier Tage lang zu gehen, um vorurteilsfreies Gehör zu finden. Sie meinen, Sie glauben. Wer weiß etwas? Sie nicht, anscheinend. Ich höre Spekulationen – Anklagen – Andeutungen – Behauptungen. Ich bin wegen der *Tatsachen* gekommen, Sprecher Karal. Die Rechtsprechung des Grafen verläßt sich nicht auf Vermutungen. Das braucht sie nicht. Jetzt ist nicht mehr das Zeitalter der Isolation. Nicht einmal hier am Ende der Welt.

Meine Untersuchung der Tatsachen wird jetzt sofort beginnen. Es wird kein vorschnelles Urteil geben, bevor die Tatsachen nicht vollständig bekannt sind. Die Bestätigung von Lem Csuriks Schuld oder Unschuld wird aus seinem eigenen Munde kommen, unter Schnell-

Penta, angewandt von Dr. Dea vor zwei Zeugen – Ihnen selbst und einem Stellvertreter Ihrer Wahl. Einfach, sauber und schnell.« *Und vielleicht kann ich schon vor Sonnenuntergang wieder auf dem Rückweg aus diesem rückständigen Kaff sein.* »Ich fordere Sie auf, Sprecher, jetzt zu gehen und Lem Csurik zur Vernehmung zu bringen. Sergeant Pym wird Ihnen dabei helfen.«

Karal gewann noch einen weiteren Moment Bedenkzeit, indem er das kochende Wasser in einen großen braunen Topf goß, bevor er sprach. »Ich bin ein weitgereister Mann, Mylord. Ich war zwanzig Jahre beim Militär. Aber die meisten Leute hier sind niemals außerhalb des Silvy-Tales gewesen. Die Vernehmungschemie wird für sie so etwas wie Magie sein. Sie werden vielleicht sagen, daß es ein falsches Geständnis ist, wenn man es auf diese Weise erreicht.«

»Dann können Sie und Ihr Stellvertreter das richtigstellen. Es ist nicht mehr wie in den guten alten Tagen, als Geständnisse durch Folter erpreßt wurden, Karal. Außerdem, wenn er so unschuldig ist, wie Sie *vermuten* – dann wird er sich doch entlasten, oder nicht?«

Widerstrebend ging Karal in den Nebenraum. Als er wiederkam, zog er eine ausgebleichte Uniformjacke des kaiserlichen Militärs über die Schulter. Der Kragenspiegel zeigte den Rang eines Korporals. Über seiner Leibesmitte ließ sich die Jacke nicht mehr zuknöpfen. Sie war offensichtlich für solche offiziellen Anlässe aufgehoben worden. So wie man nach der Sitte von Barrayar vor der Uniform salutierte, und nicht vor dem Mann, der darin steckte, so mochte wohl auch die Empörung, die von einer unpopulären Dienstpflicht hervorgerufen wurde, sich gegen das Amt richten, und nicht gegen die Person, die diese Pflicht erfüllte. Miles erkannte den Unterschied.

Karal blieb an der Tür stehen. Harra saß noch immer in Schweigen gehüllt am Herd und schwankte leicht hin und her.

»Mylord«, sagte Karal. »Ich bin jetzt seit sechzehn Jahren Sprecher des Silvy-Tales. In dieser ganzen Zeit mußte niemand wegen einer Klage zum Bezirksrichter gehen, nicht wegen der Wasserrechte oder gestohlener Tiere oder Unzucht, nicht einmal, als Neva wegen des Ahornsafts Bors der Baumpiraterie beschuldigte. Wir haben in der ganzen Zeit keine einzige Blutfehde gehabt.«

»Ich habe nicht die Absicht, eine Blutfehde zu beginnen, Karal. Ich möchte nur die Tatsachen erfahren.«

»Das ist es ja, Mylord. Ich bin nicht mehr so sehr in Tatsachen verliebt, wie ich es einmal war. Manchmal verletzen sie.« Karals Blick wurde flehentlich.

Wirklich, außer Kopfstände zu machen und einhändig mit Katzen zu jonglieren tat der Mann alles, um Miles abzulenken. Wie offen sollte die Obstruktion noch werden?

»Man kann dem Silvy-Tal nicht sein eigenes kleines Zeitalter der Isolation zugestehen«, sagte Miles warnend. »Die Rechtsprechung des Grafen ist jetzt für alle da. Selbst, wenn es kleine Menschen sind. Und schwache Menschen. Und wenn etwas an ihnen anders ist. Und wenn sie nicht einmal für sich selbst sprechen können – *Sprecher.*«

Karal zuckte zusammen, weiß im Gesicht – das hatte ihn offensichtlich getroffen. Er trottete hangaufwärts auf dem Pfad davon. Pym folgte ihm wachsam und lockerte mit einer Hand den Betäuber in seinem Halfter.

Während sie warteten, tranken sie den Tee, und Miles sah sich in der Hütte um; er schaute nur, berührte aber nichts. Der Herd war die einzige Wärmequelle für Kochen und Waschwasser. Es gab ein aus Metall getriebenes Waschbecken, das von Hand aus einem abgedeckten Eimer gefüllt wurde, ausgeleert jedoch durch ein Abflußrohr, das unter der Veranda hindurchging und dann in das Rinnsal mündete, das aus dem Wassertrog draußen ablief. Der Nebenraum war ein Schlafzimmer, mit einem Doppelbett und Vorratskisten. Auf dem Dachboden gab es drei weitere Schlafstellen; der Junge, den sie draußen gesehen hatten, hatte anscheinend Brüder. Die Wohnung war eng, aber sauber; alle Dinge waren ordentlich an ihrem Platz.

Auf einem Tisch an der Seite stand ein von der Regierung bereitgestellter Audioempfänger, daneben befand sich ein zweites, älteres Militärmodell. Es war aufgeschraubt, offensichtlich, um eine kleinere Reparatur durchzuführen und neue Energiezellen einzulegen. Bei der weiteren Erkundung zeigte sich, daß eine Schublade voll mit alten Teilen war, leider nichts Komplizierteres, als was für einfache Audiosets nötig war. Sprecher Karal mußte auch der Kommunikator-Spezialist des Silvy-Tals sein. Wie passend. Sie fingen offensichtlich Sendungen von der Station in Hassadar auf, vielleicht sogar auch die Hochleistungskanäle der Regierung aus der Hauptstadt.

Sonst gab es natürlich keine Elektrizität. Powersat-Rezeptoren waren teuere Geräte der Präzisionstechnik. Nach einiger Zeit würden sie sogar hier den Einzug halten; einige Gemeinden, die fast ebenso klein waren, aber wirtschaftlich starke Genossenschaften hatten, verfügten schon darüber. Das Silvy-Tal steckte offensichtlich noch in der Subsistenzwirtschaft und mußte notwendigerweise warten, bis genügend Überschuß im Bezirk da war, um diese Gemeinde auszustatten, sofern der Überschuß nicht schon vorher von einem konkurrierenden Bedarf aufgebraucht wurde. Wenn nur die Stadt Vorkosigan Vashnoi nicht von den Atomwaffen der Cetagandaner zerstört worden wäre, dann hätte der ganze Bezirk wirtschaftlich schon um Jahre weiter sein können …

Miles trat auf die Veranda hinaus und lehnte sich auf das Geländer. Karals Sohn war zurückgekehrt. Drunten am Ende des Hofes stand Ninny angebunden, entspannt und mit zuckenden Ohren, und brummelte vor Wohlbehagen, während der grinsende Junge ihn kräftig unter seinem Halfter kraulte. Als der Junge aufblickte und sah, daß Miles ihn beobachtete, flitzte er ängstlich davon und verschwand wieder im Buschwerk am Hang. »Hach«, murmelte Miles.

Dr. Dea trat zu ihm. »Die sind jetzt schon lange weg. Ist es nicht an der Zeit, das Schnell-Penta herzurichten?«

»Nein, ich glaube eher, Ihre Instrumente für eine Autopsie. Ich nehme an, das wird unsere nächste Aktion.«

Dea blickte ihn scharf an. »Ich dachte, Sie hätten Pym mitgeschickt, um die Verhaftung zu erzwingen.«

»Man kann nicht einen Mann verhaften, der gar nicht da ist. Wetten Sie gern, Doktor? Ich wette mit Ihnen eine Mark, daß sie nicht mit Csurik zurückkommen. Nein, lassen Sie sie stecken – vielleicht habe ich unrecht. Ich hoffe, ich habe unrecht. Da kommen sie zu dritt zurück ...«

Karal, Pym und ein weiterer Mann kamen den Pfad herab. Der dritte war ein kräftig gebauter junger Mann mit großen Händen, buschigen Augenbrauen und einem massigen Hals. Er blickte mürrisch drein. »Harra«, rief Miles, »ist das Ihr Mann?« Er sah, bei Gott, genau so aus, wie Miles ihn sich vorgestellt hatte. Und wenn es noch vier Brüder gab, die genau so waren wir er – nur größer, zweifellos ...

Harra erschien neben Miles' Schulter und atmete hörbar aus. »Nein, Mylord. Das ist Alex, der Stellvertreter des Sprechers.«

»Ach so.« Miles preßte in stummer Enttäuschung die Lippen zusammen. *Na ja, ich mußte ja die Möglichkeit in Betracht ziehen, daß es ganz einfach wäre.*

Karal blieb unterhalb von Miles stehen und begann weitschweifig zu erklären, warum er mit leeren Händen zurückkam. Miles unterbrach ihn mit einem Stirnrunzeln. »Pym?«

»Abgehauen, Mylord«, sagte Pym lakonisch. »So gut wie sicher vorher gewarnt.«

»Da bin ich Ihrer Meinung.« Miles blickte finster auf Karal, der klugerweise schwieg. Zuerst die Tatsachen. Dann erst kamen die Entscheidungen, wie zum Beispiel die, mit wieviel Einsatz der Flüchtige verfolgt werden sollte. »Harra. Wie weit ist es zu Ihrem Begräbnisplatz?«

»Drunten am Fluß, Mylord, am Fuß des Tales. Etwa zwei Kilometer.«

»Nehmen Sie Ihre Instrumente, Doktor, wir machen einen Spaziergang. Karal, holen Sie eine Schaufel.«

»Mylord, sicher ist es nicht notwendig, die Ruhe der Toten zu stören«, begann Karal.

»Es ist durchaus notwendig. In dem Formular, das ich vom Büro des Bezirksrichters bekommen habe, ist extra Platz für den Autopsiebericht. Und wenn wir nach Vorkosigan Surleau zurückkehren, werde ich in diesem Büro meinen vollständigen Bericht über diesen Fall archivieren. Ich habe die Erlaubnis der nächsten Verwandten – nicht wahr, Harra?«

Sie nickte benommen.

»Ich habe die zwei erforderlichen Zeugen, Sie und Ihren«, *Gorilla,* »Stellvertreter, wir haben den Doktor und das Tageslicht – falls Sie nicht bis zum Sonnenuntergang hier stehenbleiben und argumentieren. Alles, was wir brauchen, ist die Schaufel. Es sei denn, Sie erklären sich bereit, mit Ihren Händen zu graben, Karal.« In Miles ausdrucksloser Stimme klang ein gefährlicher Unterton an.

Karal schüttelte gequält den bald kahlen Kopf. »Der Vater ist nach dem Gesetz der nächste Verwandte, solange er lebt, und ich habe nicht seine …«

»Karal«, sagte Miles.

»Mylord?«

»Geben Sie acht, daß das Grab, das Sie graben, nicht Ihr eigenes ist. Sie stehen schon mit einem Fuß darin.«

Karal öffnete verzweifelt die Hände. »Ich … hole die Schaufel, Mylord.«

Der Nachmittag war warm, die Luft golden und sommerlich schläfrig. Karals Stellvertreter grub mit der Schaufel gleichmäßig den Boden auf. Am Fuß des Hangs gluckerte ein klarer Bach über glatte, runde Steine. Harra kauerte neben Miles und beobachtete alles stumm und grimmig.

Als Alex, dieser Riese, den kleinen Kasten heraushob – der Sarg war so klein! –, ging Pym weg, um am Waldrand entlang zu patrouillieren. Miles konnte es ihm nicht verübeln. Er hoffte, daß der Boden in dieser Tiefe in den letzten acht Tagen kühl gewesen war. Alex stemmte den Kasten auf, und Dr. Dea scheuchte ihn weg und begann mit seiner Arbeit. Der Stellvertreter ging auch weg, um etwas am anderen Ende des Gräberfeldes zu untersuchen.

Dea betrachtete das in Tuch gewickelte Bündel gründlich, hob es heraus und legte es auf seine Plane, die im Sonnenlicht auf dem Boden ausgebreitet lag. Die für seine Untersuchung notwendigen Instrumente waren auf der Plastikunterlage präzis angeordnet. Er wickelte die hell gemusterten Tücher ab, und Harra kam herbei, um sie zu glätten und für den erneuten Gebrauch zu falten, dann kroch sie auf ihren Platz zurück.

Miles fingerte am Taschentuch in seiner Tasche herum, bereit, es jederzeit vor Mund und Nase zu halten, und trat zu Dea, um ihn über die Schulter zu beobachten. Schlimm, aber nicht zu schlimm. Er hatte schon Schlimmeres gesehen und gerochen. Dea, der eine Filtermaske trug, diktierte seine Vorgehensweise in seinen Recorder, der neben seiner Schulter in der Luft schwebte, und untersuchte zuerst mit dem Auge und den behandschuhten Händen, dann mit dem Scanner.

»Hier, Mylord«, sagte Dea und winkte Miles näher heran. »vermutlich die Todesursache, obwohl ich gleich den Toxin-Test machen werden. Ihr wurde das Genick gebrochen. Sehen Sie hier auf dem Scanner, wo das Rückenmark durchtrennt wurde, und dann die Knochen wieder zurückgedreht wurden.«

»Karal, Alex.« Miles winkte die beiden Zeugen herbei, die nur sehr widerstrebend herantraten.

»Kann das durch einen Unfall passiert sein?« fragte Miles.

»Das ist ziemlich unwahrscheinlich. Die Wiedereinrichtung ist jedoch mit Sicherheit in voller Absicht vorgenommen worden.«

»Würde das lange gedauert haben?«

»Nur Sekunden. Der Tod ist sofort eingetreten.«

»Wieviel Körperkraft war dafür notwendig? Die eines großen Mannes, oder ...«

»Ach, überhaupt nicht viel. Jeder Erwachsene könnte das leicht getan haben.«

»Jeder genügend motivierte Erwachsene.« Miles Magen drehte sich um, als er sich die Szene vorstellte, die Deas Worte beschworen hatten. Der kleine struppige Kopf paßte leicht in die Hand eines Mannes. Die Drehung, das gedämpfte knorpelige Knacken – wenn es etwas gab, das Miles auswendig kannte, dann war es die Tastempfindung brechender Knochen, o ja.

»Die Motive«, sagte Dea, »gehören nicht in meine Kompetenz.« Er zögerte kurz. »Ich möchte anmerken, daß eine sorgfältige äußerliche Untersuchung dies hätte herausfinden können. Meine Untersuchung hat es herausgefunden. Aber auch ein erfahrener Laie ...« – sein Blick fiel kühl auf Karal –, »der darauf achtgibt, was er tut, hätte es nicht übersehen dürfen.«

Miles blickte auch Karal an und wartete.

»Draufgelegt«, zischte Harra. In ihrer Stimme klang Verachtung an.

»Mylord«, sagte Karal vorsichtig, »es stimmt, ich hatte diese Möglichkeit erwogen...«

Erwogen, verdammt noch mal. Sie haben es gewußt.

»Aber ich war der Meinung – und bin immer noch entschieden der Meinung«, in seinem Blick blitzte ein mißtrauischer Trotz auf, »daß ein großer Wirbel nur noch mehr Unglück schaffen würde. Zu diesem Zeitpunkt gab es nichts mehr, was ich für das Baby hätte tun können. Ich bin den Lebenden verpflichtet.«

»Ich auch, Sprecher Karal. Zum Beispiel bin ich dem nächsten kleinen Untertan des Kaisers verpflichtet, dem Todesgefahr von denen droht, die eigentlich seine Beschützer sein sollten, und das nur für das schwere Vergehen«, Miles' Lächeln wurde schief, »körperlich anders zu sein. In Graf Vorkosigans Sicht ist das nicht einfach ein Fall. Dies ist ein Testfall, Dreh- und Angelpunkt für tausend Fälle. Wirbel...«, er zischte das Wort hervor, Harra wiegte sich im Rhythmus seiner Stimme, »Sie haben noch nicht einmal den Anfang des *Wirbels* gesehen.«

Karal sackte zusammen, als hätte man die Luft aus ihm herausgelassen.

Es folgte eine Stunde unangenehmer Untersuchungen, die vor allem negative Daten ergaben: Es waren keine weiteren Knochen gebrochen worden, es war nichts in den Lungen des Kindes, die Eingeweide und Blutgefäße waren frei von Toxinen, abgesehen von denen, die durch die natürliche Verwesung entstanden. Der Geburtsfehler, wegen dem es hatte sterben müssen, war nicht auf eine Spina bifida ausgedehnt, berichtete Dea. Eine ziemlich einfache plastische Operation hätte den Katzenmund korrigiert, wenn man sie irgendwie hätte ermöglichen können. Miles überlegte, was für ein Trost die Bestätigung für Harra wohl war; bestenfalls ein sehr kühler.

Dea setzte das Puzzle wieder zusammen, und Harra wickelte den kleinen Leichnam wieder in komplizierte, bedeutsame Tuchfalten. Dea reinigte seine Geräte, steckte sie in ihre Behälter und wusch sich Hände, Arme und Gesicht gründlich in dem Bach, und zwar länger, als aus Gründen der Hygiene notwendig gewesen wäre, dachte Miles, während der Gorilla den Kasten wieder eingrub.

Harra formte im Humus über dem Grab eine kleine Mulde und legte einige Zweige und Rindenstücke hinein, und eine Strähne, die sie von ihrem glatten Haar abgeschnitten hatte.

Miles war überrascht und suchte in seinen Taschen. »Ich habe keine Opfergabe bei mir, die brennt«, sagte er entschuldigend.

Harra blickte auf, erstaunt darüber, daß er an eine Opfergabe gedacht hatte. »Das macht nichts, Mylord.« Das kleine Opferhäuflein flammte kurz auf und erlosch, wie das Leben des Kindes Raina.

Aber es macht schon etwas, dachte Miles.

Friede dir, kleine Dame, nach unserer groben Einmischung. Ich werde dir ein besser Opfer geben, das schwöre ich bei meinem Wort als Vorkosigan. Und der Rauch dieses Opferfeuers wird aufsteigen und von einem Ende der Berge bis zum anderen zu sehen sein.

Miles beauftragte Karal und Alex damit, auf der Stelle Lem Csurik herbeizuschaffen, und ließ Harra Csurik hinter sich auf Ninny zurückreiten. Pym begleitete sie.

Unterwegs kamen sie an einigen einzelstehenden Hütten vorbei. Vor einer spielten ein paar schmuddelige Kinder auf dem Hof; sie sprangen an die Pferde heran, kicherten und machten Miles gegenüber die Zeichen zur Abwehr von Zauber, stachelten sich gegenseitig zu kühneren Darbietungen an, bis ihre Mutter dessen gewahr wurde, herausgerannt kam und sie mit einem furchtsamen Blick über die Schulter ins Haus scheuchte. Auf seltsame Art war dieser Vorfall für Miles fast entspannend, der Empfang, den er erwartet hatte, nicht wie Karals angestrengtes, befangenes und vorsichtiges Nichtbemerken. Rainas Leben wäre nicht leicht gewesen.

Harras Hütte stand am Beginn eines langen Seitentals, kurz bevor es sich zu einer Schlucht verengte. Sie erschien im Halbschatten sehr ruhig und isoliert.

»Sind Sie sicher, daß Sie nicht lieber bei Ihrer Mutter bleiben wollen?« fragte Miles zweifelnd.

Harra schüttelte den Kopf. Sie glitt von Ninny herab; Miles und Pym stiegen von den Pferden und folgten ihr nach innen.

Die Hütte entsprach dem Standardmuster, ein einziger Raum mit einer Feuerstelle aus Feldsteinen und einer breiten überdachten Veranda auf der Vorderseite.

Das Wasser kam anscheinend aus dem Bächlein in der Schlucht. Pym hob die Hand und betrat als erster hinter Harra die Hütte, die andere Hand an seinem Betäuber. Falls Lem Csurik davongelaufen war, würde er vielleicht zuerst nach Hause gerannt sein. Auf dem Weg hierher hatte Pym immer wieder völlig unschuldige Büsche mit seinem Scanner überprüft.

Die Hütte war verlassen. Allerdings noch nicht lange verlassen; es fehlte das nachklingende, staubige Schweigen, das man in einem Raum erwarten durfte, der acht Tage wegen Trauer nicht benutzt worden war. Auf dem Brett neben dem Spülbecken standen die Überreste einiger hastiger Mahlzeiten. Das Bett sah danach aus, als ob jemand darin geschlafen hätte, es war zerknittert und nicht gemacht. Ein paar Männerkleidungsstücke lagen im Zimmer verstreut. Automatisch begann Harra sich in der Hütte herumzubewegen und aufzuräumen, ihre Anwesenheit, ihre Existenz, ihren Wert wieder geltend zu machen. Wenn sie schon nicht über die Ereignisse ihres Lebens gebieten konnte, so doch wenigstens über ein kleines Zimmer.

Der einzige unberührte Gegenstand war eine Wiege, die neben dem Bett stand; ihre kleinen Decken waren säuberlich zusammengefaltet. Ein paar Stunden nach der Bestattung war Harra nach Vorkosigan Surleau geflohen.

Miles wanderte im Zimmer umher und probierte den Ausblick durch die Fenster. »Zeigen Sie mir, wohin Sie gegangen sind, um die Brillbeeren zu sammeln, Harra?«

Sie führte ihn die Schlucht hinauf; Miles stoppte die Zeit für den Weg. Pym teilte ungern seine Aufmerksamkeit zwischen dem Gestrüpp und Miles auf; er war auf der Hut, um Miles aufzufangen, falls er stolpern sollte, damit er sich nicht wieder Knochen bräche. Nachdem es Miles ungefähr dreimal gelungen war, einem abgebrochenen schützenden Zugriff zu entgehen, war er so weit, Pym zu sagen, er solle auf einen Baum steigen. Allerdings war bei Pym ein gewisses verständliches Eigeninteresse am Werk, denn wenn Miles sich ein Bein bräche, dann wäre es an Pym gewesen, ihn von hier wegzutragen.

Der Ort, wo die Brillbeeren wuchsen, lag etwa einen Kilometer schluchtaufwärts. Miles pflückte einige der samenreichen roten Beeren, aß sie geistesabwesend und schaute sich um, während Harra und Pym respektvoll warteten. Die Nachmittagssonne fiel schräg durch grünes und braunes Laub, aber der Grund der Schlucht war schon düster und kühl von frühzeitiger Dämmerung. Die Ranken der Brillbeeren kletterten an den Felsen empor und hingen einladend herab; sie verlockten einen, sich den Hals zu brechen, um sie zu erreichen. Miles widerstand ihrer vegetativen Versuchung, denn er mochte Brillbeeren nicht sonderlich. »Wenn jemand von Ihrer Hütte aus riefe, dann würden Sie ihn hier nicht hören, nicht wahr?« bemerkte Miles.

»Nein, Mylord.«

»Wie lange haben Sie hier Beeren gesammelt?«

»Etwa einen Korb voll.« Harra zuckte die Achseln.

Die Frau besaß kein Chrono. »Sagen wir eine

Stunde. Und zweimal ein Weg von zwanzig Minuten. Also gab es an jenem Morgen ein Zeitfenster von etwa zwei Stunden. Ihre Hütte war nicht abgesperrt?«

»Nur ein Schnappschloß, Mylord.«

»Hm.«

Methode, Motiv und Gelegenheit, hatten die Verfahrensvorschriften des Bezirksrichters betont. Verdammt. Die Methode war geklärt, und fast jeder konnte sie angewendet haben. Mit dem Aspekt der Gelegenheit stand es fast so schlimm. Jeder beliebige konnte zu der Hütte hochgegangen sein, die Tat vollbracht haben und dann wieder gegangen sein, ungehört und ungesehen. Für einen Aura-Detektor, mit dem man die glänzenden Gespenster des Kommens und Gehens in dieses Zimmer hätte aufspüren können, war es jetzt viel zu spät, selbst wenn Miles einen mitgebracht hätte.

Tatsachen, ha! Sie waren wieder beim Motiv, den düsteren Vorgängen im Geist eines Menschen. Jedermann konnte Vermutungen anstellen.

Den Anweisungen in den Verfahrensvorschriften des Bezirksrichters entsprechend, hatte Miles sich bemüht, dem Beschuldigten gegenüber unbefangen zu bleiben, aber es wurde ihm immer schwerer, Harras Behauptungen zu widerstehen. Bis jetzt waren sie in jeder Hinsicht bestätigt worden.

Sie ließen Harra in ihrem kleinen Heim zurück, wo sie sich mit dem Aufräumen und den Routinen des Alltagslebens beschäftigte, als könnte sie dadurch – gleichsam in einem Akt sympathetischer Magie – erreichen, daß alles wieder so wäre wie zuvor.

»Sind Sie sicher, daß es gut für Sie ist?« fragte Miles, als er Ninnys Zügel wieder aufnahm und sich im Sattel zurechtsetzte. »Ich muß immer daran denken, daß Ihr Mann, wenn er in den Gegend ist, hier auftauchen kann. Sie sagen, daß nichts fehlt, also ist es unwahrscheinlich, daß er hier war und wieder abgehauen ist, bevor wir gekommen sind. Möchten Sie, daß jemand bei Ihnen bleibt?«

»Nein, Mylord.« Sie stand auf der Veranda und hielt ihren Besen im Arm. »Ich möchte ... ich möchte gerne eine Weile allein sein.«

»Nun gut ... in Ordnung. Ich schicke Ihnen eine Nachricht, wenn etwas Wichtiges passiert.«

»Danke, Mylord.« Ihr Ton war zurückhaltend; sie wollte wirklich allein gelassen werden.

Dort, wo auf dem Rückweg zu Karals Haus der Weg breiter wurde, ritten Pym und Miles Steigbügel an Steigbügel nebeneinander. Pym war immer noch in Alarmbereitschaft wegen möglicher Attentäter in den Büschen.

»Mylord, darf ich als nächsten logischen Schritt vorschlagen, alle fähigen Männer in der Gemeinde für die Suche nach diesem Csurik anzufordern? Ohne Zweifel haben Sie geklärt, daß diese Kindstötung ein Mord war.«

Interessante Formulierung, dachte Miles trocken. *Nicht einmal Pym findet sie redundant. O mein armes Barrayar.* »Auf den ersten Blick erscheint dies vernünftig, Sergeant Pym, aber ist Ihnen schon der Gedanke gekommen, daß die Hälfte der fähigen Männer in dieser Gemeinde wahrscheinlich Verwandte von Lem Csurik sind?«

»Es hätte vielleicht einen psychologischen Effekt. Würde genügend Unruhe verursachen, und vielleicht würde ihn jemand ausliefern, um einfach die Sache hinter sich zu bringen.«

»Hm, vielleicht. Wenn wir annehmen, daß er die Gegend noch nicht verlassen hat. Er könnte aber schon auf dem halben Weg zur Küste gewesen sein, bevor wir mit der Autopsie fertig waren.«

»Nur, wenn er Zugang zu einem Transportmittel hat.« Pym blickte zum leeren Himmel hoch.

»Soweit wir wissen, hat einer seiner weitläufigen

Verwandten irgendwo in einem Schuppen einen klapprigen Leichtflieger. Aber... er war noch nie aus dem Silvy-Tal weg. Ich bin mir nicht sicher, daß er wissen würde, wie man wegläuft und wohin er gehen sollte. Na ja, wenn er den Bezirk verlassen hat, dann ist dies ein Problem für den Kaiserlichen Zivilsicherheitsdienst, und ich bin aus der Patsche.« Ein fröhlicher Gedanke. »Aber – etwas, das mich sehr beschäftigt, sind die Widersprüche, auf die ich im Bild unseres Hauptverdächtigen stoße. Haben Sie sie bemerkt?«

»Das kann ich nicht behaupten, Mylord.«

»Hm. Wohin hat Karal Sie übrigens gebracht, als er diesen Burschen verhaften sollte?«

»In eine wilde Gegend, lauter grobes Gestrüpp und tiefe Bachrinnen. Ein halbes Dutzend Männer war draußen, um nach Harra zu suchen. Sie hatten gerade ihre Suche abgebrochen und waren auf dem Rückweg, als wir auf sie trafen. Woraus ich schloß, daß unsere Ankunft keine Überraschung für sie war.«

»War Csurik tatsächlich dort gewesen und dann geflohen, oder hatte Karal Sie nur in einem Kreis an der Nase herumgeführt?«

»Ich glaube, er ist wirklich da gewesen, Mylord. Die Männer haben das nicht gesagt, aber wie Sie schon unterstrichen haben, sind sie Verwandte, und außerdem haben sie nicht gut gelogen. Sie waren alle nervös. Karal mag nur widerwillig mit Ihnen kooperieren, aber ich glaube nicht, daß er es wagen wird, Ihren direkten Befehlen zu widersprechen. Er ist schließlich ein Mann mit zwanzig Jahren Militärdienst.«

Wie Pym selbst, dachte Miles. Die Leibwache des Grafen Vorkosigan war durch Gesetz auf die zeremonielle Anzahl von zwanzig beschränkt, aber angesichts seiner politischen Stellung gehörte zu ihren Aufgaben auch die ganz praktische Sicherheit. Pym war ein typischer Repräsentant dieser zwanzig, ein dekorierter Veteran des Kaiserlichen Militärs, der sich in diese private Elitetruppe zurückgezogen hatte. Es war nicht Pyms Schuld, daß er bei seinem Eintritt in die Fußstapfen eines Toten getreten war, indem er die Stelle des verstorbenen Sergeanten Bothari einnahm. Vermißt im ganzen Universum noch jemand anderer außer mir Bothari, diesen schwierigen Menschen? fragte sich Miles traurig.

»Ich würde gerne *Karal* unter Schnell-Penta verhören«, sagte Miles verdrießlich. »Er scheint genau der Mann zu sein, der weiß, wo der Hase im Pfeffer liegt.«

»Warum tun Sie's dann nicht?« fragte Pym logisch.

»Ich komme darauf vielleicht noch zurück. Eine Vernehmung unter Schnell-Penta bringt jedoch eine gewisse unvermeidliche Erniedrigung mit sich. Falls der Mann loyal ist, dann mag es nicht in unserem langfristigen Interesse sein, ihn öffentlich bloßzustellen.«

»Es wäre ja nicht öffentlich.«

»Nein, aber er würde sich daran erinnern, daß man ihn in einen sabbernden Idioten verwandelt hat. Ich brauche ... mehr Informationen.«

Pym blickte über die Schulter zurück. »Ich dachte, Sie hätten inzwischen alle Informationen.«

»Ich habe Tatsachen, physikalische Tatsachen. Einen großen Haufen – bedeutungsloser, nutzloser Tatsachen.« Miles grübelte vor sich hin. »Wenn ich jeden Hinterwäldler im Silvy-Tal unter Schnell-Penta verhören muß, um dieser Sache auf den Grund zu kommen, dann werde ich's tun. Aber das ist keine elegante Lösung.«

»Es ist auch kein elegantes Problem, Mylord«, sagte Pym trocken.

Als sie zurückkehrten, fanden sie, daß Sprecher Karals Frau wieder zu Hause war und den Haushalt voll übernommen hatte. Sie rannte wie gehetzt im Kreis, hackte, schlug, knetete, schaffte Vorräte herbei und eilte ins Dachgeschoß, um die Bettwäsche auf den drei

Schlafpritschen zu wechseln. Dabei trieb sie ihre drei Söhne vor sich her und ließ sie holen und rennen und tragen. Dr. Dea folgte ihr verwirrt und versuchte sie zu bremsen, indem er ihr erklärte, daß sie ihr eigenes Zelt und ihre eigene Verpflegung mitgebracht hätten, danke schön, und daß ihr Gastfreundschaft nicht beansprucht würde. Darauf reagierte Ma Karal äußerst ungehalten.

»Mylords eigener Sohn kommt in mein Haus, und ich soll ihn auf die Wiese hinausschicken wie sein Pferd! Da müßte ich mich ja schämen!« Und sie kehrte zu ihrer Arbeit zurück.

»Sie scheint ganz außer sich zu sein«, sagte Dea mit einem Blick über die Schulter.

Miles nahm ihn am Ellbogen und führte ihn auf die Veranda hinaus. »Gehen Sie ihr einfach aus dem Weg, Doktor. Wir sind dazu verurteilt, bewirtet zu werden. Es ist eine Verpflichtung für beide Seiten. Die Höflichkeit verlangt, daß wir irgendwie so tun, als wären wir nicht hier, bis sie bereit für uns ist.«

Dea dämpfte seine Stimme. »Angesichts der Umstände wäre es vielleicht besser, wenn wir nur unsere abgepackten Speisen essen würden.«

Das Geklapper eines Küchenmessers und ein Duft von Kräutern und Zwiebeln drangen verführerisch durch das offene Fenster. »Ach, ich glaube, alles aus dem gemeinsamen Topf dürfte in Ordnung sein, meinen Sie nicht?« sagte Miles. »Wenn etwas Sie wirklich beunruhigt, dann können Sie es wohl verschwinden lassen und überprüfen, aber – diskret, ja? Wir wollen niemanden beleidigen.«

Sie ließen sich auf den selbstgemachten Holzstühlen nieder und bekamen sofort Tee serviert, von einem zehnjährigen Jungen, Karals Jüngstem, der zum Küchendienst abgestellt worden war. Er hatte anscheinend schon von seinen Eltern Privatunterricht in guten Manieren bekommen, denn er reagierte auf Miles'

Mißbildungen mit dem gleichen gespielten, verstohlenen Nichtbemerken wie die Erwachsenen, allerdings nicht ganz so glatt.

»Werden Sie in meinem Bett schlafen, Mylord?« fragte er. »Ma sagt, wir sollen auf der Veranda schlafen.«

»Na ja, was deine Mutter sagt, wird gemacht«, sagte Miles. »Ach übrigens … schläfst du gerne auf der Veranda?«

»Nöö. Letztesmal hat Zed mich gestoßen, und ich bin in die Dunkelheit hinausgerollt.«

»So so. Nun, wenn wir dich schon vertreiben, vielleicht würdest du dann dafür gern in unserem Zelt schlafen.«

Der Junge bekam große Augen. »Wirklich?«

»Sicher. Warum nicht?«

»Warten Sie, ich sage es Zed!« Er rannte die Stufen hinab und flitzte auf die andere Seite des Hauses. »Zed, heh, Zed …!«

»Ich nehme an«, sagte Dea, »wir können es später ausräuchern …«

Miles' Mund zuckte. »Die sind bestimmt nicht schmuddeliger als Sie im gleichen Alter. Oder als ich. Wenn ich durfte.« Der Spätnachmittag war warm. Miles zog seine grüne Uniformjacke aus und knöpfte den runden Kragen seines cremefarbenen Hemdes auf.

Dea runzelte die Stirn. »Halten wir bei dieser Untersuchung Dienstzeiten ein, Mylord? Heißt das, wir sind für heute fertig?«

»Nicht ganz.« Miles nippte nachdenklich an dem Tee und blickte hinaus auf den Hof. Bis hinab in den Talgrund dieses Nebenflusses standen die Bäume dicht an dicht; der Hang auf der anderen Seite war mit Gebüsch bedeckt. Ein Hügelkamm, dahinter erhoben sich die langen Flanken eines Hauptgebirgszugs, hoch und schroff bis zu einem Gipfel, der noch mit langsam schrumpfenden Schneefeldern gesprenkelt war.

»Dort draußen läuft irgendwo noch ein Mörder frei herum«, gab Dea das Stichwort.

»Sie reden wie Pym.« Pym hatte, wie Miles bemerkte, ihre Pferde versorgt und machte sich mit seinem Scanner auf einen weiteren Rundgang. »Ich warte.«

»Worauf?«

»Da bin ich mir nicht sicher. Das Stück Information, das all dem einen Sinn gibt. Schauen Sie, es gibt nur zwei Möglichkeiten. Csurik ist entweder unschuldig oder schuldig. Wenn er schuldig ist, wird er sich nicht selber stellen. Er wird sicher seine Verwandten mit hineinziehen, indem sie ihn verstecken und ihm helfen. Wenn ich will, kann ich über den Kommunikator vom Kaiserlichen Zivilsicherheitsdienst in Hassadar Verstärkungen anfordern. Jederzeit. Zwanzig Mann, dazu ihre Ausrüstung, die sind mit dem Luftwagen in ein paar Stunden hier. Ich könnte einen Zirkus veranstalten. Brutal, häßlich, aufregend – das könnte ziemlich populär werden. Eine Menschenjagd, mit einem blutigen Ende.

Natürlich ist da auch die Möglichkeit, daß Csurik unschuldig ist, aber Angst hat. In diesem Falle …«

»Ja?«

»In diesem Falle läuft immer noch ein Mörder dort draußen frei herum.« Miles trank wieder von dem Tee. »Ich stelle nur fest: Wenn man etwas fangen will, dann besteht die beste Methode nicht immer darin, hinterherzulaufen.«

Dea räusperte sich und nahm ebenfalls wieder einen Schluck.

»In der Zwischenzeit habe ich eine andere Pflicht zu erfüllen. Ich bin hier, damit man mich sieht. Falls Ihr Wissenschaftlergemüt danach verlangt, etwas zu tun, während wir hier die Stunden totschlagen, dann versuchen Sie doch einmal zu zählen, wie viele Beobachter heute abend hier auftauchen.«

Die Besichtigung, die Miles vorausgesagt hatte, begann fast auf der Stelle. Es waren zuerst vor allem Frauen, die Geschenke brachten, wie zu einem Begräbnis. Da es hier kein Kommunikatorsystem gab, war Miles sich nicht sicher, mit Hilfe welcher Art von Telepathie sie miteinander kommunizierten, aber sie brachten abgedeckte Schüsseln mit Speisen, Blumen, zusätzliche Bettwäsche und boten ihre Hilfe an. Sie wurden alle Miles vorgestellt und machten nervös einen Knicks, blieben aber nur selten noch da, um mit ihm zu plaudern; offensichtlich waren sie nur neugierig, einen Blick auf ihn zu werfen. Ma Karal war höflich, machte aber deutlich, daß sie die Situation durchaus in der Hand hatte, und stellte die kulinarischen Angebote der anderen Frauen hinter ihren eigenen zurück.

Einige der Frauen hatten Kinder im Schlepptau. Die meisten von ihnen wurden in das Wäldchen hinter dem Haus zum Spielen geschickt, aber eine kleine Schar flüsternder Buben schlich sich um die Ecke der Hütte zurück und spitzte über den Rand der Veranda auf Miles. Miles war entgegenkommenderweise mit Dea auf der Veranda geblieben und hatte bemerkt, daß so die Sicht besser sei, hatte jedoch nicht gesagt, für wen. Eine Weile tat Miles so, als bemerkte er sein Publikum nicht, und hielt Pym mit einem Handzeichen davon ab, sie wegzuscheuchen. *Ja, schaut gut hin, schaut euch satt,* dachte Miles. *Was ihr da seht, das werdet ihr bekommen, für den Rest eures Lebens, oder zumindest für den Rest des meinen. Gewöhnt euch daran …* Dann schnappte das Geflüster von Zed Karal auf, dem selbsternannten Fremdenführer der Schar: »Der Große ist 'kommen, um Lem Csurik zu töten!«

»Zed«, sagte Miles.

Das Gewispere am Rand der Veranda verstummte abrupt. Sogar das Geraschel hörte auf.

»Komm her«, sagte Miles.

Während im Hintergrund entsetztes Flüstern und

nervöses Gekicher zu hören war, kam Karals mittlerer Sohn mißtrauisch auf die Veranda gelatscht.

»Ihr drei«, Miles' Zeigefinger erwischte sie mitten in der Flucht, »wartet dort.« Zur Unterstützung blickte Pym sie finster an, und Zeds Freunde blieben wie gelähmt stehen, mit weit aufgerissenen Augen, die Köpfe in Höhe des Bodens der Veranda aufgereiht, als steckten sie auf einer altertümlichen Zinne, als Warnung für ähnliche Missetäter.

»Was hast du gerade zu deinen Freunden gesagt, Zed?« fragte Miles ruhig. »Wiederhole es.«

Zed leckte die Lippen. »Ich hab' g'rad g'sagt, Sie sind 'kommen, um Lem Csurik zu töten, Mylord.« Zed überlegte jetzt offensichtlich, ob Miles' mörderische Absichten sich auch auf unartige und respektlose Jungen erstreckten.

»Das ist nicht wahr, Zed. Das ist eine gefährliche Lüge.«

Zed blickte verwirrt drein. »Aber Pa – hat es gesagt.«

»Wahr ist, daß ich gekommen bin, um den zu fangen, der Lem Csuriks kleine Tochter umgebracht hat. Das kann Lem sein. Aber vielleicht auch nicht. Verstehst du den Unterschied?«

»Aber Harra hat gesagt, daß Lem es getan hat, und sie sollte es doch wissen, wo er doch ihr Mann ist und so.«

»Irgend jemand hat dem Baby den Hals gebrochen. Harra denkt, daß es Lem war, aber sie hat nicht gesehen, wie es geschehen ist. Was ihr, du und deine Freunde hier, verstehen müßt, ist, daß ich keinen Fehler machen werde. Ich *kann nicht* die falsche Person verurteilen. Meine eigenen Wahrheitsdrogen lassen das nicht zu. Lem Csurik muß nur hierher kommen und mir die Wahrheit sagen, um sich selbst zu entlasten, wenn er es nicht getan hat.

Aber falls er es getan hat: Was soll ich mit einem Mann machen, der ein Baby umgebracht hat, Zed?«

Zed scharrte verlegen mit den Füßen. »Na ja, es war ja nur ein Mutie...« Dann schloß er den Mund und errötete. Er vermied Miles' Blick.

Es war vielleicht ein bißchen viel, einen zwölfjährigen Jungen zu bitten, sich für ein Baby zu interessieren, noch dazu für ein Mutie ... *nein,* verdammt. Es war nicht zu viel. Aber wie konnte er diese abweisende Fassade durchdringen? Und wenn Miles nicht einmal einen mürrischen Zwölfjährigen überzeugen konnte, wie sollte er dann einen ganzen Bezirk von Erwachsenen magisch verwandeln? Ein Anfall von Verzweiflung ließ ihn plötzlich in Wut geraten. Diese Leute hier waren so verdammt *unmöglich.* Er zügelte seine Empörung.

»Dein Vater hat zwanzig Jahre Dienst hinter sich, Zed. Bist du stolz, daß er dem Kaiser gedient hat?«

»Ja, Mylord.« Zeds Blicke suchten nach einer Fluchtmöglichkeit aus der Falle dieser schrecklichen Erwachsenen.

Miles bemühte sich weiter. »Nun, diese Sitte – das Umbringen von Muties – ist eine Schande für den Kaiser, wenn er in der Galaxis Barrayar repräsentiert. Ich bin schon dort gewesen. Ich weiß es. Sie nennen uns alle Wilde, wegen der Verbrechen einiger weniger. Sie sind eine Schande für meinen Vater, den Grafen, im Angesicht seiner Amtskollegen, und sie sind eine Schande für das Silvy-Tal im Bezirk. Ein Soldat erwirbt Ehre, indem er einen bewaffneten Feind tötet, nicht ein Baby. Diese Sache rührt an meine Ehre als Vorkosigan, Zed. Außerdem«, Miles verzog die Lippen zu einem unfrohen Grinsen und beugte sich eindringlich auf seinem Stuhl vor – Zed zuckte so weit zurück, wie er wagte –, »ihr werdet überhaupt überrascht sein, was *nur ein Mutie* tun kann. *Das* habe ich auf dem Grab meines Großvaters geschworen.«

Zed blickt mehr unterdrückt als aufgeklärt drein und stand fast geduckt da. Miles lehnte sich wieder auf seinem Stuhl zurück und entließ ihn mit einer müden Handbewegung. »Geh spielen, mein Junge.«

Dazu mußte Zed nicht gedrängt werden. Er und seine Kameraden flitzten um die Ecke des Hauses, als hätten Sprungfedern sie losgeschnellt.

Miles trommelte mit den Fingern auf der Armlehne seines Stuhles und runzelte die Stirn. Weder Pym noch Dea wagten das Schweigen zu brechen.

»Diese Leute hier im Gebirge sind unwissend, Mylord«, sagte sich Pym nach einer Weile.

»Diese Leute hier im Gebirge sind *meine* Leute, Pym. Ihre Unwissenheit ist – eine Schande für mein Haus.« Miles brütete vor sich hin. Wie war er in dieses ganze Durcheinander geraten? Er hatte es nicht angerichtet. Historisch gesehen, war er gerade erst hier angekommen. »Jedenfalls, wenn ihre Unwissenheit anhält«, verbesserte er sich fairerweise. Immer noch war es eine Last, schwer wie ein Berg. »Ist die Botschaft so kompliziert? So schwierig? ›Ihr müßt eure Kinder nicht mehr umbringen.‹ Wir verlangen von ihnen doch nicht, daß sie fünfdimensionale Mathematik für Weltraumnavigation lernen.« Damit hatte sich Miles in seinem letzten Semester auf der Akademie abgequält.

»Es ist nicht leicht für sie«, sagte Dea mit einem Achselzucken. »Es ist für die zentralen Behörden leicht, Vorschriften zu erlassen, aber diese Leute hier müssen immerzu mit den Konsequenzen leben. Sie haben so wenig, und die neuen Vorschriften zwingen sie, ihren kargen Überschuß an Menschen am Rande der Gesellschaft abzugeben, die ihn nicht zurückerstatten können. Die alten Sitten waren weise, in den alten Tagen. Selbst jetzt muß man sich fragen, wie viele verfrühte Reformen wir uns leisten können bei dem Versuch, die Galaktiker nachzuäffen.«

Und was ist Ihre Definition eines Menschen am Rande der Gesellschaft, Dea? »Aber der Überschuß nimmt zu«, sagte Miles laut. »An Orten wie diesem hier gibt es nicht mehr jeden Winter eine Hungersnot. Sie sind bei ihren Katastrophen nicht mehr isoliert, unter dem Siegel des Kaisers kann von einem Bezirk zum anderen Hilfe kommen… wir alle werden immer mehr miteinander vernetzt, so schnell wir können. Außerdem«, Miles hielt inne und fügte ziemlich schwach hinzu, »vielleicht unterschätzen Sie sie.«

Dea hob ironisch die Augenbrauen. Pym wanderte auf der Veranda hin und her und suchte aufs neue das umliegende Buschland mit seinem Scanner ab. Miles wandte sich seinem Tee zu, der kalt wurde, und bemerkte dabei eine leichte Bewegung, ein Aufblitzen von Augen hinter dem Vorhang des Fensterflügels, der offenstand, um die Sommerluft hereinzulassen – dort stand Ma Karal und hörte zu. Wie lange schon? Seit er ihren Sohn Zed gerufen hatte, vermutete Miles. Damit hatte er ihre Aufmerksamkeit geweckt. Als ihre Blicke sich trafen, hob sie das Kinn, schnaufte und schüttelte geräuschvoll das Tuch aus, das sie in Händen gehalten hatte. Sie nickten einander zu. Bevor Dea, der Pym beobachtete, sie bemerkte, wandte sie sich wieder der Arbeit zu.

Karal und Alex kehrten, verständlicherweise, um die Zeit des Abendessens zurück.

»Ich habe sechs Männer draußen, die suchen«, berichtete Karal Miles vorsichtig auf der Veranda, die jetzt drauf und dran war, Miles' offizielles Hauptquartier zu werden. Karal hatte seit dem frühen Nachmittag sichtlich eine große Strecke zurückgelegt. Sein Gesicht war verschwitzt, gezeichnet vom körperlichen wie vom unterschwelligen emotionalen Stress. »Aber ich glaube, Lem hat sich in die Büsche geschlagen. Es könnte Tage dauern, ihn da herauszuholen. Es gibt Hunderte von Plätzen, wo man sich dort draußen verstecken kann.«

Karal mußte es wissen. »Glauben Sie nicht, daß er zu

einem Verwandten gegangen ist?« fragte Miles. »Wenn er vorhat, uns auf lange Sicht zu entgehen, dann muß er sich irgendwann einmal Verpflegung besorgen und Informationen. Werden sie ihn abliefern, wenn er auftaucht?«

»Das ist schwer zu sagen.« Karal machte eine Geste der Ratlosigkeit. »Es ist… für sie ein heikles Problem, Mylord.«

»Hm.«

Wie lange würde sich Lem Csurik überhaupt dort draußen im Buschland herumtreiben? Sein ganzes Leben – sein Leben, das jetzt zerstört war – hatte hier in Silvy-Tal stattgefunden. Miles dachte über den Umbruch nach. Noch vor einigen Wochen war Csurik ein junger Mann gewesen, der alles vor sich hatte: ein Heim, eine Frau, eine werdende Familie, Glück; nach den Maßstäben des Silvy-Tales Wohlergehen und Sicherheit. Seine Hütte, das war Miles nicht entgangen, war trotz aller Einfachheit mit Liebe und Tatkraft versorgt gewesen, und trotz aller Armut war sie nicht schäbig. Im Winter war es sicher schwieriger. Jetzt war Csurik ein Flüchtling, der gejagt wurde, und von dem Wenigen, das er besaß, hatte er sich in einem Nu losgerissen. Wenn ihn nichts mehr zurückhielt, würde er dann weglaufen und immer weiter fliehen? Wenn er nichts hatte, wohin er flüchten konnte, würde er dann hier in der Nähe der Ruinen seines Lebens bleiben?

Miles mußte an die Polizeikräfte denken, die wenige Flugstunden entfernt in Hassadar zur Verfügung standen. War es nicht Zeit, sie anzufordern, bevor er hier den Schlamassel noch verschlimmerte? Aber… wenn man von ihm erwartete, daß er dieses Problem durch eine Zurschaustellung von Gewalt löste, warum hatte dann der Graf ihn nicht von Anfang an mit dem Luftwagen ankommen lassen? Miles bedauerte, daß er zweieinhalb Tage für den Ritt gebraucht hatte. Das hatte seine Stoßkraft geschwächt, hatte sein Geschwindigkeit auf das Schrittempo von Silvy-Tal verlangsamt, hatte ihm genügend Zeit zum Zweifel gelassen. Hatte der Graf das vorhergesehen? Was wußte er, das Miles nicht wußte? Was *konnte* er wissen? Verdammt, dieser Test mußte nicht noch durch künstliche Stolpersteine schwieriger gemacht werden, er war an sich schon schlimm genug. *Er möchte, daß ich schlau bin,* dachte Miles verdrossen. *Noch schlimmer, er möchte, daß man sieht, wie schlau ich bin, daß alle hier es sehen.* Er betete darum, daß er nicht drauf und dran war, sich statt dessen als spektakulär dumm zu erweisen.

»Sehr gut, Sprecher Karal. Sie haben alles getan, was Sie für heute tun können. Machen Sie Feierabend. Rufen Sie auch Ihre Männer zurück. Im Dunkeln werden Sie wahrscheinlich nichts finden.«

Pym hielt seinen Scanner hoch, offensichtlich wollte er sich damit zu einem freiwilligen Einsatz melden, aber Miles winkte ab. Pym runzelte kritisch die Stirn. Miles schüttelte leicht den Kopf.

Karal mußte man es nicht zweimal sagen. Er schickte Alex los, um die nächtliche Suche mit Fackeln abzusagen. Miles gegenüber blieb er mißtrauisch. Vielleicht verwirrte Miles ihn ebenso sehr wie er Miles? Miles hoffte mürrisch, daß es so war.

Miles war sich nicht sicher, wann genau der lange Sommerabend in eine Party übergegangen war. Nach dem Abendessen begannen die Männer hereinzuschneien, Karals Kameraden, die Senioren des Silvy-Tales. Einige kamen anscheinend regelmäßig hierher, um über Karals Audioset die abendliche Nachrichtensendung der Regierung mitzuhören. Zu viele Namen, und Miles durfte keinen vergessen. Eine Gruppe von Amateurmusikern traf ein, ziemlich atemlos, mit ihren selbstgefertigten Gebirglerinstrumenten. Offensichtlich spielte die Band bei allen größeren Hochzeiten und Totenwachen im Silvy-Tal; mit jeder Minute kam Miles alles immer mehr wie eine Begräbnisfeier vor.

Die Musiker standen mitten im Hof und spielten. Miles' Hauptquartier auf der Veranda wurde jetzt seine Loge als Ehrengast. Es war schwer, sich auf die Musik einzulassen, während alle Zuhörer ihn so aufmerksam beobachteten. Einige Lieder waren ernsthaft, andere – am Anfang sehr vorsichtig – komisch. Miles' Spontaneität erstarrte oft mitten im Lachen, wenn die ihn Umgebenden einen schwachen Seufzer der Erleichterung von sich gaben; wenn er förmlich wurde, dann erstarrten die anderen ihrerseits. Es war wie mit zwei Leuten, die in einem Korridor aufeinander treffen und einander ausweichen wollen, und sich dabei gegenseitig behindern.

Aber ein Lied war so betörend schön – eine Klage um verlorene Liebe –, daß es Miles ins Herz traf. *Elena*... In diesem Augenblick wurde alter Schmerz in Melancholie verwandelt, süße und ferne Melancholie, eine Art von Heilung, oder zumindest die Erkenntnis, daß eine Heilung stattgefunden hatte, im Verborgenen. Er wollte die Sänger an dieser Stelle fast aufhören lassen, solange sie noch vollkommen waren, aber er befürchtete, sie könnten denken, es mißfalle ihm. Doch eine Weile war er danach ruhig und nach innen gewandt und bekam in der einfallenden Dämmerung ihre nächste Darbietung kaum mit.

Wenigstens machten jetzt die Berge an Speisen einen Sinn, die den ganzen Nachmittag hindurch gebracht worden waren. Miles hatte schon Angst gehabt, Ma Karal und ihre Freundinnen würden erwarten, daß er den kulinarischen Berg ganz allein abtrüge.

Einmal beugte sich Miles über das Geländer und warf ein Blick auf Ninny, der im Hof angebunden stand und dort neue Freunde bekam. Eine ganze Schar von pubertierenden Mädchen umringte ihn, tätschelte ihn, bürstete seine Fesseln, flocht Blumen und Bänder in seine Mähne und seinen Schweif, fütterte ihn mit Leckerbissen oder lehnte einfach die Wange an seine warme, seidige Flanke. Ninny hielt die Augen selbstzufrieden halb geschlossen.

Himmel, dachte Miles eifersüchtig, *wenn ich nur halb soviel Sexappeal hätte wie dieser verdammte Gaul, dann hätte ich mehr Freundinnen als mein Cousin Ivan.* Miles überlegte ganz kurz, welche Vor- und Nachteile es hätte, sich um ein ungebundenes weibliches Wesen zu bemühen. Wie die reisenden Lords der alten Zeiten und so… Nein! Es gab Arten der Dummheit, denen er nicht zu verfallen brauchte, und das hier wäre auf jeden Fall eine gewesen. Der Dienst, den er schon einer kleinen Lady aus dem Silvy-Tal geschworen hatte, war gewiß schon genug zu tragen, ohne zusammenzubrechen; er spürte die dazugehörenden Strapazen schon, wie einen gefährlichen Druck in seinen Knochen.

Als er sich umwandte, sah er Sprecher Karal, der ihm eine Frau vorstellen wollte, die schon weit über die Pubertät hinaus war, vielleicht fünfzig Jahre alt, schlank und klein und abgearbeitet. Sie trug ein altmodisches Feiertagsgewand; ihr ergrauendes Haar war zurückgekämmt und im Nacken zusammengebunden. Sie biß sich in Lippen und Wangen, mit schnellen, nervösen Bewegungen, die sie in ihrer Befangenheit halb unterdrückte.

»Das ist Ma Csurik, Mylord. Lems Mutter.« Sprecher Karal neigte den Kopf und zog sich zurück, ließ Miles im Stich. *Kommen Sie zurück, Sie Feigling!*

»Madame«, sagte Miles. Seine Kehle war ausgetrocknet. Karal hatte ihm eine Falle gestellt, verdammt, ein öffentliches Schauspiel – nein, die anderen Gäste zogen sich auch außer Hörweite zurück, die meisten zumindest.

»Mylord«, sagte Ma Csurik. Sie brachte einen nervösen Knicks zustande.

»Ach… setzen Sie sich.« Mit einem unbarmherzigen

Ruck seines Kinns vertrieb Miles Dr. Dea aus dessen Stuhl und bedeutete der Gebirglerin, sich darauf niederzulassen. Er drehte seinen eigenen Stuhl ihr zu. Pym stand hinter ihnen, stumm wie eine Statue, gespannt wie eine Bogensehne. Stellte er sich vor, die alte Frau würde gleich eine Nadelpistole aus ihren Röcken hervorholen? Nein – es war ja Pyms Aufgabe, sich solche Dinge für Miles vorzustellen, damit Miles seine Gedanken ganz für das aktuelle Problem frei hatte. Pym wurde fast so aufmerksam beobachtet wie Miles selbst. Klugerweise hatte er sich bisher abseits gehalten, und das würde er zweifellos auch weiter tun, bis die schmutzige Arbeit vorbei war.

»Mylord«, sagte Ma Csurik erneut und verfiel wieder in Schweigen. Miles konnte nur warten. Er betete darum, daß sie nicht gleich zusammenbrechen und über seine Knie weinen würde, oder irgend so was. Es war peinigend. *Bleiben Sie stark, Frau,* beschwor er sie stumm.

»Lem, er …« Sie schluckte. »Ich bin sicher, daß er das Kind nicht getötet hat. So etwas ist in unserer Familie noch nie vorgekommen, das schwöre ich! Er sagt, er hat es nicht getan, und ich glaube ihm.«

»Gut«, sagte Miles freundlich. »Dann lassen Sie ihn doch zu mir kommen, damit er mir dasselbe unter Schnell-Penta sagt, und ich werde ihm auch glauben.«

»Komm weg da, Ma«, forderte sie ein schlanker junger Mann auf, der sie begleitet hatte und jetzt wartend an den Stufen stand, wie bereit, auf ein Zeichen hin in die Dunkelheit zu verschwinden. »Es hat keinen Zweck, merkst du das nicht?« Er blickte Miles düster an.

Sie bedeutete dem Jungen mit einem Stirnrunzeln, er solle schweigen – war das einer ihrer anderen vier Söhne? – und wandte sich umso eindringlicher Miles zu. Sie suchte nach Worten. »Mein Lem ist doch erst zwanzig Jahre alt, Mylord.«

»*Ich bin* erst zwanzig Jahre alt, Ma Csurik«, fühlte sich Miles bemüßigt zu erklären. Sie waren wieder an einem toten Punkt angelangt.

»Hören Sie, ich sage es Ihnen noch einmal«, brach Miles ungeduldig aus. »Und noch einmal, und noch einmal, bis die Botschaft den erreicht hat, für den sie bestimmt ist. Ich kann einen Unschuldigen *nicht* verurteilen. Meine Wahrheitsdrogen lassen das nicht zu. Lem kann sich selbst entlasten. Er muß nur herkommen. Sagen Sie ihm das, bitte?«

Sie erstarrte, wurde vorsichtig. »Ich … habe ihn nicht getroffen, Mylord.«

»Aber Sie könnten ihn treffen.«

Sie warf ihren Kopf zurück. »So? Könnte ich nicht.« Ihr Blick wanderte zu Pym und huschte dann weiter, als würde sein Anblick sie brennen. Das silberne Emblem der Vorkosigans, das auf Pyms Kragen gestickt war, funkelte im Zwielicht wie die Augen eines Tieres und bewegte sich nur im Rhythmus seines Atems. Karal brachte jetzt brennende Lampen auf die Veranda, bewahrte aber weiter Distanz.

»Madame«, sagte Miles befangen. »Mein Vater, der Graf, hat mir befohlen, die Ermordung Ihrer Enkelin zu untersuchen. Wenn Ihr Sohn Ihnen so viel bedeutet, warum bedeutet dann Ihnen sein Kind so wenig? War sie … Ihre erste Enkelin?«

Ihr Gesicht wirkte verwelkt. »Nein, Mylord. Lems ältere Schwester hat zwei Kinder. *Die* sind in Ordnung«, fügte sie mit Nachdruck hinzu.

Miles seufzte. »Wenn Sie wirklich glauben, daß Ihr Sohn an diesem Verbrechen unschuldig ist, dann müssen Sie mir helfen, das zu beweisen. Oder – haben Sie Zweifel?«

Sie rutschte verlegen auf ihrem Stuhl herum. In ihren Augen stand Zweifel – sie wußte es nicht, verdammt noch mal. Bei ihr war Schnell-Penta sicher nutzlos. Miles hatte soviel auf diese Wunderdroge gesetzt, und bis jetzt schien Schnell-Penta in diesem Fall erstaunlich wenig Nutzen zu haben.

»Komm weg da, Ma«, drängte der junge Mann sie erneut. »Es hat keinen Zweck. Der Mutie-Lord ist hierher gekommen, um jemanden zu töten. Sie müssen einen hinrichten. Es ist eine Show.«

Verdammt richtig, dachte Miles bitter. Dieser junge Dummschädel ist ganz schön scharfsichtig.

Ma Csurik ließ sich schließlich von ihrem zornigen Sohn am Arm wegführen. Auf den Stufen hielt sie jedoch inne und warf über die Schulter Miles einen bitteren Blick zu. »Für Sie ist alles so einfach, nicht wahr?«

Mein Herz tut mir weh, dachte Miles.

Aber bevor der Abend zu Ende ging, sollte es noch schlimmer kommen.

Die Stimme der nächsten Frau krächzte, leise und zornig. »Rede nicht so herablassend mit mir, Serg Karal. Ich habe das Recht, mir diesen Mutie-Lord gründlich anzusehen.«

Sie war groß und sehnig und robust. *Wie ihre Tochter,* dachte Miles. Sie hatte keinen Versuch unternommen, sich schön zu machen. Ein schwacher Geruch von sommerlichem Schweiß hing in ihrer Arbeitskleidung. Und wie weit war sie gegangen? Ihr graues Haar hing in einem Zopf über ihren Rucken herab, ein paar Strähnen waren der Schleife entschlüpft. Wenn Ma Csuriks Bitterkeit ein stechender Schmerz hinter den Augen gewesen war, so war die Wut dieser Frau ein drückender Knoten in den Eingeweiden.

Sie schüttelte Karals Versuch, sie zurückzuhalten, ab und trat zu Miles ins Lampenlicht. »Also?«

»Hm ... das ist Ma Mattulich, Mylord«, stellte Karal sie vor. »Harras Mutter.«

Miles erhob sich, begrüßte sie mit einem kurzen Nicken. »Guten Abend, Madame.« Er war sich sehr der Tatsache bewußt, daß er einen Kopf kleiner war. Sie war einmal so groß gewesen wie Harra, schätzte Miles, aber ihre alternden Knochen machten sie kleiner.

Sie starrte ihn nur an. Sie war eine Gummiblatt-Kauerin, nach den leichten, schwärzlichen Flecken um ihren Mund herum zu schließen. Ihre Kiefer mahlten jetzt auf einem kleinen Stück, einem winzigen Klümpchen, und knirschten dabei zu sehr. Sie musterte ihn offen, seinen Kopf, seinen Hals, seinen Rücken, seine kurzen, krummen Beine. Miles hatte die unangenehme Illusion, daß sie auch direkt alle geheilten Brüche in seinen spröden Knochen sehen konnte. Miles' Kinn ruckte zweimal hoch, mit dem zuckenden, nervös-unwillkürlichen Tick, der ihn – da war er sich sicher – wie einen Spastiker aussehen ließ, bevor er ihn mit Gewalt unterdrückte.

»Also gut«, sagte Karal grob, »du hast ihn gesehen. Jetzt komm weg, um Himmels willen, Mara.« Er machte Miles gegenüber eine entschuldigende Geste. »Mara war über die ganze Sache ziemlich außer sich, Mylord. Verzeihen Sie ihr.«

»Ihr einziges Enkelkind«, sagte Miles im Bemühen, freundlich zu sein, obwohl ihre sichtliche Qual die Freundlichkeit mit scharfem, blutigem Hohn zurückwies. »Ich verstehe Ihren Schmerz, Madame. Aber es wird Gerechtigkeit für die kleine Raina geben. Das habe ich geschworen.«

»Wie kann es *jetzt* Gerechtigkeit geben?« wütete sie mit leiser, heiserer Stimme. »Es ist zu spät – eine Welt zu spät – für Gerechtigkeit, kleiner Mutie-Lord. Was nützt mir Ihre verdammte Gerechtigkeit *jetzt?*«

»Genug, Mara!« sagte Karal hartnäckig. Mit gesenkten Augenbrauen und zusammengepreßten Lippen zwang er sie zu gehen und führte sie mit Nachdruck von seiner Veranda hinunter.

Die letzten Besucher, die noch dageblieben waren, machten ihr mit einer Art respektvollen Mitleids den Weg frei, von zwei Teenagern am Rand abgesehen, die sich zurückzogen, als würden sie Gift ausweichen. Miles zwang sich, seine Vorstellung von den Brüdern Csurik zu revidieren. Wenn diese beiden ein weiteres Beispiel für Csurik-Söhne waren, dann handelte es sich am Ende gar nicht um eine Schar bedrohlicher Bergler-Riesen. Statt dessen waren sie eine Schar kleiner, magerer bedrohlicher Bergler-Zwerge. Das war wirklich nicht besser, denn sie sahen aus, als könnten sie sich so schnell bewegen wie angriffslustige Frettchen, falls es notwendig wäre. Miles verzog frustriert die Lippen.

Die Abendunterhaltung endete schließlich, Gott sei Dank, kurz vor Mitternacht. Die letzten von Karals Freunden marschierten mit Laternenlicht in den Wald davon. Den reparierten und neu aufgeladenen Audioset trug sein Besitzer davon, nachdem er sich vielmals bei Karal bedankt hatte. Glücklicherweise war die Menge vernünftig und nüchtern gewesen, sogar ernst gestimmt, es hatte kein Rumkrakeelen von Betrunkenen oder so was gegeben. Pym brachte die Karal-Söhne im Zelt unter, machte einen letzten Rundgang um die Hütte und gesellte sich dann zu Miles und Dea in das Dachgeschoß. Der Füllung der Bettdecken hatte man frische duftende einheimische Kräuter hinzugefügt; Miles hoffte inständig, daß er gegen keines allergisch war. Ma Karal hatte ihr eigenes Schlafzimmer dem exklusiven Gebrauch von Lord Miles überantworten und damit sich selbst und ihren Mann auch auf die Veranda ausquartieren wollen, aber glücklicherweise hatte Pym sie davon überzeugen können, daß es vom Standpunkt der Sicherheit aus gesehen günstiger war, Miles im Dachgeschoß unterzubringen, wo er von Dea und ihm selbst flankiert wurde.

Dea und Pym waren schon bald am Schnarchen, aber Miles konnte nicht schlafen. Er warf sich auf seiner Schlafstelle hin und her, während er seine Maßnahmen vom Tage immer wieder überdachte. War er zu langsam gewesen, zu vorsichtig, zu konservativ? Es war nicht gerade eine gute Angriffstaktik gewesen, keine Überraschung mit einer überlegenen Streitmacht. Der Eindruck, den er heute abend auf Karals Veranda von seinem Terrain bekommen hatte, war bestenfalls mehrdeutig.

Auf der anderen Seite hatte es keinen Sinn, über einen Sumpf hinwegzustürmen, wie sein Mitkadett und Cousin Ivan Vorpatril es einmal so denkwürdigerweise bei den Sommermanövern demonstriert hatte. Es war ein schwerer Hebekran notwendig gewesen, um die sechs großgewachsenen, starken, gesunden jungen Männer aus Ivans Patrouille, noch dazu in voller Feldausrüstung, aus dem brusttiefen, eklig schwarzen Schlamm zu hieven. Ivan hatte allerdings auf der Stelle Revanche bekommen, als der ›Heckenschütze‹ (auch ein Kadett), den Ivans Leute angegriffen hatten, aus seinem Baum fiel und sich den Arm brach, während er wie hysterisch darüber lachte, wie sie langsam und hübsch in der Brühe versanken. Eine Brühe, die ein kleiner Bursche mit dem Lasergewehr im Lendentuch wie ein Fisch durchschwimmen konnte. Der Manöverschiedsrichter hatte auf Unentschieden erkannt. Miles rieb sich die Stirn und grinste, als er daran dachte. Schließlich schlief auch er endlich ein.

Mitten in der Nacht erwachte Miles abrupt und ohne Übergang, mit dem Gefühl, daß etwas nicht stimmte. Ein schwaches orangefarbenes Glühen schimmerte in die bläuliche Dunkelheit des Dachgeschosses. Still, um seine Schlafgenossen nicht zu stören, erhob er sich von seiner Pritsche und spähte um die Ecke in den Hauptraum. Das Glühen kam durch das Vorderfenster herein.

Miles schwang sich auf die Leiter und tapste hinunter, um einen Blick nach draußen zu werfen. »Pym«, rief er leise.

Pym erwachte jäh mit einem lauten Schnarcher. »Mylord?« sagte er alarmiert.

»Kommen Sie herunter. Leise. Bringen Sie Ihren Betäuber mit.«

In Sekundenschnelle war Pym neben ihm. Er hatte in seinen Hosen geschlafen, das Betäuberhalfter und die Stiefel neben seinem Kissen. »Was, zum Teufel …?« murmelte Pym und blickte ebenfalls hinaus.

Das Glühen kam von einem Feuer. Eine Pechfackel, die jemand auf Miles' Zelt im Hof geworfen hatte, brannte still vor sich hin. Pym stürzte zur Tür, dann hielt er inne, als ihm die gleiche Erkenntnis kam wie zuvor Miles. Ihr Zelt war ein Armeezelt, und sein kampferprobter Stoff würde weder schmelzen noch brennen.

Miles überlegte, ob derjenige, der die Fackel da hinaufgeschleudert hatte, das gewußt hatte. War dies eine geheimnisvolle Warnung oder eine besonders törichte Attacke? Wenn das Zelt aus normalem Stoff gewesen wäre, mit Miles darinnen, dann wäre das beabsichtigte Ergebnis nicht trivial gewesen. Noch schlimmer wäre es gewesen mit Karals Söhnen darinnen – eine hochaufschießende Lohe – Miles schauderte.

Pym machte den Betäuber im Halfter los und stand einsatzbereit neben der Vordertür. »Wie lang schon?«

»Ich bin mir nicht sicher. Könnte so schon zehn Minuten gebrannt haben, bevor es mich weckte.«

Pym schüttelte den Kopf, holte leicht Luft, hob seinen Scanner und rannte in die vom Feuer übergoldete Dunkelheit.

»Probleme, Mylord?« meldete sich Karals besorgte Stimme von der Schlafzimmertür.

»Vielleicht. Warten Sie …« Miles hielt ihn zurück, als er sich zur Tür stürzen wollte. »Pym macht einen Rundgang mit einem Scanner und einem Betäuber. Warten Sie, bis er Entwarnung gibt. Ihre Jungen sind im Zelt vielleicht sicherer.«

Karal trat ans Fenster, hielt den Atem an und fluchte.

Nach ein paar Minuten kam Pym zurück. »Im Umkreis von einem Kilometer ist jetzt niemand mehr da«, berichtete er kurz. Er half Karal den Ziegeneimer holen und die Fackel auslöschen. Die Jungen, die während des Brandes geschlafen hatten, erwachten erst dadurch, daß gelöscht wurde.

»Ich glaube, es war vielleicht eine schlechte Idee, ihnen mein Zelt zu leihen«, sagte Miles auf der Veranda mit erstickter Stimme. »Es tut mir zutiefst leid, Sprecher Karal. Ich hatte nicht daran gedacht.«

»Das hätte niemals ...«, stammelte Karal zornig und ängstlich, »das hätte *niemals* passieren dürfen, Mylord. Ich entschuldige mich für ... für das Silvy-Tal.« Er wandte sich hilflos ab und starrte in die Dunkelheit. Der nächtliche Himmel, so hübsch mit Sternen übersät, wirkte jetzt bedrohlich.

Als die Jungen ihre Schläfrigkeit abgeschüttelt und die Fakten erfahren hatten, meinten sie, daß das alles großartig sei, und wollten in das Zelt zurückkehren und den nächsten Attentäter erwarten. Mit schriller, doch entschlossen klingender Stimme scheuchte Ma Karal sie statt dessen ins Haus und hieß sie, ihr Nachtlager im Wohnzimmer aufzuschlagen. Es dauerte eine Stunde, bis sie aufhörten, sich über die Ungerechtigkeit zu beklagen und wieder einschliefen.

Miles, der so aufgedreht war, daß er fast dummes Zeug daherplappern wollte, konnte überhaupt nicht schlafen. Er lag steif auf seiner Schlafpritsche, lauschte Dea, der schwer atmend schlief, und Pym, der aus Höflichkeit vorgab zu schlafen und überhaupt nicht zu atmen schien.

Miles war nahe daran, Pym vorzuschlagen, sie sollten es aufgeben und für den Rest der Nacht auf die Veranda hinausgehen, als die Stille von einem schrillen Kreischen durchbrochen wurde, das schrecklich laut und gepeinigt von draußen kam.

»Die Pferde!« Miles war mit einem Ruck auf seinen Beinen, sein Herz raste, und er war noch vor Pym an der Leiter. Pym überholte ihn, indem er sich direkt über die Seite des Dachgeschosses fallen ließ, mit einem eleganten Hocker landete und vor Miles an der Tür war. Dort versuchte Pym mit seinen gut antrainierten Reflexen als Leibwächter, Miles wieder nach innen zu befördern. Miles biß ihn fast. »Gehen Sie zu, verdammt noch mal! Ich habe eine Waffe!«

Pym, dessen gute Absichten durchkreuzt worden waren, stürmte durch die Tür der Hütte hinaus, mit Miles an den Fersen. Auf halbem Weg im Hof trennten sie sich, da brach eine massive schnaubende Gestalt aus der Dunkelheit und überrannte sie fast: es war die Fuchsstute, die jemand losgebunden hatte. Ein weiterer Schrei durchdrang die Nacht, von der Stelle her, wo die Pferde angebunden standen.

»Ninny?« rief Miles in panischer Angst. Diese Schreie kamen von Ninny. Ähnliche Laute hatte Miles nicht mehr gehört seit jener Nacht, als in Vorkosigan Surleau ein Schuppen niederbrannte, in dem ein Pferd eingeschlossen war. »Ninny!«

Wieder ein grunzender Schrei, und dann ein Geräusch, wie wenn jemand mit einem Hammer auf eine Wassermelone einschlägt. Pym kam zurückgetaumelt, atmete schwer, es klang wie ein tiefes Röcheln, und dann fiel er auf den Boden und blieb zusammengekrümmt liegen. Anscheinend noch nicht tot, denn es gelang ihm, unter heftigem Keuchen lebhaft zu fluchen. Miles ließ sich neben ihm auf den Boden fallen und überprüfte Pyms Schädel – nein, Gott sei Dank, Ninnys Huf war mit diesem schreckenerregenden Laut auf Pyms Brust getroffen.

Dem Leibwächter war nur die Luft weggeblieben, vielleicht war eine Rippe gebrochen. Miles war klüger und rannte zur *Vorderseite* der Pferdereihe. »Ninny!«

Ninny riß mit dem Kopf an seinem Seil und versuchte sich aufzubäumen. Er wieherte wieder; die weißumrandeten Augen schimmerten in der Dunkelheit. »Ninny, mein Guter! Was ist los?« Miles' linke Hand glitt am Seil zu Ninnys Halfter empor, mit der rechten streichelte er beruhigend Ninnys Schulter. Ninny zuckte, bäumte sich aber nicht mehr auf und blieb zitternd stehen. Das Pferd schüttelte den Kopf. Etwas Heißes, Dunkles, Klebriges spritzte plötzlich auf Miles Gesicht und Brust.

»Dea!« schrie Miles. *»Dea!«*

Bei diesem Tumult schlief niemand mehr. Sechs Leute taumelten über die Veranda und in den Hof hinab, und keiner von ihnen hatte daran gedacht, ein Licht mitzubringen … Nein, in Dr. Deas Händen leuchtete ein Kaltlicht auf, und Ma Karal plagte sich immer noch damit ab, eine Laterne anzuzünden.

»Dea, bringen Sie das verdammte Licht hier herüber!« forderte Miles, dann blieb er stehen und zwang seine Stimme, eine Oktav tiefer zu ihrer gewöhnlichen sorgfältig kultivierten Stimmlage zurückzukehren.

Dea kam angerannt und richtete das Licht auf Miles. Dann keuchte er, und aus seinem Gesicht wich alle Farbe. »Mylord! Sind Sie angeschossen worden?« Im Lichtschein glühte die dunkle Nässe auf Miles Hemd plötzlich scharlachrot.

»Ich nicht«, sagte Miles und blickte entsetzt auf seine Brust hinab. Eine Erinnerung blitzte in ihm auf, die ihm den Magen herumdrehte, das Bild eines anderen blutgetränkten Todes, des sterbenden Sergeanten Bothari, den Pym ersetzt hatte. Den Pym nie würde ersetzen können.

Dea wirbelte herum. »Pym?«

»Dem fehlt nichts«, sagte Miles. Ein paar Meter weiter im Gras war ein schnaufendes Luftholen zu hören, das Ausatmen war von Flüchen begleitet. »Aber das Pferd hat ihn getreten. Holen Sie Ihre Instrumententasche!« Miles nahm Dea das Kaltlicht aus der Hand, und der Arzt eilte wieder in die Hütte.

Miles hielt das Licht zu Ninny hoch und fluchte flüsternd. Eine riesige Schnittwunde, mehr als dreißig Zentimeter lang und von unbekannter Tiefe, klaffte in Ninnys schimmerndem Hals. Blut tränkte sein Fell und lief an seinen Vorderbeinen hinab. Miles berührte die Wunde besorgt und versuchte mit gespreizten Fingern die Wunde von beiden Seiten zusammenzuschieben und zu schließen, aber die Haut des Pferdes war elastisch und ging wieder auseinander und blutete heftig, als Ninny in Schmerzen den Kopf schüttelte. Miles griff nach der Nase des Pferdes: »Halt still, alter Junge!« Jemand hatte es auf Ninnys Jugular-Ader abgesehen gehabt, und hatte es fast geschafft: Ninny – der zahme, gehätschelte, freundliche und zutrauliche Ninny –hatte sich wohl erst dann bewegt, als das Messer tief in seinen Hals schnitt.

Als Dr. Dea zurückkehrte, half Karal Pym auf die Beine. Miles wartete, während Dea Pym untersuchte, dann rief er: »Hierher, Dea!«

Zed, der ebenso erschrocken aussah wie Miles, half Ninnys Kopf zu halten, während Dea die Schnittwunde untersuchte. »Ich habe Tests absolviert«, beschwerte sich Dea dabei halblaut. »Ich habe sechsundzwanzig andere Bewerber geschlagen, als es um die Ehre ging, Leibarzt des Premierministers zu werden. Ich habe die Prozeduren von siebzig verschiedenen möglichen medizinischen Notfällen praktiziert, von der Koronarthrombose bis zu Attentatsversuchen. Niemand – *niemand* – hat mir gesagt, daß es zu meinen Pflichten gehören würde, mitten in der Nacht inmitten einer heulenden Wildnis den Hals eines Gauls zusammenzunähen ...« Aber während er sich beschwerte, arbeitete er weiter, und deshalb ließ Miles ihn weiterreden, tätschelte aber weiter sanft Ninnys Nase und rieb hypnotisch das verborgene Muster seiner

Muskeln, um ihn zu besänftigen und ruhigzuhalten. Schließlich entspannte sich Ninny soweit, daß er sein sabberndes Kinn auf Miles Schulter stützte.

»Bekommen Pferde Schmerzmittel?« fragte Dea und hielt seinen medizinischen Betäuber, als wäre er sich nicht sicher, was er damit tun sollte.

»Dieses hier schon«, sagte Miles beherzt. »Behandeln Sie ihn einfach wie einen Menschen, Dea. Dies ist das letzte Tier, das mein Großvater persönlich trainiert hat. Er hat ihm den Namen gegeben. Ich habe zugeschaut, als er geboren wurde. Wir haben ihn zusammen trainiert. Großvater ließ mich ihn nach seiner Geburt eine Woche lang jeden Tag hochheben und halten, bis er zu groß geworden war. Pferde sind Gewohnheitstiere, hat Großvater immer gesagt, und prägen sich erste Eindrücke ein. Seitdem hat Ninny immer gedacht, ich sei größer als er.«

Dea seufzte und beschäftigte sich mit der Betäubung, der Reinigungslösung, den Antibiotika, den Muskelentspannern und dem biotischen Leim. Mit den fachkundigen Bewegungen eines Chirurgen rasierte er die Wundränder und plazierte das Stütznetz. Zed hielt besorgt das Licht hoch.

»Der Schnitt ist sauber«, sagte Dea, »aber er wird viel gebeugt werden – vermutlich kann das Tier nicht in dieser Stellung immobilisiert werden? Nein, wohl kaum. Das müßte reichen. Wenn er ein Mensch wäre, dann würde ich ihm sagen, er solle sich jetzt ruhig halten.«

»Er wird ruhiggehalten werden«, versprach Miles entschlossen. »Wird jetzt alles wieder gut?«

»Wahrscheinlich. Aber wie, zum Teufel, soll ich das wissen?« Dea blickte höchst gekränkt drein, aber seine Hand überprüfte verstohlen sein Wiederherstellungswerk.

»General Piotr«, beruhigte ihn Miles, »wäre sehr zufrieden mit Ihrer Arbeit.« Miles konnte seinen Großvater hören, wie er schnaubte: *Verdammte Technokraten. Nichts als Pferdedoktoren mit einem teuren Spielzeugkasten.* Dem Großvater hätte es sehr gefallen, wenn er recht behalten hätte. »Sie … hm … sind meinem Großvater nie begegnet, oder?«

»Das war vor meiner Zeit, Mylord«, sagte Dea. »Natürlich habe ich sein Leben und seine Kampagnen und Feldzüge studiert.«

»Natürlich.«

Pym hatte inzwischen ein Handlicht geholt und humpelte mit Karals Unterstützung in einer langsamen Spirale um den Pferdeplatz herum und untersuchte den Boden. Karals ältester Sohn hatte die Fuchsstute wieder eingefangen, zurückgebracht und wieder angebunden. Ihr Strick war losgerissen worden, nicht durchgeschnitten – hatte der geheimnisvolle Angreifer sein Opfer unter den Pferden zufällig oder absichtlich ausgewählt? Mit welcher Absicht? War Ninny als bloßes Symbol seines Herrn angegriffen worden, oder hatte der Angreifer gewußt, wie leidenschaftlich Miles das Tier liebte? Handelte es sich hier um Vandalismus, eine politische Aussage, oder um einen Akt präzis gezielter, subtiler Grausamkeit?

Was habe ich euch angetan? brüllten Miles Gedanken stumm in die Dunkelheit, die ihn umgab.

»Sie sind abgehauen, wer auch immer sie waren«, berichtete Pym. »Aus der Reichweite des Scanners, bevor ich wieder atmen konnte. Ich bitte um Verzeihung, Mylord. Die Leute haben anscheinend nichts auf den Boden fallenlassen.«

Zumindest muß ein Messer im Spiel gewesen sein. Ein Messer, dessen Heft mit Pferdeblut besudelt war und perfekte Fingerabdrücke trug, wäre jetzt äußerst gelegen gekommen, dachte Miles mit einem Seufzer.

Ma Karal kam herbei und beäugte Deas Arzttasche, während er seine Instrumente reinigte und wieder verpackte. »All das«, murmelte sie, »für ein Pferd …«

Miles konnte sich nur mit Mühe davor zurückhalten, heftig den Wert dieses besonderen Pferdes zu verteidigen. Wie viele Menschen hatte Ma Karal im Silvy-Tal in ihrem Leben leiden und sterben sehen, weil es dort an dem bißchen medizinischer Technik mangelte, das Dea gerade unter dem Arm davontrug?

Während er sein Pferd bewachte, beobachtete Miles von der Veranda aus, wie die Morgendämmerung über das Land gekrochen kam. Er hatte sich gewaschen und sein Hemd gewechselt. Pym war im Haus; seine Rippen wurden gerade bandagiert. Miles saß mit dem Rücken an die Wand gelehnt und hatte einen Betäuber im Schoß, während die nächtlichen Nebel langsam grau wurden. Das Tal war von einem verschwommenen Grau, von Nebeln verhüllt; die Hügel dahinter bildeten Wellen von dunklerem Nebel. Direkt über ihm verdünnte sich das Grau zu einem bleichen Blau. Der Tag würde schön und heiß werden, sobald einmal der Nebel aufgesogen war.

Jetzt war es sicher an der Zeit, von Hassadar Truppen herbeizurufen. Die ganze Sache wurde einfach zu seltsam. Sein Leibwächter war halb außer Gefecht gesetzt – es stimmte natürlich, daß Miles' Pferd ihm das zugefügt hatte, nicht der geheimnisvolle Angreifer. Aber bloß weil die Angriffe nicht tödlich ausgegangen waren, durfte man nicht annehmen, daß keine tödlichen Absichten dahinter gestanden hatten. Vielleicht würde eine dritte Attacke sachkundiger ins Werk gesetzt werden. Übung macht den Meister.

Miles fühlte sich nervlich erschöpft. Wie hatte er es zugelassen, daß ein Pferd ein solcher Hebel zu seinen Gefühlen geworden war? Das war schlimm, fast emotional gestört – aber Ninny war gewiß eines der wahrhaft unschuldigsten und reinsten Geschöpfe, die Miles je kennengelernt hatte. Miles erinnerte sich an das andere unschuldige Wesen in diesem Fall, und er zitterte in der feuchten Luft. *Es war grausam, Lord, etwas Grausames ...* Pym hatte recht, in den Büschen könnte es von Attentätern aus der Csurik-Sippe nur so wimmeln.

Verdammt, in den Büschen wimmelte tatsächlich etwas – dort drüben, eine Bewegung, eine Welle in den Zweigen, die zurückschnellten – wovon? Miles blieb das Herz fast stehen. Er stellte seinen Betäuber auf volle Energie ein, glitt lautlos von der Veranda und begann seine Pirsch, tiefgekauert und immer wieder Deckung suchend hinter hohen Grasbüscheln, die bei den Aktivitäten der letzten vierundzwanzig Stunden nicht niedergetrampelt worden waren. Miles erstarrte wie eine Katze auf der Jagd, als sich eine Gestalt aus dem Nebel herausschälte.

Ein magerer junger Mann, nicht sonderlich groß, in die ausgebeulten Hosen gekleidet, die hier üblich zu sein schienen, stand müde am Pferdeplatz und starrte über den Hof auf Karals Hütte. Zwei volle Minuten stand er so da, ohne sich zu bewegen. Miles zielte auf ihn mit dem Betäuber. Wenn er es nur wagte, eine Bewegung auf Ninny zuzumachen ...

Der Mann ging unsicher hin und her, dann kauerte er sich auf die Fersen und blickte immer noch über den Hof hinweg. Er holte etwas aus der Tasche seiner weiten Jacke – Miles' Finger spannten sich über dem Abzug des Betäubers –, aber der junge Mann steckte es nur in den Mund und biß ab. Ein Apfel. Das Kaugeräusch drang deutlich durch die feuchte Luft, dazu der schwache Duft eines saftigen Apfels. Der junge Mann aß etwa die Hälfte, dann hielt er inne; er hatte anscheinend Schwierigkeiten beim Schlucken. Miles tastete nach dem Messer an seinem Gürtel und vergewisserte sich, daß es lose in der Scheide steckte. Ninnys Nüstern weiteten sich, und er wieherte hoffnungsvoll. Damit zog er die Aufmerksamkeit des jungen Mannes auf sich. Er stand auf und ging zu dem Pferd.

Das Blut pulsierte in Miles' Ohren, lauter als jedes andere Geräusch. Die Hand am Betäuber wurde feucht, die Knöchel traten weiß hervor. Der junge Mann gab Ninny seinen Apfel zu fressen. Das Pferd kaute, die großen Kiefer mahlten unter der Haut; dann hob es seine Hüfte, schlenkerte ein Hinterhuf und ächzte laut. Wenn Miles nicht gesehen hätte, wie der Mann zuerst von dem Apfel gegessen hatte, dann hätte er ihn auf der Stelle niedergeschossen. Der Apfel hätte vergiftet sein können... Der Mann schickte sich an, Ninny am Hals zu tätscheln, dann zog er überrascht die Hand zu zurück, als er auf Deas Wundversorgung stieß. Ninny schüttelte unbehaglich den Kopf. Miles erhob sich langsam und blieb wartend stehen. Der Mann kratzte statt dessen Ninnys Ohren, blickte ein letztesmal zur Hütte empor, holte tief Luft, machte einen Schritt nach vorn, sah Miles und blieb stocksteif stehen.

»Lem Csurik?« fragte Miles.

Schweigen, ein starres Nicken. »Lord Vorkosigan?« fragte der junge Mann. Miles erwiderte sein Nicken.

Csurik schluckte. »Vor-Lord«, seine Stimme zitterte, »halten Sie Ihr Wort?«

Was für eine bizarre Gesprächseröffnung! Miles runzelte die Stirn. Zum Teufel, spiel mit! »Ja. Stellen Sie sich?«

»Ja und nein, Mylord.«

»Wie bitte?«

»Es geht um einen Handel, Mylord. Ich möchte einen Handel machen und Ihr Wort dafür bekommen.«

»Falls Sie Raina umgebracht haben ...«

»Nein, Mylord. Ich schwöre es. Ich habe es nicht getan.«

»Dann haben Sie von mir nichts zu befürchten.«

Lem Csurik preßte die Lippen aufeinander. Was, zum Teufel, konnte dieser Gebirgler ironisch finden? Wie konnte er auf Miles' Verwirrung mit Ironie reagieren? Mit Ironie, aber nicht mit Amüsiertheit.

»Ach, Mylord«, keuchte Csurik, »ich wünschte, es wäre so. Aber ich muß es Harra beweisen. Harra muß mir glauben – Sie müssen sie dazu bringen, daß sie mir glaubt, Mylord!«

»Sie müssen zuerst mich dazu bringen, daß ich Ihnen glaube. Glücklicherweise ist das nicht schwer. Sie kommen in die Hütte und machen die gleiche Aussage unter Schnell-Penta, und ich werde Sie für entlastet erklären.«

Csurik schüttelte den Kopf.

»Warum nicht?« fragte Miles geduldig. Daß Csurik überhaupt aufgetaucht war, war ein starkes Indiz für seine Unschuld. Es sei denn, er stellte sich vor, irgendwie die Droge überlisten zu können. Miles wollte noch wenigstens, na ja, drei oder vier Sekunden Geduld bewahren. Dann, bei Gott, würde er ihn betäuben, ins Haus schleifen, ihn festbinden, bis er wieder zu sich kam, und dann noch vor dem Frühstück auf den Grund dieser Sache kommen.

»Die Droge – man sagt, daß man dann nichts für sich behalten kann.«

»Sie wäre ja ziemlich nutzlos, wenn man es könnte.«

Csurik stand einen Moment lang stumm da.

»Versuchen Sie ein geringeres Vergehen zu verbergen, das auf Ihrem Gewissen lastet? Ist das der Handel, den Sie vorschlagen? Eine Amnestie? Sie ... wäre möglich. Das heißt, wenn es sich nicht gerade um einen anderen Mord handelt.«

»Nein, Mylord. Ich habe noch nie jemanden umgebracht!«

»Dann können wir vielleicht einen Deal machen. Denn wenn Sie unschuldig sind, dann muß ich das so früh wie möglich wissen. Weil es bedeutet, daß meine Arbeit hier noch nicht beendet ist.«

»Das ... das ist ja gerade das Problem, Mylord.« Csurik scharrte verlegen mit den Füßen, dann schien er einen Entschluß gefaßt zu haben und richtete sich beherzt auf. »Ich werde hineinkommen und Ihre Droge riskieren. Und ich werde alles beantworten, was Sie mich über mich fragen wollen. Aber Sie müssen mir versprechen – schwören! –, daß Sie mich nicht fragen über … über etwas anderes. Über jemand anderen.«

»Wissen Sie, wer Ihre Tochter getötet hat?«

»Nicht sicher.« Csurik warf trotzig den Kopf zurück. »Ich habe es nicht gesehen. Ich habe Vermutungen.«

»Ich habe auch Vermutungen.«

»Sei dem, wie es sei, Mylord. Sie sollen bloß nicht aus meinem Mund kommen. Das ist alles, worum ich bitte.«

Miles steckte seinen Betäuber ins Halfter und rieb sich das Kinn. »Hm.« In seinen Mundwinkeln erschien die Andeutung eines Lächelns. »Ich gebe zu, es wäre … eleganter, diesen Fall mit Vernunft und logischen Schlußfolgerungen zu lösen, als mit brutaler Gewalt. Selbst wenn es sich um eine so sanfte Gewalt wie Schnell-Penta handelt.«

Csurik neigte den Kopf. »Ich weiß nichts über Eleganz, Mylord. Aber ich möchte nicht, daß es aus meinem Mund kommt.«

Miles kam zu einem Entschluß und straffte den Rücken. Ja. Er *wußte* es jetzt. Er mußte nur die Beweise durchgehen, in einer Kette sorgfältiger Schritte. Es war genau wie fünfdimensionale Weltraum-Mathematik. »Also gut. Ich schwöre mit meinem Wort als Vorkosigan, daß ich meine Fragen auf die Tatsachen beschränken werde, bei denen Sie Augenzeuge waren. Ich werde Sie nicht nach Vermutungen über andere Personen fragen, oder über Ereignisse, bei denen Sie nicht zugegen waren. Genügt Ihnen das?«

Csurik biß sich auf die Lippen. »Ja, Mylord. Wenn Sie Ihr Wort halten.«

»Stellen Sie mich auf die Probe«, schlug Miles vor. Seine Lippen kräuselten sich zu einem füchsischen

Lächeln. Kommentarlos überging er die implizite Beleidigung.

Csurik ging neben Miles die Stufen hinauf, als bestiege er ein Schafott. Als sie die Hütte betraten, riefen sie große Verwunderung bei Karal und seiner Familie hervor, die um ihren Holztisch geschart saß, wo Dea Pym verarztete. Pym und Dea schauten weniger überrascht drein, bis Miles Lem Csurik vorstellte. »Dr. Dea, holen Sie Ihr Schnell-Penta. Hier ist Lem Csurik – gekommen, um mit uns zu reden.«

Miles dirigierte Lem zu einem Stuhl. Der Gebirgler setzte sich mit geballten Fäusten. Pym, auf dessen Brust sich an den Rändern des weißen Bandes, mit der sie umwickelt war, rote und violette Spuren eines Blutergusses abzeichneten, nahm seinen Betäuber in die Hand und trat zurück.

Als Dr. Dea sein Hypospray herausholte, flüsterte er Miles zu: »Wie haben Sie das *geschafft?*«

Miles' Hand strich über seine Tasche. Er holte einen Zuckerwürfel heraus, hielt ihn hoch und grinste durch das C hindurch, das sein Daumen und Zeigefinger bildeten. Dea schnaubte, aber er verzog die Lippen in widerstrebendem Respekt.

Lem zuckte zusammen, als das Hypospray an seinem Arm zischte, als erwartete er, daß es wehtun würde.

»Zählen Sie von Zehn ab rückwärts«, wies ihn Dea an. Als Lem Drei erreichte, hatte er sich entspannt. Bei Null kicherte er.

»Karal, Ma Karal, Pym, kommen Sie hierher«, sagte Miles. »Sie sind meine Zeugen. Jungen, bleibt hinten und bleibt ruhig. Keine Unterbrechungen, bitte.«

Miles absolvierte die Präliminarien, ein halbes Dutzend Fragen, die dazu bestimmt waren, einen Rhythmus herzustellen und die Zeit zu überbrücken, bis das Schnell-Penta seine volle Wirkung entfaltete. Lem Csurik grinste töricht, fläzte sich auf seinem Stuhl herum und beantwortete alle Fragen mit heiterer Gutwilligkeit. Vernehmungen unter Schnell-Penta waren Teil von Miles' Kurs in militärischer Aufklärung an der Militärakademie gewesen. Die Droge schien, seltsam genug, genau wie beschrieben zu funktionieren.

»Sind Sie an jenem Morgen, nachdem Sie die Nacht bei Ihren Eltern verbracht hatten, zu Ihrer Hütte zurückgekehrt?«

»Ja, Mylord«, sagte Lem und lächelte.

»Wann ungefähr?«

»Am Vormittag.«

Niemand hier besaß ein Chrono, und wahrscheinlich würde Miles keine genauere Antwort bekommen. »Was haben Sie getan, als Sie dort angekommen waren?«

»Ich habe nach Harra gerufen. Sie war allerdings fort. Es hat mich erschreckt, daß sie fortgegangen war. Ich dachte, sie hätte mich vielleicht verlassen.« Lem schluckte vernehmlich. »Ich möchte meine Harra wiederhaben.«

»Das kommt später. Hat das Baby geschlafen?«

»Ja. Es ist aufgewacht, als ich nach Harra rief. Hat wieder angefangen zu weinen. Das geht einem unter die Haut.«

»Was haben Sie dann gemacht?«

Lems Augen weiteten sich. »Ich hatte keine Milch. Sie wollte Harra haben. Ich konnte nichts für sie tun.«

»Haben Sie sie hochgenommen?«

»Nein, Mylord. Ich ließ sie liegen. Es gab nichts, was ich für sie hätte tun können. Harra hat mich sie kaum anfassen lassen, sie war immer so beunruhigt wegen ihr. Sagte zu mir, ich würde sie fallen lassen oder so was.«

»Sie haben sie nicht geschüttelt, damit sie aufhörte zu weinen?«

»Nein, Mylord. Ich ließ sie liegen. Ich bin weggegangen, um auf dem Pfad nach Harra Ausschau zu halten.«

»Wohin sind Sie dann gegangen?«

Lem blinzelte. »Zu meiner Schwester. Ich hatte versprochen zu helfen, Holz für eine neue Hütte herbeizuschaffen. Bella – meine andere Schwester – wird heiraten, wissen Sie, und …«

Er begann abzuschweifen, wie es bei dieser Droge normal war. »Stop«, sagte Miles. Lem verstummte gehorsam und schwankte leicht auf seinem Stuhl hin und her. Miles überlegte seine nächsten Fragen sorgfältig. Er näherte sich der dünnen Grenzlinie. »Haben Sie jemandem auf dem Pfad getroffen? Antworten Sie mit ja oder nein.«

»Ja.«

Dea wurde aufgeregt. »Wen? Fragen Sie ihn, wen!«

Miles hob die Hand. »Sie können jetzt das Gegenmittel geben, Dr. Dea.«

»Fragen Sie ihn nicht danach? Es könnte entscheidend sein!«

»Ich kann es nicht. Ich habe mein Wort gegeben. Geben Sie ihm jetzt das Gegenmittel, Doktor!«

Glücklicherweise brachte das Durcheinander der beiden Vernehmer Lem davon ab, bereitwillig eine Antwort auf Deas Frage zu murmeln. Verwundert drückte Dea sein Hypospray gegen Lems Arm. Binnen Sekunden öffnete Lem die Augen, die er halb geschlossen gehalten hatte. Er setzte sich aufrecht hin und rieb sich den Arm und das Gesicht.

»Wen haben Sie auf dem Pfad getroffen?« fragte ihn Dea geradewegs.

Lem preßte die Lippen aufeinander und blickte Miles hilfesuchend an.

Auch Dea wandte den Blick auf Miles. »Warum wollen Sie ihn nicht fragen?«

»Weil ich es nicht brauche«, sagte Miles. »Ich weiß genau, wen Lem auf dem Pfad getroffen hat und warum er weitergegangen und nicht umgekehrt ist. Das war Rainas Mörder. Wie ich bald beweisen werde.

Und – bezeugen Sie das, Karal, Ma Karal – diese Information kam nicht aus Lems Mund. Bestätigen Sie das!«

Karal nickte bedächtig. »Ich … verstehe, Mylord. Das war … sehr gütig von Ihnen.«

Miles blickte ihn direkt an und lächelte verkniffen. »Und wann ist ein Geheimnis überhaupt kein Geheimnis mehr?«

Karal errötete und erwiderte einen Moment lang nichts. Dann sagte er: »Sie können genauso gut weitermachen wie bisher, Mylord. Jetzt kann man Sie vermutlich nicht mehr aufhalten.«

»Nein.«

Miles schickte Boten aus, um die Zeugen zusammenzuholen, Ma Karal in eine Richtung, Zed in eine zweite, Sprecher Karal und seinen Ältesten in eine dritte. Er ließ Lem warten, zusammen mit Pym, Dea und ihm selbst. Da sie die kürzeste Strecke hatte, kam Ma Karal als erste zurück, mit Ma Csurik und zwei ihrer Söhne im Schlepptau.

Lems Mutter stürzte sich auf den jungen Mann, umarmte ihn und blickte dann ängstlich über die Schulter auf Miles. Die jüngeren Brüder hielten sich im Hintergrund, aber Pym hatte sich schon zwischen sie und die Tür geschoben.

»Es ist alles in Ordnung, Ma«, sagte Lem und klopfte ihr auf den Rücken. »Oder … jedenfalls, mit mir ist alles in Ordnung. Ich bin entlastet. Lord Vorkosigan glaubt mir.«

Sie warf Miles einen zornigen Blick zu und hielt dabei immer noch Lems Arm. »Du hast nicht zugelassen, daß der Mutie-Lord dir dieses Gift verpaßt, nicht wahr?«

»Kein Gift«, widersprach Miles. »Tatsächlich hat die Droge ihm vielleicht das Leben gerettet. Das macht sie fast zu einer Medizin, würde ich sagen. Jedoch«, er wandte sich Lems jüngeren Brüdern zu und verschränkte streng die Arme, »würde ich gerne wissen, welcher von euch jungen Trotteln heute nacht die Fackel auf mein Zelt geworfen hat.«

Der Jüngere erbleichte. Der Ältere bemerkte aufgebracht den Gesichtsausdruck seines Bruders und ließ ihn nicht zu Wort kommen. »Du hast es nicht getan!« zischte er entsetzt.

»Niemand«, sagte der bleiche Junge, »niemand hat es getan.«

Miles runzelte die Stirn. Es folgte ein kurzes, ersticktes Schweigen.

»Nun, *niemand* kann sich dann bei Sprecher und Ma Karal entschuldigen«, sagte Miles, »da es ihre Söhne waren, die letzte Nacht in dem Zelt geschlafen haben. Ich und meine Männer waren im Dachgeschoß.«

Der Junge öffnete bestürzt den Mund. Der jüngste Karal-Sohn starrte den bleichen Csurik-Bruder, seinen Altersgenossen, an und flüsterte wichtigtuerisch: »Du, Dono! Du Idiot, hast du nicht gewußt, daß dieses Zelt nicht brennen würde? Es ist ein echtes Armeemodell!«

Miles verschränkte die Hände hinter dem Rücken und fixierte die Csuriks mit einem kühlen Blick. »Zutreffender ausgedrückt, war das ein Attentatsversuch auf den Erben eures Grafen, was die gleiche Anklage wegen Verrats nach sich zieht wie ein Angriff auf den Grafen selbst. Oder hat Dono vielleicht nicht daran gedacht?«

Dono war völlig außer Fassung geraten. Hier war kein Schnell-Penta notwendig; der Junge konnte nicht die geringste Lüge durchstehen. Ma Csurik hatte jetzt auch Dono am Arm gefaßt, ohne Lem loszulassen; sie sah so verzweifelt aus wie eine Henne mit zu vielen Küken, die sie vor einem Sturm schützen wollte.

»Ich habe nicht versucht, Sie umzubringen, Mylord!« schrie Dono.

»Was wolltest du dann tun?«

»Sie sind gekommen, um Lem zu töten. Ich wollte ...

erreichen, daß Sie wieder weggehen. Sie vertreiben. Ich habe nicht gedacht, daß wirklich jemand verletzt werden würde – ich meine, es war doch nur ein Zelt!«

»Du hast nie gesehen, wie etwas niedergebrannt ist, nehme ich an. Haben Sie es gesehen, Ma Csurik?«

Lems Mutter nickte mit zusammengepreßten Lippen, sichtlich hin- und hergerissen zwischen dem Verlangen, ihren Sohn vor Miles zu schützen, und dem Verlangen, Dono zu prügeln, bis er für seine möglicherweise tödliche Dummheit blutete.

»Nun, beinahe hättest du drei deiner Freunde umgebracht oder schrecklich verletzt. Denk bitte darüber nach. In der Zwischenzeit werde ich angesichts deiner Jugend und deines … äh … offensichtlichen Schwachsinns die Anklage wegen Verrats zurückhalten. Als Gegenleistung werden Sprecher Karal und deine Mutter für dein gutes Verhalten in der Zukunft verantwortlich sein und entscheiden, welche Strafe angemessen ist.«

Ma Csurik schmolz fast dahin vor Erleichterung und Dankbarkeit. Dono blickte drein, als wäre er lieber erschossen worden. Sein Bruder stupste ihn und flüsterte: »Schwachsinniger Trottel!« Ma Csurik versetzte dem Spötter einen Klaps auf den Kopf und brachte ihn so wirksam zum Schweigen.

»Wie steht es mit Ihrem Pferd, Mylord?« fragte Pym.

»Ich … verdächtige sie nicht wegen der Sache mit dem Pferd«, erwiderte Miles langsam. »Der Versuch, das Zelt anzuzünden, war schlichte Dummheit. Das andere entsprang … einer völlig anderen Berechnung.«

Dann kam Zed, der die Erlaubnis bekommen hatte, Pyms Pferd zu benutzen, mit Harra hinter ihm sitzend, zurück. Harra betrat Sprecher Karals Hütte, sah Lem und blieb mit einem bitterbösen Blick stehen. Lem stand mit offenen Händen und Qual in den Augen vor ihr auf.

»Also, Mylord«, sagte Harra. »Sie haben ihn gefangen.« Sie biß in freudlosem Triumph die Zähne aufeinander.

»Eigentlich nicht«, sagte Miles. »Er ist hierhergekommen und hat sich selbst gestellt. Er hat seine Aussage unter Schnell-Penta gemacht und sich selbst entlastet. Lem hat Raina nicht getötet.«

Harra drehte sich von einer zu anderen Seite. »Aber ich habe gesehen, daß er dort war! Er hat seine Jacke zurückgelassen und hat seine gute Säge und seinen Hobel mitgenommen. Ich weiß, daß er wieder zurückgewesen ist, während ich unterwegs war! Mit Ihrer Droge stimmt etwas nicht!«

Miles schüttelte den Kopf. »Die Droge hat gut funktioniert. Ihr Schluß war insoweit richtig, daß Lem die Hütte aufsuchte, während Sie unterwegs waren. Aber als er wegging, lebte Raina noch und schrie lebhaft. Lem ist es nicht gewesen.«

Sie schwankte. »Wer war es dann?«

»Ich glaube, Sie wissen es. Ich glaube, Sie haben sich sehr viel Mühe gegeben, dieses Wissen zu leugnen, deshalb haben Sie sich so übermäßig auf Lem konzentriert. Solange Sie sich sicher waren, daß Lem es gewesen ist, brauchten Sie nicht über die anderen Möglichkeiten nachzudenken.«

»Aber für wen wäre es sonst wichtig?« schrie Harra. »Wer würde sich sonst Gedanken darüber machen?«

»Wer, in der Tat?« seufzte Miles. Er ging zum Vorderfenster und blickte in den Hof hinab. Der Nebel verflog im vollen Morgenlicht. Die Pferde bewegten sich unruhig hin und her. »Dr. Dea, würden Sie bitte eine zweite Dosis Schnell-Penta bereitmachen?« Miles wandte sich um, ging zurück bis zur Feuerstelle. Mit dem Rücken spürte er angenehm die schwache Hitze.

Dea blickte sich um, das Hypospray in der Hand, und schien sich zu fragen, wem er es verpassen sollte. »Mylord?« sagte er mit einem fragenden Ausdruck im Gesicht.

»Ist es für Sie nicht offensichtlich, Doktor?« fragte Miles leicht.

»*Nein*, Mylord.« Es klang leicht ungehalten.

»Sie auch nicht, Pym?«

»Nein … überhaupt nicht, Mylord.« Pyms Blick und die Mündung seines Betäubers richteten sich unsicher auf Harra.

»Ich vermute, es liegt daran, weil keiner von Ihnen beiden je meinem Großvater begegnet ist«, meinte Miles. »Er ist ungefähr ein Jahr vor Ihrem Eintritt in den Dienst meines Vaters gestorben, Pym. Er wurde genau am Ende des Zeitalters der Isolation geboren und hat alle Umbrüche miterlebt, die dieses Jahrhundert für Barrayar mit sich brachte. Er wurde ›Der Letzte der alten Vor‹ genannt, aber in Wirklichkeit war er der Erste der Neuen. Er hat sich mit den Zeiten geändert, von der Taktik der Kavallerie zu der der Fliegerschwadronen, von Schwertern zu Atomwaffen, und er hat sich *erfolgreich* geändert. Daran, daß wir jetzt von der Okkupation durch die Cetagandaner befreit sind, kann man ermessen, wie wildentschlossen er sich anpassen konnte, dann alles abstreifen und sich aufs neue anpassen konnte. Am Ende seines Lebens wurde er als Konservativer bezeichnet, und das nur deshalb, weil viel von Barrayar an ihm vorbeigeströmt war in die Richtung, in die er geführt, gestoßen, geschoben und gewiesen hatte, und das ein Leben lang.

Er hat sich gewandelt und angepaßt und sich dem Wind der Zeitläufte gebeugt. Dann wurde er in seinem Alter – denn mein Vater war sein jüngster und einziger überlebender Sohn und heiratete selbst erst in mittlerem Alter –, also in seinem Alter wurde er mit mir geschlagen. Und er mußte sich wieder ändern. Und er schaffte es nicht.

Er bettelte meine Mutter an, sie sollte eine Abtreibung machen lassen, nachdem man mehr oder weniger wußte, welche Schädigung der Fötus erfahren hatte. Nach meiner Geburt waren er und meine Eltern fünf Jahre lang einander entfremdet. Sie gingen sich aus dem Weg und redeten oder kommunizierten auch nicht miteinander. Alle dachten, mein Vater sei nach seiner Ernennung zum Regenten mit uns deshalb in die Kaiserliche Residenz umgezogen, weil er es auf den Thron abgesehen hätte, aber der wirkliche Grund war, daß mein Großvater, der Graf, ihm den Gebrauch des Palais Vorkosigan verweigert hatte. Sind Familienstreitigkeiten nicht lustig? In meiner Familie gibt es blutende Geschwüre, die wir einander zugefügt haben.« Miles wanderte zurück zum Fenster und blickte hinaus. Ach ja, da kam …

»Die Versöhnung geschah schrittweise, als es ganz klar wurde, daß es keinen weiteren Sohn mehr geben würde«, fuhr Miles fort. »Keine dramatische Lösung des Knotens. Hilfreich war, daß die Mediziner mich zum Laufen brachten. Es war wesentlich, daß ich mich bei den Tests als heller Kopf erwies. Und am wichtigsten von allem, ich ließ ihn nie erleben, daß ich aufgab.«

Niemand hatte gewagt, diesen herrschaftlichen Monolog zu unterbrechen, aber aus verschiedenen Reaktionen war deutlich zu sehen, daß es ihnen entging, worauf es ihm ankam. Da er dies alles teilweise deshalb erzählte, um die Zeit totzuschlagen, machte es Miles nicht viel aus, daß sie ihm nicht folgen konnten. Von der hölzernen Veranda draußen waren Schritte zu hören. Pym bezog leise Stellung, um ein ungehindertes Schußfeld auf die Tür zu haben.

»Dr. Dea«, sagte Miles, der zum Fenster hinausschaute, »würden Sie freundlicherweise dieses Schnell-Penta der ersten Person verpassen, die durch die Tür hereinkommt?«

»Sie warten nicht darauf, daß jemand sich freiwillig dazu bereitfindet, Mylord?«

»Diesmal nicht.«

Die Tür schwang nach innen, und Dea trat mit erhobener Hand vor. Das Hypospray zischte. Ma Mattulich drehte sich so schnell herum, daß die Röcke ihres Arbeitskleides um ihre Waden wirbelten, an denen die Krampfadern hervortraten. Sie blickte Dea an und zischte ihrerseits: »Sie wagen es!« Sie zog den Arm zurück, als wollte sie ihn schlagen, aber mitten im Schwung wurde sie langsam und traf ihn nicht mehr, denn Dea wich ihr aus. Sie geriet aus dem Gleichgewicht und stolperte. Sprecher Karal, der hinter ihr hereinkam, fing sie am Arm auf und stützte sie. »Sie wagen es!« heulte sie erneut, dann drehte sie sich um und sah, daß nicht nur Dea, sondern auch alle anderen Zeugen wartend dastanden: Ma Csurik, Ma Karal, Lem, Harra, Pym. Ihre Schultern sanken zusammen, und dann trat die Wirkung der Droge ein. Sie stand einfach da, und auf ihrem strengen Gesicht kämpften ein albernes Lächeln und Angst um die Oberherrschaft.

Ma Mattulichs Lächeln bereitete Miles Unbehagen, aber genau dieses Lächeln brauchte er. »Dea, Sprecher Karal, setzen Sie sie hin.«

Sie führten sie zu dem Stuhl, auf dem bis vor kurzem noch Lem Csurik gesessen hatte. Ma Mattulich kämpfte verzweifelt gegen die Wirkung der Droge an, doch ihr Aufbäumen und ihr Widerstand schmolzen dahin, eine schlaffe Fügsamkeit ergriff von ihr Besitz. Sie hing auf dem Stuhl und grinste hilflos. Miles warf Harra einen verstohlenen Blick zu. Sie stand bleich und stumm da, völlig verschlossen.

Nach der Versöhnung war Miles etliche Jahre lang nie ohne seinen persönlichen Leibwächter bei seinem Großvater gewesen. Sergeant Bothari hatte die Livree des Grafen getragen, aber er war nur Miles allein loyal gewesen, dieser eine Mann, der gefährlich genug – manche sagten, verrückt genug – gewesen war, um dem großen General die Stirn zu bieten. Es war nicht nötig, beschloß Miles, diesen faszinierten Leuten darzulegen, welcher rechtzeitig verhinderte Vorfall seine Eltern zu dem Schluß hatte kommen lassen, der Einsatz von Sergeant Bothari sei eine notwendige Vorsichtsmaßnahme. Sollte doch General Piotrs makelloser Ruf jetzt Miles dienen. Nach *seinem* Willen. Miles' Augen funkelten.

Lem neigte den Kopf. »Wenn ich das gewußt hätte – wenn ich das geahnt hätte –, ich hätte sie nicht zusammen alleingelassen, Mylord. Ich dachte – Harras Mutter würde sich um sie kümmern. Ich hätte nicht wissen können – ich wußte nicht, *wie* ...«

Harra schaute ihn nicht an. Sie schaute niemanden an.

»Bringen wir es zu Ende«, seufzte Miles. Wieder forderte er die im Zimmer Anwesenden auf, seine Zeugen zu sein, und warnte vor Unterbrechungen, die eine unter Drogen stehende Person nur unnötig verwirren würden. Er befeuchtete die Lippen und wandte sich Ma Mattulich zu.

Erneut begann er mit den üblichen neutralen Fragen nach Namen, Geburtsdatum, Namen den Eltern und überprüfbaren biographischen Fakten. Ma Mattulich war schwerer zu beruhigen als vorhin Lem, der kooperativ gewesen war; ihre Antworten waren wirr und abgehackt. Für Miles war es schwer, seine Ungeduld zu zügeln. Obwohl ein Verhör unter Schnell-Penta so täuschend einfach erschien, erforderte es Geschick, nochmals Geschick und Geduld. Er war schon zu weit gekommen, als daß er jetzt noch einen Fehler riskieren durfte. Schrittweise arbeitete er sich an die ersten kritischen Fragen heran.

»Waren Sie zugegen, als Raina geboren wurde?«

Ihre Stimme war leise und schwebend, träumerisch. »Die Geburt erfolgte in der Nacht. Lem ging Jean, die Hebamme, holen. Der Sohn der Hebamme sollte mich holen, aber er ist wieder eingeschlafen. Ich bin erst am

Morgen gekommen, und dann war es zu spät. Alle hatten es gesehen.«

»Was gesehen?«

»Den Katzenmund, die schlimme Mutation. Monster in unserer Mitte. Merzt sie aus! Häßliches Männlein.« Das war ein Seitenhieb gegen ihn, nahm Miles zur Kenntnis. Ihre Aufmerksamkeit war wie hypnotisch auf ihn gerichtet. »Muties bringen neue Muties hervor, sie vermehren sich schneller, überfluten uns ... Ich habe gesehen, wie Sie die Mädchen angeschaut haben. Sie wollen mit reinen Frauen Mutie-Babies zeugen, uns alle vergiften ...«

Es war an der Zeit, sie wieder auf das Hauptthema zu bringen. »Waren Sie danach jemals mit dem Baby allein?«

»Nein, Jean war immerzu in der Nähe. Jean kennt mich, sie wußte, was ich wollte. Geht sie gar nichts an, verdammt noch mal. Und Harra war immerzu da. Harra darf es nicht wissen. Darf, darf nicht ... warum sollte sie so leicht davonkommen? Das Gift muß in ihr sein. Muß von ihrem Vater gekommen sein; ich habe nur mit ihrem Vater geschlafen, und außer der einen waren alle nicht in Ordnung.«

Miles blinzelte. »Wer waren alle nicht in Ordnung?« Er sah, wie auf der anderen Seite des Zimmers Sprecher Karal den Mund zusammenpreßte. Der Ortsvorsteher fing Miles' Blick auf und starrte auf seine eigenen Füße, entfernte sich innerlich von dem, was hier vorging. Lem, der mit offenem Mund dem Verhör folgte, und die anderen Jungen lauschten erschrocken. Harra rührte sich nicht.

»Alle meine Babies«, sagte Ma Mattulich.

Harra blickte jäh auf, ihre Augen weiteten sich.

»War Harra nicht Ihr einziges Kind?« fragte Miles. Es kostete ihn Mühe, in kühlem und ruhigem Ton zu sprechen; am liebsten hätte er geschrien. Am liebsten wäre er von hier abgehauen ...

»Nein, natürlich nicht. Sie war mein einziges reines und makelloses Kind, dachte ich. Hab' ich gedacht, aber das Gift muß in ihr verborgen gewesen sein. Ich bin auf die Knie gefallen und habe Gott gedankt, als sie rein geboren wurde, endlich ein reines Kind, nach so vielen, nach soviel Pein… Ich dachte, ich wäre schließlich genug bestraft worden. Sie war ein so hübsches Baby, und ich dachte, es wäre endlich vorbei. Aber sie muß trotz allem ein Mutie gewesen sein, versteckt, hinterlistig, schlau…«

»Wie viele Babies hatten Sie?« fragte Miles mit einem Würgen in der Kehle.

»Vier, außer Harra, meiner letzten.«

»Und Sie haben alle vier getötet?« Miles bemerkte, wie Sprecher Karal mit einem Blick auf seine Füße langsam nickte.

»Nein!« sagte Ma Mattulich. Empörung brach kurz durch den Schleier des Schnell-Penta. »Zwei waren schon totgeboren, das erste und das verkrüppelte. Das eine, das zu viele Finger und Zehen hatte, und das mit dem Schwellkopf, die beseitigte ich. Merzte sie aus. Meine Mutter paßte auf, daß ich es richtig machte. Harra, für Harra machte ich es leicht. Ich hab' es für sie getan.«

»Dann haben Sie also tatsächlich nicht nur ein Kind ermordet, sondern drei?« sagte Miles wie erstarrt. Die jüngeren Zeugen im Zimmer, Karals Söhne und die Csurik-Brüder, blickten entsetzt drein. Die älteren, Ma Mattulichs Altersgenossen, die diese Ereignisse mit ihr durchlebt haben mußten, blickten gedemütigt drein, hatten Anteil an ihrer Schande. Ja, sie mußten es alle gewußt haben.

»Ermordet?« sagte Ma Mattulich. »Nein! Ich habe sie ausgemerzt. Das mußte ich tun. Ich mußte das Richtige tun.« Sie hob stolz das Kinn, dann ließ sie es sinken. »Meine Babies getötet, um… um… ich weiß nicht wem, zu Gefallen zu sein. Und jetzt nennen Sie mich

eine Mörderin? Zum Teufel mit Ihnen! Was nützt mir Ihre Gerechtigkeit *jetzt?*
Ich hätte sie damals gebraucht – wo waren Sie *damals?*«
Plötzlich brach sie in Tränen aus, und ihr Weinen ging fast augenblicklich in Empörung über. »Wenn die meinen sterben mußten, dann mußte es auch ihres! Warum sollte sie so leicht davonkommen? Ich habe sie verwöhnt… ich habe mein Bestes versucht, habe mein Bestes getan, es ist nicht fair…«

Das Schnell-Penta hielt da nicht mehr mit… Nein, es funktionierte schon, sagte sich Miles, aber ihre Emotionen waren zu überwältigend. Eine Erhöhung der Dosis mochte ihre emotionalen Ausbrüche dämpfen, mit einem gewissen Risiko für Atemstillstand, aber es würde dabei kein vollständigeres Bekenntnis herauskommen. Miles' Unterleib zitterte, und er hoffte, daß es ihm gelang, diese Reaktion zu verbergen. Jetzt mußte die Sache zu Ende gebracht werden.

»Warum haben Sie Raina den Hals gebrochen, anstatt ihr die Kehle durchzuschneiden?«

»Harra durfte es nicht wissen«, sagte Ma Mattulich. »Armes Baby. Es würde so aussehen, als sei es einfach gestorben…«

Miles warf Lem und Sprecher Karal einen Blick zu. »Es scheint, daß eine Anzahl anderer Leute auch Ihrer Meinung waren, daß Harra es nicht wissen sollte.«

»Ich wollte nicht, daß sie es aus meinem Mund hörte«, wiederholte Lem hartnäckig.

»Ich wollte sie vor dem doppelten Kummer bewahren«, sagte Karal. »Sie hatte schon soviel zu tragen…«

Miles' und Harras Blicke begegneten sich. »Ich glaube, Sie alle unterschätzen sie. Ihre übertriebene Rücksichtnahme beleidigt sowohl ihre Intelligenz wie ihren Willen. Diese Frau ist aus zähem Holz geschnitzt.«

Harra holte Luft und unterdrückte ein Zittern. Sie

nickte Miles kurz zu, als wollte sie sagen: *Danke, Kleiner.* Mit einer leichten Neigung des Kopfes erwiderte er ihr: *Ja, ich verstehe.*

»Ich bin mir nicht sicher, wo die Gerechtigkeit in diesem Fall liegt«, sagte Miles, »aber das schwöre ich euch allen, die Tage sind vorüber, wo man so etwas einvernehmlich verheimlichen konnte. Keine geheimen, nächtlichen Verbrechen mehr. Jetzt herrscht das Tageslicht. Und wenn wir von nächtlichen Verbrechen reden«, er wandte sich wieder Ma Mattulich zu, »waren *Sie* es, die letzte Nacht versucht hat, meinem Pferd die Kehle durchzuschneiden?«

»Ich habe es versucht«, sagte Ma Mattulich jetzt ruhiger in einer Welle von Schnell-Penta-Sanftheit, »aber es hat sich immer wieder aufgebäumt.«

»Warum *mein* Pferd?« Miles konnte die Empörung in seiner Stimme nicht unterdrücken, obwohl den Schnell-Penta-Vernehmern vom Trainingshandbuch ein ruhiger, gelassener Ton zur Pflicht gemacht wurde.

»Ich bin nicht an Sie rangekommen«, sagte Ma Mattulich schlicht.

Miles rieb sich die Stirn. »Rückwirkender Kindesmord an einem Stellvertreter?« murmelte er.

»Sie«, sagte Ma Mattulich, und ihre Abscheu drang sogar durch die widerliche Heiterkeit des Schnell-Penta, »*Sie* sind der Schlimmste. All das habe ich durchgemacht, all das habe ich getan, mein ganzer Kummer, und jetzt am Ende kommen Sie daher. Ein Mutie, der zum Herrn über uns alle gemacht wurde, und die Regeln wurden geändert, am Ende verraten durch die Schwäche einer Frau von einem anderen Planeten. Sie machen alles *zunichte.* Ich hasse Sie. Übler Mutant …« Ihre Stimme erstarb in einem benommenen Gemurmel.

Miles holte tief Luft und blickte sich im Zimmer um. Tiefe Stille herrschte, und niemand wagte sie zu brechen.

»Ich glaube«, sagte er, »damit ist meine Untersuchung der Fakten in diesem Fall zu Ende.«

Das Rätsel um Rainas Tod war gelöst.

Das Problem der Gerechtigkeit blieb unglücklicherweise übrig.

Miles unternahm einen Spaziergang.

Obwohl der Friedhof nur wenig mehr als eine simple Lichtung im Wald war, bildete er doch im Morgenlicht einen Ort des Friedens und der Schönheit. Der Bach gluckerte unaufhörlich, ließ grüne Schatten tanzen und blendete mit Lichtreflexen. Die zarte Brise, die den Rest des nächtlichen Nebels davongetragen hatte, flüsterte in den Wipfeln, und die winzigen, kurzlebigen Lebewesen, die mit Ausnahme der Biologen alle auf Barrayar Käfer nannten, sangen und zwitscherten im einheimischen Gebüsch.

»Also, Raina«, seufzte Miles, »und was mache ich jetzt?« Pym blieb am Rand der Lichtung zurück, um Miles Raum zu lassen. »Schon in Ordnung«, versicherte Miles dem winzigen Grab, »Pym hat mich schon einmal dabei ertappt, wie ich mit Toten redete. Vielleicht denkt er, ich sei verrückt, aber er ist viel zu gut erzogen, um das zu sagen.«

Tatsächlich sah Pym nicht sonderlich glücklich aus; ihm schien überhaupt nicht gut zu sein. Miles hatte ein ungutes Gefühl, daß er ihn herausgeholt hatte; eigentlich hätte der Mann im Bett bleiben sollen, aber Miles hatte diese Zeit verzweifelt allein gebraucht. Pym litt nicht nur an den Nachwirkungen von Ninnys Schlägen. Seit Miles das Geständnis aus Ma Mattulich herausgelockt hatte, war Pym stumm geblieben. Das überraschte Miles nicht. Pym hatte sich seelisch darauf vorbereitet, den Henker an ihrem vermuteten Schlägertyp von Gebirgler zu spielen; daß jetzt eine verrückte Großmutter sein Opfer sein sollte, hatte ihn sichtlich nachdenklich gestimmt. Miles hatte jedoch keinerlei

Zweifel, daß Pym alle Befehle ausführen würde, die er ihm gab.

Miles dachte über die Eigenarten des barrayaranischen Rechts nach, während er auf der Lichtung umherwanderte, das Bächlein und das Licht beobachtete und dann und wann mit der Stiefelspitze einen Stein umdrehte. Das grundlegende Prinzip war klar: Der Geist sollte den Vorzug gegenüber dem Buchstaben haben, die Wahrheit gegenüber formalen Spitzfindigkeiten. Gegenüber dem Urteil des Mannes an Ort und Stelle sollten Präzedenzfälle als zweitrangig angesehen werden. Doch leider war er selbst der Mann an Ort und Stelle. Es gab für ihn keine Zuflucht in automatischen Regeln. Er konnte sich nicht hinter der Floskel *das Gesetz sagt* verstecken, als wäre das Gesetz ein lebendiger Herrscher mit einer echten Stimme. Die einzige Stimme, die es hier gab, war seine eigene.

Und wem wäre mit dem Tod dieser halbverrückten alten Frau gedient? Harra? Die Beziehung zwischen Mutter und Tochter war durch das Geschehene schon völlig zerstört, das hatte Miles an ihren Blicken gesehen, und doch hatte Harra keinen Antrieb zum Muttermord. Miles war es so eher lieber; wenn sie neben ihm gestanden wäre und nach Blutrache geschrien hätte, so hätte ihn das im Augenblick ziemlich verwirrt. Harras Mut, das Verbrechen zu melden, wurde durch solche Gerechtigkeit nur armselig belohnt. Raina? Ach, das war schwieriger.

»Ich würde dir gern die alte Hexe hier zu Füßen legen, kleine Dame«, murmelte Miles ihr zu. »Ist das dein Wunsch? Dient es dir? Was *würde* dir wohl dienen?« War das das große Totenfeuer, das er ihr versprochen hatte?

Welches Urteil hätte ein Echo im gesamten Dendarii-Gebirge? Sollte er diese Leute tatsächlich einer größeren politischen Aussage opfern, ungeachtet ihrer Bedürfnisse? Oder sollte er all dies vergessen und sein

Urteil so fällen, daß es nur denen diente, die unmittelbar davon betroffen waren? Er hob einen Stein auf und warf ihn mit voller Kraft ins Wasser. Er versank unsichtbar auf das steinige Bachbett.

Als Miles sich umwandte, sah er Sprecher Karal am Rand des Friedhofs warten. Karal neigte den Kopf zum Gruß und kam vorsichtig näher.

»Also, Mylord«, sagte Karal.

»Ja«, sagte Miles.

»Sind Sie zu einem Schluß gekommen?«

»Nicht wirklich.« Miles blickte um sich. »Alles, was weniger wäre als Ma Mattulichs Tod, erscheint ... unzureichend für die Gerechtigkeit, und doch ... ich sehe nicht, wem ihr Tod dienen würde.«

»Ich auch nicht. Das ist der Grund, weshalb ich anfangs diese Einstellung hatte.«

»Nein ...«, sagte Miles langsam, »nein, darin hatten Sie unrecht. Erstens einmal wäre das für Lem Csurik fast tödlich ausgegangen. Ich war drauf und dran, ihn mit tödlicher Gewalt zu verfolgen. Und es hat fast seine Beziehung zu Harra zerstört. Die Wahrheit ist besser. Etwas besser. Zumindest stellt sie keinen fatalen Fehler dar. Sicher kann ich ... etwas mit ihr anfangen.«

»Zuerst wußte ich nicht, was ich von Ihnen erwarten sollte«, gab Karal zu.

Miles schüttelte den Kopf. »Ich wollte etwas verändern. Einen Unterschied machen. Jetzt ... weiß ich nicht.«

Sprecher Karal legte die Stirn in Falten. »Aber wir ändern uns.«

»Nicht genügend. Nicht schnell genug.«

»Sie sind noch jung, deshalb verstehen Sie nicht, wie sehr und wie schnell wir uns ändern. Bedenken Sie den Unterschied zwischen Harra und ihrer Mutter. Himmel – bedenken Sie den Unterschied zwischen Ma Mattulich und *deren* Mutter. *Das* war eine schreckliche alte Vettel.« Sprecher Karal schauderte es. »Ich erinnere mich an sie – na ja. Und doch war sie zu ihrer Zeit nicht so ungewöhnlich. In dem Augenblick, wo wir hier oben einen Powersat-Empfänger bekommen und ans Kommunikatornetz angeschlossen werden, dann wird die Vergangenheit passé sein. Sobald die Kinder die Zukunft sehen – ihre Zukunft –, werden sie verrückt danach sein. Für die Alten wie Ma Mattulich sind sie schon verloren. Die Alten wissen es auch. Glauben Sie ja nicht, daß sie es nicht wissen. Was glauben Sie, warum wir bisher noch nicht einmal eine kleine Empfängereinheit hier oben bekommen haben? Die Alten kämpfen dagegen. Sie nennen es verderbliche Einflüsse von anderen Planeten, aber in Wirklichkeit fürchten sie nur die Zukunft.«

»Es muß noch soviel geschehen.«

»O ja. Wir sind schreckliche Leute. Aber es gibt eine Hoffnung. Ich glaube nicht, daß Sie sich vorstellen können, wieviel Sie bewirkt haben, einfach dadurch, daß Sie hier heraufgekommen sind.«

»Ich habe nichts getan«, sagte Miles bitter. »Meistens bin ich nur herumgesessen. Und jetzt, das schwöre ich Ihnen, werde ich das Ganze beenden, indem ich noch mehr nichts tue. Und dann gehe ich heim. Verdammt!«

Sprecher Karal schürzte die Lippen und blickte auf seine Füße, dann auf die hohen Hügel. »Sie tun in jedem Augenblick etwas für uns, Mutantenlord. Glauben Sie etwa, Sie seien unsichtbar?«

Miles grinste wölfisch. »O Karal, ich bin eine Ein-Mann-Band. Ich bin eine Parade.«

»Sie sagen es, ganz recht. Gewöhnliche Menschen brauchen außergewöhnliche Beispiele. Damit sie sich sagen können, gut, wenn er *das* tun kann, dann kann ich gewiß *dies* tun. Dann gibt es keine Entschuldigungen.«

»Kein Pardon, ja, ich kenne dieses Spiel. Ich habe es mein ganzes Leben lang gespielt.«

»Ich glaube«, sagte Karal, »Barrayar braucht Sie. Sie müssen einfach weiterhin sein, was Sie sind.«

»Barrayar wird mich verschlingen, wenn es das kann.«

»Ja«, sagte Karal, die Augen auf den Horizont gerichtet, »es wird Sie verschlingen.« Sein Blick fiel auf die Gräber zu seinen Füßen. »Aber am Ende verschlingt es uns alle, nicht wahr? Sie werden die Alten überleben.«

»Oder am Anfang«, Miles zeigte nach unten. »Sagen Sie nicht *mir*, wen ich überleben werde. Sagen Sie es Raina.«

Karals Schultern sanken zusammen. »Stimmt. Das ist wahr. Fällen Sie Ihr Urteil, Mylord. Ich werde Sie unterstützen.«

Miles versammelte sie alle zu seinem Urteilsspruch in Karals Hof; die Veranda war jetzt zu seinem Podium geworden. Drinnen in der Hütte wäre es jetzt unmöglich heiß und eng für diese Menge geworden, denn die Nachmittagssonne brannte auf das Dach. Allerdings mußten sie im Freien wegen des Sonnenlichts die Augen zusammenkneifen. Sie waren alle da. Sprecher Karal, Ma Karal, ihre Söhne, alle Csuriks, die meisten Bekannten, die am gestrigen Abend bei der Bestattungszeremonie dagewesen waren, Männer, Frauen und Kinder. Harra saß abseits. Lem versuchte, ihre Hand zu ergreifen, obwohl es ersichtlich war, daß sie nicht angefaßt werden wollte, denn sie zuckte immer zurück. Ma Mattulich saß abgesondert neben Miles, stumm und mürrisch, flankiert von Pym und dem stellvertretenden Sprecher Alex, der unbehaglich dreinblickte.

Miles reckte das Kinn und stützte den Kopf auf den hohen Kragen seiner grünen Uniform. Die Uniform der Kaiserlichen Streitkräfte, die Miles sich verdient hatte. Wußten diese Leute, daß er sie sich verdient hatte, oder glaubten sie alle, sie sei ein bloßes Geschenk seines Vaters, Ergebnis von Vetternwirtschaft? Zum Teufel damit, was sie dachten. Er wußte es. Er stellte sich vor seine Leute hin und griff nach dem Geländer der Veranda.

»Ich habe die Untersuchung der Anklage abgeschlossen, die Harra Csurik hinsichtlich der Ermordung ihrer Tochter Raina vor dem Gericht des Grafen vorgebracht hat. Aufgrund von Indizien, Zeugenaussagen und ihrem eigenen Geständnis finde ich Mara Mattulich dieses Mordes schuldig. Sie hat den Hals des Kindes umgedreht, bis er brach, und dann hat sie versucht, dieses Verbrechen zu vertuschen. Sogar noch, als diese Vertuschung ihren Schwiegersohn Lem Csurik in tödliche Gefahr aufgrund irriger Beschuldigungen brachte. Angesichts der Hilflosigkeit des Opfers, der Grausamkeit des Vorgehens und der feigen Selbstsucht der versuchten Vertuschung, kann ich keine mildernden Umstände für das Verbrechen finden.

Außerdem hat Mara Mattulich mit ihrem eigenen Geständnis zwei frühere Fälle von Kindestötung gestanden, die sie vor etwa zwanzig Jahren an ihren eigenen Kindern begangen hatte. Diese Tatsachen sollen von Sprecher Karal in jedem Winkel des Silvy-Tales verkündet werden, bis jeder Untertan darüber unterrichtet ist.«

Er spürte, wie Ma Mattulichs wütender Blick sich in seinen Rücken bohrte. *Ja, mach nur weiter und hasse mich, alte Frau. Ich werde dich noch begraben, und du weißt es.* Er schluckte und fuhr fort, wobei die Förmlichkeit der Sprache ihm als eine Art Schild diente.

»Für dieses vollendete Verbrechen heißt das einzig angemessene Urteil Todesstrafe. Also verurteile ich Ma Mattulich zum Tod. Aber angesichts ihres Alters und ihrer engen Beziehung zu der in diesem Fall am zweitstärksten geschädigten Partei, Harra Csurik, beschließe ich, die Vollstreckung dieses Urteils auszusetzen. Auf unbestimmte Zeit.« Aus den Augenwinkeln sah Miles, wie Pym sehr vorsichtig und versteckt einen Seufzer der Erleichterung von sich gab.

»Aber vor dem Gesetz soll sie für tot gelten. All ihr Besitz, selbst die Kleidung, die sie am Leib trägt, gehört jetzt ihrer Tochter Harra, die darüber nach Belieben verfügen kann. Mara Mattulich darf kein Eigentum besitzen, keine Verträge schließen, keine Klagen wegen Schädigungen vorbringen und auch kein Testament aufsetzen. Sie wird das Silvy-Tal nicht ohne Harras Erlaubnis verlassen. Harra wird über sie Vollmacht haben wie ein Elternteil über ein Kind oder ein Vormund über einen senilen Menschen. In Harras Abwesenheit wird Sprecher Karal sie vertreten. Mara Mattulich soll überwacht werden, um sicherzustellen, daß sie keinem Kind mehr etwas antut.

Des weiteren soll sie ohne Totenopfer sterben. Niemand, weder Harra noch jemand anderer, soll ein Totenfeuer für sie entzünden, wenn sie schließlich beerdigt wird. Da sie ihre Zukunft ermordet hat, so soll auch ihre Zukunft ihrem Geist nur Tod bringen. Sie wird wie die Kinderlosen sterben, ohne daß man ihrer gedenkt.«

Ein Aufseufzen ging durch die älteren Leute in der Menge, die vor Miles stand. Zum erstenmal senkte Mara Mattulich ihren steifen Hals.

Miles wußte, daß einige dies nur als symbolisch erachten würden. Andere würden es als buchstäblich tödlich empfinden, je nach der Stärke ihres Glaubens. Zum Beispiel diejenigen, die buchstäblich daran glaubten, daß eine Mutation eine Sünde sei, die mit Gewalt gesühnt werden müsse. Aber selbst für die weniger Abergläubischen war die Bedeutung des Schuldspruches klar, wie Miles an ihren Gesichtern sah.

Miles wandte sich Ma Mattulich zu und senkte die Stimme. »Jeden Atemzug, den Sie von diesem Augenblick an tun, tun Sie aufgrund meiner Gnade. Jeder Bissen, den Sie essen, tun Sie aufgrund von Harras Barmherzigkeit. Durch Barmherzigkeit und Gnade – die Sie nicht geübt haben – sollen Sie weiterleben. Tote Frau.«

»Gnade, Mutantenlord«, knurrte sie leise, erschöpft, geschlagen.

»Sie haben es verstanden«, zischte er. Er verneigte sich vor ihr, unendlich ironisch, und drehte ihr den Rücken zu. »Ich bin die Stimme des Grafen Vorkosigan. Damit ist mein Urteil gesprochen.«

Danach traf sich Miles in Sprecher Karals Hütte mit Harra und Lem.

»Ich habe einen Vorschlag für Sie.« Miles hörte auf, nervös hin und her zu gehen und blieb vor den beiden stehen. »Sie können ihn ablehnen, wenn Sie wollen, oder eine Weile darüber nachdenken. Ich weiß, daß Sie im Augenblick sehr müde sind.« *Wie wir alle.* War er wirklich erst anderthalb Tage im Silvy-Tal? Es kam ihm schon wie ein Jahrhundert vor. Sein Kopf schmerzte vor Müdigkeit. Auch Harra hatte rote Augen. »Zuerst mal, können Sie lesen und schreiben?«

»Ein bißchen«, sagte Harra. »Sprecher Karal hat es uns ein bißchen beigebracht, und Ma Lannier auch.«

»Na ja, das reicht. Sie fangen dann nicht völlig blind an. Hören Sie: Vor ein paar Jahren wurde in Hassadar eine Lehrerbildungsanstalt gegründet. Sie ist noch nicht sehr groß, aber sie hat angefangen zu arbeiten. Es gibt dafür Stipendien. Ich kann Ihnen eines besorgen, wenn Sie einverstanden sind, drei Jahre in Hassadar zu leben und dort intensiv zu studieren.«

»Ich!« sagte Harra. »Ich kann doch nicht auf eine Hochschule gehen! Ich weiß kaum etwas ... von all dem Zeug.«

»Das Wissen sollen Sie ja dort erst bekommen, nicht schon mitbringen. Schauen Sie, man weiß, womit man es in diesem Bezirk zu tun hat. Es gibt eine Menge Förderkurse. Es stimmt, Sie müssen härter arbeiten, um die Leute aus der Stadt und aus dem Tiefland einzuholen. Aber ich weiß, daß Sie Mut haben, und ich weiß, daß Sie einen starken Willen haben. Der Rest besteht eigentlich nur darin, daß Sie aufstehen und immer wieder gegen die Mauer anrennen, bis sie umfällt. Man bekommt dabei eine blutige Stirn, aber was macht das schon? Sie schaffen es, ich schwöre, daß Sie es schaffen.«

Lem, der neben ihr saß, blickte besorgt drein. Er faßte wieder nach ihrer Hand. »Drei Jahre?« sagte er leise. »Fort?«

»Das Schulstipendium dauert nicht so lang«, sagte Miles. »Aber, Lem, ich habe gehört, Sie sind Zimmermann. In Hassadar gibt es gerade jetzt einen Bauboom. Hassadar soll das neue Vorkosigan Vashnoi werden, glaube ich. Ich bin sicher, daß Sie einen Job finden würden. Zu zweit könnten Sie davon leben.«

Zuerst blickte Lem erleichtert drein, dann zutiefst beunruhigt. »Aber dort benutzen alle diese elektrischen Werkzeuge – Computer, Roboter …«

»Keineswegs. Und außerdem ist niemand mit dem Wissen geboren, wie man dieses Zeug bedient. Wenn die Leute in Hassadar das lernen können, dann können Sie's auch. Außerdem zahlen die Reichen gut für Handarbeit, für einmalige Stücke, Unikate, wenn die Qualität gut ist. Ich kann mir gut vorstellen, daß Sie da anfangen, und der Anfang ist immer am schwersten. Danach werden Sie sich schon zurechtfinden.«

»Das Silvy-Tal verlassen …«, sagte Harra in einem Ton der Bestürzung.

»Nur, um wieder zurückzukommen. Das ist der andere Teil des Handels. Ich kann eine Kommunikatoreinheit hier hochschicken, eine kleine, mit einer tragbaren Energiezelle, die ein Jahr hält. Es müßte jedes Jahr jemand nach Vorkosigan Surleau hinuntergehen, um sie auszutauschen. Das ist kein großes Problem. Die ganze Einheit würde nicht viel mehr als ein neuer

Leichtflieger kosten.« Wie zum Beispiel der glänzende rote, den Miles in einem Ausstellungsraum eines Händlers in Vorbarr Sultana gesehen hatte, sehr geeignet als Geschenk für ein Examen, wie er seinen Eltern erklärt hatte. Die Kreditkarte lag im Augenblick in der obersten Schublade seiner Kommode im Haus am See von Vorkosigan Surleau. »Das ist kein so großes Projekt, wie wenn es etwa darum ginge, einen Powersat-Empfänger für das ganze Silvy-Tal aufzustellen. Das Holovid würde die Bildungsprogramme auffangen, die per Satellit aus der Hauptstadt gesendet werden; wenn man es in einem zentral gelegenen Gebäude aufstellt und ein paar Dutzend Laptops für die Kinder anschließt, dann haben Sie schon eine Schule beisammen. Alle Kinder müßten dazu kommen, und Sprecher Karal müßte dafür sorgen, aber wenn sie einmal das Holovid entdeckt haben, dann müssen Sie die Kinder wahrscheinlich prügeln, damit sie wieder heimgehen. Ich dachte… hm…«, Miles räusperte sich, »Sie könnten es die Raina-Csurik-Grundschule nennen.«

»Oh«, sagte Harra und begann zum erstenmal an diesem aufreibenden Tag zu weinen. Lem tätschelte ihr schwerfällig auf die Schulter. Endlich erwiderte sie den Griff seiner Hand.

»Ich kann jemanden vom Tiefland hier hochschikken, damit er hier unterrichtet«, sagte Miles. »Ich werde jemand mit einem Zeitvertrag nehmen, bis Sie bereit sind, um wiederzukommen. Aber er oder sie werden das Silvy-Tal nicht so verstehen wie Sie. Würde nicht verstehen, *warum.* Sie – Sie wissen es schon. Sie wissen, was man an einer Hochschule im Tiefland nicht lernen kann.«

Harra wischte sich die Augen und blickte zu ihm auf. »Sie sind auf die Kaiserliche Akademie gegangen.«

»Ja.« Er reckte sein Kinn.

»Dann schaffe ich…«, sagte sie unsicher, »die

Lehrerbildungsanstalt von Hassadar.« Der Name war für sie umständlich. Beim erstenmal. »Ich werde es auf jeden Fall versuchen, Mylord.«

»Ich werde auf Sie setzen«, sagte Miles. »Auf Sie beide. Sie müssen nur«, ein Lächeln huschte über seinen Mund und verschwand sofort wieder, »aufrecht stehen und die Wahrheit sagen, ja?«

Harra zwinkerte verstehend. Auf ihrem Gesicht erschien genauso kurz ein antwortendes Lächeln. »Das werde ich tun, kleiner Mann.«

Ninny wurde am nächsten Morgen per Lufttransport heimgebracht, in einem Pferdetransporter, zusammen mit Pym. Mit seiner Nemesis, der Fuchsstute, begleitete Dr. Dea seine beiden Patienten. Zusammen mit dem Pferdeknecht, der den Transporter von Vorkosigan Surleau heraufgeflogen hatte, war ein Ersatzmann für den Leibwächter geschickt worden. Er blieb bei Miles und half ihm, die übrigen beiden Pferde nach Hause zu reiten. Miles dachte daran, daß er sowieso für seinen Urlaub einen Campingausflug in die Berge mit seinem Cousin Ivan vorgehabt hatte. Der Livrierte war der lakonische Veteran Esterhazy, den Miles schon fast sein ganzes Leben kannte – ausgezeichnete Gesellschaft für einen Mann, der nicht darüber reden wollte. Anders als bei Ivan konnte man fast vergessen, daß Esterhazy überhaupt da war. Miles fragte sich, ob Esterhazys Abkommandierung ein Zufall oder eine Gnade des Grafen gewesen war. Esterhazy konnte gut mit Pferden umgehen.

Sie kampierten nachts neben dem Fluß der Rosen. Miles spazierte im Abendlicht talaufwärts und suchte beiläufig nach der Quelle; in der Tat schien die Blumenbarriere ein paar Kilometer stromaufwärts zu Ende zu gehen; sie mischte sich dort in etwas weniger undurchdringliches Gestrüpp. Miles pflückte eine Rose, schaute um sich, um sicher zu gehen, daß Esterhazy nicht in Sicht war, und biß neugierig in die Blüte. Offensichtlich war er kein Pferd. Wenn er jetzt einen Strauß abschnitt, als Leckerbissen für Ninny, so würden die Blumen wahrscheinlich die Rückreise nicht überstehen. Ninny konnte sich mit Hafer begnügen.

Miles beobachtete, wie die Abendschatten über das Rückgrat der Dendarii-Bergkette hinaufwanderten. Hoch und massiv ragte sie in der Ferne auf. Wie klein diese Berge aus dem Weltall aussahen! Kleine Runzeln auf der Haut einer Kugel, die er mit seiner Hand bedecken konnte; da war all ihre erdrückende Masse unsichtbar. Was war die Illusion – Ferne oder Nähe? Ferne, entschied Miles. Ferne war eine verdammte Lüge. Hatte sein Vater das gewußt? Miles vermutete es.

Er dachte über seinen Impuls nach, sein ganzes Geld auf diese Berge zu werfen, nicht nur den Gegenwert eines Leichtfliegers; alles aufzugeben und Kindern Lesen und Schreiben beizubringen, eine freie Klinik einzurichten, ein Powersat-Netz oder alles zusammen. Aber das Silvy-Tal war nur eine von Hunderten solcher Gemeinden, die in diesen Bergen begraben waren, eine von Tausenden auf ganz Barrayar. Steuern, die man aus diesem Bezirk abführte, trugen zum Unterhalt genau der Elite-Militärschule bei, die er gerade absolviert hatte – wieviel von den Mitteln dieser Gemeinde steckte in ihr drin? Wieviel würde er jetzt zurückgeben müssen, damit sie einfach quitt waren? Er war selbst eine planetarische Ressource, sein Training hatte ihn dazu gemacht, und seine Füße waren auf den Weg geraten.

Was Gott von einem erwartete, konnte daraus abgeleitet werden, welche Talente er einem gab, behauptete Miles' theistische Mutter. Die akademischen Ehren hatte Miles einfach durch harte Arbeit errungen. Aber die Kriegsspiele, bei denen es darauf ankam, schlauer zu sein als der Gegner, bei denen man einen Schritt voraussein mußte – eine Notwendigkeit, wirklich, denn da war kein Spielraum für einen Fehler – die Kriegsspiele also waren eine unheilige Freude gewesen. Der Krieg war hier einmal kein Spiel gewesen, und das war gar noch nicht so lange her. Das konnte auch wiederkommen. Was man am besten konnte, das wurde von einem verlangt. Gott schien wenigstens in diesem Punkt einer Meinung mit dem Kaiser zu sein, wenn schon nicht in anderen Dingen.

Vor weniger als zwei Wochen hatte Miles seinen Offizierseid auf den Kaiser abgelegt, ganz aufgeblasen vor Stolz über das, was er erreicht hatte. Insgeheim hatte er sich vorgestellt, wie er diesen Eid auch mitten im Kampfgewühl durchhielt, auch bei Foltern durch die Feinde und weiß Gott sonst noch was, auch wenn er danach mit Ivan zynische Bemerkungen über altmodische Schwerter machte – und über dic Art Leute, die darauf bestanden, sie zur Galauniform zu tragen.

Aber im Dunkel subtilerer Versuchungen, solcher, die schmerzten, ohne mit Heldentum zu trösten, sah er voraus, daß der Kaiser nicht länger das Symbol für Barrayar in seinem Herzen sein würde.

Friede sei mit dir, kleine Dame, sagte er in Gedanken zu Raina. *Du hast einen verkrüppelten modernen Ritter gewonnen, der dein Gunstzeichen auf seinem Ärmel trägt. Aber wir beide sind in eine verdrehte arme Welt geboren, die uns unbarmherzig zurückweist und uns ohne Beratung ausschließt. Wenigstens habe ich für dich nicht nur mit Lanzen gegen Windmühlen gekämpft. Ich werde Sappeure schicken, die die sich drehenden Monster unterminieren und sie in die Luft jagen …*

Jetzt wußte er, wem er diente. Und warum er nicht aufgeben durfte. Und nicht versagen durfte.

ZWEITER TEIL

LABYRINTH

ZWISCHENSPIEL

»Fühlst du dich schon etwas besser?« fragte Illyan vorsichtig.

»Etwas«, erwiderte Miles zurückhaltend und wartete. Er konnte jetzt länger warten als Illyan, o ja!

Der Sicherheitschef zog einen Stuhl herbei und ließ sich neben Miles' Bett nieder, betrachtete Miles und schürzte die Lippen. »Ich... entschuldige mich, Lord Vorkosigan, daß ich deine Worte bezweifelt habe.«

»Das sind Sie mir schuldig«, stimmte Miles zu.

»Ja. Trotzdem«, Illyan runzelte die Stirn, »frage ich mich, Miles, ob es dir je aufgegangen ist, daß es in deiner Stellung als Sohn deines Vaters nicht nur notwendig ist, aufrichtig zu sein, sondern auch so zu erscheinen.«

»Als Sohn meines Vaters – nein«, sagte Miles kategorisch.

Illyan schnaubte unwillkürlich. »Ha, vielleicht nicht.« Er trommelte mit den Fingern. »Sei dem, wie ihm wolle, Graf Vorvolk hat zwei Unstimmigkeiten in deinen Berichten über verdeckte Operationen der Söldner aufgegriffen. Wilde Kostenüberschreitungen bei etwas, das die einfachste aller Aufgaben hätte sein sollen, das Aufnehmen von Personal. Ich sehe ein, daß Dagoola über euch explodiert ist, aber was war beim ersten Mal?«

»Bei welchem ersten Mal?«

»Man untersucht wieder die Bekanntschaft, die du auf Jackson's Whole gemacht hast. Die Theorie ist, daß deine erste erfolgreich vertuschte Unterschlagung dort dich zu größeren Anstrengungen auf Dagoola verführt hat.«

»Das war vor fast zwei Jahren!« protestierte Miles.

»Man dehnt die Sache aus«, gab Illyan zu. »Man sucht angestrengt. Man möchte dich öffentlich an die Wand nageln, wenn man nur könnte. Ich versuche tatsächlich den Hammer zu konfiszieren. Verdammt«, fügte er gereizt hinzu, »schau mich nicht so an. Es gibt daran nichts Persönliches. Wenn du der Sohn von jemand anderem wärst, dann hätte sich das Thema gar nicht erst gestellt – du weißt es, ich weiß es und die anderen wissen es auch. Finanzprüfungen durch Langweiler aus der Vor-Kaste entsprechen nicht meiner Vorstellung von Vergnügen. Meine einzige Hoffnung ist, ihn zu ermüden und damit zu erreichen, daß er weggeht. Also, raus mit der Sprache!«

Miles seufzte. »Sir, ich stehe zu Ihrer Verfügung, wie immer. Was wollen Sie wissen?«

»Erkläre mir die Rechnung für die Ausrüstung der Operation auf Jackson's Whole.«

»Ich dachte, es wäre alles seinerzeit in meinem Bericht abgerechnet worden.« Miles versuchte sich zu erinnern.

»Abgerechnet schon. Erklärt nicht.«

»Wir haben eine halbe Fracht an erstklassigen Waffen auf dem Dock an der Station Fell zurückgelassen. Wenn wir das nicht getan hätten, dann wären Sie vielleicht einen Wissenschaftler, ein Schiff und einen Untergebenen ärmer.«

»Ja?« sagte Illyan. Er legte die Fingerspitzen zusammen und lehnte sich auf seinem Stuhl zurück. »Warum?«

»Ach … es ist eine lange Geschichte. Kompliziert, wissen Sie.« Gegen seinen Willen mußte Miles lächeln, als er sich daran erinnerte. »Kann das unter uns bleiben?«

Illyan legte den Kopf schräg. »In Ordnung …«

LABYRINTH

Miles betrachtete das Bild der Kugel, das über der Vidscheibe glühte, verschränkte die Arme und unterdrückte die aufkommende Übelkeit. Der Planet Jackson's Whole, glitzernd, wohlhabend, korrupt... Die Jacksonier behaupteten, ihre Korruption sei ganz und gar importiert – wenn die Galaxis bereit wäre, für Tugend das zu zahlen, was sie für das Laster zahlte, dann wäre der Planet ein Wallfahrtsort, ein Pilgerschrein. Von Miles Standpunkt aus gesehen glich das dem Streit, was zuerst kam, die Maden oder das verfaulte Fleisch, von dem sie lebten. Doch wenn Jackson's Whole nicht existierte, dann hätte die Galaxis es wahrscheinlich erfinden müssen. Seine Nachbarn mochten entsetzt tun, aber sie würden dem Planeten nicht erlauben, weiter zu existieren, wenn sie ihn nicht für eine insgeheim nützliche Verbindung zur Subökonomie, zum grauen Markt, hielten.

Der Planet zeigte jedenfalls eine gewisse Lebendigkeit. Nicht so lebendig wie vor ein oder zwei Jahrhunderten, gewiß, in den Tagen, als er Entführerbanden als Basis diente. Aber seine Verbrecherbanden von Halsabschneidern waren zu Syndikatmonopolen gealtert, die fast so strukturiert und so seriös waren wie kleine Regierungen. Eine Art Aristokratie. Natürlich. Miles fragte sich, wie lange noch die führenden Häuser der heranrollenden Woge der Ehrbarkeit widerstehen konnten.

Das Haus Dyne – reinigende Bankgeschäfte: Waschen Sie Ihr Geld auf Jackson's Whole! Das Haus

Fell – Waffenhandel ohne lästige Fragen. Das Haus Bharaputra – illegale Genetik. Noch schlimmer, das Haus Ryoval, dessen Motto lautete ›Fleisch gewordene Träume‹ – sicherlich der übelste Zuhälter in der Geschichte. Das Haus Hargraves – der galaktische Hehler, die korrekt wirkenden Vermittler für Lösegeldverhandlungen; man mußte ihnen zugute halten, daß Geiseln, die wegen ihrer guten Dienste ausgetauscht wurden, meistens lebend zurückkamen. Und ein Dutzend kleinerer Syndikate, in verschiedenen und wechselnden Bündnissen miteinander verknüpft.

Selbst wir halten euch für nützlich. Miles drückte auf die Bedienungstaste. Das Vidbild verschwand. Er verzog die Lippen in unterdrückter Abscheu und rief zu einer letzten Überprüfung seiner Einkaufsliste das Bestandsverzeichnis seines Waffenlagers auf. Eine subtile Veränderung in den Vibrationen des Schiffes, das ihn umgab, verriet ihm, daß sie sich dem Orbit näherten – binnen einer Stunde würde der Schnellkreuzer *Ariel* an der Station Fell andocken.

Seine Konsole spuckte gerade die komplettierte Datendiskette für Waffenbestellungen aus, als es an seiner Kabinentür summte und dann eine Altstimme über den Kabinenkommunikator fragte: »Admiral Naismith?«

»Herein!« Er nahm die Diskette aus der Konsole und lehnte sich auf seinem Stuhl zurück.

Kapitän Thorne kam hereingeschlendert und salutierte freundlich. »In etwa dreißig Minuten docken wir an, Sir.«

»Danke, Bel.«

Bel Thorne, der Kommandant der *Ariel*, war ein betanischer Hermaphrodit, der männlich-weibliche Nachkomme eines vor Jahrhunderten durchgeführten genetisch-sozialen Experiments, das nach Miles' privater Meinung in jeder Hinsicht so bizarr war wie alles, was den Gerüchten nach die von keiner Ethik angekränkelten Chirurgen des Hauses Ryoval gegen Geld durchführten. Eine Randerscheinung des betanischen Egalitarismus, der Amok gelaufen war, hatte sich der Hermaphroditismus nicht durchgesetzt, und die glücklosen Nachkommen der ursprünglichen Idealisten waren auf dem übertoleranten Planeten Kolonie Beta eine Minderheit geblieben. Abgesehen von einigen vereinzelten Wanderern wie Bel. Als Söldneroffizier war Thorne gewissenhaft, loyal und aggressiv, und Miles mochte ihn/sie/es sehr (die Betaner benutzten für Hermaphroditen das neutrale Pronomen). *Jedoch …*

Miles konnte von seinem Platz aus Bels süßes Blumenparfüm riechen. Am heutigen Tag betonte Bel also seine weibliche Seite. Und das hatte er, in zunehmendem Maße, schon die letzten fünf Tage seiner Reise getan. Normalerweise entschied sich Bel dafür, eher ambivalent bis männlich aufzutreten und sein weiches, kurzes braunes Haar und seine feingeschnittenen, bartlosen Gesichtszüge mit der grau-weißen Dendarii-Uniform, selbstbewußten Gesten und einem boshaften Humor zu kompensieren. Es beunruhigte Miles außerordentlich, daß Bel in seiner Gegenwart sanfter wurde.

Miles wandte sich der Holovid-Scheibe seiner Computerkonsole zu und rief erneut das Bild des Planeten auf, dem sie sich näherten. Aus der Ferne sah Jackson's Whole ziemlich spröde aus: gebirgig, reichlich kalt – die bewohnte Äquatorregion hatte nur gemäßigtes Klima; auf dem Vid-Bild war er umgeben von einem schematischen Netz farbiger Satellitenbahnen, Orbittransferstationen und autorisierten Anflugvektoren. »Bist du schon jemals zuvor hier gewesen, Bel?«

»Einmal, als ich Leutnant in Admiral Osers Flotte war«, sagte der Söldner. »Das Haus Fell hat seitdem einen neuen Baron bekommen. Ihre Waffen haben immer noch einen guten Ruf, solange man weiß, was man kauft. Halt dich fern von dem Verkauf von Neutronenhandgranaten.«

»Hehe. Die sind nur geeignet für Weitwerfer. Keine Angst, Neutronenhandgranaten sind nicht auf der Liste.« Er reichte Bel die Diskette.

Bel trat heran und beugte sich über die Lehne von Miles' Stuhl, um die Diskette in Empfang zu nehmen. »Soll ich der Mannschaft Urlaub geben, während wir darauf warten, daß die Leute des Barons die Fracht einladen? Wie steht es mit dir? Es gibt da ein Hotel neben den Docks, mit allen Annehmlichkeiten: Swimmingpool, Sauna, großartige Küche …« Bel senkte die Stimme. »Ich könnte ein Doppelzimmer buchen.«

»Ich hatte nur daran gedacht, Tagesurlaub zu geben.« Notwendigerweise räusperte sich Miles.

»Ich *bin* auch eine Frau«, murmelte Bel.

»Unter anderem.«

»Du bist so hoffnungslos monosexuell, Miles.«

»Leider.« Verlegen tätschelte er die Hand, die sich irgendwie auf seine Schulter gelegt hatte.

Bel seufzte und richtete sich wieder auf. »So viele sind es auch.«

Auch Miles seufzte. Vielleicht sollte er seiner Zurückweisung mehr Nachdruck verleihen – dies war erst etwa das siebte Mal, daß er mit Bel dieses Thema behandelte. Inzwischen war es fast schon ritualisiert, fast ein Witz, aber nicht ganz. Man mußte es entweder dem Optimismus des Betaners oder seiner Begriffstutzigkeit zuschreiben … oder, fügte Miles ehrlich an, einem echten Gefühl. Er wußte, wenn er sich jetzt umdrehte, dann würde er in den Augen des Hermaphroditen eine Einsamkeit aufschimmern sehen, die sich nie auf seinen Lippen zeigen durfte. Miles drehte sich nicht um.

Und wer war er schon, daß er über einen anderen urteilen durfte, überlegte Miles trübselig, er, dessen eigener Körper ihm so wenig Freude bereitete? Was fand Bel, der gerade gewachsen, gesund und von normaler Größe war (wenn auch mit ungewöhnlichen Genitalien ausgestattet), so anziehend an einem kleinen, halb verkrüppelten, zeitweilig verrückten Mann? Miles blickte an seiner grauen Dendarii-Offiziersuniform hinab. Die Uniform, die er sich errungen hatte. *Wenn du schon nicht sieben Fuß groß sein kannst, dann sei sieben Fuß clever.* Bis jetzt allerdings hatte sein Verstand ihm keine Lösung für das Problem Thorne eingegeben.

»Hast du je daran gedacht, nach Kolonie Beta zurückzukehren und jemanden von deiner Art zu suchen?« fragte Miles ernsthaft.

Thorne zuckte die Achseln. »Zu langweilig. Deshalb bin ich weggegangen. Es ist dort alles so sicher, so eng…«

»Denk dran, es ist ein großartiger Ort, um Kinder großzuziehen.« Miles' Mundwinkel zuckten nach oben.

Thorne grinste. »Du hast es getroffen. Du bist fast ein perfekter Betaner, weißt du das? Fast. Du hast den Akzent, du kennst die Witze, die dort grassieren…«

»In welchen Punkten versage ich?«

Thorne berührte Miles' Wange. Miles zuckte zusammen.

»Bei den Reflexen«, sagte Thorne.

»Aha.«

»Ich werde dich nicht verraten.«

»Ich weiß.«

Bel lehnte sich wieder vor. »Ich könnte dir noch den letzten Schliff geben…«

»Zerbrich dir nicht den Kopf«, sagte Miles, sichtlich errötend. »Wir haben einen Auftrag.«

»Inventur des Waffenlagers«, sagte Thorne verächtlich.

»Das ist kein Auftrag«, sagte Miles, »das ist eine Tarnung.«

»Ach so.« Thorne richtete sich wieder auf. »Endlich.«

»Endlich was?«

»Man muß kein Genie sein, um das zu merken. Wir sind gekommen, um Waffen zu kaufen, aber anstatt das Schiff mit der größten Ladekapazität zu nehmen, hast du die *Ariel* ausgewählt – das schnellste Schiff der Flotte. Es gibt nichts, was noch langweiliger ist als Lagerarbeit, aber anstatt einen vollkommen kompetenten Quartiermeister zu schicken, leitest du die Operation persönlich.«

»Ich möchte einen Kontakt zu dem neuen Baron Fell herstellen«, sagte Miles sanft. »Das Haus Fell ist der größte Waffenlieferant diesseits von Kolonie Beta, und erheblich weniger wählerisch hinsichtlich seiner Kunden. Wenn mir die Qualität des ersten Kaufes zusagt, dann könnten sie ein regelmäßiger Lieferant werden.«

»Ein Viertel der Waffen von Fell sind betanische Produkte zu einem teureren Preis«, sagte Thorne. »Also wieder, aha.« »Und während wir hier sind«, fuhr Miles fort, »wird sich ein gewisser Mann in mittlerem Alter vorstellen und bei den Dendarii-Söldnern als Medizintechniker anheuern. Zu dem Zeitpunkt werden alle Stationspässe mit Ausgangserlaubnis widerrufen, wir beenden das Laden so schnell wie möglich und hauen ab.«

Thorne grinste befriedigt. »Es wird also jemand auf- und mitgenommen. Sehr gut. Ich nehme an, wir werden gut bezahlt?«

»Sehr gut. Wenn er an seinem Bestimmungsort lebend ankommt. Der Mann ist zufällig der führende Genetikforscher der Bharaputra-Labors. Ihm wurde Asyl angeboten von einer planetarischen Regierung, die ihn vor den langen Armen der Vollstrecker des Barons Luigi Bharaputra schützen kann. Sein Arbeitgeber, der bald sein Ex-Arbeitgeber sein wird, dürfte erwartungsgemäß ziemlich zornig werden, weil die Kündigungsfrist von einem Monat nicht eingehalten wird. Wir werden dafür bezahlt, daß wir ihn seinen neuen Herren lebend übergeben und außerdem nicht gewaltsam all seiner Fachgeheimnisse entledigen.

Da das Haus Bharaputra wahrscheinlich die ganze Flotte der Freien Dendarii-Söldner zweimal aus der Portokasse bezahlen könnte, würde ich es vorziehen, wenn auch wir nichts mit Baron Luigis Vollstreckern zu tun bekämen. Also werden wir uns als unschuldige Trottel geben. Wir haben nur einen verdammten Medtech angeheuert, Sir. Und wir werden selbst zornig sein, wenn er desertiert, nachdem wir in der Nähe von Escobar zu einem Flottentreffen ankommen.«

»Klingt gut«, gab Thorne zu. »Einfach.«

»Das hoffe ich.« Miles seufzte hoffnungsvoll. Warum sollte es schließlich nicht nach Plan laufen, nur dies eine Mal?

Die Verkaufsbüros und Ausstellungsräume für die tödlichen Waren von Haus Fell befanden sich nicht weit weg von den Docks, und die meisten der kleineren Kunden von Haus Fell drangen nie tiefer in die Station Fell vor. Aber kurz nachdem Miles und Thorne ihre Bestellungen abgegeben hatten – das dauerte ungefähr solange, wie man brauchte, um einen Kreditbrief zu überprüfen –, tauchte eine unterwürfige Person in der grauen Seidenuniform von Haus Fell auf und drückte in Admiral Naismiths Hand eine Einladung zu einem Empfang in den Privaträumen des Barons.

Vier Stunden später reichte Miles am verschlossenen Eingang zum privaten Bereich der Station Baron Fells Haushofmeister seinen Paßkubus. Er überprüfte Thornes und sein eigenes Aussehen auf ihre allgemeine Wirkung. Die Dendarii-Ausgehuniform bestand aus einer grauen Samtjacke mit silbernen Knöpfen auf den Schultern und einer weißen Borte, einer dazu passenden grauen Hose mit weißer Paspelierung an der Seite und grauen Syntha-Wildlederstiefeln – vielleicht ein bißchen altmodisch? Nun ja, er hatte sie nicht entworfen, sondern nur geerbt. Er mußte damit leben.

Der Übergang zum privaten Bereich war höchst interessant. Miles notierte die Einzelheiten, während der Haushofmeister sie auf Waffen abscannte. Das lebenserhaltende System – tatsächlich alle Systeme – schien getrennt vom Rest der Station zu funktionieren. Der Bereich war nicht nur abschließbar, er war sogar abtrennbar. Im Endeffekt handelte es sich nicht um einen Teil der Station, sondern um ein Schiff – irgendwo waren in der Nähe die Motoren und die Bewaffnung, war sich Miles sicher, obwohl es gefährlich sein dürfte, wenn man ohne Begleitung nach ihnen suchte. Der Haushofmeister führte sie hindurch und hielt dann an, um sie über seinen Armbandkommunikator anzukündigen: »Admiral Miles Naismith, Befehlshaber der Freien Dendarii-Söldnerflotte. Kapitän Bel Thorne, Kommandant des Schnellkreuzers *Ariel* der Freien Dendarii-Söldnerflotte.« Miles überlegte, wer wohl der Empfänger dieser Nachricht sei.

Der Empfangssalon war groß und elegant ausgestattet, mit schwebenden Treppen und Zwischenebenen, die in den Farben des Regenbogens schillerten und private Winkel schufen, ohne den Eindruck der Offenheit zu zerstören. Jeder Ausgang (Miles zählte sechs) war mit einem großen, grüngekleideten Wächter besetzt; jeder Wächter versuchte mit geringem Erfolg, wie ein Diener auszusehen. Eine ganze Wand bestand aus einem schwindelerregenden Aussichtsfenster, durch das man einen Ausblick auf die geschäftigen Docks von Station Fell und auf die helle Scheibe von Jackson's Whole vor dem sternenübersäten Horizont hatte. Eine Gruppe eleganter Frauen in knisternden grünen Seidensaris ging durch die Schar der Gäste und bot Speisen und Getränke an.

Nach einem Blick auf die anderen Gäste kam Miles zu dem Schluß, daß grauer Samt eine ausgesprochen unscheinbare Kleidung abgab. Er und Bel verschmolzen fast mit der Wand. Die anderen privilegierten Kunden trugen allerhand unterschiedliche planetarische Moden. Aber sie waren alle auf der Hut und steckten in kleinen Gruppen zusammen, die sich nicht vermischten. Guerillakämpfer sprachen nicht mit Söldnern, so schien es, Schmuggler nicht mit Revolutionären. Die Gnostischen Heiligen sprachen natürlich nur mit dem Einen Wahren Gott – und vielleicht noch mit Baron Fell.

»Eine Art Party«, bemerkte Bel. »Ich bin mal zu einer Heimtierschau gegangen, wo genau so eine Atmosphäre herrschte wie hier. Der Höhepunkt war, als sich eine Perlschnureidechse von Tau Ceti von ihrem Besitzer losriß und den Star aus der Hundeabteilung auffraß.«

»Pst«, Miles grinste in den Mundwinkeln. »Hier geht es ums Geschäft.«

Eine Frau im grünen Sari verbeugte sich stumm vor ihnen und bot ein Tablett dar. Thorne blickte Miles an und hob fragend die Augenbrauen – *Sollen wir …?*

»Warum nicht«, murmelte Miles. »Schließlich zahlen wir dafür. Ich bezweifle, daß der Baron seine Kunden vergiftet; das wäre schlecht fürs Geschäft. Hier regiert das Geschäft. Der Laissez-faire-Kapitalismus, auf die Spitze getrieben.« Er wählte einen rosafarbenen Lekkerbissen aus, der wie Lotus aussah, dazu einen geheimnisvollen, wolkigen Drink. Thorne tat es ihm gleich. Der rote Lotus entpuppte sich leider als eine Art roher Fisch. Miles schluckte ihn trotzdem entschlossen hinunter. Der Drink war stark alkoholisch; nach einem Schluck, um den Fisch hinunterzuspülen, stellte Miles das Glas bedauernd auf der ersten ebenen Oberfläche ab, die er finden konnte. Sein zwergenhafter Körper weigerte sich, Alkohol zu verarbeiten, und er hegte nicht den Wunsch, Baron Fell halb im Delirium oder hilflos kichernd zu begegnen. Thorne, der mit seinem Stoffwechsel glücklicher dran war, behielt seinen Drink in der Hand.

Von irgendwoher begann eine ganz außergewöhnliche Musik, eine dahinrasende reiche Komplexität von Harmonien. Miles konnte das Instrument – gewiß waren es Instrumente – nicht identifizieren. Er und Thorne tauschten einen Blick und bewegten sich in stummer Übereinstimmung auf die Töne zu. Hinter einer Wendeltreppe, vor der prächtigen Umrahmung durch Station, Planet und Sternenhimmel, fanden sie die Musikerin. Miles riß die Augen auf. *Diesmal sind die Chirurgen von Haus Ryoval gewiß zu weit gegangen …*

Kleine schmückende Farbfunken markierten das sphärische Feld einer großen Null-Ge-Blase. Darin schwebte eine Frau. Ihre elfenbeinweißen Arme leuchteten vor ihren grünen Seidengewändern, während sie spielte. All ihre *vier* elfenbeinweißen Arme … Sie trug eine lose herabhängende, kimonoähnliche Jacke mit Gürtel und dazu passende Shorts, aus denen das zweite Armpaar hervorkam, wo eigentlich Beine hätten sein sollen. Ihr Haar war kurz und weich und schwarz wie Ebenholz. Ihre Augen waren geschlossen, auf ihrem rosigen Gesicht lag der Friede eines Engels, hoch und fern und erschreckend.

Ihr seltsames Instrument war in der Luft vor ihr befestigt, ein flacher, polierter hölzerner Rahmen, sowohl oben wie unten bespannt mit einer verwirrenden Fülle straffer, schimmernder Drahtsaiten, dazwischen ein Klangbrett. Sie schlug die Saiten in rasender Geschwindigkeit mit vier Filzhämmern, beide Seiten gleichzeitig. Ihr oberen Hände bewegten sich im Kontrapunkt zu den unteren. Musik strömte in Kaskaden hervor.

»Du lieber Himmel«, sagte Thorne, »das ist eine Quaddie.«

»Eine was?«

»Eine Quaddie. Sie ist weit weg von ihrer Heimat.«

»Sie ist – kein lokales Produkt?«

»Auf keinen Fall.«

»Ich bin erleichtert. Glaube ich wenigstens. Woher, zum Teufel, kommt sie dann?«

»Vor etwa zweihundert Jahren, etwa um die Zeit, als die Hermaphroditen erfunden wurden«, Thornes Gesicht verzog sich schmerzlich, »gab es diesen Boom in genetischen Experimenten mit Menschen, als Nachwirkung der Entwicklung des praktischen Uterusreplikators. Kurz darauf gab es auch eine Welle von Gesetzen, die diese Entwicklung einschränkten, aber in der Zwischenzeit hatte sich jemand ausgedacht, eine Rasse von Bewohnern der Schwerelosigkeit zu schaffen. Dann kam die künstliche Gravitation auf und beendete dieses Geschäft. Die Quaddies flohen – ihre Nachkommen landeten auf der anderen Seite von Nirgendwo, irgendwo jenseits der Erde, von uns aus im Nexus gesehen. Man sagt, daß sie meistens unter ihresgleichen bleiben. Es ist sehr ungewöhnlich, eine von ihnen diesseits der Erde anzutreffen. Pst.« Mit offenem Mund folgte Thorne der Musik.

So ungewöhnlich, wie einen betanischen Hermaphroditen in einer freien Söldnerflotte anzutreffen, dachte Miles. Aber die Musik verdiente ungeteilte Aufmerksamkeit, obwohl nur wenige in dieser paranoiden Menge sie überhaupt zu bemerken schienen. Eine Schande. Miles war kein Musiker, aber selbst er spürte in dem Spiel eine leidenschaftliche Eindringlichkeit, die über bloßes Talent hinaus fast ins Geniale ging. Ein vergängliches Genie – Klänge verwoben mit der Zeit, und, wie die Zeit, immerzu vor dem vergeblichen Zugriff in die Erinnerung zurückweichend.

Der Fluß der Musik verebbte zu einem schwebenden Echo, dann war Stille. Die vierarmige Musikerin öffnete die Augen, ihr Gesicht kehrte aus den ätherischen Sphären zurück ins bloß Menschliche und war angespannt und traurig.

»Ach«, hauchte Thorne, steckte sein leeres Glas unter die Achsel und hob die Hände, um zu klatschen, dann hielt er inne. Er zögerte. Er wollte unter der gleichgültigen Zuhörerschaft nicht auffallen.

Nicht aufzufallen entsprach ganz Miles' Wunsch. »Vielleicht kannst du mit ihr sprechen«, schlug er als Alternative vor.

»Meinst du?« Thornes Gesicht hellte sich auf. Er trat vor, bückte sich setzte das Glas auf dem Boden ab und hob die gespreizten Finger zu der funkelnden Blase. Der Hermaphrodit lächelte gewinnend. »Äh…« Thornes Brust hob und senkte sich.

Du lieber Himmel, Bel, bist du sprachlos? Hätte nie gedacht, daß ich das einmal erleben würde. »Frag sie, wie das Ding heißt, das sie spielt«, schlug Miles hilfsbereit vor.

Die vierarmige Frau neigte neugierig den Kopf zur Seite und schwebte elegant über ihr kastenartiges Instrument auf Thorne zu, auf die andere Seite der glitzernden Barriere. »Ja?«

»Wie heißt dieses außerordentliche Instrument?« fragte Thorne.

Sie musterte ihn prüfend mit ihren blauen Augen. »Es ist ein doppelsaitiges Hackbrett, Madame – Sir…« Ihre Stimme, die den gleichgültigen Ton angeschlagen hatte, den Diener gegenüber Gästen verwenden, zögerte einen Augenblick. Sie fürchtete, ihn zu beleidigen.

»Kapitän Bel Thorne«, stellte sich Bel sogleich vor und begann, seine gewohnte Fassung wiederzugewinnen. »Ich kommandiere den Dendarii-Schnellkreuzer *Ariel*. Zu Ihren Diensten. Wie um alles in der Welt sind Sie hierher gekommen?«

»Ich hatte mich zur Erde durchgearbeitet. Ich suchte eine Anstellung, und Baron Fell engagierte mich.« Sie warf den Kopf zurück, als müßte sie einer impliziten Kritik ausweichen, obwohl Bel keine geäußert hatte.

»Sie sind eine echte Quaddie?«

»Sie haben von meinem Volk gehört?« Sie hob erstaunt die dunklen Augenbrauen. »Die meisten Leute, denen ich hier begegne, meinen, ich sei ein *fabriziertes* Monster.« In ihrer Stimme klang Bitterkeit an.

Thorne räusperte sich. »Ich selbst bin Betaner und habe die Geschichte der frühen genetischen Explosion mit einem ziemlich persönlichen Interesse studiert.« Er räusperte sich erneut. »Ein betanischer Hermaphrodit, wissen Sie«, sagte er und wartete ängstlich auf ihre Reaktion.

Verdammt. Bel wartete nie auf Reaktionen. Bel machte sonst doch immer weiter und ließ die Würfel fallen. *Um nichts in der Welt würde ich mich hier einmischen.* Miles trat leicht zurück und rieb sich die Lippen, um ein zuckendes Grinsen zu verdecken, während sich Thornes männlichste Verhaltensweisen wieder meldeten, vom Rückgrat in die Fingerspitzen und hinaus in den Äther.

Sie neigte interessiert den Kopf auf die Seite und hob eine der oberen Hände und ließ sie auf der funkelnden Barriere ruhen, nicht weit von Bel entfernt. »*Wirklich?* Dann sind Sie auch ein Genetic?«

»O ja. Und wie heißen Sie, bitte?«

»Nicol.«

»Nicol. Ist das alles? Das heißt, es ist ein hübscher Name.«

»Bei meinem Volk gibt es keine Familiennamen.«

»Aha. Und ... hm ... was machen Sie nach der Party?«

An diesem Punkt wurden sie leider gestört. »Kopf hoch, *Kapitän*«, murmelte Miles. Thorne nahm sofort Haltung an, kühl und korrekt, und folgte Miles' Blick. Die Quaddie schwebte von der Energiebarriere zurück, legte ihre vier Hände zusammen und verneigte den Kopf, während sich ihnen ein Mann näherte. Auch Miles nahm auf höfliche Art Haltung an.

Georish Stauber, Baron Fell, war ein überraschend alter Mann, in Anbetracht der Tatsache, daß er erst kürzlich in diese Stellung gelangt war, dachte Miles. In natura sah er noch älter aus als in dem Holovid, das Miles bei der Vorbereitung seiner Mission angeschaut hatte. Der Baron war fast kahl, ein weißer Haarkranz umgab seine glänzende Glatze. Er war jovial und dick und sah aus wie ein Großvater. Nicht wie der von Miles. Miles' Großvater war selbst im hohen Alter schlank und falkenhaft gewesen. Und der Titel des alten Grafen war echt gewesen, nicht der Ehrentitel des Überlebenden eines Syndikats. Fröhliche rote Backen hin oder her, Miles erinnerte sich daran, daß Baron Fell über einen Haufen Leichen geklettert war, um diese hohe Stellung zu erreichen.

»Admiral Naismith, Kapitän Thorne. Willkommen auf Station Fell«, brummte der Baron lächelnd.

Miles verneigte sich aristokratisch. Thorne tat es ihm etwas linkisch gleich. Aha. Miles mußte nächstesmal diese Unbeholfenheit nachahmen. Aus solchen kleinen Details bestand eine Tarnidentität. Und an so etwas flog sie auf.

»Haben sich meine Leute um Sie gekümmert?«

»Danke, ja.« So weit die richtigen Geschäftsleute.

»Ich bin so froh, Ihnen endlich zu begegnen«, brummte der Baron weiter. »Wir haben über Sie hier eine Menge gehört.«

»Wirklich?« sagte Miles aufmunternd. In den Augen des Barons lag eine seltsame Gier. *Ein ziemlich überschwenglicher Gruß für einen kleinen, schäbigen Söldner, wie?* Das war ein bißchen mehr Streicheleinheit als selbst bei einem Vorzugskunden plausibel. Miles verbannte alle Andeutungen von Wachsamkeit aus seinem Lächeln. *Geduld. Lassen wir die Herausforderung erst mal kommen; stürm nicht auf etwas los, das du noch nicht sehen kannst.* »Nur gute Sachen, hoffe ich.«

»Bemerkenswerte Sachen. Ihr Aufstieg war so schnell, wie Ihre Herkunft geheimnisvoll ist.«

Teufel, Teufel, was für ein Köder war das? Wollte der Baron andeuten, daß er tatsächlich ›Admiral Naismiths‹ echte Identität kannte? Das konnte plötzlich ernste Schwierigkeiten geben. Nein – seine Befürchtungen gingen mit ihm durch. Es war besser, abzuwarten. Zu vergessen, daß eine Person namens Leutnant Lord Vorkosigan vom Kaiserlich Barrayaranischen Geheimdienst je in diesem Leib existiert hatte. *Der ist sowieso nicht groß genug für uns beide, mein Junge.* Aber warum grinste dieser fette Hai so einschmeichelnd? Miles reckte ausdruckslos den Kopf.

»Die Geschichte vom Erfolg Ihrer Flotte bei Vervain hat uns sogar hier erreicht. Wie schade um ihren früheren Befehlshaber.«

Miles wurde steif. »Auch ich bedauere Admiral Osers Tod.«

Der Baron hob philosophisch die Schultern. »So etwas kommt im Geschäft vor. Nur einer kann Oberkommandierender sein.«

»Er hätte einen ausgezeichneten Untergebenen abgeben können.«

»Stolz ist gefährlich«, sagte der Baron lächelnd.

Wahrhaftig. Miles biß sich auf die Zunge. *Also denkt er, ich hätte Osers Tod ›arrangiert‹. Lassen wir ihn in diesem Glauben.* Daß in diesem Raum einer weniger Söldner war als es den Anschein hatte, daß die Dendarii jetzt durch Miles ein Arm der Kaiserlich Barrayaranischen Streitkräfte waren, und das so geheim, daß sie es nicht einmal selbst wußten … ein Syndikat-Baron müßte schon sehr stumpfsinnig sein, wenn er aus solchen Geheimnissen nicht irgendwo Profit schlagen würde. Miles erwiderte das Lächeln des Barons und sagte nichts.

»Sie interessieren mich außerordentlich«, fuhr der Baron fort. »Zum Beispiel ist da das Rätsel Ihres offensichtlichen Alters. Und Ihrer früheren militärischen Karriere.«

Wenn Miles noch seinen Drink behalten hätte, dann hätte er ihn jetzt auf einen Schluck runtergekippt. Statt dessen umklammerte er krampfhaft die Hände hinter dem Rücken. Verdammt, die Schmerzfalten machten einfach sein Gesicht nicht alt genug. Wenn der Baron wirklich durch den angeblichen Söldner hindurch den dreiundzwanzigjährigen Leutnant des Geheimdienstes sah… und doch, für gewöhnlich kam Miles gut damit durch…

Der Baron senkte seine Stimme. »Haben die Gerüchte gleicherweise recht, was Ihre betanische Verjüngungsbehandlung angeht?«

Aha, *das* war es, worauf Baron Fell aus war. Miles fühlte sich erleichtert. »Was für ein Interesse könnten Sie an einer solchen Behandlung haben, Mylord?« plapperte er daher. »Ich dachte, auf Jackson's Whole wäre praktisch die Unsterblichkeit zu Hause. Man sagt, einige Leute hier befänden sich schon in ihrem dritten geklonten Körper.«

»Zu denen gehöre ich nicht«, sagte der Baron mit einem gewissen Bedauern.

Miles hob echt überrascht die Augenbrauen. Sicherlich verachtete dieser Mann doch den Vorgang nicht als Mord. »Gibt es da ein bedauerliches medizinisches Hindernis?« sagte er und legte höfliches Mitgefühl in seine Stimme. »Ich würde es bedauern, Sir.«

»Sozusagen.« Das Lächeln des Barons wirkte gezwungen. »Die Gehirntransplantation selbst ist für einen gewissen unvermeidlichen Prozentsatz der Patienten tödlich…«

Ja, dachte Miles, *angefangen mit den 100% Klonen, deren Gehirne entfernt werden, um Platz zu machen…*

»… ein weiterer Prozentsatz leidet an verschiedenen Arten dauernder Schädigungen. Das sind die Risiken, die man für die Belohnung auf sich nehmen muß.«

»Aber der Lohn ist so groß.«

»Und dann gibt es eine gewisse Anzahl von Patienten – man kann sie nicht von der ersten Gruppe unterscheiden –, die nicht zufällig auf dem Operationstisch sterben. Falls ihre Feinde subtil und rücksichtslos genug vorgehen, um es so einzurichten. Ich habe eine Menge Feinde, Admiral Naismith.«

Miles machte eine beiläufige Geste, die bedeutete: *Wer würde an so etwas denken,* dann hob er die Hand und stellte weiter größtes Interesse zur Schau.

»Ich schätze, daß meine gegenwärtigen Chancen, eine Gehirntransplantation zu überleben, eher schlechter sind als beim Durchschnitt«, fuhr der Baron fort. »Deshalb interessiere ich mich für Alternativen.« Er machte eine erwartungsvolle Pause.

»Oh«, sagte Miles. Oh, wirklich. Er betrachtete seine Fingernägel und dachte schnell nach. »Es stimmt, ich habe einmal teilgenommen an einem … nicht autorisierten Experiment. Einem vorzeitigen Experiment, wie es nun einmal so geht, das zu früh von tierischen auf menschliche Objekte übertragen wurde. Es war nicht erfolgreich.«

»Nicht?« sagte der Baron. »Sie erscheinen sich guter Gesundheit zu erfreuen.«

Miles zuckte die Achseln. »Ja, es gab ein paar positive Auswirkungen auf Muskeln, Hauttönung und Haar. Aber meine Knochen sind so spröde wie die Knochen eines alten Mannes.« *Das stimmte.* »Sie unterliegen immer wieder akuten Attacken von Knochenentzündung – es gibt Tage, wo ich ohne Medikamente nicht laufen kann.« *Auch das stimmte, verdammt.* Eine kürzlich eingetretene, beunruhigende medizinische Entwicklung. »Meine Lebenserwartung wird nicht hoch eingeschätzt.« *Zum Beispiel, wenn gewisse Parteien hier je herausbekommen sollten, wer ›Admiral Naismith‹ wirklich ist, dann könnte die Lebenserwartung sich auf knapp fünfzehn Minuten verkürzen.* »Wenn Sie also nicht gerade extrem auf Schmerzen versessen sind und nicht meinen, daß es Ihnen gefallen würde, verkrüppelt zu sein, dann, fürchte ich, muß ich Ihnen von dieser Prozedur abraten.«

Der Baron schaute ihn von oben nach unten an. Enttäuscht verzog er den Mund. »Ich verstehe.«

Bel Thorne, der genau wußte, daß es so etwas wie

eine ›betanische Verjüngungsbehandlung‹ nicht gab, lauschte mit gut verhohlenem Vergnügen und tat sein Bestes, um das Grinsen aus seinem Gesicht fernzuhalten. Sein kleines schwarzes Herz sei gesegnet!

»Trotzdem«, sagte der Baron, »Ihr... medizinischer Bekannter kann in den inzwischen vergangenen Jahren Fortschritte gemacht haben.«

»Ich fürchte nicht«, sagte Miles. »Er ist gestorben.« Er breitete hilflos die Hände aus. »Aus Altersgründen.«

»Oh.« Die Schultern des Barons sackten leicht zusammen.

»Ach, das sind Sie ja, Fell«, meldete sich eine neue Stimme. Der Baron richtete sich auf und wandte sich um.

Der Mann, der ihm zugerufen hatte, war so konservativ gekleidet wie Fell und flankiert von einem Diener, dem das Wort ›Leibwächter‹ schier auf die Stirn geschrieben war. Der Leibwächter trug eine Uniform: eine rote Seidenjacke mit hohem Kragen und weite schwarze Hosen, und war unbewaffnet. Auf Station Fell war jedermann unbewaffnet, außer Fells Männern; hier galten die strengsten Regeln für Waffenverbote, denen Miles je begegnet war. Aber die Schwielen an den Händen des schlanken Leibwächters legten den Gedanken nahe, daß er vielleicht keine Waffen brauchte. Seine Augen flackerten und seine Hände zitterten leicht – Anzeichen dafür, daß bei ihm mit künstlichen Mitteln ein Zustand der Hyperwachsamkeit aufrecht erhalten wurde – auf Befehl konnte er mit rasender Geschwindigkeit und adrenalin-verrückter Kraft zuschlagen. Er würde auch früh in Ruhestand gehen, mit einem Stoffwechsel, der für den Rest seines kurzen Lebens geschädigt war.

Der Mann, den er bewachte, war auch jung – der Sohn eines großen Lords? fragte sich Miles. Er hatte langes, glänzendes schwarzes Haar, das zu einem kunstvollen Zopf geflochten war, glatte olivbraune Haut und eine Nase mit hohem Rücken. Er konnte nicht älter sein als Miles selbst, doch er bewegte sich mit reifer Selbstsicherheit.

»Ryoval«, Baron Fell nickte seinerseits wie zu einem Gleichgestellten, nicht zu einem Jüngeren. Immer noch den freundlichen Gastgeber spielend, fügte Fell hinzu: »Meine Herren, darf ich Ihnen Baron Ryoval von Haus Ryoval vorstellen. Admiral Naismith, Kapitän Thorne. Sie gehören zu dem auf Illyrica gebauten Söldnerschnellkreuzer im Dock, Ry, den Sie vielleicht schon bemerkt haben.«

»Leider habe ich nicht Ihren Blick für Hardware, fürchte ich, Georish.« Baron Ryoval nickte ihnen zu wie ein Mann, der aus Prinzip höflich zu denen ist, die sozial unter ihm stehen. Miles verneigte sich seinerseits schwerfällig.

Ryoval zog fast sichtbar seine Aufmerksamkeit von Miles ab, trat mit den Händen auf den Hüften zurück und betrachtete die Frau in der Null-Ge-Blase. »Mein Agent hat ihre Reize nicht übertrieben.«

Fell lächelte säuerlich. Nicol war zurückgewichen – zurückgefahren –, als Ryoval auftauchte, und jetzt schwebte sie hinter ihrem Instrument und beschäftigte sich damit, es zu stimmen. Sie warf einen wachsamen Blick auf Ryoval, dann schaute sie wieder auf ihr Hackbrett, als könnte es eine magische Wand zwischen ihnen aufrichten.

»Können Sie sie spielen lassen …?« begann Ryoval und wurde dann von einem Summen des Kommunikators an seinem Handgelenk unterbrechen. »Entschuldigen Sie mich, Georish.« Er blickte leicht ungehalten drein, wandte sich etwas ab und sprach in den Kommunikator. »Ryoval. Ich hoffe, es handelt sich um etwas Wichtiges.«

»Ja, Mylord«, antwortete eine dünne Stimme. »Hier ist Manager Deem von der Abteilung Verkauf und Vorführungen. Wir haben ein Problem. Diese Kreatur, die das Haus Bharaputra uns verkauft hat, ist über einen Kunden hergefallen.«

Ryovals Lippen, die zu einer klassischen griechischen Statue gepaßt hätten, verzogen sich zu einem stummen Knurren. »Ich hatte Ihnen doch gesagt, Sie sollten sie mit Duralloy anketten.«

»Hatten wir gemacht, Mylord. Die Ketten haben gehalten, aber das Ding zog die Pflöcke aus der Wand.«

»Betäubt es.«

»Haben wir gemacht.«

»Dann bestraft es passend, wenn es wieder zu sich kommt. Eine hinreichend lange Periode ohne Essen sollte seine Aggressionen dämpfen – sein Stoffwechsel ist unglaublich.«

»Was sollen wir mit dem Kunden machen?«

»Gebt ihm jede Bequemlichkeit, nach der er verlangt. Auf Kosten des Hauses.«

»Ich … glaube, es wird einige Zeit dauern, bis er sie wieder schätzen wird. Er ist jetzt in der Klinik. Immer noch bewußtlos.«

Ryoval zischte. »Setzt meinen Leibarzt auf den Fall an. Ich werde mich um den Rest kümmern, wenn ich wieder nach unten komme, in etwa sechs Stunden. Ryoval Ende.« Er klappte den Kommunikator zu. »Blödmänner«, knurrte er. Er atmete einen Augenblick nachdenklich durch, dann erinnerte er sich an seine Umgangsformen, als würde er sie aus einer Datenbank in sein Gehirn laden. »Entschuldigen Sie die Unterbrechung, Georish.«

Fell winkte verständnisvoll mit der Hand, als wollte er sagen: *So ist das Geschäft.*

»Wie ich gerade sagte, können Sie sie etwas spielen lassen?« Ryoval nickte in Richtung auf die Quaddie.

Fell verschränkte die Hände hinter dem Rücken. Seine Augen funkelten mit einem unecht wohlwollenden Lächeln. »Spiel etwas, Nicol.«

Sie nickte ihm bestätigend zu, nahm ihren Platz ein und schloß die Augen. Der Kummer, der ihr Gesicht anspannte, wich allmählich einer inneren Ruhe, und sie begann zu spielen, ein langsames, süßes Thema, das sich entwickelte, wiederholte und schneller wurde.

»Genug!« Ryoval hob eine Hand. »Sie ist genau wie beschrieben.«

Mitten in einem Takt brach Nicol ab. Sie atmete hörbar durch die Nase ein, offensichtlich verwirrt, weil sie das Stück nicht bis zu seinem vorgegebenen Ende hatte spielen können; für eine Künstlerin war eine solche Unvollständigkeit frustrierend. Mit einem kurzen wilden Ruck steckte sie die Hämmer in ihre Halterungen an den Seiten des Instruments und kreuzte ihre oberen und unteren Arme. Thorne preßte den Mund zusammen und kreuzte seine Arme in einem unbewußten Echo. Miles biß sich verlegen auf die Unterlippe.

»Mein Agent hat mir die Wahrheit gesagt«, fuhr Ryoval fort.

»Dann hat Ihr Agent Ihnen vielleicht auch mein Bedauern übermittelt«, sagte Fell trocken.

»Das hat er. Aber er war nicht autorisiert, mehr als einen gewissen Standardhöchstpreis zu bieten. Bei etwas so Einzigartigem gibt es keinen Ersatz für einen direkten Kontakt.«

»Zufällig genieße ich ihre Fähigkeiten, wo sie sind«, sagte Fell. »In meinem Alter ist Genuß schwerer zu bekommen als Geld.«

»Wie wahr. Aber man könnte sie durch andere Genüsse ersetzen. Ich könnte etwas sehr Spezielles, ganz Besonderes arrangieren. Was nicht im Katalog steht.«

»Es geht um ihre *musikalischen* Fähigkeiten, Ryoval. Die sind mehr als besonders. Sie sind einzigartig. Echt. Nicht auf irgendeine Weise künstlich verstärkt. Und können in Ihren Labors nicht dupliziert werden.«

»Meine Labors können alles duplizieren, Sir.« Ryoval lächelte angesichts der Herausforderung, die seine Wort implizierten.

»Außer Originalität. Per Definition.«

Ryoval breitete die Hände aus und erkannte höflich den philosophischen Punkt an. Fell genoß nicht nur das musikalische Talent der Quaddie, wie Miles feststellte, sondern er genoß es auch sehr, etwas zu besitzen, das sein Rivale unbedingt kaufen wollte und das er, Fell, überhaupt nicht verkaufen mußte. Das Wissen, dem anderen eine Nasenlänge voraus zu sein, war ein gewaltiges Vergnügen. Es schien, daß selbst der berühmte Baron Ryoval Schwierigkeiten hatte, einen Besseren einzuholen – und doch, wenn Ryoval Fells Preis herausfinden konnte, welche Macht auf Jackson's Whole konnte Nicol retten? Miles erkannte plötzlich, was Fells Preis sein konnte. Würde Ryoval es auch herausfinden?

Ryoval schürzte die Lippen. »Dann reden wir mal über eine Gewebeprobe. Das würde ihr keinen Schaden zufügen, und Sie könnten auch weiterhin ihre einzigartigen Dienst ohne Unterbrechung genießen.«

»Das würde ihre Einzigartigkeit beeinträchtigen. Wenn Kopien in Umlauf kommen, dann mindert das immer den Wert des Originals. Sie wissen das, Ryoval«, sagte Baron Fell und grinste.

»Einige Zeit lang nicht«, betonte Ryoval. »Die Vorlaufzeit für einen reifen Klon ist mindestens zehn Jahre – aber das wissen Sie ja.« Er errötete und verneigte sich entschuldigend, als hätte er eingesehen, einen Fauxpas begangen zu haben.

Danach zu schließen, wie Fell die Lippen aufeinanderpreßte, hatte er tatsächlich einen begangen. »So ist es«, sagte Fell kühl.

An dieser Stelle unterbrach sie Bel Thorne, der ihrem Gespräch gefolgt war, entsetzt. »Sie können ihr Gewebe nicht verkaufen! Es gehört Ihnen nicht. Sie ist kein Konstrukt von Jackson's Whole, sondern eine freigeborene galaktische Bürgerin!«

Beide Barone wandten sich Bel zu, als wäre er ein Möbelstück, das plötzlich gesprochen hatte. Miles zuckte zusammen.

»Er kann ihren Kontrakt verkaufen«, sagte Ryoval mit gläserner Toleranz. »Darüber diskutieren wir. *Privat* übrigens.«

Bel ignorierte den Wink. »Was macht es auf Jackson's Whole für einen Unterschied, ob Sie es einen Kontrakt nennen oder Fleisch?«

Ryoval lächelte kühl. »Überhaupt keinen. Besitz gilt hier mehr als das Gesetz.«

»Das ist illegal.«

»Legal, mein Lieber – ach, Sie sind Betaner, nicht wahr? Das erklärt alles«, sagte Ryoval, »... und illegal ist immer das, was der Planet, auf dem Sie sich befinden, beliebt, es als das zu bezeichnen und es auch durchsetzen kann. Ich sehe hier niemanden von Kolonie Beta, der deren eigenartige Version von Moral uns allen aufzwingen könnte, oder, Fell?«

Fell lauschte mit gerunzelter Stirn, schwankend zwischen Amüsement und Ärger.

Bel zuckte zusammen. »Wenn ich also eine Waffe zöge und Ihnen den Kopf wegpusten würde, dann wäre das wohl völlig legal?«

Der Leibwächter straffte sich, sein Schwerpunkt verlagerte sich in die Angriffsposition.

»Hör auf damit, Bel«, murmelte Miles.

Aber Ryoval begann Gefallen daran zu finden, den Betaner, der ihn unterbrochen hatte, zu piesacken. »Sie haben keine Waffe. Aber lassen wir mal die Legalität beiseite. Meine Untergebenen haben die Anweisung, mich zu rächen. Das ist sozusagen ein natürliches oder virtuelles Recht. Tatsächlich würden Sie herausfinden, daß ein so schlecht beratener Impuls wirklich illegal wäre.«

Baron Fell fing Miles' Blick auf und neigte den Kopf leicht zur Seite. Es war an der Zeit zu intervenieren. »Es ist Zeit, daß wir weitergehen, Kapitän«, sagte Miles. »Wir sind hier nicht die einzigen Gäste des Barons.«

»Versuchen Sie mal das warme Büfett«, schlug Fell freundlich vor.

Ryoval zog demonstrativ seine Aufmerksamkeit von Bel ab und wandte sich Miles zu. »Kommen Sie bei meiner Firma vorbei, falls Sie nach unten reisen, Admiral. Selbst ein Betaner könnte dort den Horizont seiner Erfahrungen ausweiten. Ich bin sicher, mein Stab könnte etwas Interessantes in Ihrem Preisbereich finden.«

»Nicht mehr«, sagte Miles. »Baron Fell hat schon unseren Kreditbrief.«

»Ach, schade. Dann vielleicht bei Ihrem nächsten Besuch.« Ryoval wandte sich beiläufig ab.

Bel gab nicht nach. »Sie können dort unten keinen galaktischen Bürger verkaufen«, sagte er und wies mit einer ruckartigen Geste auf den Kreissektor des Planeten im Aussichtsfenster. Die Quaddie Nicol, die von ihrem Platz hinter ihrem Hackbrett aus die Szene beobachtete, zeigte keinerlei Ausdruck auf ihrem Gesicht, aber ihre blauen Augen leuchteten.

Ryoval wandte sich um und heuchelte plötzliche Überraschung. »Nanu, Kapitän, jetzt komme ich erst darauf. Als Betaner – Sie müssen ein echter genetischer Hermaphrodit sein. Sie stellen selber eine bemerkenswerte Rarität dar. Ich kann Ihnen eine beeindruckende Anstellung anbieten, und das leicht zum Doppelten Ihres gegenwärtigen Gehalts. Und dabei würde nicht einmal auf Sie geschossen werden. Ich garantiere Ihnen, Sie wären außerordentlich populär. Gruppentarif.«

Miles konnte fast sehen, wie Thornes Blutdruck nach oben schoß, als ihm die Bedeutung von Ryovals Worten aufging. Das Gesicht des Hermaphroditen verdunkelte sich, und er holte tief Luft. Miles packte Bel fest an der Schulter. Bel hielt die Luft an.

»Nein?« sagte Ryoval und reckte den Kopf. »Na gut. Aber mal ernsthaft, für eine Gewebeprobe für mein Archiv würde ich gut zahlen.«

»Meine Klon-Geschwister sollten dann... sollten dann eine Art Sexsklaven abgeben, bis ins nächste Jahrhundert!« platze Bel heraus. »Nur über meine Leiche – oder die Ihre – Sie ...«

Bel war so wütend, daß er stotterte, ein Phänomen, das Miles in den sieben Jahren ihrer Bekanntschaft noch nie erlebt hatte, nicht einmal im Kampf.

»Typisch Betaner«, stellte Ryoval hämisch grinsend fest.

»Hören Sie damit auf, Ry«, knurrte Fell.

Ryoval seufzte. »Ach, schon gut. Aber es ist so einfach.«

»Wir können hier nicht gewinnen, Bel«, zischte Miles. »Es ist Zeit, daß wir uns zurückziehen.« Der Leibwächter zitterte.

Fell nickte Miles zustimmend zu.

»Danke für Ihre Gastfreundschaft, Baron Fell«, sagte Miles förmlich. »Guten Tag, Baron Ryoval.«

»Guten Tag, Admiral«, sagte Ryoval und gab mit Bedauern auf, was offensichtlich der beste Spaß gewesen war, den er den ganzen Tag lang gehabt hatte. »Für einen Betaner scheinen Sie eine Art Kosmopolit zu sein. Vielleicht können Sie uns einmal ohne Ihre hochmoralischen Freund hier besuchen.«

Ein Krieg der Worte sollte mit Worten gewonnen werden. »Das glaube ich nicht«, murmelte Miles und zermarterte sich das Hirn nach einer treffenden Beleidigung, nach der sie weiterziehen konnten.

»Wie schade«, sagte Ryoval. »Wir haben eine Hund-und-Zwerg-Nummer, die Sie bestimmt *faszinierend* finden würden.«

Einen Moment lang herrschte absolutes Schweigen.

»Brat sie vom Orbit aus«, schlug Bel verkniffen vor.

Miles grinste mit zusammengebissenen Zähnen, verneigte sich und zog sich zurück. Dabei hielt er Bel fest am Ärmel. Als er sich umdrehte, hörte er Ryoval lachen.

Kurz darauf erschien Fells Haushofmeister neben ihnen. »Hier geht es hinaus, bitte, meine Herren«, sagte er mit einem Lächeln. Miles war noch nie irgendwo mit so ausgewählter Höflichkeit hinausgeworfen worden.

Wieder an Bord der *Ariel* im Dock ging Thorne in der Offiziersmesse auf und ab, während Miles dasaß und an einem Kaffee nippte, der so heiß und schwarz war wie seine Gedanken.

»Es tut mir leid, daß ich bei diesem Scheißer Ryoval meine Beherrschung verloren habe«, entschuldige sich Bel mürrisch.

»Scheißer, zum Teufel«, sagte Miles. »Das Hirn in diesem Körper muß wenigstens hundert Jahre alt sein. Er hat auf dir gespielt wie auf einer Violine. Nein. Wir konnten nicht erwarten, bei ihm einen Treffer zu landen. Ich gebe zu, es wäre hübsch gewesen, wenn du genügend Verstand gehabt hättest, die Klappe zu halten.« Er sog Luft ein, um seine verbrühte Zunge zu kühlen.

Bel machte eine hilflose Geste des Einverständnisses und ging weiter auf und ab. »Und dieses arme Mädchen, gefangen in der Kugel – ich hatte eine einzige Chance, mit ihr zu sprechen, und ich habe es vermasselt – ich *Vollidiot* …«

Sie hatte wirklich die männliche Seite in Thorne geweckt, überlegte Miles bitter. »Das passiert den Besten von uns«, murmelte er. Er lächelte in seinen Kaffee, dann runzelte er die Stirn. Nein. Es wäre besser, Thornes Interesse an der Quaddie überhaupt nicht zu fördern. Sie war deutlich mehr als nur eine von Fells Hausbediensteten. Sie hatten ein einziges Schiff hier, und eine Crew von zwanzig Mann. Selbst wenn er die gesamte Dendarii-Flotte hinter sich gehabt hätte, hätte er es sich zweimal überlegt, Baron Fell auf dessen eigenem Territorium zu beleidigen. Sie hatten einen Auftrag. Jetzt, als er daran dachte, fiel ihm ein: Wo war denn ihr verdammter Pick-up? Warum hatte er sie noch nicht kontaktiert, wie vereinbart?

Das Intercom in der Wand piepste.

Thorne ging hin und meldete sich. »Hier Thorne.«

»Hier spricht Korporal Nout an der Backbordluke. Hier ist … eine Frau, die sie sprechen möchte.«

Thorne und Miles warfen einander fragende Blicke zu. »Wie heißt sie?« fragte Thorne.

Auf der anderen Seite wurde gemurmelt, dann kam: »Sie sagt, sie heißt Nicol.«

Thorne grunzte überrascht. »In Ordnung. Lassen Sie sie zur Offziersmesse eskortieren.«

»Jawohl, Kapitän.« Der Korporal vergaß, sein Intercom abzuschalten, bevor er sich abwandte, und so war noch zu hören: »… wenn man lang genug bei diesem Haufen bleibt, dann lernt man wirklich *alles* kennen.«

Nicol erschien im Eingang in einem Schwebesessel, der in einem Blau lackiert war, das genau zu ihren Augen paßte. Sie schlüpfte damit so ungezwungen durch die Tür wie eine Frau, die mit den Hüften wackelt, hielt vor Miles' Tisch an und paßte ihre Höhe der einer sitzenden Person an. Da sie die Steuerung mit ihren unteren Händen bediente, hatte sie die oberen frei. Die Tragfläche für den Unterleib mußte speziell für sie angefertigt worden sein. Miles beobachtete mit großem Interesse, wie sie den Schwebesessel manövrierte. Er war sich nicht sicher gewesen, ob sie überhaupt außerhalb ihrer Null-Ge-Kugel leben konnte. Er hatte erwartet, sie würde da schwach sein.

Sie wirkte nicht schwach. Sie sah entschlossen aus und schaute Bel Thorne unternehmungslustig an.

Thorne wirkte aufgekratzt. »Nicol. Wie schön, Sie wieder zu treffen.«

Sie nickte kurz. »Kapitän Thorne. Admiral Naismith.« Sie blickte zwischen beiden hin und her, schließlich ruhte ihr Blick auf Thorne. Miles meinte, er wüßte, warum. Er nippte an seinem Kaffee und wartete die weitere Entwicklung ab.

»Kapitän Thorne. Sie sind ein Söldner, nicht wahr?«

»Ja ...«

»Und ... verzeihen Sie, wenn ich es falsch verstanden habe, aber mir schien, daß Sie ein gewisses ... Mitempfinden für meine Situation hatten. Ein Verständnis für meine Lage.«

Thorne verneigte sich ein bißchen töricht vor ihr. »Ich nehme an, Sie hängen über einem Abgrund.«

Sie preßte die Lippen zusammen und nickte stumm.

»Sie hat sich da selbst reingebracht«, bemerkte Miles.

Sie hob das Kinn. »Und ich beabsichtige, mich da auch wieder herauszubringen.«

Miles drehte eine Handfläche nach oben und nippte wieder an seinem Kaffee.

Sie korrigierte die Höhe ihres Schwebesessels, eine nervöse Handlung, bei der sie am Ende fast die gleiche Höhe einstellte wie zuvor.

»Mir scheint«, sagte Miles, »daß Baron Fell ein ernstzunehmender Beschützer ist. Ich bin sicher, Sie haben nichts von Ryovals ... äh ... sinnlichem Interesse an Ihnen zu befürchten, solange Fell das Sagen hat.«

»Baron Fell stirbt.« Sie warf den Kopf zurück. »Oder zumindest meint er, daß er stirbt.«

»Das habe ich mitbekommen. Warum läßt er sich nicht einen Klon anfertigen?«

»Das hat er schon getan. Es war alles mit Haus Bharaputra abgesprochen. Der Klon war vierzehn Jahre alt und hatte schon die volle Größe. Dann brachte vor ein paar Monaten jemand den Klon um. Der Baron hat noch nicht mit Sicherheit herausgefunden, wer es war, aber er hat eine kleine Liste von Verdächtigen. An der Spitze steht sein Halbbruder.«

»So ist er in seinem alternden Körper gefangen. Was für ein... faszinierendes taktisches Manöver«, überlegte Miles. »Was wird dieser unbekannte Feind als nächstes tun, frage ich mich. Einfach abwarten?«

»Ich weiß es nicht«, sagte Nicol. »Der Baron hat einen weiteren Klon anfangen lassen, aber der ist noch nicht einmal aus dem Replikator heraus. Selbst wenn Wachstumsbeschleuniger eingesetzt werden, dann würde es noch Jahre dauern, bis er reif genug für eine Transplantation ist. Und ... mir ist aufgegangen, daß es eine Menge Möglichkeiten gibt, wie der Baron – abgesehen an Krankheit – zwischen jetzt und später sterben kann.«

»Eine labile Situation«, stimmte Miles zu.

»Ich möchte weg. Ich möchte ein Ticket kaufen, um von Jackson's Whole wegzukommen.«

»Warum gehen Sie dann nicht einfach ins Büro einer der drei galaktischen Passagierlinien, die hier andokken, und kaufen ein Ticket?« fragte Miles trocken.

»Daran ist mein Vertrag schuld«, sagte Nicol. »Als ich ihn auf der Erde unterzeichnete, war ich mir nicht im klaren darüber, was es bedeutete, wenn ich einmal auf Jackson's Whole wäre. Ich kann mich nicht einmal daraus freikaufen, wenn der Baron nicht will. Und irgendwie... scheint es mehr und mehr zu kosten, einfach hier zu leben. Ich habe es durchgerechnet... es wird noch viel schlimmer, bevor meine Zeit um ist.«

»Wieviel Zeit noch?« fragte Thorne.

»Noch weitere fünf Jahre.«

»O weh«, sagte Thorne mitfühlend.

»Sie wollen also, daß wir Ihnen helfen, aus einem Syndikatkontrakt abzuhauen«, sagte Miles und malte mit der Unterseite seiner Tasse kleine nasse Kaffeeringe auf den Tisch. »Vermutlich sollen wir Sie insgeheim rausschmuggeln.«

»Ich kann zahlen. Ich kann im Augenblick mehr zahlen als im nächsten Jahr. Das war nicht das Engagement, das ich mir erwartete, als ich hierher kam. Es wurde davon gesprochen, ein Demovid zu drehen ... da ist nie etwas daraus geworden. Ich glaube, das wird auch nicht mehr geschehen. Ich muß ein größeres Publikum bekommen, wenn ich je meine Heimreise bezahlen soll. Heim zu meinem Volk. Ich möchte ... *weg* von hier, bevor ich in diesen Schwerkraftschacht stürze.« Sie zeigte mit einem der oberen Daumen in die Richtung des Planeten, den sie umkreisten. »Hier fliegen Leute hinab zum Planeten und kommen nie wieder hoch.« Sie machte eine Pause. »Haben Sie *Angst* vor Baron Fell?«

»Nein!« sagte Thorne, und Miles sagte: »Ja.« Sie tauschten sarkastische Blicke.

»Wir tendieren dazu, Baron Fell gegenüber vorsichtig zu sein«, sagte Miles. Thorne zuckte zustimmend die Achseln.

Sie runzelte die Stirn und manövrierte sich an den Tisch heran. Dann zog sie ein Bündel mit Scheinen verschiedener planetarischer Währungen aus ihren grünen Seidenjacke und legte es vor Miles hin. »Würde das Ihre Nerven beruhigen?«

Thorne nahm das Bündel in die Hand und blätterte es durch. Es war, nach konservativer Schätzung, mindestens ein paar tausend betanische Dollar wert, überwiegend in mittelgroßen Scheinen. Allerdings lag oben auf dem Stapel eine betanische Eindollarnote, um einem flüchtigen Blick den Wert des Bündels zu verheimlichen. »Na ja«, sagte Thorne und blickte Miles an, »und was halten wir Söldner davon?«

Miles lehnte sich nachdenklich auf seinem Stuhl zurück. Daß er das Geheimnis von Miles' Identität wahrte, war nicht der einzige Gefallen, auf den Thorne sich berufen konnte, wenn er wollte. Miles erinnerte sich an den Tag, als Thorne ihm geholfen hatte, eine Bergwerksstation auf einem Asteroiden und das kleine Kampfschiff *Triumph* für ihn zu kapern, und das mit nicht mehr als siebzehn Soldaten in Kampfrüstung und einer Menge starker Nerven. »Ich ermuntere meine Kommandanten, auf kreative Weise Finanzen herbeizuschaffen«, sagte Miles schließlich. »Handle es aus, Kapitän.«

Thorne lächelte und zog den betanischen Dollar von dem Stapel herunter. »Sie haben die richtige Idee«, sagte Thorne zu der Musikerin, »aber der Betrag ist falsch.«

Ihre Hand fuhr unsicher zu ihrer Jacke und hielt dann inne, als Thorne ihr das restliche Bündel Geldscheine wieder zuschob, ohne die Eindollarnote. »Was heißt das?«

Thorne nahm die Eindollarnote hoch und schnalzte ein paarmal damit. »Das ist der richtige Betrag. Dadurch wird es zu einem offiziellen Kontrakt.« Bel streckte ihr die Hand entgegen, nach einem Moment der Verblüffung schlug sie ein. »Der Handel ist perfekt«, sagte Thorne glücklich.

»Held«, sagte Miles und hob warnend den Finger, »sei auf der Hut. Ich werde mein Veto einlegen, wenn du keine Methode findest, das absolut geheim über die Bühne zu bringen. Das ist meine Preissenkung.«

»Jawohl, *Sir*«, sagte Thorne.

Einige Stunden später schreckte Miles in seiner Kabine an Bord der *Ariel* aus dem Schlaf hoch, als seine Komkonsole heftig piepste. Was immer er geträumt haben mochte, war auf der Stelle weg, obwohl die vage Erinnerung zurückblieb, daß es etwas Unangenehmes gewesen war. Biologisch und unangenehm. »Hier Naismith.«

»Hier spricht der Offizier vom Dienst von Nav und

Komm, Sir. Da ist ein Anruf für Sie, der aus dem kommerziellen Kommunikationsnetz des Planeten stammt. Ich soll Ihnen sagen, es sei Vaughn.«

Vaughn war der vereinbarte Codename ihres Pickups. In Wirklichkeit hieß er Dr. Canaba. Miles packte seine Uniformjacke und zog sie über sein schwarzes T-Shirt, fuhr sich vergeblich mit den Händen durchs Haar und ließ sich auf den Stuhl vor seiner Komkonsole sinken. »Stellen Sie ihn durch.«

Das Gesicht eines Mannes jenseits des mittleren Alters erschien über Miles' Vidscheibe. Er hatte braune Haut, rassisch unbestimmte Züge, kurzes welliges Haar, das an den Schläfen ergraute; fesselnder als sein Aussehen war die Intelligenz, die sich in diesem Gesicht zeigte und die braunen Augen belebte. *Ja, das ist mein Mann,* dachte Miles befriedigt. *Jetzt geht's los.* Aber Canaba blickte mehr als nervös drein. Er sah besorgt aus.

»Admiral Naismith?«

»Ja. Sie sind Vaughn?«

Canaba nickte.

»Wo sind Sie?«

»Auf dem Planeten.«

»Sie sollten uns hier oben treffen.«

»Ich weiß. Es ist etwas dazwischen gekommen. Ein Problem.«

»Welche Art Problem? Ach – ist dieser Kanal sicher?«

Canaba lachte bitter. »Auf diesem Planeten ist nichts sicher. Aber ich glaube nicht, daß ich beobachtet oder verfolgt werde. Aber ich kann noch nicht nach oben kommen. Ich brauche ... Hilfe.«

»Vaughn, wir sind nicht dafür ausgerüstet, Sie gegen überlegene Kräfte herauszuholen – falls Sie gefangen sein sollten ...«

Er schüttelte den Kopf. »Nein, darum geht es nicht. Ich habe ... etwas verloren. Ich brauche Ihre Hilfe, um es zurückzubekommen.«

»Ich hatte angenommen, daß Sie alles zurücklassen. Man würde Sie später dafür entschädigen.«

»Es handelt sich nicht um ein privates Besitzstück. Es geht um etwas, das Ihr Auftraggeber unbedingt haben möchte. Gewisse … Proben sind meiner … Verfügung entzogen worden. Man wird mich nicht ohne sie nehmen.«

Dr. Canaba hielt Miles für einen angeheuerten Söldner, dem der barrayaranische Sicherheitsdienst nur ein Minimum an geheimen Informationen anvertraut hatte. »Alles, was ich transportieren sollte, waren Sie und Ihre Fähigkeiten.«

»Man hat Ihnen nicht alles gesagt.«

Ja, verdammt. Barrayar würde Sie splitternackt in Empfang nehmen und dabei noch dankbar sein. Um was ging es denn?

Canaba erwiderte Miles' Stirnrunzeln mit eisern zusammengepreßten Lippen. »Ich werde nicht ohne die Proben abreisen. Sonst gilt der Handel nicht. Und Sie können sich Ihren Lohn ins Ofenrohr schreiben, Söldner.«

Er klang entschlossen. Verdammt. Miles' Augen verengten sich. »Das ist alles ein bißchen mysteriös.«

Canaba gab dies mit einem Achselzucken zu. »Tut mir leid. Aber ich *muß* … Kommen Sie zu mir, und ich erzähle Ihnen den Rest. Oder fliegen Sie ab. Mir ist egal, was Sie machen. Aber eine bestimmte Sache muß erledigt werden, muß … wiedergutgemacht werden.« Er verstummte erregt.

Miles holte tief Luft. »Also gut. Aber jede Komplikation, die Sie herbeiführen, vergrößert Ihr Risiko. Und meines. Das sollte es lieber wert sein.«

»O Admiral«, flüsterte Canaba traurig, »mir ist es das wert. Mir schon.«

Schnee wehte durch den kleinen Park, wo sie sich mit Canaba trafen, und Miles hätte einen neuen Grund gehabt zu fluchen, wenn ihm nicht schon vor Stunden alle Flüche ausgegangen wären. Trotz seiner Dendarii-Parka zitterte er vor Kälte, als endlich Canaba an dem schäbigen Kiosk vorbeispazierte, an dem Miles und Bel sich aufgebaut hatten. Sie folgten ihm, ohne eine Wort zu sagen.

Die Zentrale der Bharaputra-Labors war in einer Stadt auf dem Planeten, die Miles offen gesagt beunruhigend fand: bewachter Shuttlehafen, bewachte Syndikatsgebäude, bewachte Kommunalgebäude, bewachte und ummauerte Wohnbezirke, dazwischen ein verrücktes Durcheinander alter Bauwerke, die von niemandem bewacht zu werden schienen, besetzt von Leuten, die nur herum*schlichen*. Miles fühlte sich zu der Überlegung veranlaßt, ob die beiden Dendarii-Söldner, die er dazu abkommandiert hatte, ihnen Rükkendeckung zu geben, überhaupt ausreichten. Aber all die schmeichlerischen Leute machten einen großen Bogen um sie; sie begriffen offensichtlich, was Wachen bedeuteten. Zumindest bei Tageslicht.

Canaba führte sie in eines der nahegelegenen Gebäude. Seine Liftrohre waren außer Betrieb, seine Korridore ungeheizt. Eine dunkel gekleidete, vielleicht weibliche Person lief ihnen hastig aus dem Weg und verschwand im Schatten; Miles fühlte sich unbehaglicherweise an eine Ratte erinnert. Sie folgten Canaba mißtrauisch über die Sicherheitsleiter, die sich auf der Innenseite einer stillgelegten Liftröhre befand, dann ging es einen weiteren Korridor hinab und durch eine Tür mit einem kaputten Handflächenschloß in einen leeren, schmutzigen Raum, der von einem nichtpolarisierten, aber intakten Fenster grau erleuchtet wurde. Wenigstens waren sie hier nicht mehr dem Wind ausgesetzt.

»Ich glaube, wir können hier sicher sprechen«, sagte Canaba, wandte sich um und zog seine Handschuhe aus.

»Bel?« sagte Miles.

Thorne zog eine Reihe von Antiüberwachungsdetektoren aus seiner Parka und überprüfte den Raum, während die beiden Wachen die Umgebung durchstreiften. Einer postierte sich im Korridor, der andere neben dem Fenster.

»Nichts festzustellen«, sagte Bel schließlich zögernd, als mißtraute er den eigenen Instrumenten. »Im Augenblick.« Ziemlich betont umkreiste Bel Canaba und scannte ihn ebenfalls. Canaba wartete mit gesenktem Kopf, als sei er der Meinung, er verdiente es nicht besser. Bel stellte den sonischen Schutzschirm auf.

Miles warf seine Kapuze zurück und öffnete seine Parka, damit er besser an seine Waffen herankäme, falls sie in einer Falle säßen. Für ihn war Canaba außerordentlich schwer einzuschätzen. Was waren überhaupt die Motive des Mannes? Ohne Zweifel hatte das Haus Bharaputra für seinen Komfort gesorgt – sein Mantel und die teure Kleidung, die er darunter trug, verrieten es – und obwohl sein Lebensstandard gewiß nicht sinken würde, wenn er seine Loyalität auf das Kaiserlich Barrayaranische Institut für Naturwissenschaften übertrug, so würde er doch nicht einmal annähernd die Möglichkeit haben, ein Vermögen beiseitezuschaffen, die sich ihm hier bot. Also ging es ihm nicht ums Geld. Das konnte Miles verstehen. Aber warum arbeitete einer überhaupt für das Haus Bharaputra, wenn bei ihm nicht die Geldgier über die Integrität gesiegt hatte?

»Sie sind für mich ein Rätsel, Dr. Canaba«, sagte Miles in leichtem Ton. »Warum dieser Wechsel mitten in Ihrer Karriere? Ich kenne Ihre neuen Arbeitgeber ziemlich gut, und offen gesagt, ich verstehe nicht, wie sie das Haus Bharaputra überbieten konnten.« Das war die einem Söldner entsprechende Art, seine Zweifel auszudrücken.

»Sie haben mir Schutz gegenüber dem Haus Bharaputra angeboten. Allerdings, wenn *Sie* diejenigen sind, die ...« Er blickte zweifelnd auf Miles.

Ha! Und verdammt! Der Mann war wirklich drauf und dran, abzuspringen. Und dann würde Miles den Fehlschlag seiner Mission dem Chef des Kaiserlichen Sicherheitsdienstes, Illyan, höchstpersönlich erklären müssen. »Ihre neuen Arbeitgeber haben unsere Dienste gekauft«, sagte Miles, »und deshalb verfügen Sie über unsere Dienste. Man möchte, daß Sie sicher und zufrieden sind. Aber wir können Sie nicht richtig schützen, wenn Sie von einem Plan abweichen, der gemacht wurde, um Ihre Sicherheit zu maximieren; wenn Sie Zufallsfaktoren ins Spiel bringen und von uns verlangen, daß wir im Dunkeln operieren. Ich brauche die volle Kenntnis darüber, was vor sich geht, wenn ich die volle Verantwortung für die Ergebnisse übernehmen soll.«

»Niemand verlangt von Ihnen, daß Sie Verantwortung übernehmen.«

»Verzeihen Sie, Doktor, aber meine Auftraggeber haben es von mir verlangt.«

»Oh«, sagte Canaba. »Ich ... verstehe.« Er ging wieder zum Fenster. »Aber werden Sie tun, was ich verlange?«

»Ich werde tun, was ich kann.«

»Toll«, schnaubte Canaba. »Himmel ...« Er schüttelte müde den Kopf und holte entschlossen Luft. »Ich bin nicht wegen des Geldes hierher gekommen. Ich kam hierher, weil ich Forschungen betreiben konnte, die ich sonst nirgendwo hätte machen können. Ungehindert durch veraltete gesetzliche Beschränkungen. Ich träumte von wissenschaftlichen Durchbrüchen ... aber es wurde ein Alptraum daraus. Die Freiheit wurde zur Sklaverei. Was für Sachen die von mir verlangten ...! Unterbrachen immerzu die Dinge, die ich tun wollte. Oh, Sie können immer jemanden finden, der für Geld alles macht, aber das sind zweitklassige Leute. Diese

Labors sind voll von zweitklassigen Leuten. Die allerbesten können nicht gekauft werden. Ich habe Sachen gemacht, einzigartige Sachen, die Bharaputra nicht entwickeln wollte, weil der Profit zu gering wäre, egal, wie vielen Menschen es nützen würde – ich bekomme keine Anerkennung, kein Ansehen für meine Arbeit – alljährlich beobachte ich in der Fachliteratur, wie die galaktischen Auszeichnungen an geringere Leute gehen, weil ich meine Ergebnisse nicht veröffentlichen kann ...« Er hielt inne und senkte den Kopf. »Zweifellos komme ich Ihnen wie ein Megalomane vor.«

»Naja ...«, sagte Miles, »Sie klingen ziemlich frustriert.«

»Die Frustration«, sagte Canaba, »hat mich aus einem langen Schlaf geweckt. Ein verletztes Ego – es war nur ein verletztes Ego. Aber in meinem Stolz entdeckte ich auch wieder die Scham. Und ihr Gewicht betäubte mich, betäubte mich an Ort und Stelle. Verstehen Sie das? Spielt es eine Rolle für Sie, ob Sie mich verstehen? Ach!« Er ging zur Wand und blieb vor ihr stehen, kehrte Miles den Rücken zu.

»Hm«, Miles kratzte sich verlegen am Hinterkopf, »tja, ich würde Ihnen ja gerne viele Stunden lang zuhören, wie Sie es mir erklären – auf meinem Schiff. Auf dem Flug weg vom Planeten.«

Canaba drehte sich um und lächelte schief. »Ich sehe, Sie sind praktisch eingestellt. Ein Soldat. Nun ja, ich brauche jetzt einen Soldaten, weiß Gott.«

»Ist die Sache so vermasselt?«

»Es ... ist ganz plötzlich geschehen. Ich dachte, ich hätte es unter Kontrolle.«

»Erzählen Sie weiter«, seufzte Miles.

»Es gab sieben synthetische Genkomplexe. Einer davon dient als Therapie für eine gewisse obskure Enzymstörung. Ein anderer vermehrt die Erzeugung von Sauerstoff durch Algen in Raumstationen um das Zwanzigfache. Ein weiterer kam von außerhalb der

Bharaputra-Labors, mitgebracht von einem Mann – wir fanden nie heraus, wer er wirklich war, aber der Tod folgte ihm. Einige meiner Kollegen, die an seinem Projekt mitgearbeitet hatten, wurden alle in einer Nacht von den Kommandos, die ihn verfolgt hatten, ermordet – ihre Aufzeichnungen wurden vernichtet. Ich erzählte niemandem jemals, daß ich mir für meine Studien eine nicht autorisierte Gewebeprobe ausgeborgt hatte. Ich habe sie noch nicht ganz entschlüsselt, aber ich kann Ihnen sagen, daß sie absolut einzigartig ist.«

Miles erkannte es, und ihm blieb fast die Luft weg, als er über die bizarre Kette von Umständen nachdachte, die ein Jahr zuvor eine identische Gewebeprobe in die Hände des Dendarii-Geheimdienstes gespielt hatte. Terrence Sees Telepathie-Komplex – und der Hauptgrund, *warum* Seine Kaiserliche Majestät plötzlich einen Spitzengenetiker haben wollte. Dr. Canaba stand eine kleine Überraschung bevor, wenn er in seinem neuen barrayaranischen Labor ankommen würde. Aber wenn die anderen sechs Komplexe in ihrem Wert dem bekannten auch nur annähernd nahekamen, dann würde Sicherheitsdienstchef Illyan Miles mit einem stumpfen Messer die Haut abziehen, wenn er die sich entgehen ließe. Miles' Aufmerksamkeit für Dr. Canabas Bericht nahm abrupt zu. Dieser Abstecher war vielleicht nicht so trivial, wie er gefürchtet hatte.

»Zusammen repräsentieren diese sieben Komplexe Zehntausende von Stunden Forschungsarbeit, meistens von mir, aber auch von anderen – mein Lebenswerk. Ich hatte von Anfang an geplant, sie mitzunehmen. Ich bündelte sie in ein Virusinsert und plazierte sie, gebunden und ruhend, zur Aufbewahrung in einen lebenden ...«, Canabas Stimme zitterte, »Organismus. Ein Organismus, von dem ich dachte, daß niemand an ihm nach so einem Ding suchen würde.«

»Warum haben Sie sie nicht einfach in Ihrem eigenen

Gewebe verborgen?« fragte Miles gereizt. »Dann hätten Sie sie nicht verlieren können.«

Canabas Mund blieb offen stehen. »Ich … habe nie daran gedacht. Wie elegant. Warum habe ich nicht daran gedacht?« Er legte fragend die Hand an die Stirn, als suchte er nach einem Systemfehler. Er preßte wieder die Lippen aufeinander. »Aber es hätte keinen Unterschied gemacht. Ich müßte immer noch …« Er schwieg für einen Moment. »Es geht um den Organismus«, sagte er schließlich. »Die … Kreatur.« Ein weiteres langes Schweigen folgte.

»Von alldem, was ich getan habe«, fuhr Canaba leise fort, »von all den Unterbrechungen, die dieser üble Ort mir aufgezwungen hat, gibt es etwas, das ich am meisten bedaure. Verstehen Sie, das war vor Jahren. Ich war noch jünger, ich dachte, ich hätte hier noch eine Zukunft zu schützen. Und ich habe es nicht allein getan – Schuld eines Komitees, was? Man muß es verteilen, leicht machen, sagen, es war *seine* Schuld oder *sie* hat es getan … nun ja, jetzt ist es meine Schuld.«

Sie meinen, jetzt ist es *meine,* dachte Miles grimmig. »Doktor, je mehr Zeit wir hier zubringen, um so größer ist das Risiko, daß wir die Operation gefährden. Kommen Sie bitte auf den Punkt.«

»Ja … ja. Nun, vor einigen Jahren, nahmen die Labors des Hauses Bharaputra einen Kontrakt an, eine neue … Spezies herzustellen. Auf Bestellung.«

»Ich dachte, das Haus Ryoval sei dafür berühmt, Menschen oder was auch immer nach Bestellung herzustellen.«

»Sie machen Sklaven, einmalige. Sie sind sehr spezialisiert. Und klein – ihr Kundenstamm ist überraschend klein. Es gibt viele reiche Leute und vermutlich viele lasterhafte, verderbte Leute, aber ein Kunde des Hauses Ryoval muß beiden Kreisen angehören, und beide Kreise überschneiden sich nicht so sehr, wie man vielleicht meinen möchte. Auf jeden Fall sollte unser Kontrakt zu einer größeren Produktion führen, weit über die Möglichkeiten von Ryoval hinaus. Eine gewisse subplanetarische Regierung, die von ihren Nachbarn hart bedrängt wurde, wollte, daß wir eine Rasse von Supersoldaten für sie entwickeln.«

»Was, schon wieder?« sagte Miles. »Ich dachte, das sei schon versucht worden. Mehr als einmal.«

»Diesmal dachten wir, wir könnten es schaffen. Oder die Hierarchie der Bharaputras war zumindest gewillt, das Geld anzunehmen. Aber das Projekt litt unter zuviel Input. Der Klient, unsere eigenen Vorgesetzten, die Mitglieder des Genetikprojekts, jeder hatte Ideen, die er verfolgte. Ich schwöre, die ganze Sache war zum Scheitern verurteilt, bevor sie überhaupt das Entwurfskomitee verließ.«

»Ein Supersoldat. Entworfen von einem Komitee. Du lieber Himmel! Da wird einem ja schwindlig.« Miles riß fasziniert die Augen auf. »Was ist dann also geschehen?«

»Es erschien ... einigen von uns, daß die physischen Grenzen des bloß Menschlichen schon erreicht wären. Wenn einmal, zum Beispiel, ein Muskelsystem vollkommen gesund gemacht ist, mit einem Maximum an Hormonen stimuliert und bis zu einer gewissen Grenze trainiert wird, dann kann man nicht mehr tun. Folglich wandten wir uns anderen Arten zu, wenn es um spezielle Verbesserungen ging. Ich, zum Beispiel, wurde fasziniert vom aerobischen und anaerobischen Stoffwechsel in den Muskeln von Vollblutpferden ...«

»Was?« sagte Thorne geschockt.

»Es gab noch weitere Ideen. Zu viele. Ich schwöre, sie waren nicht alle von mir.«

»Sie haben menschliche und tierische Gene miteinander gemischt?« flüsterte Miles.

»Warum nicht? Menschliche Gene wurden schon von den ersten, primitiven Anfängen an in tierische Gene eingefügt – das war fast das erste, was man versucht hatte. Menschliches Insulin von Bakterien und ähnliches. Aber bis jetzt hatte es niemand umgekehrt versucht. Ich habe die Barriere durchbrochen, die Codes geknackt … Zuerst sah es gut aus. Erst als die ersten die Pubertät erreichten, wurden die Irrtümer offensichtlich. Nun ja, das waren nur die anfänglichen Versuche. Sie sollten eindrucksvoll sein. Aber am Ende waren sie monströs.«

»Sagen Sie«, fragte Miles beklommen, »waren in dem Komitee Soldaten mit tatsächlicher Kampferfahrung?«

»Ich vermute, der Kunde hatte sie. Sie lieferten die Parameter«, sagte Canaba.

»*Ich* verstehe«, sagte Thorne zerstreut. »Man wollte den normalen Soldaten neu erfinden.«

Miles warf Thorne einen vernichtenden Blick zu und klopfte auf sein Chrono. »Keine Unterbrechungen, Doktor.«

Eine Weile herrschte Schweigen. Dann begann Canaba erneut zu erzählen: »Wir stellten zehn Prototypen her. Dann machte der Kunde … bankrott. Sie verloren ihren Krieg …«

»Warum bin ich nicht überrascht?« murmelte Miles.

»… die Geldmittel blieben aus, das Projekt wurde fallengelassen, bevor wir das anwenden konnten, was wir aus unseren Fehlern gelernt hatten. Von den zehn Prototypen sind seither neun gestorben. Einer blieb übrig. Wir behielten ihn im Labor, wegen … Schwierigkeiten bei der Unterbringung außerhalb. Ich plazierte in ihm meine Genkomplexe. Dort sind sie immer noch. Das letzte, was ich tun wollte, bevor ich hier wegging, war, ihn zu töten. Aus Gnade … aus Verantwortung. Meine Sühne, meine Wiedergutmachung, wenn Sie so wollen.«

»Und dann?« forschte Miles weiter.

»Vor ein paar Tagen wurde er plötzlich an das Haus Ryoval verkauft. Anscheinend als eine Neuentwicklung oder als Kuriosität. Baron Ryoval sammelt Absonderlichkeiten aller Art, für seine Gewebebanken …«

Miles und Bel blickten einander kurz an.

»… ich hatte keine Ahnung, daß er verkauft werden sollte. Ich kam am Morgen ins Labor, und er war weg. Ich glaube nicht, daß Ryoval eine Ahnung von seinem tatsächlichen Wert hat. Soweit ich weiß, ist der Prototyp jetzt dort, in Ryovals Labors.«

Miles war es, als begännen seine Nebenstirnhöhlen zu schmerzen. Von der Kälte, ohne Zweifel. »Und was, bitteschön, sollen wir Soldaten Ihrer Meinung nach tun?«

»Irgendwie dort reinkommen. Ihn töten. Eine Gewebeprobe entnehmen. Erst dann gehe ich mit Ihnen mit.«

Jetzt bekam Miles noch Magenschmerzen. »Was denn, beide Ohren und den Schwanz?«

Canaba blickte Miles kühl an. »Den linken Musculus gastrocnemius. Dort habe ich meine Genkomplexe injiziert. Die Speicherviren sind nicht virulent; sie durften nicht weit gewandert sein. Die größte Konzentration müßte immer noch dort sein.«

»Ich verstehe.« Miles rieb sich die Schläfen und die Augen. »In Ordnung, wir kümmern uns darum. Dieser persönliche Kontakt zwischen uns ist sehr gefährlich, und ich würde ihn lieber nicht wiederholen. Ich habe vor, in achtundvierzig Stunden wieder auf meinem Schiff zu sein. Wird es für uns schwierig sein, Ihre Kreatur zu erkennen?«

»Ich glaube nicht. Dieses besondere Exemplar ist etwas größer als acht Fuß. Ich … kann Ihnen versichern, daß die Fangzähne *nicht* meine Idee waren.«

»Ich … verstehe.«

»Er kann sich sehr schnell bewegen, wenn er bei guter Gesundheit ist. Kann ich Ihnen irgendwie helfen? Ich habe Zugang zu schmerzlosen Giften …«

»Sie haben genug getan, danke. Bitte überlassen Sie das Ganze uns, den Profis, ja?«

»Es wäre das Beste, wenn sein Körper völlig vernichtet werden könnte. Es sollten keine Zellen übrig bleiben. Falls Sie das so einrichten können.«

»Dafür wurden Plasmabögen erfunden. Sie sollten sich am besten auf den Weg machen.«

»Ja.« Canaba zögerte. »Admiral Naismith?«

»Ja ...«

»Ich ... es wäre auch am besten, wenn mein zukünftiger Arbeitgeber nichts darüber erfahren würde. Dort hat man starke militärische Interessen. Es könnte sie unnötig aufregen.«

»Oh«, sagte Miles/Admiral Naismith/Leutnant Lord Vorkosigan von den Kaiserlich Barrayaranischen Streitkräften, »ich glaube, darüber brauchen Sie sich keine Gedanken zu machen.«

»Sind achtundvierzig Stunden genug für Ihr Kommandounternehmen?« fragte Canaba besorgt. »Verstehen Sie, wenn ich das Gewebe nicht bekomme, dann kehre ich sofort auf den Planeten zurück. Ich mag nicht an Bord Ihres Schiffes in der Falle sitzen.«

»Sie werden zufrieden sein. Das gehört zu meinem Kontrakt«, sagte Miles. »Jetzt sollten Sie lieber gehen.«

»Ich muß mich auf Sie verlassen, Sir.« Canaba nickte, voll unterdrückter Sorge und zog sich zurück.

Sie warteten ein paar Minuten in dem kalten Zimmer, um Canaba etwas Vorsprung zu geben. Das Gebäude knarrte im Wind; von einem höheren Korridor ertönte ein seltsamer Schrei, und später erstarb abrupt ein Gelächter. Der Wächter, der Canaba gefolgt war, kehrte zurück. »Er ist zu seinem Bodenwagen gegangen, Sir.«

»Nun«, sagte Thorne, »ich nehme an, wir müssen uns zuerst einen Plan von Ryovals Labors besorgen ...«

»Das glaube ich nicht«, sagte Miles.

»Wenn wir sie überfallen sollen ...«

»Überfallen, nein, verdammt. Ich riskiere nicht meine Leute bei einem so idiotischen Unternehmen.

Ich sagte, ich würde seine Sünde für ihn ungeschehen machen. Aber ich habe nicht gesagt, wie.«

Das kommerzielle Komkonsolennetz im Shuttlehafen auf dem Planeten schien sehr praktisch zu sein. Miles glitt in die Zelle und steckte seine Kreditkarte in die Maschine, während Thorne knapp außerhalb der Sichtweite lauerte und die Wachen draußen Wache hielten. Miles gab den Code für den Anruf ein.

Einen Moment später erschien über der Vidscheibe das Bild einer hübschen Rezeptionistin mit Grübchen in den Wangen und einem weißen Pelzkamm anstatt der Haare. »Haus Ryoval, Kundendienst. Wie kann ich Ihnen helfen, Sir?«

»Ich würde gerne mit Manager Deem in der Abteilung Verkauf und Vorführung sprechen«, sagte Miles ruhig, »es geht um einen möglichen Einkauf für meine Organisation.«

»Wen darf ich melden?«

»Admiral Naismith von der Freien Dendarii-Söldnerflotte.«

»Einen Augenblick, Sir.«

»Glaubst du wirklich, daß sie den Prototyp einfach verkaufen?« murmelte Bel von der Seite, als das Gesicht des Mädchens durch ein fließendes Muster farbiger Lichter ersetzt wurde, begleitet von sirupsüßer Musik.

»Erinnerst du dich an das, was wir gestern zufällig mitgehört haben?« sagte Miles. »Ich wette, er ist zu kaufen. Billig.« Er mußte versuchen, nicht zu interessiert dreinzuschauen.

Nach bemerkenswert kurzer Zeit wichen die farbigen Kleckse dem Gesicht eines erstaunlich schönen jungen Mannes, eines blauäugigen Albinos in einem roten Seidenhemd. Auf einer Seite seines weißen Gesichtes hatte er einen großen blauen Fleck. »Hier spricht Manager Deem. Was kann ich für Sie tun, Admiral?«

Miles räusperte sich vorsichtig. »Mir ist ein Gerücht zu Ohren gekommen, daß das Haus Ryoval kürzlich vom Haus Bharaputra einen Artikel gekauft hat, der von einigem beruflichen Interesse für mich ist. Angeblich handelt es sich um den Prototyp eines neuen, verbesserten Kämpfers. Wissen Sie etwas darüber?«

Deems Hand stahl sich zu seinem blauen Fleck und betastete ihn sanft, dann zuckte sie zurück. »Ja, Sir, wir haben einen solchen Artikel.«

»Ist er zu kaufen?«

»O *ja* – das heißt, ich glaube, eine Vereinbarung ist noch unentschieden. Aber es ist vielleicht immer noch möglich mitzubieten.«

»Wäre es mir möglich, den Artikel in Augenschein zu nehmen.«

»Natürlich«, sagte Deem mit unterdrücktem Eifer. »Wann möchten Sie?«

Es folgte ein statisches Rauschen, und dann spaltete sich das Vid-Bild. Deems Gesicht schrumpfte abrupt auf eine Seite zusammen. Das neue Gesicht war ihnen nur allzu bekannt. Bel zischte leise.

»Ich übernehme diesen Anruf, Deem«, sagte Baron Ryoval.

»Jawohl, Mylord.« Deem riß überrascht die Augen auf, dann klinkte er sich aus. Ryovals Bild wuchs und nahm den ganzen verfügbaren Raum ein.

»Also, Betaner«, sagte Ryoval lächelnd, »es scheint, als hätte ich endlich etwas, das Sie haben wollen.«

Miles zuckte die Achseln. »Vielleicht«, sagte er neutral. »Falls der Preis sich im Rahmen meiner Möglichkeiten bewegt.«

»Ich dachte, Sie hätten Ihr ganzes Geld Fell gegeben.«

Miles breitete die Hände aus. »Ein guter Kommandant hat immer verborgene Reserven. Jedoch steht der tatsächliche Preis des Artikels noch nicht fest. Tatsächlich steht noch nicht einmal seine Existenz fest.«

»Oh, er existiert schon. Und er ist… beeindruckend. Ihn in meine Sammlung einzureihen, war ein einmaliges Vergnügen. Ich würde mich ungern davon trennen. Aber für Sie…« – Ryovals Lächeln wurde noch breiter – »kann man vielleicht einen speziellen Rabattpreis einrichten.« Er kicherte, als hätte er ein verborgenes Wortspiel gemacht, das Miles entging.

»So?«

»Ich schlage einen einfachen Handel vor«, sagte Ryoval. »Fleisch gegen Fleisch.«

»Sie überschätzen vielleicht mein Interesse, Baron.«

Ryovals Augen funkelten. »Ich glaube nicht.«

Er weiß, daß ich ihn nicht einmal mit einer Zange anfassen würde, wenn mich nicht etwas dazu zwänge. Also. »Wie lautet dann Ihr Vorschlag?«

»Ich schlage einen fairen Handel vor, Bharaputras Hausmonster – ach, Sie sollten es sehen, Admiral – für drei Gewebeproben. Drei Gewebeproben, die Sie, wenn Sie es clever anstellen, nichts kosten.« Ryoval hielt einen Finger hoch. »Eine von Ihrem betanischen Hermaphroditen«, ein zweiter Finger wurde gezeigt, »eine von Ihnen selbst«, ein dritter Finger vervollständigte das W, »und eine von Baron Fells Quaddie-Musikerin.«

Drüben in der Ecke schien Bel Thorne mit einem Schlaganfall zu kämpfen. Ganz leise, glücklicherweise.

»Die dritte könnte außerordentlich schwer zu besorgen sein«, sagte Miles, der Zeit gewinnen wollte, um nachzudenken.

»Für Sie weniger schwer als für mich«, sagte Ryoval. »Fell kennt meine Agenten. Meine Avancen haben ihn mißtrauisch werden lasen. Sie stellen eine einzigartige Gelegenheit dar, dieses Mißtrauen zu umgehen. Wenn Sie genügend Motivation haben, dann liegt das sicher nicht außerhalb Ihrer Fähigkeiten, Söldner.«

»Wenn ich genügend Motivation habe, dann liegt nur sehr wenig außerhalb meiner Fähigkeiten, Baron«, sagte Miles auf gut Glück.

»Also dann. Ich erwarte von Ihnen binnen – sagen wir – vierundzwanzig Stunden zu hören. Danach ziehe ich mein Angebot zurück.« Ryoval nickte fröhlich. »Guten Tag, Admiral.« Das Vidbild erlosch.

»Also dann«, sagte Miles.

»Was dann?« fragte Thorne mißtrauisch. »Du erwägst doch nicht ernstlich, auf diesen – üblen Vorschlag einzugehen, oder?«

»Wozu braucht er meine Gewebeprobe, um Himmels willen?« wunderte sich Miles laut.

»Für seine Hund-und-Zwerg-Nummer, zweifellos«, sagte Thorne boshaft.

»Nun mal langsam. Er wäre schrecklich enttäuscht, wenn mein Klon schließlich sechs Fuß groß würde, fürchte ich.« Miles räusperte sich. »Das würde niemandem wirklich wehtun, nehme ich an. Eine kleine Gewebeprobe zu entnehmen. Während ein Kommandounternehmen mit Lebensgefahr verbunden ist.«

Bel lehnte sich an die Wand und verschränkte die Arme. »Das stimmt nicht. Um meine Gewebeprobe würdest du kämpfen müssen. Und auch um *ihre*.«

Miles grinste säuerlich. »Also.«

»Also was?«

»Also beschaffen wir uns einen Plan von Ryovals Fleischkeller. Es sieht so aus, als gingen wir auf die Jagd.«

Die palastartige Zentrale der Biologielabors des Hauses Ryoval stellte nicht direkt eine Festung dar, sondern nur ein paar bewachte Gebäude. Einige verdammt große bewachte Gebäude. Miles stand auf dem Dach des Liftvan und studierte die Anlage durch sein Nachtglas. Nebel bildete Wasserperlen in seinem Haar. Der kalte, feuchte Wind suchte nach Löchern in seiner Jacke, so wie er selbst nach Löchern im Sicherheitssystem des Hauses Ryoval suchte.

Der weiße Gebäudekomplex erhob sich vor einem

dunklen, bewaldeten Berghang. Die Vorgärten wurden mit Flutlicht beleuchtet und wirkten im Nebel und Frost märchenhaft. Die Lieferanteneingänge auf der nahegelegenen Seite schienen mehr zu versprechen. Miles nickte nachdenklich und stieg von dem gemieteten Liftvan herab, der mit einer künstlich herbeigeführten Panne auf der kleinen Seitenstraße am Berg liegengeblieben war, und zwar dort, von wo aus man einen Überblick über die Ryoval-Anlage hatte. Miles zog sich in den rückwärtigen Teil des Liftvans zurück, wo er vor dem beißend kalten Wind geschützt war.

»Also, Leute, hört zu.« Sein Kommandotrupp hockte um ihn herum, während er in der Mitte die Holovid-Landkarte aufstellte. Die bunten Lichter des Holovids schimmerten auf ihren Gesichtern. Da war der große Fähnrich Murka, Thornes Stellvertreter, und zwei große Soldaten. Sergeantin Laureen Anderson war die Fahrerin des Wagens; sie hatte den Auftrag, zusammen mit Soldatin Sandy Hereld und Kapitän Thorne draußen für Rückendeckung zu sorgen. Miles hegte ein geheimes barrayaranisches Vorurteil dagegen, weibliche Soldaten in das Innere der Ryoval-Anlage mitzunehmen; er hoffte, daß er dieses Vorurteil verbergen konnte. Das galt doppelt für Bel Thorne. Nicht, daß das Geschlecht der Kämpfer notwendigerweise einen Unterschied bei den Abenteuern gemacht hätte, die vielleicht folgen mochten, falls sie gefangen würden. Trotzdem … Laureen behauptete, sie könnte jedes von Menschen gebaute Fahrzeug durch ein Nadelöhr steuern; allerdings glaubte Miles nicht, daß sie je in ihrem Leben schon einmal so etwas Häusliches getan hatte wie das Einfädeln eines Fadens in eine Nadel. Sie würde ihren Auftrag nicht in Frage stellen.

»Unser Hauptproblem bleibt, daß wir immer noch nicht wissen, wo genau in dieser Anlage Bharaputras Kreatur gefangengehalten wird. Also überwinden wir zuerst den Zaun, dann dringen wir in die äußeren

Höfe und in das Hauptgebäude ein, hier und hier.« Miles drückte eine Taste, und ein roter Lichtfaden zeigte ihre geplante Route. »Dann schnappen wir uns leise einen Angestellten, der da drin Dienst tut, und behandeln ihn mit Schnell-Penta. Von diesem Zeitpunkt an laufen wir gegen die Zeit, denn wir müssen davon ausgehen, daß er schnell vermißt wird.

Das Schlüsselwort heißt *leise vorgehen*. Wir sind nicht hierher gekommen, um *Menschen* zu töten, und wir befinden uns auch nicht mit Ryovals Angestellten im Krieg. Ihr tragt eure Betäuber und behaltet die Plasmabögen und das andere Spielzeug eingepackt, bis wir unsere Beute aufgespürt haben. Wir erledigen sie schnell und leise, ich nehme meine Gewebeprobe«, seine Hand berührte seine Jacke, unter der er den Behälter trug, der die Gewebeprobe am Leben erhalten würde, bis sie wieder zur *Ariel* zurückkämen. »Dann fliegen wir ab. Wenn etwas schiefgeht, bevor ich dieses sehr teure Stück Fleisch bekomme, dann machen wir uns nicht die Mühe, unseren Weg nach draußen freizukämpfen. Es wäre es nicht wert. Hier auf Jackson's Whole hat man sehr eigenwillig summarische Methoden, Mordanklagen zu behandeln, und ich sehe nicht die Notwendigkeit, daß einer von uns als Ersatzteil in Ryovals Gewebebank endet. Wir warten darauf, daß Kapitän Thorne ein Lösegeld vereinbart, und versuchen dann etwas anderes. Für den Notfall haben wir ein paar Druckmittel gegenüber Ryoval in der Hand.«

»Für den äußersten Notfall«, murmelte Bel.

»Wenn etwas schiefgeht, nachdem die Metzgermission erfüllt ist, kehren wir wieder zu den Regeln für den Kampf zurück. Die Gewebeprobe wird dann unersetzlich und muß unter allen Umständen zu Kapitän Thorne gebracht werden. Laureen, weißt du bestimmt, wo du uns im Notfall aufnimmst?«

»Jawohl, Sir.« Sie zeigte auf das Vid-Display.

»Haben alle anderen das mitbekommen? Noch irgendwelche Fragen? Vorschläge? Anmerkungen? Also dann zum Kommunikationstest, Kapitän Thoren.«

Ihre Armbandkommunikatoren schienen alle gut zu funktionieren. Fähnrich Murka schulterte das Waffenbündel. Miles steckte vorsichtig den Kubus mit dem Bauplan in die Tasche. Vor ein paar Stunden hatten sie das Stück für eine Summe, die fast einem Lösegeld gleichkam, von einer bestimmten flexiblen Baugesellschaft erworben. Die vier Mitglieder des Einbruchteams rutschten vom Van herunter und verschwanden in der frostigen Dunkelheit.

Sie schlichen sich durch die Wälder davon. Die knirschende Schicht von gefrorenem welken Laub glitt immer wieder unter ihren Füßen weg, darunter war glitschiger Schlamm. Murka entdeckte das Auge einer Überwachungskamera, bevor es sie entdeckte, und setzte es mit einem kurzen Ausbruch statischer Störungen im Mikrowellenbereich außer Betrieb, während sie vorbeieilten. Für die großen Burschen war es ein leichtes, Miles über die Mauer zu hieven. Den Innenhof war völlig zweckmäßig gestaltet: da gab es Ladebuchten mit großen, verschlossenen Türen, Müllsammelplätze und ein paar geparkte Fahrzeuge.

Schritte erklangen, und sie duckten sich in eine Abfallbucht. Ein rotgekleideter Wächter ging vorüber und schwenkte langsam einen Infrarotscanner. Sie kauerten sich zusammen und versteckten ihre Gesichter in ihren infrarotabweisenden Ponchos. Damit sahen sie zweifellos wie andere Müllsäcke aus. Dann ging es auf Zehenspitzen weiter zu den Ladebuchten.

Rohrleitungen. Als Schlüssel zu den Ryoval-Anlagen hatten sich die Rohrleitungen angeboten, die Rohrleitungen für die Heizung, für die Energie-Optikkabel, für das Kommunikationssystem. Enge Rohrleitungen. Völlig unpassierbar für große Kerle. Miles schlüpfte aus seinem Poncho und reichte ihn einem der Söldner, damit er ihn zusammenfaltete und wegpackte.

Miles balancierte auf Murkas Schultern und schob sich durch den ersten Durchschlupf, ein Ventilationsgitter hoch in der Wand über den Türen der Ladebucht. Er montierte das Gitter lautlos ab, schaute schnell, ob er unerwünschte Gesellschaft bekam, und glitt dann hindurch. Selbst für ihn war es eng. Er ließ sich behutsam auf den Betonboden nieder, fand die Box mit der Türsteuerung, schloß den Alarm kurz und hob die Tür etwa einen Meter hoch. Sein Team rollte unten durch, und er ließ die Tür wieder herab, so leise er konnte. So weit, so gut. Sie hatten bisher noch kein Wort wechseln müssen.

Sie gingen auf der anderen Seite der Anlieferungsbucht in Deckung, kurz bevor ein Angestellter in einem roten Overall vorbeigewandert kam. Er fuhr einen Elektrokarren, der mit Reinigungsrobotern beladen war. Murka berührte Miles am Ärmel und blickte ihn fragend an: *Den da?* Miles schüttelte den Kopf. *Noch nicht.* Wahrscheinlich wußte ein Wartungsmann weniger über den Aufbewahrungsort ihrer Beute Bescheid als ein Angestellter aus dem inneren Bereich, und sie hatten keine Zeit, hier eine Menge Bewußtloser von Fehlversuchen zurückzulassen. Sie fanden den Tunnel zum Hauptgebäude, wie es der Plankubus versprochen hatte. Wie erwartet war die Tür am Ende versperrt.

Miles mußte wieder auf Murkas Schultern steigen. Mit einem schnellen Zischen löste Miles' Schneidwerkzeug eine Platte aus der Decke. Er kletterte hindurch – der schwache Stützrahmen hätte sicher einen Mann von größerem Gewicht nicht getragen – und fand die Stromkabel, die zum Türschloß führten. Er schaute sich gerade das Problem an und zog Werkzeug aus seiner Uniformtasche, als Murka hochreichte, das Waffenbündel neben ihn schob und lautlos das Paneel wieder an seinen Platz zog. Miles warf sich auf den Bauch und preßte sein Auge an den

Spalt, als eine Stimme vom anderen Ende des Korridors brüllte: »Stehenbleiben!«

Flüche schwirrten Miles durch den Kopf. Er biß die Zähne zusammen. Er blickte auf die Köpfe seiner Soldaten hinab. Im Nu waren sie von einem halben Dutzend bewaffneter Wachen in roten Jacken und schwarzen Hosen umringt. »Was macht ihr hier?« knurrte der Wachsergeant.

»O Scheiße!« schrie Murka. »*Bitte,* Mister, sagen Sie nichts meinem Kommandanten, daß Sie uns hier drinnen geschnappt haben. Er würde mich wieder zum Gefreiten degradieren!«

»Was?« sagte der Wachsergeant. Er stupste Murka mit seiner Waffe an, einem bedrohlichen aussehenden Nervendisruptor. »Hände hoch! Wer seid ihr?«

»Ich heiße Murka. Wir sind auf einem Söldnerschiff zur Station Fell gekommen, aber der Kapitän hat uns keinen Planetenurlaub gegeben. Stellen Sie sich das mal vor – wir sind bis nach Jackson's Whole gekommen, und der Hundesohn wollte uns nicht mal zum Planeten runterfliegen lassen! Der verdammte Dickschädel wollte uns nicht die Firma Ryoval anschauen lassen!«

Die Wachen in den roten Jacken suchten sie schnell und nicht sonderlich sanft ab und fanden nur die Betäuber und den Teil der Einbruchsgeräte, den Murka bei sich getragen hatte.

»Ich hatte gewettet, daß wir reinkommen würden, selbst wenn wir uns die Vordertür nicht leisten könnten.« Murka verzog enttäuscht den Mund. »Sieht so aus, als hätte ich verloren.«

»Ja, so sieht's aus«, knurrte der Wachsergeant und zog sich zurück.

Einer seiner Männer hielt die kleine Sammlung harmlosen Zeugs hoch, das sie den Dendarii abgenommen hatten. »Sie sind nicht für ein Attentat ausgerüstet«, stellte er fest.

Murka richtete sich entrüstet auf und blickte wunderbar beleidigt drein. »Sind wir natürlich nicht.«

Der Wachsergeant hielt einen Betäuber in der Hand. »Unerlaubt von der Truppe entfernt, nicht wahr?«

»Nicht, wenn wir bis Mitternacht zurückkommen.« Murka verfiel in einen schmeichlerischen Ton. »Schauen Sie, mein Kommandant ist ein echter Mistkerl. Gibt es vielleicht eine Möglichkeit, wie wir aus der Sache herauskommen, ohne daß er etwas davon erfährt?« Eine von Murkas Händen strich vielsagend über die Tasche mit seinem Portmonnaie.

Der Wachsergeant blickte ihn von oben bis unten an und grinste. »Vielleicht.«

Miles blieb von Vergnügen der Mund offen, während er lauschte. *Murka, wenn das funktioniert, dann befördere ich Sie …*

Murka überlegte einen Augenblick. »Gibt es eine Chance, daß wir erst mal sehen, wie es drinnen aussieht? Nicht unbedingt die Mädels, einfach nur das Gebäude? Dann könnte ich wenigstens sagen, ich hätte es gesehen.«

»Das hier ist kein Hurenhaus, Soldat!« versetzte der Wachsergeant.

Murka blickte verwirrt drein. »Was dann?«

»Das hier sind die *biologischen* Einrichtungen.«

»Oh«, sagte Murka.

»Du *Idiot*«, sagte einer der Söldner wie aufs Stichwort. Miles segnete ihn stumm. Keiner der drei schielte nach oben.

»Aber der Mann in der Stadt hat gesagt …«, begann Murka.

»Welcher Mann?« fragte der Wachsergeant.

»Der Mann, der mir das Geld abgenommen hat«, sagte Murka.

Einige der Wachen in den roten Jacken grinsten. Der Sergeant stupste Murka erneut mit seinem Nervendisruptor. »Los, Soldat. Den gleichen Weg zurück. Heute ist dein Glückstag.«

»Sie meinen, wir dürfen mal reinschauen?« fragte Murka hoffnungsvoll.

»Nein«, sagte der Wachsergeant, »ich meine, wir brechen dir nicht beide Beine, bevor wir dich mit dem Arsch voran hinausschmeißen.« Er überlegte einen Augenblick und fügte dann etwas freundlicher hinzu: »In der Stadt gibt es ein Hurenhaus.« Er zog Murkas Portmonnaie aus der Jackentasche, überprüfte den Namen auf der Kreditkarte und steckte sie zurück, dann nahm er das ganze Bargeld an sich. Die anderen Wachen machten dasselbe mit den empört dreinblickenden Söldnern und teilten das Geld unter sich auf. »Dort nimmt man Kreditkarten an, und ihr habt noch Zeit bis Mitternacht. Jetzt setzt euch in Bewegung!«

Und so wurde Miles' Trupp schimpflich, aber unverletzt den Tunnel hinabgescheucht. Miles wartete, bis die ganze Schar außer Hörweite war, dann schaltete er seinen Kommunikator ein. »Bel?«

»Ja«, kam sofort die Antwort.

»Es gibt Schwierigkeiten. Murka und die anderen sind gerade von Ryovals Sicherheitsdienst geschnappt worden. Ich glaube, der clevere Junge hat ihnen einfach solchen Quatsch erzählt, daß man sie bloß zur Hintertür hinausschmeißt, anstatt sie den Oberen auszuliefern. Ich folge, so schnell ich kann. Wir treffen uns und gruppieren uns neu für einen zweiten Versuch.« Miles verstummte. Das Ganze war eine totale Pleite. Sie waren jetzt schlimmer dran als am Anfang. Ryovals Sicherheitsdienst war jetzt für den Rest der langen jacksonischen Nacht möglicherweise in Alarmbereitschaft. Dann fuhr er fort: »Ich schau mal, ob ich wenigstens herausfinde, wo die Kreatur steckt, bevor ich mich zurückziehe. Das sollte unsere Erfolgschancen beim nächsten Versuch erhöhen.«

Bel fluchte aus ganzem Herzen. »Sei vorsichtig!«

»Darauf kannst du Gift nehmen. Halt Ausschau nach Murka und den Jungen. Naismith Ende.«

Sobald er die richtigen Kabel identifiziert hatte, war es das Werk eines Augenblicks, die Tür zu öffnen. Er hing dann bedenklich an seinen Fingerspitzen, während er das Deckenpaneel wieder an Ort und Stelle schob, dann ließ er sich vom niedrigsten Vorsprung herunterfallen. Dabei hatte er Angst um seine Knochen. Doch nichts brach. Er schlüpfte durch die Tür in das Hauptgebäude und benutzte so schnell wie möglich wieder die Rohrleitungen, da sich die Korridore als zu gefährlich herausgestellt hatten. Er lag in dem engen Rohr auf dem Rücken, balancierte den Holokubus mit dem Gebäudeplan auf dem Bauch und suchte eine neue, sicherere Route, die nicht notwendigerweise auch für stämmige Soldaten passierbar sein mußte. Und wo sollte man nach einem Monstrum suchen? In einem Wandschrank?

Zentimeter um Zentimeter arbeitete er sich in dem System voran und schleifte das Waffenbündel hinter sich her. An der dritten Biegung wurde ihm bewußt, daß das Gebäude nicht länger mit dem Plan übereinstimmte. Verdammt und zugenäht! Hatte es seit dem Bau Veränderungen im System gegeben, oder war der Plan auf subtile Weise manipuliert worden? Nun ja, das spielte jetzt keine Rolle mehr. Er hatte sich nicht verirrt, denn er konnte immer noch auf demselben Weg zurückgehen.

Etwa dreißig Minuten kroch er dahin und entdeckte dabei zwei Alarmsensoren. Er machte sie unschädlich, bevor sie ihn entdeckten. Der Zeitfaktor wurde ernstlich prekär. Bald müßte er … aha, da! Er spähte durch ein Lüftungsgitter in einen düsteren Raum voller Holovid- und Kommunikationsgeräte. *Kleinreparaturen,* hieß das auf dem Plankubus. Es sah nicht nach einer Werkstatt aus. Eine weitere Veränderung, seit Ryoval eingezogen war? Aber da saß, mit dem Rücken zu

Miles' Wand, ein einzelner Mann. Perfekt! Die Gelegenheit war zu gut, um sie sich entgehen zu lassen.

Mit langsamen Bewegungen und angehaltenem Atem holte Miles seine Pfeilpistole aus dem Waffenbündel und vergewisserte sich, daß er sie mit der richtigen Patrone lud, Schnell-Penta mit einem Schuß Lähmungsmittel, ein hübscher Cocktail, den der Medizintechniker der *Ariel* genau für diesen Zweck gemixt hatte. Er visierte durch das Gitter hindurch, zielte präzise mit der schmalen Mündung der Pfeilpistole und drückte ab. Volltreffer! Der Mann schlug mit der Hand auf seinen Nacken, als hätte ihn ein Insekt gestochen, und saß dann still, die Hand fiel schlapp auf die Seite. Miles grinste, schob sich durch das Gitter und ließ sich auf den Boden hinab.

Der Mann war gut gekleidet, in Zivil – vielleicht einer der Wissenschaftler? Er hing schlaff auf seinem Stuhl, ein Lächeln umspielte seine Lippen, und er starrte Miles an, interessiert, aber nicht erschrocken. Dann begann er nach vorn zu sinken.

Miles fing ihn auf und setzte ihn wieder aufrecht hin. »Setzen Sie sich richtig hin, so ist's recht. Sie können doch schlecht mit dem Gesicht auf dem Teppich reden, oder?«

»Neeiiin...« Der Mann wackelte mit dem Kopf und lächelte freundlich.

»Wissen Sie etwas über ein genetisches Konstrukt, eine monströse Kreatur, die erst kürzlich vom Haus Bharaputra gekauft und in dieses Gebäude gebracht wurde?«

Der Mann blinzelte und lächelte. »Ja.«

Unter Schnell-Penta stehende Leute tendierten zu wörtlichen Antworten, wie sich Miles in Erinnerung rief. »Wo wird sie gehalten?«

»Drunten.«

»Wo genau drunten?«

»Im unteren Keller. Der Kriechraum um das Fundament. Wir hatten gehofft, sie würde ein paar von den Ratten fangen, wissen Sie?« Der Mann kicherte. »Fressen Katzen Ratten? Fressen Ratten Katzen …?«

Miles schaute auf seinen Plankubus. Ja, das sah gut aus, Eindringen und Rückzug des Einbruchteams waren möglich, obwohl dieses Geschoß noch ein großes Gebiet für die Suche bedeutete, das von Bauelementen, die in das Felsgestein hineinragten, und von speziell eingesetzten Stützsäulen zur Verringerung der Vibration, die in die Labors hinaufreichten, in einen Irrgarten verwandelt wurde. Am unteren Rand, wo der Berghang abfiel, war der Freiraum ziemlich hoch und der Erdoberfläche sehr nahe, ein möglicher Punkt für den Ausbruch. Zur Rückseite hin wurde der Raum immer niedriger, bis hin zum gewachsenen Fels, wo das Gebäude sich in den Berghang zwängte. In Ordnung. Miles öffnete seine Pfeilbox, um etwas herauszuholen, das sein Opfer für den Rest der Nacht kalt und unbefragbar machen würde. Der Mann fummelte an ihm herum; sein Ärmel rutschte zurück und ein Armbandkommunikator wurde sichtbar, der fast so schwer und komplex wie Miles' eigener war. Eines seiner Lichter blinkte. Miles schaute auf das Gerät. Ihm wurde plötzlich unbehaglich. Dieser Raum … »Übrigens, wer sind Sie?«

»Moglia, Chef der Sicherheitsabteilung der Ryoval-Biologielabors«, erwiderte der Mann fröhlich. »Zu Ihren Diensten, Sir.«

»Oh, das sind Sie in der Tat.« Miles' plötzlich so schwerfällige Finger kramten schneller in seiner Pfeilbox. Verdammt, verdammt, *verdammt*.

Die Tür sprang auf. »Keine Bewegung, Mister!«

Miles drückte den Knopf für Dichtstrahlalarm/Selbstzerstörung an seinem eigenen Kommunikator, warf die Hände hoch und schleuderte in der gleichen schnellen Bewegung den Kommunikator von sich. Nicht zufällig saß Moglia zwischen Miles und der Tür und hemmte so die Schußreflexe der hereinstürmenden Wachen. Der Kommunikator schmolz bei seinem Flug durch die Luft – der Ryoval-Sicherheitsdienst hatte keine Chance mehr, mit Hilfe des Kommunikators das draußen wartende Kommando aufzuspüren, und Bel würde zumindest wissen, daß etwas schiefgegangen war.

Der Sicherheitschef kicherte vor sich hin und war fasziniert damit beschäftigt, seine eigenen Finger zu zählen. Der rotgekleidete Wachsergeant mit seinem Kommando im Gefolge donnerte in den Raum, der sich für Miles jetzt als der Sicherheitsdienstraum erwies. Er riß Miles herum, knallte ihn mit dem Gesicht an die Wand und durchsuchte ihn mit tückischer Effizienz. Binnen weniger Augenblicke hatte er Miles einen klirrenden Haufen verräterischer Geräte abgenommen, dazu auch die Jacke, die Stiefel und den Gürtel. Miles klammerte sich an die Wand und zitterte unter dem Schmerz einiger kundig gesetzter Nervenhiebe und der schnellen Umkehrung seines Glücks.

Als der Sicherheitschef endlich dem Einfluß des Schnell-Penta entzogen war, zeigte er sich überhaupt nicht erfreut über das Geständnis des Sergeanten bezüglich der drei uniformierten Männer, die dieser zuvor an diesem Abend gegen ein Bußgeld hatte laufen lassen. Er versetzte die gesamte Wachschicht in Alarmbereitschaft und schickte einen bewaffneten Trupp los, der die flüchtigen Dendarii aufspüren sollte. Mit einem besorgten Gesichtsausdruck, der sehr dem des Wachsergeanten während seines zerknirschten Geständnisses glich – gemischt mit säuerlicher Befriedigung beim Blick auf Miles und einem Ekelgefühl von der Droge –, machte er dann einen Vid-Anruf.

»Mylord?« sagte der Sicherheitschef vorsichtig.

»Was ist los, Moglia?« Baron Ryovals Gesicht war schläfrig und gereizt.

»Es tut mir leid, daß ich Sie stören muß, Sir, aber ich dachte, Sie würden gerne etwas über den Eindringling erfahren, den wir hier gerade gefangen haben. Kein gewöhnlicher Dieb, nach seinen Kleidern und seiner Ausrüstung zu schließen. Der Kerl sieht seltsam aus, eine Art großer Zwerg. Er hat sich durch die Rohrleitungen hereingequetscht.« Zum Beweis hielt Moglia die Gewebeaufbewahrungsbox, die chipgesteuerten Alarmausschaltungsinstrumente und Miles' Waffen hoch. Der Sergeant schleifte Miles in den Aufnahmebereich der Vid-Kamera. »Er hat eine Menge Fragen über das Bharaputra-Monster gestellt.«

Ryoval öffnete die Lippen. Dann leuchteten seine Augen auf, er warf den Kopf zurück und lachte. »Ich hätte es mir denken können. Stehlen, wenn man kaufen sollte. Was, Admiral?« gluckste er. »Oh, sehr gut, Moglia!«

Der Sicherheitschef blickte etwas weniger nervös drein. »Kennen Sie diesen kleinen Mutanten, Mylord?«

»Aber ja. Er nennt sich Miles Naismith. Ein Söldner – bezeichnet sich selbst als Admiral. Hat sich selber dazu befördert, ohne Zweifel. Ausgezeichnete Arbeit, Moglia. Halten Sie ihn fest, ich komme dann am Morgen rüber und befasse mich persönlich mit ihm.«

»Wie festhalten, Sir?«

Ryoval zuckte die Achseln. »Amüsieren Sie sich. Nach Belieben.«

Als Ryovals Bild erloschen war, hefteten sich die finsteren Blicke des Sicherheitschefs und des Wachsergeanten abwägend auf Miles.

Ein stämmiger Wächter hielt Miles fest, während der Sicherheitschef seine Gefühle erleichterte und Miles einen Schlag in den Bauch versetzte. Aber dem Chef war noch zu übel von der Droge, als daß er dieses Vergnügen wirklich richtig hätte genießen können. »Sie sind gekommen, um Bharaputras Spielzeugsoldaten zu sehen, nicht war?« keuchte er und rieb sich selbst die Magengrube.

Der Sergeant fing den Blick seines Chefs auf. »Wissen Sie, ich glaube, wir sollten ihm seinen Wunsch erfüllen.«

Der Sicherheitschef rülpste und lächelte dann, als hätte er eine wonnigliche Vision. »Ja …«

Mit dem Armen auf dem Rücken wurde Miles von dem stämmigen Wächter durch einen Komplex von Korridoren und Liftröhren hinuntergeschleppt; dabei betete er darum, daß man ihm nicht die Arme brechen möge. Der Sergeant und der Sicherheitschef folgten. Sie nahmen ein letztes Liftrohr zum allertiefsten Geschoß des Gebäudes, einem staubigen Keller, der mit gelagerten und ausrangierten Geräten und Vorräten vollgestopft war. Sie gingen auf eine geschlossene Luke im Boden zu und öffneten sie. Eine Leiter aus Metall führte in die Dunkelheit.

»Das letzte, was wir dort hinuntergeworfen haben, war eine Ratte«, informierte der Sergeant Miles freundlich. »Neun hat ihr sofort den Kopf abgebissen. Neun wird sehr hungrig. Hat einen Stoffwechsel wie ein Hochofen.«

Der Wächter stellte Miles auf die Leiter und zwang ihn hinunterzusteigen, indem er einfach mit einem Schlagstock nach Miles' Händen drosch. Miles hing gerade außerhalb der Reichweite des Stocks und äugte auf den schwach beleuchteten Steinboden unter sich. Der Rest waren Säulen und Schatten und kalte Feuchtigkeit.

»Neun!« rief der Sergeant in die Dunkelheit, aus der das Echo antwortete. »Neun! Abendessen! Komm und hol's dir!«

Der Sicherheitschef lachte spöttisch, dann faßte er sich an den Kopf und stöhnte leise.

Ryoval hatte gesagt, er wolle sich am Morgen persönlich mit Miles befassen. Sicher hatten die Wachen das so verstanden, daß ihr Boss einen lebendigen Gefangenen haben wollte. Oder? »Ist das das Verlies?« Miles spuckte Blut und blickte sich um.

»Nein, nein, nur ein Keller«, versicherte der Sergeant ihm fröhlich. »Das Verlies ist für die *zahlenden* Kunden. He, he, he.« Mit einem Lachen über seinen eigenen unwiderstehlichen Humor warf er die Luke zu. Der Mechanismus des Verschlusses klirrte, dann war Stille.

Durch seine Socken spürte Miles die Kälte der Sprossen der Leiter. Er hakte einen Arm um einen Leiterholm und schob eine Hand in die Achselhöhle seines schwarzen T-Shirts, um sie kurz zu wärmen. Bis auf einen Essensriegel und sein Taschentuch waren die Taschen seiner grauen Hosen leer.

Miles hing lange Zeit an der Leiter. Hinaufzusteigen war sinnlos; hinabzusteigen war nicht sonderlich verlockend. Allmählich begann der Schmerz in den Ganglien abzuflauen, und der körperliche Schock ließ nach. Immer noch blieb er hängen. In der Kälte.

Es hätte auch schlimmer sein können, sagte sich Miles. Der Sergeant und sein Trupp hätten auch zu dem Schluß kommen können, mit ihm ›Lawrence von Arabien und die sechs Türken‹ zu spielen. Kommodore Tung, Miles' Stabschef bei den Dendarii und ein ausgewiesener Fachmann für Militärgeschichte, hatte Miles kürzlich mit einer Serie klassischer militärischer Memoiren versehen. Wie war Oberst Lawrence aus einer ähnlichen Klemme entkommen? Ach ja, er hatte den Narren gespielt und die Leute, die ihn gefangen hatten, dazu gebracht, ihn in den Dreck hinauszuschmeißen. Tung mußte dieses Buchfax auch Murka aufgedrängt haben.

Die Dunkelheit war nur relativ, wie Miles entdeckte, als seine Augen sich angepaßt hatten. Schwach leuchtende Paneele, die da und dort in der Decke eingelassen waren, strömten ein mattes gelbes Licht aus. Er stieg die letzten zwei Meter hinunter und stand dann auf dem festen Felsen.

Er stellte sich das Nachrichtenfax zu Hause auf Barrayar vor: *Leiche eines kaiserlichen Offiziers im Traumpalast eines Fleischzaren gefunden. Tod durch Erschöpfung?* Verdammt, das war nicht das glorreiche Opfer im kaiserlichen Dienst, das auf sich zu nehmen er einst geschworen hatte. Das hier war einfach peinlich. Vielleicht würde Bharaputras Kreatur die Indizien auffressen.

Mit diesen trüben Gedanken begann er von Säule zu Säule zu humpeln. Dabei hielt er immer wieder an, lauschte und blickte um sich. Vielleicht gab es woanders noch eine weitere Leiter. Vielleicht gab es eine Luke, die jemand abzusperren vergessen hatte. Vielleicht gab es noch Hoffnung.

Vielleicht bewegte sich da etwas im Schatten, genau hinter dieser Säule …

Miles hielt den Atem an, dann atmete er wieder weiter, als sich die Bewegung als fette Albinoratte von der Größe eines Gürteltiers entpuppte. Sie machte kehrt, als sie ihn erblickte, und watschelte schnell davon. Ihre Zehen klickten auf dem Felsboden. Nur eine entflohene Laborratte. Eine verdammt große Ratte, aber immerhin nur eine Ratte.

Mit unglaublicher Geschwindigkeit schlug von irgendwoher der riesige Schatten zu. Er packte die Ratte am Schwanz, schleuderte das quiekende Tier gegen eine Säule und drosch ihm mit einem Knirschen das Hirn aus dem Kopf. Ein großer, klauenartiger Fingernagel blitzte auf, und der weiße pelzige Körper wurde vom Hals bis zum After aufgeschlitzt. Flinke Finger zogen der Ratte das Fell ab. Blut spritzte. Miles sah die Reißzähne erst, als sie zubissen, das Fleisch aufrissen und sich in die Muskeln der Ratte gruben.

Die Reißzähne waren funktionsfähig, nicht bloß zum Schmuck. Sie saßen in einem vorstehenden Kiefer mit langen Lippen und einem breiten Mund; doch der Gesamteindruck war eher wölfisch als affenähnlich. Eine flache Nase mit einem breiten Rücken, mächtige Augenbrauen, hohe Wangenknochen. Das dunkle Haar war schmutzig und verfilzt. Und ja, volle acht Fuß groß, ein schlaksiger Körper mit festen Muskeln.

Wieder die Leiter hinaufzuklettern würde nicht helfen; die Kreatur konnte ihn direkt runterklauben und wie die Ratte schwenken. An einer Säule in die Höhe klettern? Ach, was gäbe er jetzt für Finger und Zehen mit Saugnäpfen; an so etwas hatte das Biotechnik-Komitee leider nicht gedacht. Stehenbleiben und versuchen, unsichtbar zu sein? Da ihm nichts besseres einfiel, ergriff Miles diese letzte Verteidigungsmethode – er war vor Schreck gelähmt.

Die großen Füße, nackt auf dem kalten Fels, hatten auch klauenartige Zehennägel. Aber die Kreatur war bekleidet, in einem Gewand aus grünem Labortuch: sie trug einen kimonoähnlichen, gegürteten Mantel und weite Hosen. Und noch etwas fiel ihm auf....

Keiner hat mir gesagt, daß das Ding weiblich ist.

Sie hatte die Ratte fast verspeist, als sie aufblickte und Miles sah. Mit blutigen Lefzen und blutigen Händen erstarrte sie ebenso wie er.

Mit einer krampfartigen Bewegung zog Miles den zerdrückten Essensriegel aus seiner Hosentasche und reichte ihn ihr mit der ausgestreckten Hand. »Nachspeise?« sagte er mit einem hysterischen Lächeln.

Sie ließ die abgenagte Ratte fallen, schnappte den Riegel aus seiner Hand, riß die Verpackung ab und verschlang ihn. Dann trat sie auf ihn zu, packte ihn am Arm und an dem schwarzen T-Shirt und hob ihn hoch. Die Klauen stachen ihm in die Haut; seine Füße baumelten in der Luft. Ihr Atem roch etwa so, wie er es vermutet hatte. Ihre Augen waren gerötet. »Wasser!« krächzte sie.

Keiner hat mir gesagt, daß sie spricht!

»Hm, hm – Wasser«, ächzte Miles. »Ganz richtig. Hier sollte es irgendwo Wasser geben – schau mal da oben, die Decke, all diese Rohre. Wenn du mich herunterläßt, liebes Mädchen, dann werde ich versuchen, ein Wasserrohr oder so was ausfindig zu machen…«

Langsam setzte sie ihn wieder auf die Füße und ließ ihn los. Er zog sich vorsichtig zurück und streckte die offenen Hände aus. Er räusperte sich und bemühte sich wieder um einen leisen, besänftigenden Ton. »Versuchen wir's da drüben. Die Decke wird dort niedriger, das heißt, der Felsen steigt dort an… dort drüben, neben dieser Leuchttafel, da, die dünnen Plastikrohre – Weiß ist für gewöhnlich der Farbcode für Wasser. Wir wollen nicht Grau, das ist Abwasser, oder Rot, das ist die Energie-Optik…« Ganz egal, was sie davon verstand, bei solchen Kreaturen kam es auf den Ton an. »Wenn du… hm… mich auf deinen Schultern hochheben könntest, dann könnte ich vielleicht dort diese Verbindung lockern…« Er gestikulierte pantomimisch und war sich dabei unsicher, was davon überhaupt zu der Intelligenz durchdrang, die vielleicht hinter diesen schrecklichen Augen liegen mochte.

Die blutigen Hände, leicht doppelt so groß wie seine eigenen, packten ihn abrupt bei den Hüften und hoben ihn hoch. Er umklammerte das weiße Rohr und ruckte Zentimeter um Zentimeter vor zu einer Schraubverbindung. Ihre kräftigen Schultern unter seinen Füßen bewegten sich mit ihm mit. Ihre Muskeln bebten, nicht alles Zittern kam von ihm selbst. Die Verbindung war fest zugedreht – er brauchte Werkzeug – er drehte mit aller Kraft daran, und begab sich in die Gefahr, daß seine spröden Fingerknochen brachen. Plötzlich quietschte das Verbindungsstück und bewegte sich. Es gab nach, der Ring bewegte sich, Wasser begann zwischen seinen Fingern zu spritzen. Noch eine Drehung, und die Verbindung löste sich. Wasser strömte in einem hellen Bogen auf den Felsen hinab.

In ihrer Hast ließ sie ihn fast fallen. Sie brachte ihren weit aufgerissenen Mund unter den Wasserstrahl, ließ das Wasser direkt in den Mund und über das Gesicht plätschern, hustete dabei und war noch gieriger bei der Sache als beim Fressen der Ratte. Sie trank und trank und trank. Sie ließ das Wasser über ihre Hände fließen, über das Gesicht und den Kopf, wusch das Blut ab und trank dann noch mehr. Miles glaubte schon fast, sie würde nie mehr aufhören, aber schließlich trat sie vom Wasser zurück, schob sich das nasse Haar aus den Augen und starrte auf ihn herab. Sie starrte ihn fast eine ganze Minute lang an, dann schrie sie plötzlich: »Kalt!«

Miles fuhr zusammen. »Ach so... kalt... ja, richtig. Mir ist auch kalt, meine Socken sind naß. Wärme, du möchtest Wärme haben. Laß mal sehen. Hm, versuchen wir's mal dort hinten, wo die Decke noch niedriger ist. Hier hat es keinen Zweck, die Wärme würde sich bloß dort oben sammeln, das würde nichts nützen...« Sie folgte ihm mit der Aufmerksamkeit einer Katze, die eine... nun ja... Ratte verfolgte, während er um die Säulen herum dorthin schlitterte, wo der Boden sich so weit hob, daß wirklich nur noch Raum zum Kriechen war, etwa vier Fuß hoch. Dort befand sich das niedrigste Rohr, das er finden konnte. »Wenn wir das öffnen könnten«, er zeigte auf ein Plastikrohr, das etwa den gleichen Umfang hatte wie seine Taille, »das ist voll mit heißer Luft, die da unter Druck durchgepumpt wird. Diesmal gibt es aber keine praktischen Verbindungsstücke.« Er starrte das Rohr an und versuchte eine Lösung des Rätsels zu finden. Dieses Plastik war außerordentlich hart.

Sie kauerte sich hin und zog an dem Rohr, dann legte sie sich auf den Rücken und stieß mit den Füßen dagegen, schließlich schaute sie ihn traurig an.

»Versuch es mal so!« Nervös nahm er ihre Hand,

führte sie zu dem Rohr und ließ sie mit ihren harten Fingernägeln lange Kratzer um das Rohr ziehen. Sie kratzte und kratzte, dann schaute sie ihn wieder an, als wollte sie sagen: *Das funktioniert nicht!*

»Versuch jetzt wieder zu stoßen und zu ziehen«, schlug er vor.

Sie wog wohl dreihundert Pfund, und beim nächsten Versuch setzte sie ihr ganzes Gewicht ein, stieß zuerst mit den Füßen zu, dann packte sie das Rohr, stemmte ihre Füße gegen die Decke und zog mit aller Kraft am Rohr. Es brach entlang den Kratzlinien. Sie fiel mit dem Rohr auf den Boden; heiße Luft zischte heraus. Sie hielt die Hände und das Gesicht in die warme Luft, setzte sich auf die Fersen und ließ die Wärme über sich hinwegwehen. Miles kauerte sich hin, zog die Socken aus und legte sie zum Trocknen auf das warme Rohr. Jetzt wäre eine gute Gelegenheit zum Wegrennen gewesen, wenn nur gewußt hätte, wohin. Aber er zögerte, seine Beute aus den Augen zu lassen. Seine Beute? Er dachte an den unschätzbaren Wert ihres linken Wadenmuskels, während sie auf dem Felsen saß und das Gesicht zwischen den Knien verbarg.

Keiner hat mir gesagt, daß sie weint.

Er holte sein Armeetaschentuch heraus, ein altertümliches Stoffquadrat. Er hatte nie den Grund verstanden, weshalb die Soldaten mit diesem Taschentuch ausgestattet wurden, außer vielleicht, daß es dort, wohin die Soldaten gingen, Tränen gab. Er reichte es ihr. »Hier. Trockne dir die Augen damit!«

Sie nahm es, schneuzte ihr große, flache Nase damit und wollte es ihm zurückgeben.

»Behalt es«, sagte Miles. »Ach... wie heißt du eigentlich?«

»Neun«, knurrte sie. Nicht feindselig, es war einfach nur die Art, wie ihre angespannte Stimme aus dieser großen Kehle klang. »Wie heißt du?«

Du lieber Himmel, ein vollständiger Satz. Miles blinzelte. »Admiral Miles Naismith.« Er ließ sich mit überkreuzten Beinen nieder.

Sie blickte auf, wie versteinert. »Ein Soldat? Ein *echter Offizier?«* Und dann voller Zweifel, als sähe sie ihn zum erstenmal genau: »Du?«

Miles räusperte sich entschlossen. »Ganz echt. Bloß habe ich im Augenblick etwas Pech«, gab er zu.

»Ich auch«, sagte sie düster und schniefte. »Ich weiß nicht, wie lange ich schon in diesem Keller bin, aber jetzt habe ich zum erstenmal getrunken.«

»Drei Tage, glaube ich«, sagte Miles. »Hat man dir auch nichts zu Essen gegeben?«

»Nein.« Sie blickte zornig drein; angesichts ihrer Reißzähne war die Wirkung überwältigend. »Das hier ist schlimmer als alles, was sie mit mir im Labor gemacht haben, und ich hatte schon gedacht, dort wäre es schlimm.«

Das, was du nicht weißt, kann dich nicht verletzen, lautete die alte Redensart. Miles dachte an seinen Plankubus. Dann schaute er Neun an. Er stellte sich vor, wie er den sorgfältig ausgearbeiteten Strategieplan für diese ganze Mission zart zwischen Daumen und Zeigefinger nahm und ihn in einen Müllschlucker warf. Er dachte an die Rohrleitungen in der Decke. Neun würde da nie durchpassen ...

Sie strich sich mit ihren Klauen das Haar aus dem Gesicht und starrte ihn mit neu erwachter Wildheit an. Ihre Augen waren von einem seltsam hellen Haselnußbraun, was den wölfischen Eindruck noch erhöhte. »Was tust du *wirklich* hier? Ist das wieder ein Test?«

»Nein, das ist das echte Leben.« Miles Lippen zuckten. »Ich ... äh ... habe einen Fehler gemacht.«

»Ich glaube, ich auch«, sagte sie und neigte den Kopf.

Miles zog an seiner Unterlippe und musterte sie mit

zusammengekniffenen Augen. »Ich überlege, was für eine Art Leben du gehabt hast«, sagte er, halb zu sich selbst.

Sie ging auf seine Frage buchstäblich ein. »Ich habe bei gemieteten Pflegeeltern gelebt, bis ich acht war. Wie es die Klons tun. Dann fing ich an, groß und schwerfällig zu werden – da brachte man mich ins Labor, damit ich dort lebte. Es war in Ordnung, ich hatte es warm und jede Menge zu Essen.«

»Wenn man ernsthaft vorhatte, aus dir einen Soldaten zu machen, dann kann man dich nicht zu … einfach gemacht haben. Wie hoch ist wohl dein IQ?« überlegte er laut.

»135.«

Miles war wie vor den Kopf geschlagen. »Ich … verstehe. Hast du je … eine Ausbildung bekommen?«

Sie zuckte die Achseln. »Ich habe eine Menge Tests gemacht. Sie waren … OK. Außer bei den Aggressionsexperimenten. Ich hasse Elektroschocks.« Sie dachte kurz nach. »Ich mag auch keine Experimentalpsychologen. Die erzählen einem nur Lügen.« Ihre Schultern sackten herab. »Auf jeden Fall habe ich versagt. Wir alle haben versagt.«

»Wie kann man wissen, ob ihr versagt habt, wenn ihr nie eine richtige Ausbildung hattet?« sagte Miles verächtlich. »Der Soldatenberuf umfaßt die komplexesten Arten erlernten kooperativen Verhaltens, das man je entwickelt hat – ich habe jahrelang Strategie und Taktik studiert, und ich weiß noch nicht einmal die Hälfte davon. Es ist alles *hier oben*.« Er drückte die Hand an die Stirn.

Sie warf ihm einen prüfenden Blick zu. »Wenn das so ist«, sie drehte ihre großen Hände mit den Klauen herum, »warum hat man mir dann *dies* angetan?«

Miles stutzte. Seine Kehle war seltsam trocken. *Also, Admirale lügen auch. Manchmal belügen sie sich sogar selber.* Nach einem unbehaglichen Schweigen fragte er:

»Hast du nie daran gedacht, ein Wasserrohr aufzubrechen?«

»Man wird bestraft, wenn man etwas zerbricht. Zumindest ich wurde bestraft. Vielleicht du nicht, du bist ein Mensch.«

»Hast du je daran gedacht zu fliehen, auszubrechen? Es ist die Pflicht eines Soldaten zu fliehen, wenn er vom Feind gefangen wird. Überleben, Flucht, Sabotage, in dieser Reihenfolge.«

»Feind?« Sie blickte nach oben, wo das ganze Gewicht des Hauses Ryoval über ihr dräute. »Wer sind meine Freunde?«

»Ach, ja. Das ist ... der springende Punkt.« Und wohin sollte ein acht Fuß großes genetisches Konstrukt mit Reißzähnen fliehen? Er holte tief Luft. Keine Frage, was sein nächster Schritt sein mußte. Pflicht, Eigennutz, Überleben, sie alle zwangen ihn dazu. »Deine Freunde sind näher, als du denkst. Was glaubst du, warum ich hierher gekommen bin?« *Warum wirklich?*

Sie warf ihm einen verdutzten Blick zu.

»Ich bin wegen dir gekommen. Ich hatte von dir gehört. Ich suche ... Rekruten. Oder ich suchte. Es ging schief, und jetzt bin ich auf der Flucht. Aber wenn du mit mir kämst, dann könntest du dich den Dendarii-Söldnern anschließen. Eine Elitetruppe – die immer gute Männer und Frauen sucht. Ich habe da einen Stabssergeanten, der ... der einen Rekruten wie dich *braucht.*« Nur allzu wahr. Sergeant Dyeb war berüchtigt für seine säuerliche Einstellung gegenüber weiblichen Soldaten; er behauptete immerzu, sie seien zu weich. Jeder weibliche Rekrut, der seinen Ausbildungslehrgang überlebte, hatte am Ende eine hochentwickelte Aggression. Miles stellte sich Dyeb vor, wie er aus einer Höhe von etwa acht Fuß an seinen Zehen herabbaumelte ... Dann zügelte er seine Phantasie zugunsten der Konzentration auf die gegenwärtige Krise. Neun schaute ihn an ... unbeeindruckt.

»Sehr komisch«, sagte sie kühl, worauf Miles sich einen Augenblick lang fragte, ob sie vielleicht mit dem Telepathie-Genkomplex ausgestattet sei – nein, sie stammte aus der Zeit davor –, »aber ich bin nicht einmal ein Mensch. Oder hattest du das nicht gewußt?«

Miles hob vorsichtig die Schultern. »Ein Mensch ist, wer sich wie ein Mensch benimmt.« Er zwang sich, die Hand auszustrecken und ihre feuchte Wange zu berühren. »Tiere weinen nicht, Neun.«

Sie zuckte zusammen, als hätte sie einen elektrischen Schock bekommen. »Tiere lügen nicht. Menschen schon. Die ganze Zeit.«

»Nicht die *ganze* Zeit.« Er hoffte, sie würde in dem trüben Licht nicht merken, wie er errötete. Sie sah ihn eindringlich an.

»Beweise es.« Sie saß mit überkreuzten Beinen da und neigte den Kopf zur Seite. Ihre blaßgoldenen Augen musterten ihn plötzlich nachdenklich.

»Hm … gewiß. Wie?«

»Leg deine Kleider ab.«

»… was?«

»Leg deine Kleider ab und leg dich mit mir hin, wie es die *Menschen* tun. Männer und Frauen.« Sie streckte ihre Hand aus und berührte seinen Hals.

Der Druck ihrer Klauen grub sich in sein Fleisch. »Brlp?« würgte Miles. Er riß die Augen weit auf. Etwas mehr Druck, und er würde bluten. *Ich werde gleich sterben …*

Sie starrte ihm mit einem seltsamen, erschreckenden, unendlich tiefen Hunger an. Dann ließ sie ihn abrupt los. Er sprang auf und schlug sich den Kopf an der niedrigen Decke an. Und fiel wieder hin. Die Sterne in seinen Augen hatten nichts mit Liebe auf den ersten Blick zu tun.

Ihre Lippen kräuselten sich über den Reißzähnen, und sie stöhnte verzweifelt. »Häßlich«, heulte sie auf und kratzte sich mit den klauenartigen Fingernägeln über die Wangen. Es blieben rote Furchen zurück. »Zu *häßlich* … Tier … du glaubst *nicht*, daß ich ein Mensch bin …« Sie schien vor zerstörerischer Entschlossenheit zu bersten.

»Nein, nein, nein!« stammelte Miles, fiel auf die Knie, packte ihre Hände und zog sie zu sich herab. »Darum geht es nicht. Es ist einfach … äh – wie alt bist du überhaupt?«

»Sechzehn.«

Sechzehn. Du lieber Himmel! Er erinnerte sich daran, wie es mit sechzehn war. Sexbesessen und jeden Augenblick vor Herzeleid sterbend. Ein schreckliches Alter, wenn man in einem verdrehten, zerbrechlichen, unnormalen Körper gefangen war. Gott allein wußte, wie er seinen eigenen Selbsthaß damals überlebt hatte. Nein – er erinnerte sich daran, wie er überlebt hatte. *Er* war von jemandem gerettet worden, der ihn geliebt hatte. »Bist du nicht ein bißchen jung dafür?« fragte er mit einer gewissen Hoffnung.

»Wie alt warst du?«

»Fünfzehn«, gab er zu, bevor er daran dachte zu lügen. »Aber … es war traumatisch. Hat auf lange Sicht nicht funktioniert.«

Ihre Klauen kehrten wieder ihrem Gesicht zu.

»Tu das nicht!« schrie er und klammerte sich an ihre Hände. Das Ganze erinnerte ihn zu sehr an die Episode mit Sergeant Bothari und dem Messer. Der Sergeant hatte Miles damals das Messer mit Gewalt abgenommen. Diese Möglichkeit hatte Miles hier nicht. »*Beruhige* dich doch!« schrie er sie an.

Sie zögerte.

»Es ist einfach so, ein Offizier und Gentleman schmeißt sich nicht einfach so auf seine Dame auf dem nackten Boden. Man … man setzt sich zusammen, macht es sich gemütlich, unterhält sich ein bißchen, trinkt ein bißchen Wein, spielt ein bißchen Musik … entspannt sich. Du bist ja noch kaum aufgewärmt.

Komm, setz dich hierher, wo es am wärmsten ist.« Er dirigierte sie näher an die aufgebrochene Heizluftleitung heran, kniete sich hinter sie und versuchte ihren Nacken und ihre Schultern zu massieren. Ihre Muskeln waren angespannt, unter seinen Daumen fühlten sie sich wie Felsen an. Jeder Versuch von seiner Seite, sie zu erdrosseln, wäre sichtlich vergeblich gewesen.

Ich kann es einfach nicht glauben. Eingesperrt in Ryovals Keller mit einem sexhungrigen Teenager-Werwolf. In keinem meiner Handbücher von der Kaiserlichen Akademie war darüber je die Rede ... Er erinnerte sich an seinen Auftrag, ihren linken Wadenmuskel lebend auf die *Ariel* zu bringen. *Dr. Canaba, wenn ich überlebe, dann werden Sie und ich ein nettes kleines Gespräch über diesen Punkt haben ...*

Ihre Stimme klang dumpf vor Kummer. »Du denkst, ich bin zu groß.«

»Überhaupt nicht.« Er hatte seine Fassung teilweise wieder gewonnen und konnte schneller lügen. »Ich bete große Frauen an, da kannst du jeden fragen, der mich kennt. Außerdem habe ich vor einiger Zeit die glückliche Erfahrung gemacht, daß der Größenunterschied nur eine Rolle spielt, wenn man steht. Wenn man sich hinlegt, dann ist es ... äh ... ein geringeres Problem ...« Alles, was er bisher durch Versuch und Irrtum – meistens Irrtum – über Frauen gelernt hatte, wirbelte ihm jetzt unwillkürlich durch den Kopf. Es war schrecklich. Was *wollten* Frauen eigentlich?

Er rutschte um sie herum und nahm ernsthaft ihre Hand. Sie starrte ihn ebenso ernst an und wartete auf eine ... *Anleitung.* In diesem Augenblick erkannte Miles, daß er seiner ersten Jungfrau gegenübersaß. Einige Sekunden lang lächelte er sie total gelähmt an. »Neun ... du hast es noch nie zuvor getan, nicht wahr?«

»Ich habe Vids gesehen.« Sie runzelte nachdenklich die Stirn. »Gewöhnlich fangen sie mit Küssen an, aber ...«, sie zeigte mit einer vagen Geste auf ihren mißgestalteten Mund, »vielleicht möchtest du nicht.«

Miles versuchte, nicht an die kürzlich ums Leben gekommene Ratte zu denken. Schließlich hatte man sie ja systematisch ausgehungert. »Vids können sehr irreführend sein. Für Frauen braucht es Übung – besonders beim erstenmal –, die eigenen Körperreaktionen kennenzulernen, haben mir weibliche Bekannte gesagt. Ich fürchte, ich könnte dich verletzen.« *Und dann wirst du mir den Bauch aufschlitzen.*

Sie blickte ihm in die Augen. »Das geht schon in Ordnung. Ich habe eine sehr hohe Schmerzgrenze.«

Aber ich nicht.

Das Ganze war verrückt. Sie war verrückt. *Er* war verrückt. Doch er spürte, wie eine Faszination für dieses ... Ansinnen wie ein Nebel aus seinem Unterleib in sein Gehirn emporstieg. Ohne Zweifel war sie das größte weibliche Wesen, das er je treffen würde. Mehr als eine Frau aus seiner Bekanntschaft hatte ihn beschuldigt, er wolle gern bergsteigen. Jetzt konnte er das ein für allemal aus seinem System ausscheiden ...

Verdammt, ich glaube, sie würde auf ihre Kosten kommen. Sie war nicht ohne einen gewissen ... Charme war nicht das Wort – eine gewisse Art von Schönheit, die man im Starken, Schnellen, im Athletischen und in der funktionierenden Form finden konnte. Wenn man sich einmal an den *Maßstab* gewöhnte. Sie strahlte eine weiche Hitze aus, die er von seinem Platz aus spürte – *animalischer Magnetismus?* schlug der unterdrückte Beobachter in seinem Hinterkopf vor. Kraft? Power? Was immer sonst es war, es wäre sicher *erstaunlich.*

Einer der bevorzugten Aphorismen seiner Mutter schoß ihm durch den Kopf. *Alles, was wert ist, getan zu werden,* sagte sie immer, *ist es wert, gut getan zu werden.*

Verwirrt wie ein Betrunkener, ließ er die Krücken der Logik zugunsten der Schwingen der Inspiration fallen. »Nun denn, Doktor«, hörte er sich selbst murmeln, »wagen wir uns an das Experiment.«

Eine Frau zu küssen, die Reißzähne hatte, war wirklich eine ungewöhnliche Erfahrung. Daß diese Küsse erwidert wurden – sie lernte offensichtlich schnell –, war noch ungewöhnlicher. Ihre Arme umschlangen ihn ekstatisch, und von da an verlor er irgendwie die Kontrolle über die Situation. Als er allerdings später keuchend wieder etwas Luft bekam, schaute er sie an und fragte: »Neun, hast du je von der Schwarzen Witwe gehört?«

»Nein … was ist das?«

»Ach, mach dir keine Gedanken«, sagte er leichthin.

Es lief alles recht unbeholfen und linkisch, aber aufrichtig, und als sie es hinter sich hatten, standen in ihren Augen Tränen der Freude, nicht des Schmerzes. Sie schien enorm Gefallen an ihm gefunden zu haben. Er war so entspannt, daß er tatsächlich für ein paar Minuten einschlief, mit ihrem Leib als Kissen.

Als er aufwachte, lachte er.

»Du hast wirklich die elegantesten Backenknochen«, sagte er zu ihr und fuhr mit einem Finger der Linie ihrer Wangen nach. Sie neigte sich seiner Bewegung entgegen und kuschelte sich an ihn und gleicherweise an das Heizungsrohr. »Auf meinem Schiff gibt es eine Frau, die ihr Haar in einer Art Zopf geflochten auf dem Rücken trägt – das würde bei dir einfach großartig aussehen. Vielleicht könnte sie dir zeigen, wie man das macht.«

Sie zog eine Strähne ihrer Haare nach vorne und betrachtete sie schielend, als wollte sie durch die zerzausten und schmutzigen Haare hindurchschauen. Dann berührte sie ihn ihrerseits. »Du siehst sehr gut aus, Admiral.«

»Was? Ich?« Er fuhr sich mit der Hand über seinen Stoppelbart, seine scharfen Gesichtszüge, seine alten Schmerzensfalten … *Sie muß wohl von meinem vorgeblichen Rang geblendet sein, was?*

»Dein Gesicht ist sehr ... lebendig. Und deine Augen sehen, worauf sie schauen.«

»Neun ...« Er räusperte sich, machte eine kleine Pause. »Verdammt, das ist kein Name, das ist eine Nummer. Was ist mit Zehn passiert?«

»Er ist gestorben.« *Vielleicht werde ich auch bald sterben,* fügten ihre Augen stumm hinzu, bevor sie die Lider zufallen ließ.

»Hat man dich immer nur Neun genannt?«

»Meine eigentliche Bezeichnung ist ein langer Biocomputer-Code.«

»Na ja, eine Personalnummer haben wir alle«, Miles fiel ein, daß er sogar zwei hatte, »aber dich nur mit einer Zahl zu benennen ist doch absurd. Ich kann dich nicht Neun nennen. Das klingt ja nach einem Roboter. Du brauchst einen richtigen Namen, einen Namen, der zu dir paßt.« Er lehnte sich an ihre warme nackte Schulter – sie war wie ein Schmelzofen; was die anderen über ihren Stoffwechsel gesagt hatten, stimmte – und verzog die Lippen zu einem Grinsen. »Taura.«

»Taura?« Ihr breiter Mund gab diesem Namen einen schwungvollen Beiklang. »... das ist zu schön für mich.«

»Taura«, wiederholte er mit Nachdruck. »Schön, aber stark. Voller geheimer Bedeutungen. Perfekt. Ach, da wir von Geheimnissen sprechen ...« War jetzt der Zeitpunkt gekommen, ihr davon zu erzählen, was Dr. Canaba in ihre linke Wade eingepflanzt hatte? Oder wäre sie verletzt, wie eine Frau, der man nur um ihres Geldes willen heuchlerisch den Hof gemacht hatte? Oder wie ein Mann, der nur wegen seines Titels umworben wurde? Miles wurde unsicher. »Ich glaube, jetzt, wo wir uns besser kennen, ist es Zeit für uns, von hier abzuhauen.«

Sie blickte um sich, in die grimmige Düsternis. »Und wie?«

»Nun, das müssen wir halt herausfinden, oder? Ich

bekenne, daß ich da immer gleich an Rohrleitungen denke.« Natürlich nicht an das Heizungsrohr. Um da reinzupassen, hätte er monatelang fasten müssen, und außerdem würde er darin schmoren. Er löste sich von ihr und zog sein schwarzes T-Shirt über – seine Hose hatte er sofort nach dem Aufwachen angezogen, denn der Steinboden saugte von allem Fleisch, das ihn berührte, erbarmungslos alle Wärme ab. Dann rappelte er sich auf die Beine. Du lieber Himmel! Allmählich war er für so etwas schon zu alt. Die Sechzehnjährige besaß offensichtlich die physische Elastizität einer kleinen Göttin. Worauf hatte er es mit sechzehn getrieben? Auf Sand, ach ja. Er schüttelte sich bei der Erinnerung, was der Sand gewissen sensiblen Körperöffnungen zugefügt hatte. Vielleicht war kalter Stein alles in allem doch nicht so schlecht.

Sie holte ihren blaßgrünen Mantel und die Hosen unter sich hervor, zog sich an und folgte ihm geduckt, bis die Decke genügend hoch war, daß sie aufstehen konnte.

Sie durchstreiften den unterirdischen Raum. Es gab vier Leitern mit Luken, die alle verschlossen waren. Auf der bergab führenden Seite gab es eine versperrte Zufahrt. Ein direkter Ausbruch dürfte am einfachsten sein, aber wenn er nicht sofort Kontakt mit Thorne aufnehmen konnte, dann bedeutete es einen Fußmarsch von 27 Kilometern bis zur nächsten Stadt. Und das im Schnee, er in Socken, sie barfuß. Und wenn sie dort ankämen, dann wäre er sowieso nicht in der Lage, das Vidnetz zu benutzen, da seine Kreditkarte noch oben in der Sicherheitszentrale weggesperrt war. In Ryovals Stadt sich an die Fürsorge zu wenden, wäre ein zweifelhaftes Unternehmen. Also, sollten sie sofort ausbrechen und es dann später bereuen, oder hier bleiben, versuchen sich auszurüsten, eine erneute Gefangennahme riskieren und – es dann eher bereuen? Taktische Entscheidungen waren ein solcher Spaß.

Die Rohrleitungen gewannen die Oberhand. Miles zeigte hinauf zu der wahrscheinlich nützlichsten. »Glaubst du, du kannst die dort aufbrechen und mich hineinschieben?« fragte er Taura.

Sie musterte das Rohr und nickte. Ihr Gesicht bekam einen verschlossenen Ausdruck. Sie reckte sich hoch und arbeitete sich zu einer mit Weichmetall verkleideten Verbindung vor, schob ihre klauenharten Fingernägel unter den Streifen und riß ihn ab. Sie drückte die Finger in den Schlitz und hängte sich an das Rohr, als wollte sie einen Klimmzug machen. Das Rohr bog sich unter ihrem Gewicht und öffnete sich. »Hier«, sagte sie.

Sie hob ihn so leicht hoch wie ein Kind, und er schlängelte sich in das Rohr. Es war besonders eng, obwohl es von den an der Decke zugänglichen das größte war. Er schob sich Zentimeter um Zentimeter auf dem Rücken voran. Zweimal mußte er anhalten, um einen leicht hysterischen Lachanfall zu unterdrücken. Das Rohr machte eine Biegung nach oben. Im Dunkeln glitt er um die Kurve, nur um zu entdecken, daß es sich hier in ein Y aufspaltete. Jeder der beiden Zweige war nur noch halb so weit. Er fluchte und zog sich wieder zurück.

Taura hob ihr Gesicht zu ihm empor – ein ungewöhnlicher Blickwinkel.

»Dieser Weg taugt nichts«, keuchte er und drehte sich wie ein Kunstturner in der Lücke im Rohr um. Dann kroch er in die andere Richtung. Auch hier machte das Rohr eine Biegung nach oben, doch nach wenigen Augenblicken stieß Miles auf ein Gitter. Ein fest eingepaßtes Gitter, das sich nicht bewegen, nicht brechen und mit bloßen Händen auch nicht schneiden ließ. Taura hätte vielleicht die Kraft gehabt, um es aus der Wand zu reißen, aber Taura paßte nicht durch die Rohrleitung, um das Gitter zu erreichen. Er dachte nach. »Richtig«, murmelte er und kroch wieder zurück.

»So viel zu den Rohrleitungen«, berichtete er Taura. »Hm ... könntest du mir runterhelfen?« Sie ließ ihn auf den Boden herab, und er klopfte sich den Staub von der Kleidung. »Schauen wir uns weiter um.«

Sie folgte ihm brav, obwohl etwas in ihrem Gesichtsausdruck darauf hindeutete, daß sie vielleicht allmählich den Glauben an seinen Admiralsrang verlor.

Es handelte sich um einen der vibrationsdämpfenden Stützpfeiler. Er hatte einen Durchmesser von zwei Metern, saß tief im gewachsenen Fels in einem Bassin mit Flüssigkeit und reichte ohne Zweifel direkt in eines der Labors hinauf, um dort eine ultrastabile Grundlage für gewisse Arten von Projekten zur Erzeugung von Kristallen und ähnlichem zu bieten. Miles klopfte auf eine Seite der Säule. Es klang hohl. *Aha, das ergibt einen Sinn, denn Beton schwimmt ja nicht allzu gut, oder?* An der Seite der Säule fand er eine Rille ... handelte es sich um eine Zugangsöffnung? Er tastete sich weiter und suchte. Da war ein verstecktes ... Etwas. Er streckte die Arme aus und entdeckte eine entsprechende Stelle auf der gegenüberliegenden Seite. Diese Stellen gaben langsam dem festen Druck seiner Daumen nach. Plötzlich ertönte ein Knall und ein Zischen, und das ganze Paneel löste sich. Miles taumelte und hätte es beinah in das Loch fallen lassen. Er drehte das Paneel auf die Seite und zog es heraus.

»Schön, schön«, sagte er grinsend. Er steckte den Kopf durch das Loch und blickte hinab und hinauf. Pechschwarze Dunkelheit. Vorsichtig streckte er einen Arm hinein und tastete herum. Er fand eine Leiter, die an der feuchten Innenseite hinaufführte, sicher zum Zugang für Reinigungs- und Reparaturarbeiten. Die ganze Säule konnte offensichtlich mit einer Flüssigkeit beliebiger Dichte – je nach Bedarf – angefüllt werden. Gefüllt wäre sie durch Eigendruck verschlossen und nicht zu öffnen gewesen. Vorsichtig untersuchte er die Innenseite der Luke. Du lieber Himmel, sie konnte von beiden Seiten geöffnet werden. »Schauen wir mal, ob es noch mehr von diesen Löchern gibt, weiter oben.«

Es war ein langwieriges Unternehmen, in die Dunkelheit hinaufzusteigen und nach weiteren Rillen zu tasten. Miles versuchte nicht daran zu denken, wie es wäre, sollte er von der glitschigen Leiter abrutschen. Es war für ihn ziemlich beruhigend, als er Taura unter sich atmen hörte. Sie waren vielleicht drei Stockwerke hinaufgestiegen, als Miles' ausgekühlte und fast gefühllose Finger eine weitere Rille entdeckten. Er hätte sie fast verfehlt; sie befand sich auf der anderen Seite der Leiter im Vergleich zur ersten Öffnung. Er entdeckte dann, daß er nicht so weit reichen konnte, um einen Arm in die Leiter zu haken und gleichzeitig beide Schnappverschlüsse aufzudrücken. Er versuchte es, rutschte aus und hing dann krampfhaft an der Leiter, bis sein Herz aufhörte, wie verrückt zu pochen. »Taura?« krächzte er. »Ich gehe noch weiter rauf, und dann versuch du es mal.« Nach oben war nicht mehr viel Raum, die Säule endete etwa einen Meter über seinem Kopf.

Alles, was jetzt gebraucht wurde, waren ihre extralangen Arme – die Schnappverschlüsse gaben mit einem protestierenden Quietschen dem Druck ihrer großen Hände nach.

»Was siehst du?« flüsterte Miles.

»Einen großen, dunklen Raum. Vielleicht ein Labor.«

»Das macht Sinn. Klettere hinunter und setz das untere Paneel wieder ein. Wir wollen doch nicht verraten, wohin wir gegangen sind.«

Miles schlüpfte durch die Luke in das abgedunkelte Labor, während Taura ihre Aufgabe erfüllte. Er wagte nicht, in dem fensterlosen Raum ein Licht einzuschalten, aber die Leuchtanzeigen an einigen Geräten auf den Labortischen und an den Wänden spendeten genügend geisterhaftes Leuchten für seine an die Dunkelheit angepaßten Augen, daß er wenigstens nicht über irgendwelche Hindernisse stolperte. Eine Glastür führte auf einen Korridor. Und der wurde intensiv elektronisch überwacht. Miles drückte seine Nase an das Glas und sah eine rote Gestalt durch einen Querkorridor vorbeiflitzen. Hier gab es also Wachen. Was bewachten sie?

Taura kroch aus der Luke ins Freie, setzte sich schwer auf den Boden und vergrub ihr Gesicht in den Händen. Besorgt eilte Miles zu ihr zurück. »Alles in Ordnung?«

Sie schüttelte den Kopf. »Nein. Ich bin hungrig.«

»Was, schon wieder? Das sollte eine Vierundzwanzigstundenratte … äh … -ration sein.« Ganz zu schweigen von den zwei oder drei Kilo Fleisch, die sie als Vorspeise gehabt hatte.

»Für dich vielleicht«, keuchte sie. Sie zitterte.

Miles begann zu begreifen, warum Canaba sein Projekt als Mißerfolg bezeichnet hatte. Wenn man sich nur vorstellte, man hätte eine ganze Armee mit einem solchen Appetit zu verpflegen! Da hätte sogar Napoleon den Mut verloren. Vielleicht war das grobknochige Kind noch im Wachsen. Ein beängstigender Gedanke.

Am Ende des Labors fand er einen Kühlschrank. So wie er die Labortechniker kannte … ach, ja. Tatsächlich befand sich unter den Reagenzgläsern eine Tüte mit einem halben Sandwich und einer großen, wenn auch schon etwas gequetschten Birne. Er reichte beides Taura. Sie blickte sehr beeindruckt drein, als hätte er sie aus dem Ärmel gezaubert, verschlang beides auf der Stelle und sah bald weniger blaß aus.

Miles suchte nach weiterem Proviant für seinen Trupp. Doch leider waren die einzigen anderen organischen Substanzen im Kühlschrank kleine, abgedeckte Teller mit einem gelatineartigen Zeug, auf dem unangenehme bunte Flaumhärchen wucherten. Aber er entdeckte noch drei große glänzende Kühlräume in der Wand, in einer Reihe nebeneinander. Miles spähte durch ein Glasviereck in einer der dicken Türen hinein und riskierte sogar einen Druck auf den Wandschalter, der die Innenbeleuchtung aktivierte. Er sah Reihen über Reihen von beschrifteten Schubfächern voller durchsichtiger Plastiktabletts. Gefrorene Proben irgendwelcher Art. Tausende – Miles schaute noch einmal hin und rechnete sorgfältiger: Hunderttausende. Er blickte auf die beleuchtete Bedienungstafel neben einer Kühlschublade. Die Innentemperatur war die von flüssigem Stickstoff. Drei Kühlräume ... *Millionen* von ... Miles setzte sich selber abrupt auf den Boden. »Taura, weißt du, wo wir sind?« flüsterte er eindringlich.

»Leider nein«, erwiderte sie ebenfalls flüsternd und kam zu ihm gekrochen.

»Das war eine rhetorische Frage. *Ich* weiß, wo wir sind.«

»Wo?«

»In Ryovals Schatzkammer.«

»Was?«

»Das da«, Miles zeigte mit dem Daumen auf den Kühlraum, »ist die hundert Jahre alte Gewebesammlung des Barons. Mein Gott! Ihr Wert ist überhaupt nicht zu beziffern. Jedes einmalige, unersetzliche, bizarr mutierte Stück, das er in den letzten drei Vierteln eines Jahrhunderts erbettelt, gekauft, geborgt oder gestohlen hat, sind hier alle sauber aufgereiht und warten darauf, aufgetaut, kultiviert und in einen armen neuen Sklaven hineingemixt zu werden. Das hier ist das lebendige Herz seines ganzen humanbiologischen Unternehmens.« Miles sprang auf die Füße und studierte die Bedienungstafeln. Sein Herz raste, er atmete mit offenem Mund, lachte stumm vor sich hin und fühlte sich, als würde er gleich ohnmächtig. »O Mist. O Gott.« Er verstummte und schluckte. War das möglich?

Diese Kühlräume mußten ein Alarmsystem haben,

sicherlich Monitore, die zumindest in die Sicherheitszentrale meldeten. Ja, da war ein kompliziertes Instrument zum Öffnen der Tür – das war gut, er wollte ja die Tür nicht öffnen. Er rührte es nicht an. Er war hinter Systemanzeigen her. Wenn er nur einen einzigen Sensor außer Gefecht setzen könnte... Übertrug das Ding seine Meldungen drahtlos an die Monitoren draußen, oder lief ein Optikkabel zu nur einem einzigen? Auf einem Labortisch entdeckte er ein kleines Handlicht, und Schubladen über Schubladen mit allen möglichen Werkzeugen und Gerätschaften. Taura beobachtete ihn verdutzt, wie er hin und her sauste und den Bestand sichtete.

Der Monitor für die Kühlräume gab seinen Output über Funk weiter und war deshalb unzugänglich; konnte er ihn auf der Inputseite manipulieren? Vorsichtig hebelte er den rauchdunklen Plastikdeckel ab. Hier, *da* kam das Optikkabel aus der Wand und übertrug ständig Informationen über das Innenleben des Kühlraums. Es lief in einen einfachen Standardempfängerstecker auf der schwieriger aussehenden schwarzen Box, die den Türalarm steuerte. Da war doch eine ganze Schublade voll verschiedener optischer Kabel mit verschiedenen Enden und Y-Adaptern gewesen... Er zog aus dem Spaghettigewirr das heraus, was er brauchte, und sortierte einige mit zerbrochenen Endstücken oder anderen Schäden aus. In der Schublade befanden sich drei optischen Datenrecorder. Zwei funktionierten nicht. Der dritte schon.

Schnell zwei Optikkabel zusammengehängt, Stecker raus, Stecker rein, und schon hatte Miles erreicht, daß ein Kühlraum an zwei Kontrollboxen berichtete. Das freie Kabel speiste jetzt seine Berichte in den Datenrecorder ein. Miles einziges Risiko war der Impuls während des Umsteckens. Wenn irgend jemand die Sache überprüfte, dann würde er jetzt wieder alles scheinbar in Ordnung finden. Er gab dem Datenrecorder einige Minuten, um eine schöne, kontinuierliche Replayschleife zu entwickeln, dabei kauerte er sich bewegungslos hin und hatte sogar das winzige Handlicht ausgeschaltet. Taura wartete mit der Geduld eines Raubtiers und machte kein Geräusch.

Eins, zwei, drei, und schon ließ Miles den Datenrecorder an alle drei Kontrollboxen berichten. Die wirklichen Kabelstecker hingen lose herum. Würde es funktionieren? Kein Alarm ging los, keine Horde wütender Sicherheitsleute kam angedonnert …

»Taura, komm her!«

Verwirrt trat sie neben ihn.

»Bist du je Baron Ryoval begegnet?« fragte Miles.

»Ja, einmal … als er kam, mich zu kaufen.«

»Mochtest du ihn?«

Sie schaute ihn mit einem Blick an, der sagte: Bist du nicht ganz bei Trost?

»Tja, ich mache mir auch nicht viel aus ihm.« *Mußte mich tatsächlich zurückhalten, ihn nicht umzubringen.* Jetzt war er rührend dankbar für diese Zurückhaltung. »Würdest du ihm gern die Lungen herausreißen, wenn du könntest?«

Sie ballte die Fäuste. »Gib mir die Gelegenheit dazu!«

»Gut!« Er lächelte fröhlich. »Ich möchte dir die erste Lektion in Taktik geben.« Er zeigte auf eine Kontrollbox. »Siehst du diese Steuerung? Die Temperatur in diesen Kühlräumen kann bis zu 200 Grad Celsius angehoben werden, zur Hitzesterilisierung während der Reinigung. Gib mir deinen Finger. Einen Finger. Sanft. Noch sanfter.« Er führte ihre Hand. »Der geringstmögliche Druck, denn du auf den Knopf ausüben kannst, und dann noch bewegen … Jetzt den nächsten«, er zog sie zur nächsten Steuertafel, »und den letzten.« Er stieß die Luft aus und konnte es immer noch nicht ganz glauben.

»Und die Lektion ist«, hauchte er, »es kommt nicht

darauf an, wieviel Kraft du einsetzt, sondern, wo du sie einsetzt.«

Er mußte dem Impuls widerstehen, etwas wie *Der Zwerg schlägt zurück!* mit Filzstift über die Frontseite des Kühlraums zu schreiben. Je länger der Baron in seiner tödlichen Wut brauchen würde, um herauszubekommen, wen er verfolgen sollte, desto besser. Es würde einige Stunden dauern, um all die Massen da drin von der Temperatur flüssigen Stickstoffs bis zu *gut durchgebraten* zu bringen, aber wenn niemand bis zur Morgenschicht hereinkäme, dann würde die Zerstörung absolut sein.

Miles blickte auf die Digitaluhr an der Wand. Lieber Gott, er hatte viel Zeit in dem Keller zugebracht. Gut verbracht, aber trotzdem … »Jetzt«, sagte er zu Taura, »müssen wir hier rauskommen. Jetzt müssen wir *wirklich* hinaus.« Damit ihre nächste Taktiklektion nicht lauten müßte: *Jage nicht die Brücke in die Luft, auf der du stehst.*

Als er die Türverschlußmechanismen eingehender untersuchte, dazu das, was dahinter kam – unter anderem die von Geräuschen aktivierten Monitoren an der Wand im Korridor, die automatisches Laserfeuer auslösten –, da schickte sich Miles fast an, die Kühlraumtemperaturen wieder niedrig zu stellen. Seine chipgesteuerten Dendarii-Werkzeuge, die jetzt in der Sicherheitszentrale eingesperrt waren, wären vielleicht gerade noch mit den komplizierten Schaltkreisen in der geöffneten Steuerbox fertiggeworden. Aber natürlich konnte er ohne sein Werkzeug nicht an sein Werkzeug kommen … ein hübsches Paradoxon. Es hätte Miles nicht überrascht, wenn Ryoval sein anspruchsvollstes Alarmsystem für die einzige Tür dieses Labors aufgespart hätte. Aber dadurch wurde dieser Raum zu einer schlimmeren Falle als der Rattenkeller.

Miles machte mit dem geklauten Handlicht nochmals eine Runde durch das Labor und durchsuchte erneut die Schubladen. Ihm fielen keine Computertasten in die Hand, aber er fand in einer Schublade voller Ringe und Klampen einen großen, groben Metallschneider und erinnerte sich an das Gitter in der Rohrleitung, das ihm vorhin im Keller den weiteren Weg versperrt hatte. Also dann! Der Weg hier herauf in dieses Labor war nur eine Illusion der Flucht gewesen.

»Ein strategischer Rückzug in eine bessere Position ist keine Schande«, flüsterte er Taura zu, als sie davor zurückscheute, wieder in das dunkle Rohr des Stützpfeilers einzusteigen. »Wir befinden uns hier in einer Sackgasse.« Der Zweifel in ihren gelbbraunen Augen war seltsam beunruhigend und wurde zu einem Stein auf seinem Herzen. *Vertraust du mir immer noch nicht, was? Na ja, vielleicht brauchen die, die mächtig enttäuscht wurden, einen mächtigen Beweis.* »Bleib bei mir, Kleine«, murmelte er und schwang sich in das Rohr. »Wir gehen jetzt aus.« Ihre gesenkten Augenlider verdeckten ihren Zweifel nur, aber sie folgte ihm und schloß die Luke hinter ihnen.

Mit dem Handlicht war der Abstieg ein kleines bißchen weniger unangenehm, als es der Aufstieg ins Unbekannte gewesen war. Sie fanden keine anderen Ausgänge und standen nach kurzer Zeit wieder auf dem Steinboden, von dem sie aufgebrochen waren. Während Taura erneut trank, überprüfte Miles die Wirkungen ihres Wasserspeiers an der Decke. Das Wasser plätscherte in einem seichten, fettigen Rinnsal den Hang hinab; angesichts der riesigen Größe des Raumes würde es einige Tage dauern, bis der Teich, der langsam vor der unteren Wand anwuchs, irgendwelche nützlichen strategischen Möglichkeiten bot, obwohl dabei immer die Hoffnung bestand, das Wasser würde ein bißchen dazu beitragen, die Fundamente zu unterminieren.

Taura hob ihn wieder in die Rohrleitung. »Wünsche mir gute Rückkehr«, murmelte er über die Schulter. Die enge Umgebung dämpfte seine Stimme.

»Adieu«, sagte sie. Den Ausdruck auf ihrem Gesicht konnte er nicht sehen; ihre Stimme war ausdruckslos.

»Bis später«, verbesserte er sie mit fester Stimme.

Ein paar Minuten lebhafter Zappelei brachte ihn wieder zu dem Gitter. Dahinter befand sich ein dunkler Raum, der mit allem möglichen Zeug vollgestopft war; ein Teil des regulären Kellers, ruhig und menschenleer. Das Schnippen seines Metallschneiders, der sich durch das Gitter biß, schien laut genug zu sein, um Ryovals gesamte Sicherheitstruppe zu alarmieren, aber niemand erschien. Vielleicht schlief der Sicherheitschef seinen Drogenkater aus. Ein kratzendes Geräusch, das nicht von Miles stammte, tönte schwach durch die Rohrleitung, und Miles erstarrte. Er richtete sein Handlicht in ein seitwärts abzweigendes Rohr. Zwei rote Juwelen leuchteten auf, die Augen einer riesigen Ratte. Er überlegte kurz, ob er sie nicht erschlagen und Taura zuwerfen sollte. Doch nein. Wenn sie zur *Ariel* zurückkämen, dann würde er ihr ein Steak zum Dinner geben. Zwei Steaks. Drei. Die Ratte rettete sich, indem sie umkehrte und davonkrabbelte.

Schließlich gab das Gitter nach, und Miles quetschte sich in den Lagerraum. Wie spät war es überhaupt? Spät, sehr spät. Der Raum führte auf einen Korridor, und am Boden an dessen Ende schimmerte eine der Zugangsluken. In Miles Herz regte sich eine ernsthaft Hoffnung. Wenn er einmal Taura herausgeholt hätte. dann müßten sie als nächstes versuchen, ein Fahrzeug zu erreichen...

Diese Luke war, wie die erste, manuell zu bedienen. Es mußte also keine komplizierte Elektronik außer Gefecht gesetzt werden. Allerdings versperrte sie sich automatisch, wenn sie wieder geschlossen wurde. Miles blockierte sie mit seinem Metallschneider, bevor er die Leiter hinabstieg. Er leuchtete mit seinem Handlicht herum... »Taura!« flüsterte er. »Wo bist du?«

Es kam keine Antwort; aus dem Wald der Säulen

leuchteten keine glühenden goldenen Augen entgegen. Miles wollte nicht gerne rufen. Er sprang von den Sprossen und begann schnell und lautlos durch den Raum zu trotten. Der kalte Stein sog alle Wärme aus seinen Socken und weckte Sehnsucht nach den Stiefeln.

Er entdeckte sie, wie sie stumm am Sockel einer Säule saß, den Kopf seitwärts auf die Knie gelegt. Ihr Gesicht war nachdenklich, traurig. Es brauchte wirklich nicht lange, bis man die Feinheiten ihrer Gefühle in ihren wölfischen Zügen lesen konnte.

»Zeit zum Abmarsch, Soldatin«, sagte Miles.

Sie hob den Kopf. »Du bist zurückgekommen!«

»Was hattest du denn gedacht? Natürlich bin ich zurückgekommen. Du bist doch meine Rekrutin, nicht wahr?«

Sie rieb sich mit dem Rücken einer ihrer großen Pfoten – Hände, korrigierte sich Miles streng – das Gesicht und stand auf. »Vermutlich muß ich das sein.« Ihr breiter Mund lächelte leicht. Wenn man keine Ahnung hatte, um was für einen Ausdruck es sich dabei handelte, dann sah es ziemlich beunruhigend aus.

»Ich habe eine Luke geöffnet. Wir müssen versuchen, aus diesem Hauptgebäude herauszukommen und wieder zur Ladebucht zu gelangen. Ich habe dort ein paar Fahrzeuge geparkt gesehen. Was ist schon ein kleiner Diebstahl, nach …«

Mit einem plötzlichen Jaulen begann der Fahrzeugausgang hangabwärts zur ihrer Rechten sich nach oben zu schieben. Ein Schwall kalter, trockener Luft wehte durch die Dumpfigkeit; ein dünner Strahl gelben Morgenlichts ließ die Schatten blau erscheinen. Sie schirmten sich die Augen gegen das unerwartete Licht ab. Aus der Helligkeit tauchte ein halbes Dutzend rotgewandeter Gestalten auf, die sich im Laufschritt näherten und Waffen im Anschlag hielten.

Tauras Hand hielt die von Miles fest gefaßt. *Lauf!*

wollte er schon schreien, doch er schluckte den Ruf hinunter. Auf keinen Fall konnten sie dem Strahl eines Nervendisruptors entkommen; mindestens zwei der Wächter trugen jetzt eine solche Waffe. Miles stieß zischend den Atem zwischen den Zähnen hervor. Er war zu wütend, um noch zu fluchen. Sie waren so nahe dran gewesen …

Sicherheitschef Moglia kam herbeigeschlendert. »Was, Sie sind noch heil, Naismith?« grinste er höhnisch. »Neun muß endlich erkannt haben, daß es an der Zeit ist, mit uns zu kooperieren, was, Neun?«

Miles drückte ihre Hand fest und hoffte, daß sie die Botschaft richtig verstehen würde: *Warte!*

Sie hob das Kinn. »Anscheinend schon«, sagte sie kühl.

»Ist ja auch Zeit«, sagte Moglia. »Sei ein gutes Mädchen, und wir werden dich mit nach oben nehmen und dir nach all dem ein gutes Frühstück geben.«

Gut, signalisierte Miles' Hand. Sie schaute ihn aufmerksam an, welche Hinweise er ihr noch gäbe.

Moglia stupste Miles mit seinem Schlagstock. »Zeit zu gehen, Zwerg. Ihre Freunde haben tatsächlich ein Lösegeld angeboten. Hat mich überrascht.«

Miles war selbst überrascht. Er setzte sich in Richtung auf den Ausgang in Bewegung, Taura immer noch im Schlepptau. Er schaute sie nicht an und tat so wenig wie möglich, um unerwünschte Aufmerksamkeit auf ihre … hm … Nähe zu ziehen, während er sie noch aufrechterhielt. Sobald ihre Übereinstimmung gesichert war, ließ er ihre Hand los.

Was, zum Teufel …? dachte Miles, als sie in das funkelnde Morgenlicht traten, die Rampe hinauf und dann auf einen runden Landeplatz, der mit glitzerndem Reif überzogen war. Dort erwartete sie ein äußerst eigenartige Szene.

Bel Thorne und ein Dendarii-Söldner, mit Betäubern bewaffnet, traten unbehaglich von einem Bein aufs andere. Waren sie keine Gefangenen? Ein halbes Dutzend bewaffneter Männer in der grünen Uniform des Hauses Fell stand in Bereitschaft. Ein Schwebelaster mit Fells Logo darauf war am Rand des Landeplatzes geparkt. Und Nicol, die Quaddie, saß, gegen die Kälte in einen weißen Pelz gehüllt, in ihrem Schwebesessel in der Schußlinie des Betäubers eines großen, grüngekleideten Wächters. Das Licht war grau und golden und kühl, während die Sonne, die sich über die dunklen Berge in der Ferne schob und die Wolken durchbrach.

»Ist das der Mann, den Sie haben wollen?« fragte der grün uniformierte Wachhauptmann Bel Thorne.

»Das ist er.« Thornes Gesicht war ganz bleich, in seiner seltsamen Mischung aus Erleichterung und Kummer. »Admiral, geht es Ihnen gut?« rief Thorne hastig. Seine Augen weiteten sich, als er Miles' große Begleiterin wahrnahm. »Was, zum Teufel, ist *das* denn?«

»*Sie* ist Rekrutin Taura«, sagte Miles mit fester Stimme, wobei er hoffte, daß 1. Bel die verschiedenen Bedeutungen, die in diesem Satz enthalten waren, entschlüsseln würde, und daß 2. Ryovals Wachen sie nicht entschlüsseln würden. Bel blickte verwirrt drein, also war es Miles zumindest teilweise gelungen, sich verständlich zu machen; Sicherheitschef Moglia sah mißtrauisch, aber verdutzt aus. Miles war offensichtlich ein Problem; aber Moglia dachte, er würde sich seiner gleich entledigen können, und so schob er seine Verblüffung beiseite, um sich mit einer wichtigeren Person zu befassen, mit Fells Wachhauptmann.

»Was ist *los?*« zischte Miles Bel zu und schlich sich näher an ihn heran, bis ein rotgekleideter Wächter seinen Nervendisruptor hob und den Kopf schüttelte. Moglia und Fells Hauptmann tauschten mit zusammengesteckten Köpfen auf einem Reportpanel elektronische Daten aus, offensichtlich die offizielle Dokumentation.

»Als wir dich gestern abend verloren hatten, geriet

ich in Panik«, sagte Bel leise zu Miles. »Ein Frontalangriff stand außer Frage. Also wandte ich mich an Baron Fell, um ihn um Hilfe zu bitten. Aber die Hilfe, die ich bekam, war nicht ganz das, was ich erwartet hatte. Fell und Ryoval kungelten untereinander einen Handel aus, Nicol gegen dich umzutauschen. Ich schwöre es, ich habe die Einzelheiten erst vor einer Stunde herausgefunden!« protestierte Bel, als er sah, wie Nicol mit zusammengepreßten Lippen wütend in seine Richtung blickte.

»Ich ... verstehe.« Miles zögerte. »Planen wir, ihr ihre Dollar zurückzugeben?«

»Sir«, Bels Stimme klang gequält, »wir hatten keine *Ahnung,* was mit dir da drinnen passieren würde. Wir erwarteten, daß Ryoval jeden Augenblick eine Holosendung über obszöne und erfindungsreiche Foltern zu uns heraufstrahlen würde, mit dir als Hauptdarsteller. Wie Kommodore Tung zu sagen pflegt, wenn man eingeschlossen ist, dann soll man eine Ausflucht benutzen.«

Miles erkannte in diesem Satz einen von Tungs bevorzugten Sun-Tzu-Aphorismen. An schlechten Tagen pflegte Tung den seit 4000 Jahren toten General original auf chinesisch zu zitieren; wenn Tung gut gelaunt war, dann lieferte er auch eine Übersetzung. Miles blickte sich um und addierte Waffen, Männer, Ausrüstung. Die meisten der grünen Wachen trugen Betäuber. Dreizehn gegen ... drei? Vier? Er warf Nicol einen Blick zu. Vielleicht fünf? *Wenn die Lage verzweifelt ist,* riet Sun Tzu, *dann kämpfe.* Könnte die Lage noch verzweifelter sein als jetzt?

»Ah ...«, sagte Miles. »Was, zum Teufel, haben wir eigentlich Baron Fell im Austausch für diese außerordentliche Hilfsbereitschaft angeboten? Oder tut er das alles nur aus seiner Herzensgüte heraus?«

Bel warf ihm einen empörten Blick zu, dann räusperte er sich. »Ich habe versprochen, du würdest ihm die Wahrheit über die betanische Verjüngungsbehandlung verraten.«

»Bel …«

Thorne zuckte unglücklich die Achseln. »Ich dachte, wenn wir dich mal zurückbekommen hätten, dann würde uns schon etwas einfallen. Aber ich hätte nie daran gedacht, daß er Nicol Ryoval anbieten würde, das schwöre ich!«

Drunten in dem langgestreckten Tal sah Miles eine Perle, die sich auf der dünnen, schimmernden Linie des Monorail-Gleises dahinbewegte. Bald würde hier die Morgenschicht der Bioingenieure und Techniker, Hausmeister, Büroangestellten und Kantinenköche eintreffen. Miles blickte auf das weiße Gebäude, das da vor ihnen aufragte, und stellte sich die Szene vor, die da in dem Labor im dritten Stock bevorstand, wenn die Wachen die Alarmanlagen deaktivierten und die Angestellten zur Arbeit hereinließen: wie da der erste, der durch die Tür kam, schnüffelte, seine Nase rümpfte und vorwurfsvoll sagte: »Was ist das für ein schrecklicher *Gestank?*«

»Hat sich ›Medtech Vaughn‹ schon an Bord der *Ariel* eingefunden?« fragte Miles.

»Vor einer Stunde.«

»Ja, also … es stellte sich heraus, daß wir sein gemästetes Kalb überhaupt nicht töten mußten. Es kommt mit der Lieferung mit.« Miles nickt in Richtung auf Taura.

Bel dämpfte seine Stimme noch mehr. »*Das da* kommt mit uns mit?«

»Aber sicher. Vaughn hat uns nicht alles erzählt. Um es vorsichtig auszudrücken. Ich werde es später erklären«, fügte Miles hinzu, während die beiden Wachhauptleute ihr Tête-a-tête beendeten. Moglia schwenkte lässig seinen Schlagstock und kam auf Miles zu. »Inzwischen hast du dich etwas verrechnet. Wir sind hier nicht eingeschlossen, sondern die Lage ist *verzweifelt*. Nicol, Sie sollten wissen, daß die Dendarii keine Rückzahlungen leisten.«

Nicol runzelte verwirrt die Stirn. Bels Augen weiteten sich, als er die Chancen ausrechnete – er kam auf dreizehn zu drei, wie Miles erkannte.

»Wirklich?« würgte Bel hervor. Ein subtiles Handzeichen an Bels Hosennaht versetzte den anderen Söldner in volle Kampfbereitschaft.

»Wirklich verzweifelt«, wiederholte Miles. Er holte tief Luft. »Jetzt! Taura, greif an!«

Miles stürzte sich auf Moglia. Dabei erwartete er nicht so sehr, er könnte ihm den Schlagstock abnehmen, sondern er hoffte, Moglias Körper zwischen sich und die Kerle mit den Nervendisruptoren zu bringen. Der Dendarii-Söldner, der auf die Einzelheiten geachtet hatte, setzte mit seinem ersten Betäuberschuß einen der Nervendisruptorschützen außer Gefecht, dann wich er dem antwortenden Feuer des zweiten aus. Bel fällte den zweiten Nervendisruptormann und sprang zur Seite. Zwei rote Wachen, die mit ihren Betäubern auf den laufenden Hermaphroditen zielten, wurden abrupt am Hals hochgehoben. Taura knallte ihre Köpfe gegeneinander, ungeübt, aber hart; sie fielen auf Hände und Knien und tasteten blind nach ihren abhanden gekommenen Waffen.

Fells grüne Wachen zögerten, unsicher, auf wenn sie denn schießen sollten, bis Nicol plötzlich mit ihrem Schwebesessel in die Höhe schoß und direkt auf dem Kopf ihres Wächters landete, der durch den Kampf abgelenkt gewesen war. Er fiel um wie ein betäubter Ochse. Nicol, deren Engelsgesicht strahlte, schnellte mit ihrem Schweber zur Seite, als das Betäuberfeuer der grünen Wachen sich auf sie richtete, und entkam so dem Schuß, dann sauste sie wieder in die Höhe. Taura schnappte einen roten Wächter und warf ihn auf einen grünen, beide bildeten einen verschlungenen Haufen.

Der Dendarii-Söldner verwickelte sich mit einem

grünen Wächter in einen Nahkampf, um sich so dem Betäuberschuß zu entziehen. Fells Hauptmann ging auf das Manöver nicht ein und betäubte rücksichtslos beide, was eine vernünftige Taktik war, da ja das Zahlenverhältnis zu seinen Gunsten stand. Moglia legte seinen Schlagstock gegen Miles' Luftröhre und begann zu drücken, gleichzeitig schrie er in seinen Armbandkommunikator und rief Hilfe von der Sicherheitszentrale herbei. Ein grüner Wächter schrie auf, als Taura ihm einen Arm auskugelte und ihn dann gegen einen anderen Wächter schleuderte, der mit seinem Betäuber auf sie zielte.

Bunte Lichter tanzten vor Miles' Augen. Fells Hauptmann, der sich auf Taura als der größten Bedrohung konzentrierte, fiel im Betäuberfeuer von Bel Thorne, während Nicol ihren Schwebesessel dem letzten grünen Wächter, der noch aufrecht stand, in den Rücken rammte.

»Der Schwebelaster!« krächzte Miles. »Los, zum Schwebelaster!« Bel warf ihm einen verzweifelten Blick zu und sprintete auf den Laster zu. Miles kämpfte wie ein Aal, bis Moglia mit einer Hand in seinen Stiefel griff, ein scharfes, dünnes Messer hervorholte und es an Miles' Hals drückte.

»Halten Sie still!« knurrte Moglia. »So ist's besser …« Er richtete sich in der plötzlichen Stille auf und erkannte, daß er gerade die Herrschaft über das Desaster gewonnen hatte. »*Alle* halten still!« Bel erstarrte, die Hand auf dem Türöffner des Schwebelasters. Ein paar Männer, die auf dem Landefeld lagen, zuckten und stöhnten.

»Jetzt treten Sie weg vom – *glk*«, sagte Moglia.

Tauras Stimme flüsterte ihm ins Ohr, mit einem sanften, sanften Knurren: »Lassen Sie das Messer fallen. Oder ich schlitze Ihnen mit meinen bloßen Händen die Kehle auf.«

Miles drehte die Augen zur Seite und versuchte

etwas zu erkennen, während die scharfe Klinge auf seiner Haut ruhte.

»Ich kann ihn töten, bevor du das fertigbringst«, krächzte Moglia.

»Der kleine Mann gehört mir«, gurrte Taura. »Sie selbst haben ihn mir gegeben. Er ist wegen mir *zurück*gekommen. Wenn Sie ihn auch nur ein bißchen verletzen, dann reiße ich Ihnen den Kopf ab und trinke Ihr Blut.«

Miles spürte, wie Moglia hochgehoben wurde. Das Messer fiel klirrend auf das Pflaster. Miles sprang weg und taumelte. Taura hielt Moglia am Hals hoch; ihre Krallen drangen tief in seine Haut. »Ich möchte ihm immer noch den Kopf abreißen«, knurrte sie gereizt. Die Erinnerung daran, wie schlecht sie behandelt worden war, ließ ihre Augen funkeln.

»Laß ihn«, keuchte Miles. »Glaub mir, in ein paar Stunden wird er eine Rache erdulden müssen, die viel raffinierter ist als alles, was wir uns ausdenken können.«

Bel galoppierte zurück, um den Sicherheitschef aus sicherer Entfernung zu betäuben, während Taura ihn hochhielt wie eine nasse Katze. Miles wies Taura an, sich den bewußtlosen Dendarii über die Schulter zu werfen, während er um den hinteren Teil des Schwebelasters herumlief und die Türen für Nicol öffnete, die mit ihrem Schweber hineinzischte. Sie stolperten hinterher und ließen die Türen herabfallen. Bel setzte sich ans Steuerpult und ließ den Laster aufsteigen. Irgendwo im Gebäude heulte eine Sirene auf.

»Kommunikator, Kommunikator«, brabbelte Miles und nahm dem bewußtlosen Söldner das Gerät ab. »Bel, wo ist unser Shuttle geparkt?«

»Wir sind auf einem kleinen kommerziellen Shuttlehafen direkt außerhalb von Ryovals Stadt gelandet, etwa vierzig Kilometer von hier.«

»Wer von der Mannschaft ist noch dort?«

»Anderson und Nout.«

»Über welchen geschützten Kanal erreiche ich sie?«

»Dreiundzwanzig.«

Miles ließ sich auf den Sitz neben Bel gleiten und öffnete den Kanal. Es dauerte eine kleine Ewigkeit, bis Sergeant Anderson antwortete, volle dreißig oder vierzig Sekunden, während der Schwebelaster über die Baumwipfel und die nächste Hügelkette hinwegsauste.

»Laureen, ich möchte, daß Sie mit Ihrem Shuttle abheben. Wir brauchen ein Not-Pick-up, so bald wie möglich. Wir sind in einem Schwebelaster von Haus Fell, in Richtung ...«, Miles hielt den Kommunikator Bel unter die Nase.

»Nördlich von den Ryoval Bio-Labors«, sagte Bel. »Mit etwa 260 Stundenkilometer, was das höchste für diese Kiste ist.«

»Steuern Sie unser Notsignal an!« Miles schaltete das Notsignal am Kommunikator ein. »Wartet nicht auf Freigabe von der Leitstelle auf Ryovals Shuttlehafen, denn die bekommt ihr nicht. Lassen Sie Nout meinen Kommunikator zur *Ariel* durchschalten.«

»Wird gemacht, Sir«, antwortete Andersons dünne Stimme fröhlich aus Miles' Kommunikator.

Statisches Rauschen, und dann noch ein paar Sekunden entnervender Wartezeit. Dann ertönte eine aufgeregte Stimme: »Hier Murka. Ich dachte gestern abend, Sie kämen direkt hinter uns heraus! Ist alles in Ordnung, Sir?«

»Einstweilen. Ist ›Medtech Vaughn‹ an Bord?«

»Jawohl, Sir.«

»In Ordnung. Lassen Sie ihn nicht weg. Versichern Sie ihm, daß ich seine Gewebeprobe mitbringe.«

»Wirklich! Wie haben Sie ...«

»Zerbrechen Sie sich darüber nicht den Kopf. Holen Sie alle Leute an Bord zurück und starten Sie von der Station in den freien Orbit. Bereiten Sie ein fliegendes Pick-up des Landeshuttles vor, und sagen sie dem

Piloten, er soll sofort, wenn wir angeklampt sind, mit maximaler Beschleunigung einen Kurs nach dem Wurmloch von Escobar einschlagen. Warten Sie nicht auf Startfreigabe.«

»Wir sind aber noch beim Beladen …«

»Lassen Sie alles zurück, was noch nicht eingeladen ist.«

»Stecken wir ernsthaft in der Scheiße, Sir?«

»Tödlich, Murka.«

»Ganz recht, Sir. Murka Ende.«

»Ich dachte, wir hätten uns hier auf Jackson's Whole so leise wie die Mäuse aufführen sollen«, beschwerte sich Bel. »Ist das alles nicht ein bißchen zu laut?«

»Die Situation hat sich geändert. Nach dem, was wir letzte Nacht angestellt haben, würde es keine Verhandlungen mit Ryoval um Nicol oder Taura geben. Ich habe dort einen Schlag für Wahrheit und Gerechtigkeit gelandet, den ich vielleicht in meinem Leben noch einmal bereuen werde, zumindest für kurze Zeit. Darüber erzähle ich dir später. Auf jeden Fall, möchtest du wirklich dabei sein, wenn ich Baron Fell die Wahrheit über die betanische Verjüngungsbehandlung erzähle?«

»Oh«, Thornes Augen leuchteten, während er sich auf den Flug konzentrierte, »ich würde Geld dafür geben, das sehen zu dürfen, Sir.«

»Ha. Nein. Einen letzten Moment lang waren dort alle Trümpfe in unserer Hand. Zumindest potentiell.« Miles studierte die Leuchtanzeigen auf dem einfachen Armaturenbrett des Schwebelasters. »Wir hätten niemals mehr alle zusammen bekommen, niemals. Man kann bis zur Grenze manövrieren, aber der goldene Augenblick verlangt nach Aktion. Wenn man ihn versäumt, dann verdammen einen die Götter für immer. Und umgekehrt … Da wir von Aktion sprechen, hast du gesehen, wie Taura *sieben* von den Kerlen fertiggemacht hat?« Miles gluckste, als er sich daran erinnerte. »Wie wird sie nach der Grundausbildung beieinander sein?«

Bel blickte unsicher über die Schulter nach hinten, wo Nicol ihren Schwebesessel heruntergelassen hatte und Taura neben dem bewußtlosen Söldner kauerte. »Ich war zu beschäftigt, um mitzuzählen.«

Miles schwang sich aus seinem Sessel und ging nach hinten, um nach ihrer wertvollen lebenden Fracht zu schauen.

»Nicol, du warst großartig«, sagte er zu ihr. »Du hast gekämpft wie ein Falke. Vielleicht gebe ich dir einen Rabatt auf deine Summe.«

Nicol war immer noch außer Atem; ihre elfenbeinweißen Wangen waren gerötet. Eine der oberen Hände schob eine Strähne schwarzen Haars aus ihren funkelnden Augen. »Ich hatte Angst, sie würden mir mein Hackbrett zerbrechen.« Eine der unteren Hände streichelte einen großen Kasten, der neben ihr in der Mulde des Schwebesessels steckte. »Dann hatte ich Angst, sie würden Bel die Knochen brechen...«

Taura hatte sich an die Wand des Lasters gelehnt und war ein bißchen grün im Gesicht.

Miles kniete neben ihr nieder. »Taura, Liebste, ist alles in Ordnung mit dir?« Er hob sanft eine der krallenbewehrten Hände und prüfte den Puls, der heftig pochte. Nicol warf ihm auf diese zärtliche Geste hin einen ziemlich seltsamen Blick zu. Ihr Schwebesessel stand so weit von Taura weg, wie es nur ging.

»Hungrig«, keuchte Taura.

»Schon wieder? Aber natürlich, der ganze Energieaufwand! Hat irgend jemand einen Verpflegungsriegel?« Nach kurzer Suche fand er in der Schenkeltasche des betäubten Söldners einen nur wenig angeknabberten Riegel und reichte ihn Taura. Miles lächelte wohlwollend, als Taura ihn verschlang; sie erwiderte sein Lächeln, so gut sie es mit vollem Mund konnte. *Danach gibt es keine Proviantriegel mehr für dich,* versprach Miles stumm. *Drei Steakdinner, wenn wir wieder auf der* Ariel *sind, und zum Nachtisch ein paar Schokoladekuchen...*

Der Schwebelaster machte ein Ausweichmanöver. Taura, die sich etwas erholt hatte, streckte die Füße aus, um Nicols Untersatz an Ort und Stelle zu halten und zu verhindern, daß er herumhüpfte. »Danke«, sagte Nicol vorsichtig. Taura nickte.

»Wir bekommen Gesellschaft«, rief Bel Thorne über die Schulter. Miles hastete nach vorn.

Zwei Luftwagen kamen schnell hinter ihnen her und holten auf. Ryovals Sicherheitsdienst. Zweifellos stärker ausgerüstet als der durchschnittliche zivile Polizeiwagen – ja gewiß. Bel wich wieder geschickt aus, während ein Plasmastrahl an ihnen vorüberschoß und auf Miles' Netzhaut helle grüne Streifen hinterließ. Ihre Verfolger waren paramilitärisch ausgerüstet und ernsthaft verärgert.

»Das ist einer von Fells Lastern, wir müßten eigentlich etwas haben, das wir ihnen zurückgeben könnten.« Vor Miles' Platz gab es nichts, das wie eine Waffensteuerung aussah.

Es gab einen Knall, Nicol schrie auf, und der Schwebelaster taumelte in der Luft. Unter Bels Händen richtete er sich wieder auf und bekam wieder Fahrt. Dröhnen von Luft und Vibrationen – Miles fuhr herum – eine obere hintere Ecke des Ladebereichs des Lasters war weggeschossen. Die hintere Tür war an einer Seite zugeschweißt und krachte auf der anderen Seite lose hin und her. Taura hielt immer noch den Schwebesessel fest. Nicol hatte die oberen Hände um Tauras Knöchel geklammert. »Aha«, sagte Thorne. »Keine Panzerung.«

»Was hatten die sich vorgestellt, was das werden sollte, etwa eine friedliche Mission?« Miles rief in seinen Kommunikator: »Laureen, seid ihr schon in der Luft?«

»Wir kommen, Sir.«

»Also, wenn es Sie schon einmal gereizt hat, volle Pulle zu geben, dann haben Sie jetzt die Gelegenheit dazu. Diesmal wird sich niemand beschweren, daß Sie die Maschine überstrapazieren.«

»*Danke,* Sir«, antwortete sie fröhlich.

Sie verloren an Geschwindigkeit und Höhe. »Haltet euch fest!« schrie Bel über die Schulter und kehrte plötzlich den Schub um. Ihre Verfolger, die ihnen immer näher gekommen waren, schossen an ihnen vorbei, begannen aber sofort zu wenden. Bel beschleunigte erneut. Von hinten kam erneut ein Schrei, als ihre lebende Fracht dadurch in Richtung auf die zweifelhafte Hintertür geschoben wurde.

Die Handbetäuber der Dendarii waren völlig nutzlos. Miles krabbelte wieder nach hinten und schaute sich nach einer Art Gepäckfach um, einem Waffenhalter, nach irgend etwas – gewiß verließen sich Fells Leute bei ihrem Schutz nicht nur auf den einschüchternden Ruf ihres Hauses …

Die gepolsterten Bänke zu beiden Seiten des Frachtbereichs, auf denen Fells Wachkommando wahrscheinlich gesessen war, konnte man hochklappen, darunter war Lagerraum. Der erste war leer, der zweite enthielt persönliche Sachen – Miles sah kurz ein Bild vor sich, wie er einen Feind mit jemandes Pyjamahose erdrosselte und Unterwäsche in die Einlaßöffnung von Triebwerken schleuderte – das dritte Fach war auch leer, das vierte verschlossen.

Der Schwebelaster schwankte unter einem erneuten Treffer. Ein Teil des Daches wurde vom Wind weggerissen. Miles packte Taura. Der Laster sackte nach unten. Miles' Magen schien nach oben zu schweben. Sie wurden alle an den Boden gepreßt, als Bel wieder hochzog. Der Schwebelaster zitterte und schaukelte, und sie alle, Miles und Taura, der bewußtlose Söldner und Nicol in ihrem Schwebesessel, wurden in einem Durcheinander nach vorne geschleudert, als der Laster den Boden entlang pflügte und vornüber geneigt in einem Dickicht aus frostschwarzem Gestrüpp zum Halten kam.

Bel, dem das Blut über das Gesicht strömte, krabbelte zu ihnen nach hinten und schrie: »Raus, raus, raus!« Miles streckte sich nach der neuen Öffnung im Dach aus und zog mit einem Ruck seine Hand zurück, als er heißes Metall und verbranntes Plastik berührte. Taura stand auf, steckte den Kopf durch das Loch, dann beugte sie sich wieder nieder und schob Miles hindurch. Er rutschte auf den Boden und schaute sich um. Sie befanden sich in einem unbesiedelten Tal voller einheimischer Vegetation, das von kahlen Hügelketten eingefaßt war. Durch die Talenge kamen die beiden verfolgenden Luftwagen auf sie zugeflogen, wurden immer größer, immer langsamer – kamen sie, um Miles und seine Leute gefangenzunehmen, oder wollten sie nur sorgfältig zielen?

Das Kampfshuttle der *Ariel* dröhnte über die Hügelkette und kam herab wie die schwarze Hand Gottes. Die beiden Luftwagen sahen auf einmal *viel* kleiner aus. Einer schwenkte ab und floh, der andere wurde zu Boden geschleudert, und zwar nicht von Plasmafeuer, sondern von einem schnellen, wuchtigen Treffer mit einem Traktorstrahl. Nicht das kleinste bißchen Rauch markierte die Absturzstelle. Das Shuttle landete ordentlich neben ihnen unter ohrenbetäubendem Krachen und Knacken der Büsche. Seine Luke öffnete sich in einer Art sanften, selbstzufriedenen Saluts.

»Angeberei«, murmelte Miles. Bel war leicht benommen. Miles zog Thornes Arm über seine Schulter. Taura trug den betäubten Söldner. Nicols ramponierter Schwebesessel stotterte durch die Luft, und sie stolperten alle dankbar ihrer Rettung entgegen.

Subtile Protestlaute erklangen aus dem Schiff um ihn herum, als Miles den Shuttlelukenkorridor der *Ariel* betrat. Er fühlte eine leichte Übelkeit im Magen von einer künstlichen Gravitation, die nicht ganz im Einklang stand mit den überlasteten Maschinen. Sie waren auf ihrem Weg und verließen schon den Orbit. Miles wollte so schnell wie möglich in den Navigatationsraum, obwohl es so aussah, als machte Murka seine Sache ziemlich gut. Anderson und Nout hoben den betäubten Söldner herein, der stöhnte und allmählich wieder zu sich kam, dann reichten sie ihn an den Medtech weiter, der mit einer Schwebepalette wartete. Thorne, der ein Pflaster dort auf seiner Stirn trug, wo er sich während des Shuttle-Fluges verletzt hatte, schickte Nicol in ihrem beschädigten Schwebesessel hinter ihnen her und machte sich auf den Weg in den Navigationsraum. Miles wandte sich der Begegnung mit dem Mann zu, den er jetzt am wenigsten zu sehen wünschte. Dr. Canaba wartete ängstlich im Korridor; sein gebräuntes Gesicht sah angespannt aus.

»Sie«, sagte Miles zu Canaba in einer Stimme, die düster vor Wut klang. Canaba wich unwillkürlich zurück. Miles hätte am liebsten Canaba an der Wand aufgehängt, doch dazu war er zu klein, und mit Bedauern verwarf er die Idee, dem Gefreiten Nout zu befehlen, es an seiner Stelle zu tun. Statt dessen nagelte er Canaba mit einem zornigen Blick fest. »Sie kaltblütiger, betrügerischer Bastard. Sie schicken mich, ein sechzehnjähriges Mädchen zu ermorden!«

Canaba hob protestierend die Hände. »Sie verstehen nicht ...«

Taura kam geduckt durch die Shuttleluke. Ihre gelbbraunen Augen weiteten sich in einer Überraschung, die nur von Canabas Überraschung übertroffen wurde. »Was, Dr. Canaba! Was machen Sie denn hier?«

Miles zeigte auf Canaba. »Sie bleiben hier«, befahl er mit belegter Stimme. Er schluckte seinen Ärger hinunter und wandte sich an die Shuttlepilotin. »Laureen?«

»Jawohl, Sir?«

Miles nahm Taura bei der Hand und führte sie zu Sergeantin Anderson. »Laureen, nehmen Sie Rekrutin Taura hier ins Schlepptau und besorgen sie ihr eine anständige Mahlzeit. Alles, was sie essen kann, und ich meine damit wirklich alles. Dann sorgen Sie dafür, daß sie ein Bad bekommt, eine Uniform, und unterrichten Sie sie über das Schiff.«

Anderson beäugte vorsichtig die riesige Taura. »Hm... jawohl, Sir.«

»Sie hat eine ziemlich schlimme Zeit hinter sich«, fühlte Miles sich gezwungen zu erklären, dann zögerte er und fügte hinzu: »Machen Sie uns alle Ehre. Es ist wichtig.«

»Jawohl, Sir«, sagte Anderson unerschütterlich und ging voran. Taura folgte ihr und warf einen unsicheren Blick auf Miles und Canaba zurück.

Miles rieb sein stoppeliges Kinn. Er war sich seiner Unsauberkeit und seines Geruches bewußt; die Müdigkeit nach der durchlebten Angst belastete seine Nerven. Er wandte sich dem verwirrten Genetiker zu. »Also gut, Doktor«, knurrte er, »lassen Sie mich verstehen. Versuchen Sie es wirklich gut.«

»Ich konnte sie nicht in Ryovals Händen zurücklassen!« sagte Canaba erregt. »Sie wäre ein Opfer geworden, oder schlimmer, eine Ausführerin seiner, seiner in den Handel eingeführten Perversitäten...«

»Sind Sie nie auf die Idee gekommen, uns zu bitten, sie zu retten?«

»Aber«, sagte Canaba verwirrt, »warum sollten Sie das tun? Das war nicht in Ihrem Kontrakt – ein Söldner...«

»Doktor, Sie haben zu lange auf Jackson's Whole gelebt!«

»Das wußte ich, als mir jeden Morgen schlecht wurde, bevor ich zur Arbeit ging.« Canaba straffte sich mit trockener Würde. »Aber Admiral, Sie verstehen nicht.« Er blickte den Korridor hinab, in die Richtung, wo Taura verschwunden war. »Ich konnte sie nicht in Ryovals Händen zurücklassen. Aber ich kann sie auch nicht nach Barrayar mitnehmen. Dort tötet man Mutanten!«

»Hm …«, sagte Miles und zögerte. »Man versucht dort jetzt diese Vorurteile zu beseitigen. Habe ich wenigstens gehört. Aber Sie haben völlig recht. Barrayar ist nicht der richtige Ort für sie.«

»Ich hatte gehofft, als Sie daherkamen, daß ich es nicht tun müßte, sie eigenhändig zu töten. Keine einfache Aufgabe. Ich kenne sie … zu lange. Aber sie dort unten zurücklassen, hätte das schlimmste Urteil bedeutet …«

»Das ist wahr. Nun gut, sie ist jetzt von dort fort. Genau wie Sie.« *Wenn wir auch weiterhin …* Miles war jetzt ganz ungeduldig, in den Navigationsraum zu kommen und herauszufinden, was vor sich ging. Hatte Ryoval schon die Verfolgung gestartet? Oder Fell? Würde die Raumstation, die den fernen Wurmlochausgang bewachte, den Befehl bekommen, ihre Flucht zu blockieren?

»Ich wollte sie nicht einfach zurücklassen«, stammelte Canaba, »aber ich konnte sie nicht mit mir mitnehmen!«

»Natürlich nicht. Sie sind völlig ungeeignet dafür, sie auf dem Hals zu haben. Ich werde ihr vorschlagen, daß sie sich den Dendarii-Söldner anschließt. Das dürfte wohl ihr genetisches Schicksal sein. Es sei denn, Sie wüßten einen Grund, der dagegen spricht.«

»Aber sie wird sterben!«

Miles schwieg. »Und Sie und ich nicht?« sagte er sanft nach einer Weile, dann lauter: »Warum? Wie bald?«

»Es ist ihr Stoffwechsel. Ein weiterer Fehler, oder eine Verkettung von Fehlern. Ich weiß nicht genau, wann. Sie könnte es noch ein Jahr machen, oder zwei, oder fünf. Oder zehn.«

»Oder fünfzehn?«

»Oder fünfzehn, ja, obwohl das nicht wahrscheinlich ist. Aber immer noch früh.«

»Und doch wollten Sie ihr das wenige nehmen, das sie hatte? Warum?«

»Ich wollte gnädig zu ihr sein. Die endgültige Entkräftung geht schnell, aber sehr schmerzhaft vor sich, danach zu schließen, was einige der anderen ... Prototypen durchgemacht haben. Die weiblichen waren komplexer als die männlichen, ich bin mir da nicht sicher. Aber es ist ein gräßlicher Tod. Besonders gräßlich als Ryovals Sklave.«

»Ich kann mich nicht erinnern, schon einmal auf eine liebliche Art des Sterbens gestoßen zu sein. Und ich habe schon eine Menge gesehen. Was die Dauer angeht, ich sage Ihnen, wir könnten alle in den nächsten fünfzehn Minuten über den Jordan gehen, und wo ist dann Ihr zärtliches Mitgefühl?« Er *mußte* jetzt in den Navigationsraum gehen. »Ich erkläre Ihr Interesse an ihr für erloschen, Doktor. In der Zwischenzeit möchte ich ihr das vom Leben geben, was sie bekommen kann.«

»Aber sie war mein Projekt – ich bin verantwortlich für sie ...«

»Nein. Sie ist jetzt eine freie Frau. Sie ist für sich selbst verantwortlich.«

»Wie frei kann sie denn je sein, in diesem Körper, angetrieben von diesem Stoffwechsel, mit diesem Gesicht – das Leben eines Monstrums – es wäre für sie doch besser, schmerzlos zu sterben, als all das Leiden erdulden zu müssen ...«

»Nein«, sagte Miles mit Nachdruck, »das wäre nicht besser.«

Canaba starrte ihn an. Er war endlich aus dem Teufelskreis seiner unglücklichen Überlegungen geworfen worden.

So ist's recht, Doktor, dachte Miles. *Machen Sie endlich die Augen auf und schauen Sie mich an.*

»Warum ... kümmern Sie sich um sie?« fragte Canaba.

»Ich mag sie. Mehr als Sie, möchte ich hinzufügen.« Miles hielt inne. Ihn beängstigte der Gedanke, daß er Taura über die Genkomplexe in ihrer Wade würde erzählen müssen. Früher oder später würde man die aus ihr herausholen müssen. Es sei denn, er könnte ihr etwas vorspielen: so tun, als wäre die Biopsie eine Art medizinischer Standardprozedur beim Eintritt in die Dendarii-Truppe – nein. Sie verdiente eine ehrlichere Behandlung.

Miles war ziemlich verärgert über Canaba, daß dieser diesen falschen Ton zwischen Miles und Taura gebracht hatte, und doch – hätte er sich wirklich ohne die Genkomplexe so sehr für sie begeistert, wie seine Prahlerei andeutete? Hatte er seinen Auftrag aus bloßer Herzensgüte ausgedehnt und gefährdet, ha? Pflichtgefühl oder pragmatische Rücksichtslosigkeit, was war wirklich der Antrieb? Jetzt würde er es nie wissen. Sein Ärger ließ nach, und die Erschöpfung überkam ihn, die vertraute Depression nach Erfüllung eines Auftrags – zu früh, denn die Mission war noch längst nicht vorbei, wie sich Miles streng in Erinnerung rief. Er holte Luft. »Sie können sie nicht vor dem Leben retten, Dr. Canaba. Dazu ist es jetzt zu spät. Lassen Sie sie gehen. Lassen Sie sie *los.*«

Canaba preßte unzufrieden die Lippen aufeinander, aber er neigte den Kopf und machte eine Geste des Bedauerns.

»Rufen Sie den Admiral«, hörte Miles Thorne sagen, als er gerade den Navigationsraum betrat, dann: »Lassen Sie's«, als sich die Köpfe beim Geräusch der Tür umwandten und alle Miles sahen. »Gutes Timing, Sir.«

»Was gibt's?« Miles schwang sich auf den Funkerstuhl, den Thorne ihm wies. Fähnrich Murka überprüfte die Abschirm- und Waffensysteme des Schiffes, während ihr Sprungpilot unter der seltsamen Krone seines Helms mit seinen Kanülen und Drähten bereit saß. Pilot Padgets Ausdruck war introvertiert, beherrscht und meditativ; sein Bewußtsein stellte sich voll auf die *Ariel* ein. Ein guter Mann.

»Baron Ryoval ist für Sie in der Leitung«, sagte Thorne. »Persönlich.«

»Ich wüßte gerne, ob er schon seine Kühlräume überprüft hat?« Miles ließ sich vor dem Vid-Projektor nieder. »Wie lange habe ich ihn warten lassen?«

»Weniger als eine Minute«, sagte der Funkoffizier.

»Hm. Lassen wir ihn noch ein bißchen länger warten. Was wurde zu unserer Verfolgung gestartet?«

»Nichts, bis jetzt«, berichtete Murka.

Auf diese unerwartete Nachricht hin runzelte Miles die Stirn. Er nahm sich einen Augenblick Zeit, um sich zu sammeln, und wünschte dabei, er hätte die Zeit, vor diesem Gespräch sich zu waschen, zu rasieren und eine frische Uniform anzuziehen, einfach, um psychologisch in besserer Verfassung zu sein. Er kratzte sein juckendes Kinn, fuhr sich mit den Händen durchs Haar und zappelte mit den Zehen in seinen feuchten Socken gegen die Bodenmatte, die er kaum erreichte. Er senkte seinen Sitz ein bißchen, richtete sein Rückgrat so gerade auf, wie er nur konnte, und brachte seinen Atem unter Kontrolle. »In Ordnung, stell ihn durch.«

Der ziemlich verschwommene Hintergrund hinter dem Gesicht, das über der Vid-Scheibe erschien, kam ihm bekannt vor – ach ja, die Sicherheitszentrale in den Ryoval-Labors. Baron Ryoval war persönlich auf der Szene erschienen, wie versprochen. Es war nur ein Blick auf das dunkle, verzerrte Gesicht von Ryoval nötig, um den Rest des Szenarios zu ergänzen. Miles faltete die Hände und lächelte unschuldig. »Guten Morgen, Baron. Was kann ich für Sie tun?«

»*Sterben,* Sie mieser kleiner Mutant!« spie Ryoval hervor. »Sie! Es gibt keinen Bunker, der tief genug ist, um Sie darin zu begraben. Ich werde auf Ihren Kopf einen Preis aussetzen, der jeden Kopfgeldjäger in der Galaxis auf Ihre Fersen hetzen wird – Sie werden weder essen noch schlafen können – ich werde Sie erwischen…«

Ja, der Baron hatte seine Kühlräume schon gesehen. Vor kurzem. Die freundlich-verächtliche Herablassung ihrer ersten Begegnung war völlig verschwunden. Aber die Veränderung der Drohungen war Miles ein Rätsel. Es schien, als ob der Baron erwartete, daß sie aus dem Lokalraum von Jackson's Whole flohen. Es stimmte, daß das Haus Ryoval keine Raumflotte besaß, aber warum mietete er nicht von Baron Fell ein Kriegsschiff und griff jetzt an? Das war die Maßnahme, die Miles am meisten erwartet und befürchtet hatte, nämlich daß Ryoval und Fell, und vielleicht auch Bharaputra, sich gegen ihn verbünden würden, da er versuchte, ihnen ihre Beute zu entführen.

»Können Sie es sich jetzt noch leisten, Kopfgeldjäger anzuheuern?« fragte Miles sanft. »Ich dachte, Ihre Mittel wären etwas reduziert. Obwohl Sie vermutlich Ihre chirurgischen Spezialisten noch haben.«

Ryoval atmete schwer und wischte sich den Speichel vom Mund. »Hat Sie mein lieber kleiner Bruder dazu angestiftet?«

»Wer?« fragte Miles echt verwirrt. War da noch ein anderer Spieler am Werk ...?

»Baron Fell.«

»Ich ... wußte nicht einmal, daß Sie verwandt sind«, sagte Miles. »*Kleiner* Bruder?«

»Sie lügen schlecht«, sagte Ryoval verächtlich. »Ich wußte es doch, daß er dahinter stecken muß.«

»Sie werden ihn schon selbst fragen müssen«, sagte Miles auf gut Glück. Ihm drehte sich alles im Kopf, da diese neue Information alle seine Einschätzungen veränderte. *Zum Teufel* mit der Vorinformation für seine Mission, bei der diese Verbindung nicht erwähnt worden war. In den Details hatte sich alles auf das Haus Bharaputra konzentriert. Gewiß nur Halbbrüder – ja, hatte Nicol nicht etwas über ›Fells Halbbruder‹ erwähnt?

»Ich werde mir Ihren Kopf dafür holen«, schäumte

Ryoval. »Ich lasse ihn mir tiefgefroren in einer Kühlbox zuschicken. Ich werde ihn in Plastik gießen lassen und über mein ... – nein, noch besser. Ich werde die Belohnung für den Mann verdoppeln, der Sie lebendig herbringt. Sie werden langsam sterben, nach unendlichen Demütigungen ...«

Alles in allem war Miles froh, daß durch die hohe Beschleunigung die Entfernung zwischen ihnen zunahm.

Ryoval unterbrach seine Tirade, und seine schwarzen Augenbrauen zogen sich in einem plötzlich aufkeimenden Verdacht zusammen. »Oder hat Bharaputra Sie angeheuert? Versuchen die jetzt mich zu blockieren, damit ich nicht ihr biologisches Monopol antaste, anstatt mit mir zu fusionieren, wie sie versprochen hatten?«

»Warum denn«, nölte Miles, »würde Bharaputra wirklich ein Komplott gegen den Chef eines anderen Hauses inszenieren? Haben Sie persönlich Beweise dafür, daß sie so etwas machen? Oder – wer brachte den Klon Ihres Bruders um?« Endlich paßten die Mosaiksteine zusammen. Du lieber Himmel! Es schien, als wären Miles und seine Mission mitten in einen Machtkampf von byzantinischer Komplexität geschlittert. Nicol hatte bezeugt, daß Fell nie den Killer seines jungen Duplikats dingfest gemacht hatte ... »Soll ich raten?«

»Sie wissen es verdammt gut«, versetzte Ryoval. »Aber wer von ihnen hat Sie angeheuert? Fell oder Bharaputra? *Wer?*«

Ryoval, erkannte Miles, wußte noch absolut nichts von der echten Mission der Dendarii gegen das Haus Bharaputra. Und so, wie die Stimmung zwischen den Häusern offensichtlich war, würde es noch eine ganze Weile dauern, bis sie sich trafen und ihre Erkenntnisse austauschten. Je länger es dauerte, desto besser, von Miles' Standpunkt aus gesehen. Ein schwaches Lächeln schlich sich auf seine Lippen, das er zuerst unterdrücken wollte, dann aber freigab. »Was, können Sie nicht glauben, daß dies bloß mein persönlicher Schlag gegen den genetischen Sklavenhandel war? Eine Tat zu Ehren meiner Dame?«

Dieser Hinweis auf Taura ging an Ryoval vorbei; er hatte jetzt seine fixe Idee, und deren Verzweigungen und seine Wut bildeten jetzt eine wirksame Blockade gegen neue Informationen. Es dürfte wirklich nicht sehr schwer sein, einen Mann, der gegen seine Rivalen heftig konspiriert hatte, zu überzeugen, daß jetzt seine Rivalen ihrerseits konspirierten.

»Fell oder Bharaputra?« wiederholte Ryoval wütend. »Haben Sie gedacht, Sie könnten einen Diebstahl für Bharaputra mit diesen willkürlichen Zerstörungen vertuschen?«

Ein Diebstahl? Miles war überrascht. Sicher nicht der Diebstahl von Taura – sondern vielleicht einer Gewebeprobe, um die Bharaputra verhandelt hatte? Oh *ho ...*

»Ist es nicht offensichtlich?« sagte Miles zuckersüß. »Sie haben Ihrem Bruder das Motiv gegeben, indem Sie seine Pläne, sein Leben zu verlängern, sabotierten. Und Sie wollten zuviel von Bharaputra, also lieferten die mir die Methode, indem sie ihre Supersoldatin in Ihre Anlagen einschleusten, wo ich mich mit ihr treffen konnte. Man ließ Sie sogar für das Privileg zahlen, daß Ihre Sicherheitsmaßnahmen unterlaufen wurden. Sie haben uns in die Hände gespielt. Der Plan für das Ganze stammte natürlich von mir«, sagte Miles und polierte seine Fingernägel an seinem T-Shirt.

Er spähte durch seine Wimpern nach oben. Ryoval schien Schwierigkeiten beim Atmen zu haben. Mit einer abruptem Schwenk seiner Hand schaltete der Baron die Vid-Verbindung ab. Blackout.

Nachdenklich summend ging Miles zum Duschen.

Als der nächste Anruf kam, war Miles schon wieder im Navigationsraum, jetzt in einer frischen grün-weißen

Uniform, vollgepumpt mit Salizylaten gegen seine Schmerzen und Prellungen, und mit einer Tasse heißen schwarzen Kaffees in den Händen, als Gegenmittel gegen das Schielen seiner geröteten Augen.

Baron Fell brach nicht in eine Tirade aus wie sein Halbbruder, sondern saß einen Augenblick lang im Vid stumm da und starrte Miles nur an. Miles, dem unter diesem Blick unbehaglich zumute wurde, war äußerst froh darüber, daß er die Gelegenheit gehabt hatte, sich zu waschen. Hatte Baron Fell jetzt endlich das Fehlen seiner Quaddie bemerkt? Hatte Ryoval ihm schon einen Teil der schwelenden paranoiden Mißverständnisse mitgeteilt, die Miles eben erst angefacht hatte? Von der Station Fell war noch keine Verfolgung gestartet worden – sie mußte bald kommen, sonst kam sie überhaupt nicht mehr, denn jedes Raumschiff, das dann noch leicht genug wäre, um mit der Beschleunigung der *Ariel* mithalten zu können, wäre zu leicht, um deren Feuerkraft etwas entgegensetzen zu können. Es sei denn, Fell plante, einen Gefallen vom Konsortium der Häuser zu erbitten, das die Station am Wurmlochsprung betrieb ... Wenn dieses bedrückende Schweigen noch eine Minute länger dauerte, dachte Miles, dann würde er in unkontrolliertes Gestammel ausbrechen. Glücklicherweise begann Fell endlich zu sprechen.

»Es scheint, Admiral Naismith«, knurrte Baron Fell, »daß Sie zufällig oder absichtlich etwas wegschaffen, das Ihnen nicht gehört.«

Einige Etwas, überlegte Miles, aber Fell bezog sich nur auf Nicol, falls Miles ihn recht verstand. »Wir mußten ziemlich überstürzt abfliegen«, sagte er in entschuldigendem Ton.

»So hat man mir berichtet.« Fell neigte ironisch den Kopf. Er mußte einen Bericht von seinem unglücklichen Kommandoführer bekommen haben. »Aber Sie können sich noch einige Schwierigkeiten ersparen. Es wurde ein Preis für meine Musikerin vereinbart. Für mich macht es keinen großen Unterschied, ob ich sie an Sie oder an Ryoval abgebe, solange der Preis bezahlt wird.«

Kapitän Thorne, der an den Monitoren der *Ariel* arbeitete, zuckte unter Miles Blick zusammen.

»Der Preis, auf den Sie sich beziehen, ist das Geheimnis der betanischen Verjüngungsbehandlung, wenn ich Sie recht verstehe«, sagte Miles.

»Ganz richtig.«

»Ah… hm.« Miles befeuchtete die Lippen. »Baron, ich kann es nicht.«

Fell wandte den Kopf. »Stationskommandant, starten Sie Verfolgungsschiffe…«

»Warten Sie!« schrie Miles.

Fell hob die Augenbrauen. »Sie überlegen es sich noch einmal? Gut!«

»Es ist nicht so, daß ich es Ihnen nicht sagen *will*«, sagte Miles verzweifelt, »es ist nur, daß die Wahrheit für Sie ohne Nutzen wäre. Ohne jeden Nutzen. Jedoch stimme ich zu, daß Sie eine Entschädigung verdienen. Ich habe eine andere Information, die ich Ihnen zukommen lassen könnte, und die für Sie von sofortigem Wert wäre.«

»So?« sagte Fell. Seine Stimme klang neutral, aber sein Gesichtsausdruck war düster.

»Sie hatten Ihren Halbbruder verdächtigt, Ihren Klon ermordet zu haben, aber Sie konnten keinen Beweis gegen ihn erbringen, habe ich recht?«

Fell blickte etwas interessierter drein. »Alle meine Agenten und die von Bharaputra konnten keine Verbindung herstellen. Wir haben es versucht.«

»Das überrascht mich nicht. Denn es waren Bharaputras Agenten, die die Tat ausführten.« Nun ja, das war jedenfalls möglich.

Fells Augen verengten sich. »Sie haben ihr eigenes Produkt getötet?« sagte er ungläubig.

»Ich glaube, Ryoval hat einen Handel mit dem Haus Bharaputra getroffen, um Sie zu verraten«, sagte Miles schnell. »Ich glaube, er umfaßte den Austausch einiger einzigartiger biologischer Proben in Ryovals Besitz; ich glaube nicht, daß Geld allein das Risiko wert gewesen wäre. Der Handel wurde offensichtlich auf der höchsten Ebene abgewickelt. Ich weiß nicht, wie man sich vorgestellt hatte, das Vermögen des Hauses Fell nach Ihrem möglichen Tod aufzuteilen – vielleicht hatte man überhaupt nicht vor, es aufzuteilen. Man schien einen Plan zu haben, die Häuser zu einem größeren biologischen Monopol auf Jackson's Whole zusammenzuschließen. Eine Art Firmenfusion.« Miles machte eine Pause, um seine Worte wirken zu lassen. »Darf ich Ihnen vorschlagen, daß Sie Ihre Kräfte vielleicht aufsparen für Feinde, die Ihnen näher sind als ich? Außerdem haben Sie unseren ganzen Kreditbrief, aber wir haben nur unsere halbe Fracht. Sind wir damit nicht quitt?«

Fell starrte ihn eine volle Minute lang düster an, mit dem Ausdruck eines Mannes, der gleichzeitig in drei verschiedene Richtungen dachte. Miles kannte dieses Gefühl. Dann wandte Fell den Kopf und sagte gepreßt aus dem Mundwinkel: »Verfolgungsschiffe zurückhalten!«

Miles wagte wieder zu atmen.

»Ich danke Ihnen für diese Information, Admiral«, sagte Fell kühl, »aber nicht überschwenglich. Ich werde Ihren schnellen Abgang nicht behindern. Aber falls Sie oder eines Ihrer Schiffe je wieder im Raum von Jackson's Whole erscheinen sollten …«

»O Baron«, sagte Miles aufrichtig, »weit, weit weg von dort zu bleiben, ist einer meiner sehnlichsten Wünsche.«

»Sie sind klug«, knurrte Fell und schickte sich an, die Verbindung abzubrechen.

»Baron Fell«, fiel Miles impulsiv ein. Fell zögerte.

»Zu Ihrer zukünftigen Information – ist diese Verbindung abhörsicher?«

»Ja.«

»Das wahre Geheimnis der betanischen Verjüngungsbehandlung ist, daß es sie nicht gibt. Lassen Sie sich nicht wieder reinlegen. Ich sehe so jung aus, weil ich so jung bin. Machen Sie daraus, was Sie wollen.«

Fell sagte absolut nichts. Nach einer Weile erschien ein schwaches, winterliches Lächeln auf seinen Lippen. Er schüttelte den Kopf und unterbrach die Verbindung.

Nur für den Fall, daß er sich noch einmal melden sollte, blieb Miles in einer Ecke des Navigationsraums hocken, bis der Funkoffizier meldete, die endgültige Freigabe von der Flugüberwachung der Sprungpunktstation sei eingetroffen. Aber Miles rechnete damit, daß die Häuser Fell, Ryoval und Bjaraputra viel zu sehr mit sich selber beschäftigt sein würden, um sich mit ihm zu befassen, zumindest für eine Weile. Die späte Übermittlung der wahren und falschen Informationen an die Rivalen – jedem entsprechend seinem Maß – kam ihm vor, als hätte er drei ausgehungerten, tollwütigen Hunden einen Knochen zugeworfen. Er bedauerte es fast, daß er nicht zurückbleiben und die Ergebnisse sehen konnte. Fast.

Stunden nach dem Wurmlochsprung erwachte er in seiner Kabine. Er war völlig angekleidet, aber die Stiefel waren hübsch neben dem Bett abgestellt, und er konnte sich nicht erinnern, wie er hierher gekommen war. Murka mußte ihn begleitet haben. Wenn er allein zurückgekommen und dann eingeschlafen wäre, dann hätte er sicher die Stiefel angelassen.

Miles erkundigte sich zuerst beim Offizier vom Dienst über Lage und Status der *Ariel.* Der Flug war erfrischend langweilig und ereignislos. Sie durchquerten das System eines blauen Sterns zwischen Sprungpunkten auf dem Weg nach Escobar. Dieser Raum war unbewohnt und völlig leer, abgesehen von geringfügigem kommerziellen Verkehr. Aus der Richtung von Jackson's Whole gab es keine Verfolger. Miles nahm eine leichte Mahlzeit ein und war sich dabei nicht sicher, ob es sich um Frühstück, Lunch oder Dinner handelte. Nach seinen Abenteuern auf dem Planeten stimmte sein Biorhythmus nicht mehr mit der Schiffszeit überein. Dann machte er sich auf die Suche nach Thorne und Nicol. Er fand sie in der Ingenieurwerkstatt. Ein Techniker glättete gerade die letzte Delle in Nicols Schwebesessel.

Nicol, die jetzt eine weiße Jacke und rosa paspelierte Shorts trug, lag auf dem Bauch ausgestreckt auf einer Bank und beobachtete die Reparatur. Für Miles war es ein seltsamer Anblick, sie außerhalb ihres Untersatzes zu sehen; sie wirkte auf ihn wie ein Einsiedlerkrebs außerhalb seines Schneckengehäuses oder wie ein Seehund an Land. Bei normaler Gravitation sah sie so seltsam verletzlich aus, doch in der Schwerelosigkeit hatte sie so recht am Platz gewirkt, daß ihm die Besonderheit ihrer Extraarme bald nicht mehr aufgefallen war. Thorne half dem Techniker, die blaue Schale des Schwebesessels wieder auf den neu eingestellten Antigravmechanismus zu setzen, dann wandte er sich grüßend zu Miles um, während der Techniker den Sessel zusammenschraubte.

Miles setzte sich auf die Bank neben Nicol. »So wie die Dinge aussehen«, sagte er zu ihr, »solltest du eigentlich vor Nachstellungen durch Baron Fell sicher sein. Er und sein Halbbruder werden eine Weile voll damit beschäftigt sein, sich aneinander zu rächen. Da bin ich froh, daß ich ein Einzelkind bin.«

»Hm«, sagte sie nachdenklich.

»Du dürftest eigentlich sicher sein«, warf Thorne ermutigend ein.

»O nein, darum geht es nicht«, sagte Nicol. »Ich dachte gerade an meine Schwestern. Es gab eine Zeit, da konnte ich es nicht erwarten, von ihnen wegzukommen. Jetzt kann ich es nicht erwarten, sie wiederzusehen.«

»Was sind jetzt deine Pläne?« fragte Miles.

»Ich werde zuerst auf Escobar Halt machen«, erwiderte sie. »Das ist eine gute Kreuzung von Routen im Nexus, und von dort aus dürfte ich mich eigentlich zur Erde durchschlagen können. Von der Erde kann ich nach Orient IV reisen, und von dort kann ich sicher nach Hause kommen.«

»Ist deine Heimat jetzt dein Ziel?«

»Es gibt eigentlich noch mehr von .der Galaxis zu sehen«, warf Thorne ein. »Ich bin mir nicht sicher, ob auf die Personalliste der Dendarii auch eine Schiffsmusikerin paßt, aber ...«

Sie schüttelte den Kopf. »Ich möchte nach Hause«, sagte sie mit fester Stimme. »Ich bin es müde, immerzu gegen die Gravitation zu kämpfen. Ich bin es müde, allein zu sein. Ich fange schon an, Alpträume zu haben, daß mir Beine wachsen.«

Thorne seufzte matt.

»Es gibt eine kleine Kolonie von Planetariern, die unter uns leben«, fügte sie an Thorne gewandt hinzu. »Sie haben ihren eigenen Asteroiden mit künstlicher Gravitation ausgestattet – ganz wie echte Gravitation auf einem Planeten, nur nicht so zugig.«

Miles erschrak – einen Schiffskommandanten von erwiesener Loyalität zu verlieren ...

»Ach«, sagte Thorne in einem ähnlich nachdenklichen Ton wie Nicol. »Ziemlich weit weg von meiner Heimat, dein Asteroidengürtel.«

»Wirst du dann eines Tages nach Kolonie Beta zurückkehren?« fragte sie. »Oder sind die Dendarii-Söldner deine Heimat und deine Familie?«

»Für mich stellt es sich nicht ganz so leidenschaftlich dar«, sagte Thorne. »Ich bleibe im allgemeinen hier, weil mich eine gewaltige Neugierde plagt, zu sehen, was als nächstes geschieht.« Thorne schenkte Miles ein eigenartiges Lächeln.

Dann half er Nicol wieder auf ihren blauen Untersatz. Nach einer kurzen Überprüfung der Systeme schwebte sie wieder aufrecht, so beweglich wie – nein, beweglicher als ihre mit Beinen ausgestatteten Gefährten. Sie schaukelte hin und her und schaute Thorne strahlend an.

»Es sind nur noch drei Tage bis zum Orbit von Escobar«, sagte Thorne voller Bedauern zu Nicol. »Immerhin – 72 Stunden, das sind 4320 Minuten. Was kann man nicht alles in 4320 Minuten tun?« .

Oder wie oft, dachte Miles trocken. *Vor allem, wenn man nicht schläft*. Schlaf war es nicht, woran Bel dachte, falls Miles die Zeichen richtig deutete. Viel Glück – für beide.

»Inzwischen«, Thorne manövrierte Nicol in den Korridor, »darf ich dir mal mein Schiff zeigen. Gebaut auf Illyrica – das ist ein bißchen in deiner Richtung, wenn ich recht unterrichtet bin. Es ist eine eigene Geschichte, wie die *Ariel* seinerzeit in die Hände der Dendarii fiel – damals waren wir die Oserischen Söldner ...«

Nicol gab ermunternde Töne von sich. Miles unterdrückte ein neidisches Grinsen, und wandte sich dann in die andere Richtung. Er wollte Dr. Canaba aufsuchen und die Erledigung seiner letzten, unangenehmen Pflicht arrangieren.

Gedankenverloren stellte Miles das Hypospray beiseite, das er in seinen Händen herumgedreht hatte. Mit einem Zischen öffnete sich die Tür der Krankenstation. Er drehte sich auf dem Stuhl des Medtech herum und blickte auf, als Taura und Sergeantin Anderson hereinkamen. »Mein *Wort*«, murmelte er.

Anderson salutierte kurz. »Zur Stelle wie befohlen, Sir.« Tauras Hand zuckte; sie war sich unsicher, ob sie diesen militärischen Gruß nachahmen sollte oder nicht.

Miles blickte zu Taura auf und lächelte unwillkürlich erfreut. Tauras Verwandlung hatte noch mehr gebracht, als er erträumt hatte.

Er wußte nicht, wie es Anderson gelungen war, den Lagercomputer so weit über seine normalen Parameter hinausgehen zu lassen, aber irgendwie hatte er ihr eine komplette Dendarii-Uniform in Tauras Größe geliefert: eine schneidige grau-weiße Jacke mit Taschen, graue Hosen, polierte Stiefel. Tauras Gesicht und Haare strahlten vor Sauberkeit. Ihr dunkles Haar war jetzt in einem dicken, hübschen und ziemlich geheimnisvollen Zopf geflochten, der auf ihrem Hinterkopf lag – Miles konnte nicht erkennen, wohin die Enden gingen – und wie poliertes Mahagoni schimmerte.

Sie sah zwar noch nicht gerade gut genährt aus, aber zumindest doch nicht mehr hungrig; ihre Augen leuchteten und blickten interessiert drein, nicht mehr gejagt flackernd wie bei ihrer ersten Begegnung. Selbst aus dieser Entfernung konnte er feststellen, daß die Gelegenheit zum Zähneputzen ihren Mundgeruch vertrieben hatte, der sich in den Tagen in Ryovals Keller nach der ausschließlichen Ernährung mit rohem Rattenfleisch gebildet hatte. Die Schmutzkruste war von ihren großen Händen verschwunden und ihre krallenartigen Nägel waren schön zugeschnitten und dann mit einem irisierenden Perlweiß lackiert worden, das wie Schmuck zu ihrer grauweißen Uniform paßte. Der Nagellack mußte aus dem privaten Vorrat der Sergeantin stammen.

»Ausgezeichnet, Anderson«, sagte Miles bewundernd.

Anderson grinste stolz. »Ist das etwa so, wie Sie es sich vorgestellt hatten, Sir?«

»Ja.« Tauras Gesicht spiegelte seine Freude wider. »Wie hast du deinen ersten Wurmlochsprung überstanden?« fragte er sie.

Sie kräuselte ihre langen Lippen. »Ich befürchtete,

mir würde übel, als mir ganz plötzlich so schwindlig wurde, bis mir Sergeantin Anderson erklärte, was da vor sich ging.«

»Keine kleinen Halluzinationen oder seltsame Zeitdehnungseffekte?«

»Nein, aber es ging – na ja, nicht sonderlich schnell.«

»Hm, das klingt nicht, als gehörtest du zu den Glücklichen – oder Unglücklichen –, die die Fähigkeiten zum Sprungpiloten haben. Nach den Talenten, die du gestern morgen auf Ryovals Landefeld gezeigt hast, würde die Taktikabteilung dich nur ungern an die Navigation verlieren.« Miles zögerte kurz. »Danke, Laureen. Wobei habe ich euch unterbrochen?«

»Routinemäßige Systemüberprüfung der Landeshuttles. Ich ließ Taura mir bei der Arbeit über die Schulter schauen.«

»In Ordnung, machen Sie weiter. Ich werde Taura wieder zu Ihnen schicken, sobald sie hier fertig ist.«

Anderson ging nur widerstrebend hinaus; ganz offensichtlich war sie neugierig. Miles wartete, bis sich die Tür zischend geschlossen hatte, bevor er weitersprach. »Setz dich, Taura. Waren deine ersten vierundzwanzig Stunden mit den Dendarii zufriedenstellend?«

Sie grinste und ließ sich vorsichtig auf einen der Sitze nieder, der unter ihrem Gewicht knackte. »Alles Ordnung.«

»Aha.« Er zögerte. »Wenn wir Escobar erreichen, dann hast du die Wahl, deiner eigenen Wege zu gehen, weißt du. Du bist nicht gezwungen, dich uns anzuschließen. Ich könnte dafür sorgen, daß du dort auf dem Planeten eine Art Anfang machen könntest.«

»Was?« Ihre Augen weiteten sich entsetzt. »Nein! Ich meine … esse ich zu viel?«

»Überhaupt nicht! Du kämpfst für vier Männer, dann können wir es uns, verdammt noch mal, leisten, dich zu ernähren wie drei. Aber … ich muß ein paar

Dinge klären, bevor du deinen Rekruteneid ablegst.« Er räusperte sich. »Ich bin nicht zu Ryoval gekommen, um dich für die Dendarii anzuwerben. Erinnerst du dich, daß dir Dr. Canaba einige Wochen, bevor Bharaputra dich verkaufte, etwas in dein Bein injizierte? Mit einer Nadel, nicht mit einem Hypospray?«

»O ja.« Sie rieb sich unwillkürlich die Wade. »Es entstand ein Knötchen.«

»Was hat er dir gesagt, was das war?«

»Eine Immunisierung.«

Sie hatte recht gehabt, dachte Miles, als sie sich zum erstenmal begegnet waren. Menschen logen viel. »Nun, das war keine Immunisierung. Canaba benutzte dich als lebendiges Gefäß für künstlich erzeugtes biologisches Material. Molekularisch gebundenes, nicht aktives Material«, fügte er hastig hinzu, als sie sich herumdrehte und beunruhigt auf ihr Bein schaute. »Er hat mir versichert, daß es sich nicht spontan aktivieren kann. Mein ursprünglicher Auftrag bestand nur darin, Dr. Canaba abzuholen. Aber er wollte nicht ohne seine Komplexe weggehen.«

»Er hatte geplant, mich mitzunehmen?« sagte sie überrascht. »Dann müßte ich eigentlich *ihm* dafür danken, daß er dich geschickt hat!«

Miles wünschte, er könnte Dr. Canabas Gesichtsausdruck sehen, wenn sie das wirklich täte. »Ja und nein. Konkret nein.« Er machte schnell weiter, bevor seine Nerven ihn verließen. »Du mußt ihm für nichts danken, und mir auch nicht. Er wollte nur deine Gewebeprobe mitnehmen, und schickte mich, sie zu holen.«

»Hättest du mich eher zurückgelassen bei … – ist deshalb Escobar …?« Sie war immer noch verwirrt.

»Du hattest Glück«, fuhr Miles fort, »daß ich von meinen Leuten abgeschnitten und entwaffnet war, als wir uns endlich begegneten. Canaba hatte auch mich belogen. Zu seiner Verteidigung scheint er eine vage Vorstellung gehabt zu haben, daß er dich vor einem grausamen Leben als Ryovals Sklavin retten würde. Er schickte mich, um dich zu töten, Taura. Er schickte mich, um ein Monstrum zu erschlagen, wo er mich hätte anflehen sollen, eine verkleidete Prinzessin zu retten. Ich bin ziemlich verärgert über Dr. Canaba. Und mit mir bin ich auch nicht zufrieden. Ich habe dich drunten in Ryovals Keller angelogen, weil ich dachte, ich müßte es tun, um zu überleben und zu gewinnen.«

Auf ihrem Gesicht zeichnete sich die Verwirrung ab. Das Leuchten ihrer Augen erlosch. »Dann hast du nicht wirklich geglaubt, daß ich ein Mensch bin…«

»Im Gegenteil. Du hast einen ausgezeichneten Test gewählt. Es ist viel schwerer, mit dem Körper zu lügen als mit dem Mund. Als ich dir meinen Glauben bewies, mußte er echt sein.« Er schaute sie an und empfand immer noch ein Zucken der taumelnden, irrsinnigen Freude, ein körperliches Überbleibsel jenes Abenteuers des Leibes. Er vermutete, daß er immer etwas empfinden würde – das war die männliche Konditionierung, ohne Zweifel. »Hättest du gerne, daß ich es dir noch einmal beweise?« fragte er mit aufkeimender Hoffnung und biß sich dann auf die Zunge. »Nein«, beantwortete er seine eigene Frage. »Wenn ich dein Kommandant sein soll – wir haben da Regeln gegen Fraternisierung. Hauptsächlich, um die Leute aus unteren Rängen vor Ausbeutung zu schützen, obwohl es ja in beiden Richtungen funktionieren kann – hm!« Er wich schrecklich vom Thema ab. Wieder nahm er das Hypospray in die Hand, fingerte nervös daran herum und legte es wieder hin.

»Auf jeden Fall hat Dr. Canaba mich gebeten, dich erneut anzulügen. Er wollte, daß ich dir heimlich eine allgemeine Anästhesie verpasse, damit er dann seine Gewebeprobe per Biopsie zurückholen könnte. Er ist ein Feigling, wie du vielleicht bemerkt hast. Er steht jetzt draußen und kippt fast aus den Pantinen vor Angst, daß du herausfinden könntest, was er für dich vorgesehen hatte. Ich denke, eine lokale Betäubung mit einem medizinischen Betäuber würde ausreichen. Ich würde sicherlich bei Bewußtsein sein und zuschauen wollen, wenn er an *mir* arbeiten würde.« Er schnippte verächtlich mit einem Finger gegen das Hypospray.

Sie saß stumm da, ihr seltsam wölfisches Gesicht – an das Miles sich allmählich gewöhnte – war ausdruckslos. »Du möchtest, daß ich ihm erlaube … in mein Bein zu schneiden?« sagte sie schließlich.

»Ja.«

»Und was dann?«

»Dann nichts. Damit hättest du zum letztenmal mit Dr. Canaba zu tun, und mit Jackson's Whole und all dem übrigen. Das verspreche ich dir. Wenn du allerdings an meinen Versprechungen zweifelst, dann könnte ich das verstehen.«

»Zum letztenmal …«, keuchte sie. Sie senkte das Gesicht, dann hob sie es wieder und straffte ihre Schultern. »Bringen wir es dann hinter uns.« Jetzt war kein Lächeln mehr auf ihrem langen Mund.

Wie Miles erwartet hatte, war Dr. Canaba nicht glücklich darüber, daß er es mit einem Objekt seiner Aktivitäten zu tun bekam, das bei Bewußtsein war. Miles war es wirklich gleichgültig, wie unglücklich Dr. Canaba damit war, und nach einem Blick auf Miles' kühles Gesicht gab Canaba jeden Disput auf. Er entnahm wortlos seine Gewebeprobe, packte sie sorgfältig in den Biocontainer und floh damit, sobald er konnte, in die Sicherheit und Ungestörtheit seiner Kabine.

Miles saß mit Taura in der Krankenstation, bis die Betäubung genügend nachgelassen hatte, daß sie herumgehen konnte, ohne zu stolpern. Sie saß lange Zeit schweigend da. Er beobachtete ihr regloses, starres Gesicht und wünschte sich sehnlichst, er wüßte, wie er diese goldenen Augen wieder zum Leuchten bringen könnte.

»Als ich dich zum erstenmal sah«, sagte sie sanft, »war es wie ein Wunder. Etwas Magisches. Alles, was ich mir gewünscht hatte, wonach ich verlangt hatte. Essen. Wasser. Wärme. Rache. Flucht.« Sie blickte auf ihre polierten Krallen, »Freunde…«, dann blickte sie ihn an, »… Berührungen.«

»Was wünschst du dir noch, Taura?« fragte Miles ernsthaft.

»Ich wünsche mir, ich wäre normal«, sagte sie langsam.

Miles schwieg ebenfalls. »Ich kann dir nicht geben, was ich selbst nicht besitze«, sagte er schließlich. Die Worte schienen in unpassenden Klumpen zwischen ihnen zu liegen. Er nahm einen neuen Anlauf. »Nein. Wünsch dir das nicht. Ich habe eine bessere Idee. Wünsch dir, du selbst zu sein. Ganz und gar. Finde heraus, worin du am besten bist, und das entwickle dann. Überspring deine Schwächen. Für die ist nicht die Zeit. Schau Nicol an…«

»Sie ist so schön«, seufzte Taura.

»Oder schau Kapitän Thorne an und sag mir dann, was ›normal‹ ist und warum ich einen Pfifferling darauf geben sollte. Schau mich an, wenn du willst. Sollte ich mich bei dem Versuch umbringen, Männer zu übertrumpfen, die im Handgemenge doppelt so schwer sind wie ich und über die doppelte Reichweite verfügen, oder sollte ich mich nicht auf ein Gebiet begeben, wo ihre Muskeln nutzlos sind, weil sie nie nahe genug herankommen, um ihre Stärke einzusetzen? Ich habe keine *Zeit* zu verlieren, und du ebenfalls nicht.«

»Weißt du, wie wenig Zeit?« wollte Taura plötzlich wissen.

»Ach…«, sagte Miles vorsichtig, »weißt du's?«

»Ich bin die letzte Überlebende meiner Krippengefährten. Wie könnte ich es nicht wissen?« Sie hob trotzig das Kinn.

»Dann wünsche nicht, normal zu sein«, sagte Miles

leidenschaftlich und erhob sich, um hin und her zu gehen. »Du würdest nur deine kostbare Zeit mit vergeblicher Frustration vergeuden. Wünsche dir, groß zu sein! Dafür zu kämpfen hast du wenigstens eine Chance. Groß in allem, was du bist. Eine große Soldatin, eine große Sergeantin, eine große Quartiermeisterin, meinetwegen, wenn dir das gelegen kommt. Eine große Musikerin wie Nicol – stell dir nur vor, wie schrecklich es wäre, wenn sie ihre Talente mit Versuchen vergeuden würde, normal zu sein.« Miles unterbrach befangen seine aufmunternden Worte und dachte: *Es ist leichter, das zu predigen, als in die Tat umzusetzen …*

Taura studierte ihre polierten Krallen und seufzte. »Vermutlich ist es nutzlos für mich, wenn ich mir wünsche, so schön zu sein wie Sergeant Anderson.«

»Es ist nutzlos, wenn du versuchst, so schön zu sein *wie* jemand anderer als du«, sagte Miles. »Sei schön wie Taura, ja, das kannst du. Und zwar sehr gut!« Er merkte, wie er ihre Hände umfaßte, und fuhr mit einem Finger über eine irisierende Kralle. »Laureen scheint das Prinzip verstanden zu haben, und du könntest dich von ihrem Geschmack leiten lassen.«

»Admiral«, sagte Taura langsam und ließ seine Hände nicht los, »bist du tatsächlich schon mein Kommandant? Sergeantin Anderson erzählte etwas über Einweisung und Aufnahmetests und einen Eid …«

»Ja, all das wird kommen, wenn wir uns mit der Flotte treffen. Bis dahin bist du praktisch unser Gast.«

Ein Funkeln kehrte in ihre goldenen Augen zurück. »Dann würde es – bis dahin – gegen keine Dendarii-Regeln verstoßen, nicht wahr, wenn du mir noch einmal zeigen würdest, wie menschlich ich bin? Ein einzigesmal noch?«

Es muß so etwas sein, dachte Miles, wie der Trieb, der Menschen dazu brachte, steile Felswände ohne Antigravgürtel hinaufzuklettern oder aus altmodischen Flugzeugen herauszuspringen mit nur einem Stück Seidenstoff dabei, um den Aufprall zu verhindern. Er spürte, wie die Faszination in ihm anstieg, wie das Lachen sich meldete, das dem Tod trotzte. »Langsam?« sagte er würgend. »Es diesmal richtig machen? Ein bißchen plaudern, etwas Wein trinken, ein wenig Musik hören? Ohne daß Ryovals Wachkommando oben lauert, oder daß eiskalter Fels meinen…«

Ihre Augen waren riesengroß und golden und schmolzen hin. »Du hast gesagt, du würdest gern das praktizieren, worin du groß bist.«

Miles war nie bewußt gewesen, wie empfänglich er für Schmeicheleien großer Frauen war. Eine Schwäche, vor der er sich hüten mußte. Irgendwann einmal.

Sie zogen sich in seine Kabine zurück und praktizierten eifrig, bis sie den halben Weg nach Escobar hinter sich hatten.

DRITTER TEIL

GRENZEN DER UNENDLICHKEIT

ZWISCHENSPIEL

»Was ist mit dem Wolfsmädchen passiert?« fragte Illyan nach einem langen Schweigen der Faszination.

»Ach, es geht ihr gut. Ich bin froh, das sagen zu können. Sie ist vor kurzem Sergeantin geworden. Mein Truppenarzt von den Dendarii hat ihr einige Medikamente gegeben, um ihren Stoffwechsel ein wenig zu verlangsamen. Es ist ein Experiment.«

»Werden sie ihr Leben verlängern?«

Miles zuckte die Achseln. »Ich wünschte mir, wir wüßten es. Vielleicht. Wir hoffen es.«

»Nun gut.« Illyan rutschte auf seinem Stuhl hin und her. »Damit bleibt Dagoola übrig. Und da darf ich dich daran erinnern, daß der einzige Bericht, den ich von dir darüber bekam, bevor die anderen Agenten die Sache übernahmen, dieser übertrieben lakonische war, den du von Mahata Solaris aus geschickt hattest.«

»Das sollte nur ein Vorbericht sein. Ich dachte, ich käme noch eher nach Hause.«

»Das ist kein Problem – oder zumindest kein Problem für Graf Vorvolk. Dagoola, Miles. Spuck es aus, und dann kannst du etwas schlafen.«

Miles runzelte müde die Stirn. »Es fing so einfach an. Fast so einfach wie der Job auf Jackson's Whole. Dann ging alles schief. Gewaltig schief ...«

»Dann fang mal mit dem Anfang an.«

»Der Anfang. Lieber Himmel. Also gut ...«

DIE GRENZEN DER UNENDLICHKEIT

Wie hat es passieren können, daß ich gestorben und in die Hölle gekommen bin, ohne den Übergang gemerkt zu haben?

Die opaleszierende Energiekuppel dehnte sich über eine surreale und fremdartige Landschaft, die einen Augenblick lang wegen Miles' Desorientierung und Entsetzen erstarrt erschien. Die Kuppel beschrieb einen vollkommenen Kreis mit einem Durchmesser von einem halben Kilometer. Miles stand gerade an der Innenseite ihres Randes, wo die glühende konkave Oberfläche in den festgestampften Boden überging und verschwand. In seiner Vorstellung folgte er dem Bogen, der unter seinen Füßen begraben war, bis zur anderen Seite, wo er wieder hervortrat, um die Kugel zu vollenden. Es war, als sei man in einer Eierschale gefangen. In einer unzerbrechlichen Eierschale.

Im Innern bot sich eine Szene aus einer archaischen Vorhölle dar. Entmutigte Männer und Frauen saßen, standen oder lagen (die meisten lagen), allein oder in verstreuten, unregelmäßigen Gruppen, in der ganzen weiten Arena. Miles' Blick suchte begierig einen Rest von Ordnung oder militärischer Gruppierung, aber die Anwesenden schienen so zufällig über den Boden verschüttet zu sein wie eine Flüssigkeit.

Vielleicht war er gerade eben getötet worden, als er dieses Gefangenenlager betrat. Vielleicht hatten ihn seine Fänger hinsichtlich seines Todes getäuscht, wie jene Soldaten in alter Zeit auf der Erde, die ihre Opfer wie Schafe in die Giftduschen gelockt hatten, wo Seifenstücke aus Stein deren Verdacht zerstreuen sollten, bis sie dann in einer erstickenden Wolke endlich die Wahrheit erkannten. Vielleicht war die Vernichtung seines Körpers so schnell vor sich gegangen, daß seine Neuronen noch gar nicht die Zeit gehabt hatten, diese Information seinem Gehirn zu melden. Warum sonst waren sich so viele alte Mythen darin einig, daß die Hölle ein kreisförmiger Ort war?

Dagoola IV, Top-Security-Gefangenenlager Nr. 3. War es das? Diese nackte – Servierplatte? Miles hatte sich irgendwie Baracken vorgestellt, patrouillierende Wachen, tägliche Zählappelle, geheime Tunnel, Fluchtkomitees.

Die Kuppel machte alles so einfach, erkannte Miles. Wozu brauchte es da noch Baracken, um die Gefangenen gegen die Elemente abzuschirmen? Das übernahm die Kuppel. Wozu noch Wachen? Die Kuppel wurde von außen generiert. Nichts konnte sie von innen durchdringen. Keine Notwendigkeit für Wachen oder Zählappelle. Tunnel waren vergeblich, Fluchtkomitees absurd. Die Kuppel erledigte alles.

Die einzigen Gebäude waren diese großen grauen Plastikpilze, die gleichmäßig etwa alle hundert Meter am Rand der Kuppel aufgestellt waren. Die geringen Aktivitäten, die hier zu beobachten waren, schienen sich alle darauf zu konzentrieren. Es waren Latrinen, wie Miles erkannte.

Miles und seine drei Mitgefangenen waren durch eine zeitweilige Pforte hereingekommen, die sich hinter ihnen geschlossen hatte, bevor die vorübergehende Ausbuchtung der Energiekuppel, die ihren Durchgang umwölbte, vor ihnen wieder verschwand. Der nächste Bewohner der Kuppel, ein Mann, lag ein paar Meter entfernt auf einer Schlafmatte, die der glich, die Miles jetzt umklammert hielt. Er wandte ihnen den Kopf zu, betrachtete die kleine Gruppe von Neuankömmlingen und lächelte säuerlich, dann drehte er sich auf die Seite und kehrte ihnen den Rücken zu. Sonst machte sich in der Nähe niemand die Mühe, überhaupt auch nur aufzublicken.

»Himmel, Arsch und Zwirn«, murmelte einer von Miles' Begleitern. Er und seine beiden Kumpane rückten unbewußt zusammen. Die drei waren einmal in derselben Einheit gewesen, hatten sie erzählt. Miles war ihnen nur einige Minuten zuvor zum erstenmal begegnet, im Endstadium der Prozedur, bei der man ihnen ihren kompletten Vorrat an weltlichen Gütern für das Leben in Dagoola Nr. 3 gegeben hatte.

Ein einziges Paar weiter grauer Hosen. Eine dazu passende graue Jacke mit kurzen Ärmeln. Eine rechteckige Schlafmatte, zusammengerollt. Einen Plastikbecher. Das war alles. Das, und die neuen Nummern, die in ihre Haut eincodiert worden waren. Es machte Miles außerordentlich zu schaffen, daß ihre Gefängnisverwalter beschlossen hatten, diese Nummern mitten auf dem Rücken anzubringen, wo sie sie nicht sehen konnten. Er unterdrückte den vergeblichen Impuls, sich zu krümmen und seinen Hals zu verdrehen, obwohl seine Hand unter dem Hemd den Rücken hinaufkroch, um dort zu kratzen, wo es ihn aus rein psychosomatischen Gründen juckte. Man konnte die eincodierte Nummer nicht fühlen.

In der Szenerie gab es eine Bewegung. Eine Gruppe von vier oder fünf Männern näherte sich ihnen. War das endlich das Begrüßungskomitee? Miles war verzweifelt auf Informationen aus. Wo unter all diesen zahllosen grauen Männern und Frauen – nein, nicht zahllos, sagte sich Miles nachdrücklich. Sie waren alle hier gezählt worden.

Die abgerissenen Überbleibsel der 3. und 4. Gepanzerten All-Terrain Rangers. Die erfindungsreichen und hartnäckigen zivilen Verteidiger der Transferstation Garson. Winowehs 2. Bataillon war fast intakt gefangengenommen worden. Und die 14. Kommandotruppe, Überlebende der Hightech-Festung von Fallow Core. Besonders die Überlebenden von Fallow Core. Genau 10214. Die Besten des Planeten Marilac. 10215, wenn er sich selbst hinzuzählte. Sollte er sich hinzuzählen?

Das Begrüßungskomitee blieb ein paar Meter vor ihnen stehen. Die Männer sahen zäh, groß und kräftig und nicht sonderlich freundlich aus. Stumpfe, mürrische, tödlich gelangweilte Augen, die nicht einmal aufleuchteten, als sie jetzt die Neuankömmlinge zählten.

Die beiden Gruppen, die fünf Männer und die drei, taxierten einander. Die drei wandten sich um und zogen sich klugerweise zurück. Miles erkannte zu spät, daß er, der zu keiner der beiden Gruppen gehörte, allein übrigblieb.

Allein und ungeheuer auffällig. Befangenheit und Bewußtsein seiner körperlichen Unzulänglichkeit, die normalerweise unter Kontrolle gehalten wurden durch die einfache Tatsache, daß er keine Zeit hatte, die er darauf vergeuden konnte, kehrten sturzflutartig zurück. Er war zu klein, er sah zu seltsam aus – seit der letzten Operation hatten zwar seine Beine gleiche Länge, aber sie waren sicher nicht lang genug, daß er diesen fünf davonrennen konnte. Und wo sollte man an diesem Ort hinrennen? Er verwarf die Möglichkeit der Flucht.

Kämpfen? Nein, jetzt mal ernsthaft!

Das wird nicht funktionieren, erkannte er traurig, während er auf sie zuging. Aber es war würdevoller, als wenn sie ihn gejagt hätten – mit dem gleichen Ergebnis.

Er versuchte, sein Lächeln ernst statt töricht wirken zu lassen, wußte aber nicht, ob es ihm gelungen war. »Hallo. Können Sie mir sagen, wo ich Oberst Guy Tremonts 14. Kommandodivision finde?«

Einer der beiden schnaubte sarkastisch. Zwei stellten sich hinter ihm auf.

Na ja, ein Schnauben war fast schon ein Sprechen.

Immerhin eine Form des Ausdrucks. Es war ein Beginn, ein Ansatzpunkt. Miles richtete sich an den Soldaten, der geschnaubt hatte. »Wie heißen Sie, Soldat, und was ist Ihr Rang und Ihre Kompanie?«

»Hier drinnen gibt es keine Ränge, Mutant. Keine Kompanien. Keine Soldaten. Kein Nichts.«

Miles blickte um sich. Er war umzingelt, natürlich. »Sie haben auf jeden Fall ein paar Freunde.«

Der Sprecher lächelte fast. »Sie haben keine.«

Miles fragte sich, ob es vielleicht voreilig gewesen war, die Flucht als eine Option abzuhaken. »Darauf würde ich nicht zählen, wenn ich Sie wäre – *uff!*« Der Stoß in seine Nieren, von hinten, warf ihn um – er biß sich beinahe in die Zunge –, er fiel hin und ließ Schlafmatte und Becher fallen. Ein Stoß mit dem bloßen Fuß, keine Kampfstiefel diesmal, Gott sei dank – nach den Regeln der Newtonschen Physik sollte seinem Angreifer der Fuß jetzt ebenso weh tun wie ihm der Rücken. Schön. Hübsch. Vielleicht würden sie sich die Knöchel wundhauen, wenn sie ihn niederschlugen ...

Einer von der Bande nahm Miles' frischerworbene Habseligkeiten an sich, Becher und Schlafmatte. »Möchtest du seine Kleider? Mir sind sie zu klein.«

»Nö.«

»Ja«, sagte der Sprecher. »Nimm sie ihm trotzdem. Vielleicht kann man damit eine von den Frauen bestechen.«

Miles' Jacke wurde ihm über den Kopf gerissen, die Hosen über die Füße. Er war viel zu beschäftigt, seinen Kopf gegen zufällige Stöße zu schützen, um noch viel um seine Kleider zu kämpfen. Dabei versuchte er, so viele Schläge wie möglich auf seinen Bauch oder seinen Brustkasten abzulenken, nicht auf die Arme oder Beine oder Kinnbacken. Eine gebrochene Rippe war gewiß die schlimmste Verletzung, die er sich jetzt hier gleich zu Anfang leisten konnte. Ein gebrochener Kieferknochen wäre die schlimmste.

Kurz bevor sie die seltsame Sprödigkeit seiner Knochen entdeckten, ließen sie von ihm ab.

»*So* ist es hier drinnen, Mutant«, sagte der Sprecher, etwas außer Atem.

»Ich bin nackt geboren worden«, keuchte Miles am Boden. »Hat mich nicht aufgehalten.«

»Ein großspuriger kleiner Scheißer«, sagte der Sprecher.

»Der lernt nur langsam«, bemerkte ein anderer.

Die zweiten Prügel waren schlimmer als die ersten. Mindestens zwei gebrochene Rippen – seine Kinnbacken entgingen nur knapp einem Schmetterschlag, auf Kosten seines linken Handgelenks, das jetzt schmerzte, nachdem Miles sich mit der linken Hand abgeschirmt hatte. Diesmal widerstand er dem Impuls, das letzte Wort haben zu müssen.

Er blieb auf den Boden liegen und wünschte sich, er würde ohnmächtig werden.

Er lag lange da, umhüllt von Schmerz. Er war sich nicht sicher, wie lange er so gelegen hatte. Die Beleuchtung durch die Energiekuppel war gleichmäßig und schattenlos, sie veränderte sich nicht. Sie war zeitlos, wie die Ewigkeit. Die Hölle war ewig, oder nicht? Dieser Ort hier hatte verdammt zu viel Ähnlichkeit mit der Hölle, das war schon mal sicher.

Und hier kam ein neuer Dämon… Miles blinzelte, bis er die herannahende Gestalt gut erkennen konnte. Ein Mann, so übel zugerichtet und nackt wie er selbst, so ausgehungert und ausgemergelt, daß ihm die Rippen hervorstanden, kniete er einige Meter entfernt am Boden. Sein Gesicht war knochig und von der Anspannung gealtert, er mochte vierzig oder fünfzig sein – oder fünfundzwanzig.

Seine Augen traten wegen seiner Magerkeit unnatürlich hervor. Die weißen Augäpfel schienen fiebrig zu glänzen. Während der Schmutz seine Haut verdunkelte. Schmutz, keine Bartstoppeln – jedem Gefangenen hier, Männern wie Frauen, wurde das Haar kurz geschoren und die Haarfollikel betäubt, um das weitere Wachstum zu stoppen. Alle waren immerzu sauber rasiert und hatten kurzen Militärhaarschnitt. Miles hatte die gleiche Prozedur nur ein paar Stunden zuvor über sich ergehen lassen müssen. Aber dieser Kerl hier war sehr eilig behandelt worden. Dem Haarbetäuber war ein Streifen auf seiner Wange entgangen, und jetzt wuchsen da ein paar Dutzend Haare wie ein Grasstreifen auf einem schlampig gemähten Rasen. Obwohl sie sich zu Locken ringelten, sah Miles, daß sie einige Zentimeter lang waren. Wenn er nur wüßte, wie schnell Haar wuchs, dann könnte er ausrechnen, wie lang dieser Kerl schon hier war. *Auf jeden Fall zu lang,* dachte Miles mit einem stummen Seufzer.

Der Mann schob die abgebrochene untere Hälfte eines Plastikbechers Miles zu. Sein Atem pfiff durch seine gelblichen Zähne. War es Anstrengung, Aufregung oder Krankheit? Wahrscheinlich nicht Krankheit, denn sie alle hier waren gut immunisiert worden. Nicht einmal die Flucht durch Tod war so einfach. Miles rollte sich auf die andere Seite, stützte sich steif auf den Ellbogen auf und betrachtete seinen Besucher durch den dünner werdenden Nebel seiner Schmerzen.

Der Mann kroch ein Stückchen zurück und lächelte nervös. Er nickte in Richtung auf den Becher. »Wasser. Du solltest trinken. Der Becher hat einen Sprung, und wenn du zu lange wartest, dann läuft alles aus.«

»Danke«, krächzte Miles. Vor einer Woche, oder in einem vergangenen Leben, je nachdem, wie man die Zeit zählte, hatte Miles an ausgewählten Weinen herumprobiert und war mit dieser oder jener Geschmacksnuance unzufrieden gewesen. Er grinste, als er sich daran erinnerte. Dann trank er. Es war vollkommen gewöhnliches Wasser, lauwarm, und roch schwach nach Chlor und Schwefel. *Der Körper ist verfeinert, aber die Blume ist etwas zu aufdringlich ...*

Der Mann hockte mit geflissentlicher Höflichkeit da, bis Miles fertiggetrunken hatte, dann beugte er sich vor, stützte sich mit seinen Knöcheln ab und fragte: »Bist du der Eine?«

Miles blinzelte. »Bin ich *was?*«

»Der Eine. Der zweite Eine, müßte ich eigentlich sagen. Die Schrift sagt, daß es zwei sein sollen.«

»Hm«, Miles zögerte vorsichtig, »was sagt die Schrift eigentlich genau?«

Die rechte Hand des Mannes bedeckte sein knotiges linkes Handgelenk, um das er einen Lumpen gewickelt hatte, der zu einer Art Seil zusammengedreht war. Er schloß die Augen, seine Lippen bewegten sich einen Moment lang stumm, dann rezitierte er laut: »... aber die Pilger gingen jenen Hügel leicht empor, denn sie hatten diese beiden Männer, die sie an den Armen führten; sie hatten auch ihre Kleider zurückgelassen, denn obwohl sie mit ihnen hineingingen, kamen sie ohne sie heraus.« Er riß die Augen wieder auf und starrte Miles hoffnungsvoll an.

Aha, jetzt fangen wir an zu begreifen, warum dieser Kerl ganz allein zu sein scheint ... »Bist du vielleicht der andere Eine?« fragte Miles auf gut Glück.

Der Mann nickte scheu.

»Ich verstehe. Hm ...« Woher kam es, daß er immer die Spinner anzog? Miles leckte sich die letzten Wassertropfen von den Lippen. Bei diesem Burschen mochten gewiß einige Schrauben locker sein, aber er war sicherlich besser als die Bande, auf die er zuletzt getroffen war, natürlich unter der Annahme, daß sich in seinem Kopf nicht noch eine weitere Persönlichkeit, die eines mörderischen Verrückten, verbarg. Nein, in diesem Fall hätte er sich als die Beiden Auserwählten vorgestellt und hätte sich nicht anderswo nach Hilfe umgesehen. »Hm ... wie heißt du?«

»Suegar.«

»Suegar. Aha, ganz richtig. Ich heiße übrigens Miles.«

»Mhm.« Suegar verzog sein Gesicht zu einem ironischen Lächeln. »Dein Name bedeutet ›Soldat‹, hast du das gewußt?«

»Ja, man hat es mir gesagt.«

»Aber du bist kein Soldat …?«

Hier gab es keinen teuren Trick mit dem Schnitt der Kleidung oder dem Stil der Uniform, um vor sich selbst, wenn schon nicht vor jemand anderem, die Eigentümlichkeiten seines Körpers zu verstecken. Miles errötete. »Auf das Ende zu nahmen sie alle. Man machte mich zu einem Angestellten im Erfassungsamt. Ich bin nie soweit gekommen, daß ich eine Waffe abfeuerte. Hör mal, Suegar – wie bist du dazu gekommen zu wissen, daß du der Eine bist? Hast du das schon immer gewußt?«

»Es ist mir allmählich aufgegangen«, bekannte Suegar und wechselte in den Schneidersitz über. »Ich bin der einzige hier drin, der die Worte kennt, sieh mal.« Er streichelte wieder sein Lumpenseil. »Ich habe alle im ganzen Lager abgesucht, aber sie spotten nur über mich. Es war eine Art Eliminierungsprozeß, verstehst du, als alle außer mir aufgaben.«

»Aha.« Miles setzte sich auch auf und keuchte nur ein bißchen wegen der Schmerzen. Die Rippen würden die nächsten paar Tage höllisch wehtun. Er nickte in Richtung auf das Seil, das der andere um sein Handgelenk geschlungen hatte. »Bewahrst du dort deine Schrift auf? Darf ich sie sehen?« Und wie, zum Teufel, war Suegar hier drin überhaupt an eine Plastikfolie oder ein einzelnes Stück Papier oder was auch immer gekommen?

Suegar drückte seine Arme schutzsuchend an die Brust und schüttelte den Kopf. »Seit Monaten hat man versucht, sie mir abzunehmen, verstehst du. Ich kann nicht vorsichtig genug sein. Bis du beweist, daß du der Eine bist. Auch der Teufel kann aus der Schrift zitieren, weißt du.«

Ja, daran hatte ich auch gedacht … Wer wußte, welche Gelegenheiten Suegars ›Schrift‹ enthalten mochte? Nun ja, das kam vielleicht später. Einstweilen sollte man den Tanz fortsetzen. »Gibt es noch weitere Zeichen?« fragte Miles. »Schau mal, ich weiß nicht, daß ich dein Einer bin, aber andrerseits weiß ich auch nicht, daß ich es nicht bin. Ich bin schließlich einfach hierher gekommen.«

Suegar schüttelte wieder den Kopf. »Es sind nur fünf oder sechs Sätze, weißt du. Man muß eine Menge interpolieren.«

Das möchte ich wohl meinen. Miles sprach den Kommentar nicht laut aus. »Wie bist du aber daran gekommen? Oder hast du sie hier drin bekommen?«

»Es war in Port Lisma, weißt du, kurz bevor wir gefangen wurden«, sagte Suegar. »Kampf von Haus zu Haus. Einer meiner Stiefelabsätze hatte sich etwas gelockert und klickte, wenn ich ging. Es ist komisch, wie eine solche kleine Sache einem unter die Haut gehen kann, während ringsum gefeuert wird. Da war ein Bücherschrank mit einer Glasfront, echt alte Bücher aus Papier – ich zerschlug das Glas mit dem Kolben meines Gewehrs und riß mir aus einem Buch den Teil einer Seite heraus, faltete das Papier zusammen und steckte es in meinen Stiefelabsatz, damit er nicht mehr klickte. Ich hatte mir das Buch gar nicht angeschaut. Ich wußte nicht einmal, daß es aus der Schrift war, das ging mir erst später auf. Zumindest glaube ich, daß es aus der Schrift ist. Es klingt auf jeden Fall wie die Schrift. Es muß aus der Schrift sein.«

Suegar drehte nervös seine Barthaare um einen Finger. »Als wir darauf warteten, erfaßt zu werden, da holte ich das Papier aus meinem Stiefel heraus, aus purer Langeweile, weißt du. Ich hatte es in der Hand –

der Mann vom Erfassungsdienst sah es, aber er nahm es mir nicht weg. Wahrscheinlich dachte er, es sei nur ein harmloses Stück Papier. Er wußte nicht, daß es aus der Schrift war. Ich hatte es immer noch in der Hand, als wir hier abgeliefert wurden. Weißt du, es ist das einzige Stück Geschriebenes in diesem ganzen Lager«, fügte er ziemlich stolz hinzu. »Es muß aus der Schrift sein.«

»Nun... dann gib mal gut darauf acht«, riet Miles freundlich. »Wenn du es so lange aufbewahrt hast, dann war das offensichtlich deine Aufgabe.«

»Ja ...« Suegar blinzelte. Waren das Tränen? »Ich bin hier drinnen der einzige mit einer Aufgabe, nicht wahr? Also muß ich Einer von den Beiden sein.«

»Klingt vernünftig«, sagte Miles liebenswürdig. »Sag mal, hm ...«, er blickte sich in der großen eintönigen Kuppel um, »wie findest du dich hier drin überhaupt zurecht?« Hier gab es ganz entschieden zu wenige Landmarken. Miles fühlte sich an eine Pinguinkolonie erinnert. Doch Pinguine schienen ihre felsigen Nester finden zu können. Er mußte also anfangen, wie ein Pinguin zu denken – oder er mußte einen Pinguin finden, der ihn führen konnte. Er musterte seinen Leitvogel, der geistesabwesend auf den Boden malte. Kreise natürlich.

»Wo ist der Speisesaal?« fragte Miles etwas lauter. »Woher hast du das Wasser bekommen?«

»An der Außenseite der Latrinen sind Wasserhähne«, sagte Suegar, »aber sie funktionieren nur zeitweise. Es gibt keinen Speisesaal. Wir bekommen nur Essensriegel. Manchmal.«

»Manchmal?« sagte Miles ärgerlich. Er konnte Suegars Rippen zählen. »Verdammt, die Cetagandaner behaupten lauthals, daß sie ihre Kriegsgefangenen nach den Regeln der Interstellaren Schiedskommission behandeln. Soundsoviel Quadratmeter Platz pro Person, 3000 Kalorien am Tag, mindestens fünfzig Gramm Protein, zwei Liter Trinkwasser – man sollte wenigstens zwei ISK-Standardrationsriegel pro Tag bekommen. Wird man hier ausgehungert?«

»Nach einer Weile«, seufzte Suegar, »ist es einem wirklich egal, ob man seine Ration bekommt oder nicht.« Die Aufmunterung, die Suegar durch sein Interesse an Miles als neuer und hoffnungsvoller Figur in seiner Welt erfahren hatte, schien sich schon zu verflüchtigen. Sein Atem hatte sich verlangsamt, seine Haltung war zusammengesunken. Er schien drauf und dran zu sein, sich auf den Boden hinzulegen. Miles überlegte, ob Suegars Schlafmatte das gleiche Schicksal erlitten hatte wie seine eigene. Wahrscheinlich vor beträchtlicher Zeit.

»Hör mal, Suegar – ich glaube, ich habe vielleicht irgendwo in diesem Lager einen Verwandten. Einen Cousin meiner Mutter. Meinst du, du könntest mir helfen, ihn zu finden?«

»Es ist bestimmt gut für dich, wenn du hier einen Verwandten hast«, bekräftigte Suegar zu. »Hier ist es nicht gut, ganz allein zu sein.«

»Ja, das habe ich schon herausgefunden. Aber wie kann man hier jemanden finden? Es sieht also so unorganisiert aus.«

»Oh, es gibt – es gibt Gruppen und andere Gruppen. Jeder bleibt nach einer Weile ziemlich an der selben Stelle.«

»Er war bei der 14. Kommando-Truppe. Wo ist die?«

»Von den *alten* Gruppen ist kaum eine übrig.«

»Er war Oberst Tremont. Oberst Guy Tremont.«

»Oh, ein Offizier.« Suegar runzelte sorgenvoll die Stirn. »Das macht es schwerer. Du warst kein Offizier, oder? Verrate es besser nicht, wenn du einer warst …«

»Ich war Schreiber«, wiederholte Miles.

»… denn hier gibt es Gruppen, die keine Offiziere mögen. Schreiber. Dann bist du wahrscheinlich OK.«

»Warst du ein Offizier, Suegar?« fragte Miles neugierig.

Suegar blickte ihn düster an und zwirbelte seine Barthaare. »Die Armee von Marilac ist futsch. Wenn es keine Armee gibt, dann kann sie auch keine Offiziere haben, oder?«

Miles überlegte kurz, ob er schneller weiterkäme, wenn er Suegar einfach verließe und versuchen würde, den nächsten zufälligen Gefangenen, auf den er stieße, in ein Gespräch zu verwickeln. Gruppen und andere Gruppen. Und wahrscheinlich auch Gruppen wie die fünf stämmigen, sauren Brüder vorhin. Er beschloß, sich noch etwas länger an Suegar zu halten. Unter anderem würde er sich selber nicht ganz so nackt vorkommen, wenn er nicht allein nackt war.

»Kannst du mich zu jemandem bringen, der bei der 14. war?« drängte Miles Suegar aufs neue. »Irgend jemand, der vielleicht Tremont vom Sehen kennt.«

»Du kennst ihn nicht?«

»Wir sind uns nie persönlich begegnet. Ich habe Vids von ihm gesehen. Aber ich fürchte, sein Aussehen hat sich inzwischen ... verändert.«

Suegar griff sich nachdenklich an den Kopf. »Ja, wahrscheinlich.«

Miles rappelte sich schmerzvoll auf die Beine. Die Temperatur unter der Kuppel war ohne Kleidung ein bißchen kühl. Ein Luftzug stellte ihm die Haare auf den Armen auf. Wenn er nur ein Kleidungsstück zurückbekäme, würde er dann seine Hosen bevorzugen, um die Genitalien zu bedecken, oder sein Hemd, um seinen krummen Rücken zu verbergen? Ach, zum Teufel! Keine Zeit für solche Überlegungen. Er hielt Suegar eine Hand hin, um ihm hochzuhelfen. »Gehen wir los.«

Suegar blickt zu ihm empor. »Man kann immer einen Neuankömmling erkennen. Du hast es noch eilig. Hier drinnen wirst du allmählich langsamer. Dein Gehirn wird langsamer ...«

»Hat deine Schrift dazu etwas zu sagen?« fragte Miles ungeduldig.

»›… deshalb gingen sie sehr behende und geschwind hier herauf, durch das Fundament der Stadt…‹« Zwei tiefe Falten erschienen zwischen Suegars Augenbrauen, während er Miles nachdenklich anstarrte.

Danke, dachte Miles. *Ich werde es beherzigen.* Er zog Suegar hoch. »Also komm!«

Weder behende noch geschwind, aber immerhin ein Fortschritt. Suegar führte ihn watschelnd durch ein Viertel des Lagers; dabei ging er durch manche Gruppen hindurch, um andere machte er einen weiten Bogen. Miles sah die sauren Brüder wieder, aus der Ferne; sie saßen auf den Matten, die sie.gesammelt hatten. Miles stellte fest, daß der ganze Stamm nicht fünf, sondern vielleicht fünfzehn Leute zählte. Einige Männer saßen zu zweit oder zu dritt oder zu sechst zusammen; einige wenige saßen allein, so weit wie möglich entfernt von anderen, was trotzdem nicht sehr weit war.

Die bei weitem größte Gruppe bestand gänzlich aus Frauen. Miles musterte sie mit großem Interesse, sobald er die Größe ihres unmarkierten Bereichs erfaßt hatte. Es waren mindestens einige Hundert. Keine war ohne Matte, obwohl einige sich die Matten teilten. Am Rand ihres Gebietes gingen tatsächlich Patrouillen herum, in Gruppen von etwa einem halben Dutzend Frauen, die langsam herumspazierten. Offensichtlich verteidigten sie zwei Latrinen für ihren ausschließlichen Gebrauch.

»Erzähl mir von den Mädels, Suegar«, drängte Miles seinen Gefährten und nickte in Richtung auf die Frauengruppe.

»Vergiß die Mädels.« Suegars grinste sarkastisch. »Sie huren nicht herum.«

»Was, überhaupt nicht? Keine von ihnen? Ich meine, wir alle haben doch hier nichts anderes zu tun, als uns zu unterhalten. Ich würde meinen, wenigstens ein paar von ihnen müßten interessiert sein.« Miles Verstand eilte Suegars Antwort voraus und blieb in den Unannehmlichkeiten stecken. »Wie unangenehm konnte es hier drin werden?«

Als Antwort zeigte Suegar nach oben zur Kuppel. »Weißt du, wir werden hier drinnen alle überwacht. Man kann alles sehen, jedes Wort belauschen, wenn man will. Das heißt, wenn überhaupt noch jemand dort draußen ist. Sie sind vielleicht schon alle weg und haben bloß vergessen, die Kuppel abzuschalten. Manchmal träume ich davon. Ich träume, daß ich für immer hier unter dieser Kuppel bleibe. Dann wache ich auf und bin hier unter dieser Kuppel ... Manchmal bin ich mir nicht sicher, ob ich wach bin oder schlafe. Außer daß das Essen noch kommt und manchmal – nicht mehr so oft – ein Neuer, wie du. Das Essen könnte allerdings automatisiert sein. Du könntest ein Traum sein ...«

»Die anderen sind immer noch dort draußen«, sagte Miles grimmig.

Suegar seufzte. »Weißt du, irgendwie bin ich darüber fast froh.«

Überwacht, ja. Miles wußte alles über die Überwachung. Er unterdrückte einen Impuls zu winken und *Hallo, Mama!* zu rufen. Die Überwachung mußte für die Kerle dort draußen ein stupider Job sein. Er wünschte sich, daß sie sich zu Tode langweilten. »Aber was hat das mit den Mädels zu tun, Suegar?«

»Nun ja, zuerst hat das alle ziemlich gehemmt ...«, er zeigte wieder nach oben. »Dann entdeckten wir nach einer Weile, daß sie sich in nichts einmischten, was wir taten. Überhaupt nicht. Es gab einige Vergewaltigungen ... Seitdem sind die Dinge – schlimmer geworden.«

»Hm. Dann ist vermutlich die Idee nicht so gut, einen Aufstand zu inszenieren und die Kuppel zu durchbrechen, wenn sie Truppen hereinschicken, um die Ordnung wieder herzustellen?«

»Das haben wir schon einmal versucht, vor langer Zeit. Ich weiß nicht, wie lang es her ist.« Suegar zwirbelte seine Haare. »Sie müssen nicht hereinkommen, um einen Aufstand niederzuschlagen. Sie können den Durchmesser der Kuppel reduzieren – damals haben sie ihn auf etwa hundert Meter reduziert. Und niemand kann sie aufhalten, wenn sie ihn auf einen Meter reduzieren, während wir noch drinnen sind – wenn es ihnen gefällt. Auf jeden Fall wurde damit der Aufstand beendet. Oder sie können die Gasdurchlässigkeit der Kuppel auf Null reduzieren und uns damit ins Koma atmen lassen. Das ist schon zweimal geschehen.«

»Ich verstehe«, sagte Miles. Ihm standen die Nakkenhaare zu Berge.

Nur etwa hundert Meter entfernt begann die Innenseite der Kuppel sich wie ein Aneurysma nach innen auszubuchten. Miles faßte Suegar am Arm. »Was passiert da? Werden da neue Gefangene abgeliefert?«

Suegar. »O je. Wir sind hier in keiner guten Stellung.« Er zögerte für einen Moment, als wäre er unsicher, ob er nach vorn oder nach hinten abhauen solle.

Von der Ausbuchtung aus ging eine Welle der Bewegung durch das Lager. Menschen standen auf und wandten ihre Gesichter wie magnetisiert der Seite der Kuppel zu. Es bildeten sich kleine Gruppen von Männern; ein paar Sprinter begannen zu rennen. Einige Leute standen überhaupt nicht auf. Miles blickte schnell zur Frauengruppe zurück. Etwa die Hälfte der Frauen formierte sich schnell in einer Art Phalanx.

»Wir sind so nahe – was, zum Teufel, vielleicht haben wir eine Chance«, sagte Suegar. »Los!« Er lief in seiner schnellsten Gangart, einem Trott, auf die Ausbuchtung zu.

Miles trottete gezwungenermaßen auch und versuchte dabei, seine Rippen so wenig wie möglich zu erschüttern. Aber er war sehr schnell außer Atem, und der Schmerz legte sich wie ein Ring um seine Brust.

»Was machen wir?« keuchte Miles Suegar zu, dann löste sich die Ausbuchtung der Kuppel in einem versprühenden Gefunkel auf und er sah, was sie taten, sah alles.

Vor der schimmernden Barriere der Energiekuppel befand sich jetzt ein dunkelbrauner Stapel, etwa einen Meter hoch, zwei Meter lang, drei Meter breit. ISK-Standardrationsriegel. ›Rattenriegel‹, wie sie auch boshaft nach ihrem angeblichen Hauptbestandteil genannt wurden. Jeder enthielt fünfzehnhundert Kalorien. Fünfundzwanzig Gramm Protein, fünfzig Prozent der durchschnittlichen menschlichen Tagesration an den Vitaminen A, B, C und so weiter durch das Alphabet – und schmeckte wie eine Dachschindel, die mit Zucker bestreut war, und würde Leben und Gesundheit für immer erhalten, oder so lange, wie man es fertigbrachte, sie zu essen.

Sollen wir einen Wettbewerb machen, liebe Kinder, und raten, wie viele Rattenriegel in diesem Stapel sind? dachte Miles. *Keinen Wettbewerb. Ich muß nicht einmal die Höhe messen und durch drei Zentimeter teilen. Es müssen genau 10 215 sein. Wie genial!*

Das cetagandanische Corps für Kriegspsychologie mußte über einige bemerkenswerte Gehirne verfügen. Falls sie je in seine Hände fielen, überlegte Miles, sollte er sie dann anheuern – oder liquidieren? Dieses kurze Phantasiebild wurde überwältigt von der Notwendigkeit, mit seinen Füßen in der gegenwärtigen Wirklichkeit auf dem Boden zu bleiben, während etwa zehntausend Leute (minus die völlig Verzweifelten und diejenigen, die zu schwach waren, sich zu bewegen) alle gleichzeitig versuchten, sich auf dieselben sechs Quadratmeter des Lagers zu stürzen.

Die ersten Sprinter erreichten den Stapel, packten sich Armladungen der Rattenriegel und begannen zurückzusprinten. Einige erreichten den Schutz ihrer Freunde, verteilten ihre Beute und entfernten sich aus der Mitte des wachsenden menschlichen Mahlstroms. Andere entgingen solchen Rotten wie den stämmigen sauren Brüdern nicht und wurden gewaltsam ihrer Beute beraubt. Die zweite Welle der Sprinter, die nicht rechtzeitig wegkamen, wurden von den andrängenden Leibern gegen die Seite der Kuppel gedrückt.

Miles und Suegar gehörten unglücklicherweise zu dieser zweiten Kategorie. Miles sah nur noch eine schwitzende, wogende, stinkende Masse von Ellbogen und Brüsten und Rücken.

»Iß! Iß!« rief Suegar ihm mit vollen Backen zu, als er und Miles von der Menge getrennt wurden. Aber der Riegel, den Miles gepackt hatte, wurde ihm aus der Hand gedreht, bevor er die Geistesgegenwart hatte, Suegars Rat zu befolgen. Im übrigen war sein Hunger nicht so groß wie seine Angst, zerquetscht zu werden, oder noch schlimmer, auf den Boden zu fallen. Seine Füße stießen auf etwas Weiches, aber er konnte sich nicht mit entsprechender Kraft zurückstoßen, um der Person – Mann oder Frau, wer konnte es wissen? – die Möglichkeit zu geben, wieder aufzustehen.

Mit der Zeit nahm der Druck ab, Miles fand den Rand der Menge und kämpfte sich wieder frei. Er torkelte etwas zur Seite und ließ sich auf dem Boden nieder. Da saß er nun, erschüttert und zitternd, bleich und kalt. Sein Atem rasselte in der Kehle. Er brauchte ziemlich lange, bis er wieder Herr seiner selbst war.

Durch puren Zufall war hier sein wundester Nerv getroffen worden, seine dunkelsten Ängste, seine gefährlichste Schwäche. *Hier könnte ich sterben,* erkannte er, *ohne überhaupt das Gesicht des Feindes zu sehen.* Aber es schien kein weiterer Knochen gebrochen zu sein, außer vielleicht in seinem linken Fuß. Er war sich nicht sehr sicher, was seinen linken Fuß anging. Der Elefant, der ihm da draufgetrampelt war, hatte sicher mehr als seinen fairen Anteil an den Rattenriegeln ergattert.

Okay, dachte Miles schließlich. *Genug Zeit auf Er-*

holung verwendet. Auf die Beine, Soldat. Es war an der Zeit, Oberst Tremont ausfindig zu machen.

Guy Tremont. Der wirkliche Held der Belagerung von Fallow Core. Der Trotzige, der immer weiter ausgehalten hatte, nachdem General Xian geflohen und Baneri getötet worden war.

Xian hatte geschworen zurückzukehren, aber dann war er in den Fleischwolf der Station Vassily geraten. Das Hauptquartier hatte Nachschub versprochen, aber dann waren das Hauptquartier und sein lebenswichtiger Shuttlehafen von den Cetagandanern eingenommen worden.

Doch zu diesem Zeitpunkt war die Kommunikation mit Tremont und seinen Truppen abgerissen. Also hielten sie weiter aus, warteten und hofften. Schließlich waren als einzige Ressourcen nur noch Hoffnung und Steine übrig geblieben. Steine waren vielseitig verwendbar; man konnte sie zu einer Suppe kochen oder auf den Feind werfen. Am Ende wurde Fallow Core eingenommen. Es hatte sich nicht ergeben. War erobert worden.

Guy Tremont. Miles wollte unbedingt Guy Tremont begegnen.

Als er wieder auf den Füßen stand und sich umschaute, entdeckte Miles in der Ferne eine watschelnde Vogelscheuche, die von einer Gruppe mit Erdbrocken beworfen wurde. Suegar blieb außerhalb der Reichweite ihrer Geschosse stehen, dabei zeigte er immer noch auf den Lumpen an seinem Handgelenk und redete weiter. Die drei oder vier Männer, denen er predigte, drehten ihm demonstrativ den Rücken zu.

Miles seufzte und trottete auf ihn zu. »He, Suegar!« rief er und winkte, als er näher kam.

»Oh, da bist du ja.« Suegar wandte sich ihm zu, sein Gesicht hellte sich auf, und er schloß sich Miles an. »Ich habe dich verloren.« Er rieb sich den Schmutz aus den Augenbrauen. »Niemand will zuhören, weißt du.«

»Ja, nun gut, die meisten haben dich inzwischen mindestens einmal gehört, oder?«

»Wahrscheinlich zwanzigmal. Ich denke immerzu, daß ich vielleicht einen vergessen habe, weißt du. Vielleicht genau den Einen, den anderen Einen.«

»Nun, ich würde dir gerne zuhören, aber ich muß jetzt wirklich zuerst Oberst Tremont finden. Du hast gesagt, du wüßtest jemanden ...?«

»Oh, richtig. In diese Richtung.« Suegar ging wieder voran.

»Danke. Sag mal, funktioniert jede Essenausgabe so wie das letztemal?«

»Ziemlich genau so.«

»Was hindert eine Gruppe dann, einfach den Bereich der Kuppel zu übernehmen?«

»Das Essen wird niemals zweimal am selben Platz ausgegeben. Es ist jedesmal eine andere Stelle am Rand der Kuppel. Es gab einmal eine lange Strategiedebatte, ob es besser wäre, wenn man sich in der Mitte aufhielte, weil man dann nie weiter als nur einen halben Durchmesser von der Stelle entfernt wäre, oder nahe am Rand, damit man wenigstens manchmal vorndran wäre. Einige Burschen haben das Problem sogar mathematisch behandelt, mit Wahrscheinlichkeitsrechnung und dem ganzen Zeug.«

»Und was meinst du?«

»Oh, ich habe keine feste Stelle. Ich bewege mich umher und nehme meinen Chancen wahr.« Seine rechte Hand berührte den Lumpen. »Es ist sowieso nicht das Wichtigste. Trotzdem war es gut zu essen – heute. Welcher Tag das auch immer sein mag.«

»Heute ist der 2. November '97, Allgemeine Erd-Zeitrechnung.«

»Oh? Ist das alles?« Suegar zog seine Bartsträhnen gerade und rollte mit den Augen beim Versuch, seinen Bart zu betrachten. »Ich dachte, ich wäre schon länger hier. Was, das waren ja nicht einmal drei Jahre. Uff.«

Entschuldigend fügte er hinzu: »Hier drinnen ist immerzu heute.«

»Mm«, sagte Miles. »Also werden die Rattenriegel immer auf einem solchen Stapel ausgegeben, oder?«

»Ja.«

»Verdammt clever.«

»Ja«, seufzte Suegar. Dieser Seufzer und das Zucken von Suegars Händen verdeckten seine Wut. *Also, mein Verrückter ist nicht so einfach ...*

»Hier sind wir«, fügte Suegar hinzu. Sie hielten vor einer Gruppe an, die auf einem halben Dutzend Schlafmatten lag, die in einem Kreis ausgelegt waren. Eine Mann schaute auf und warf ihnen einen zornigen Blick zu.

»Hau ab, Suegar. Ich bin nicht in der Stimmung für eine Predigt.«

»Ist das der Oberst?« flüsterte Miles.

»Nö, sein Name ist Oliver. Ich habe ihn mal gekannt – vor langer Zeit. Er war allerdings bei Fallow Core dabei«, antwortete Suegar flüsternd. »Er kann dich zum Oberst bringen.«

Suegar schob Miles vor. »Das hier ist Miles. Er ist neu. Er will mit dir sprechen.« Suegar selbst zog sich zurück. Hilfsbereiterweise, wie Miles erkannte. Suegar schien sich bewußt zu sein, daß er hier nicht populär war.

Miles musterte das nächste Glied in der Kette. Oliver war es gelungen, seinen grauen Pyjama, seine Schlafmatte und seinen Becher zu behalten, was Miles erneut an seine eigene Nacktheit erinnerte. Andrerseits schien Oliver keine auf üble Weise erworbene Duplikate dieser Dinge zu besitzen. Oliver war vielleicht ebenso kräftig wie die sauren Brüder, aber sonst hatte er keine Beziehung zu ihnen. Das war gut. Nicht daß Miles sich in seinem gegenwärtigen Zustand noch Sorgen vor einer Dieberei zu machen brauchte.

Oliver starrte Miles ungnädig an, dann schien er es zu bereuen. »Was willst du?« knurrte er.

Miles öffnete die Hände. »Ich suche Oberst Guy Tremont.«

»Hier drinnen gibt es keine Obersten, mein Junge.«

»Er war ein Cousin meiner Mutter. Niemand in der Familie – niemand in der Außenwelt – hat seit etwa der Zeit, als Fallow Core fiel, noch etwas von ihm gehört. Ich gehöre nicht zu den anderen Einheiten oder Teileinheiten, die hier drin sind. Oberst Tremont ist der einzige, über den ich überhaupt etwas weiß.« Miles flocht die Hände ineinander und versuchte, wie ein verlassenes Kind auszusehen. Ihn packten echte Zweifel, und er senkte seine Augenbrauen. »Ist er überhaupt noch am Leben?«

Oliver runzelte die Stirn. »Ein Verwandter, was?« Mit einem kräftigen Finger kratzte er sich den Nasenrücken. »Ich nehme an, daß du ein Recht hast. Aber es wird dir nichts helfen, mein Junge, wenn es das ist, was du denkst.«

»Ich ...« Miles schüttelte den Kopf. »Im Augenblick möchte ich es nur einfach *wissen*.«

»Also los dann.« Oliver erhob sich mit einem Grunzen und schlurfte los, ohne sich noch umzuschauen.

Miles humpelte hinter ihm her. »Bringen Sie mich zu ihm?«

Oliver gab keine Antwort, bis sie ihre Reise beendet hatten, nach nur ein paar Metern, inmitten von Schlafmatten. Ein Mann fluchte, ein anderer spuckte, die meisten ignorierten sie.

Eine Matte lag am Rand einer Gruppe, fast weit genug von den anderen entfernt, daß es aussah, als befände sie sich allein. Eine Gestalt lag seitwärts zusammengerollt darauf und drehte ihnen den Rücken zu. Oliver blieb schweigend stehen, die großen Fäuste in die Hüfte gestützt, und betrachtete den Liegenden.

»Ist das der Oberst?« fragte Miles flüsternd.

»Nein, mein Junge.« Oliver saugte an seiner Unterlippe. »Nur das, was von ihm übrig ist.«

Erschrocken kniete Miles nieder. Erleichtert erkannte er, daß Oliver sich nur poetisch ausgedruckt hatte. Der Mann atmete. »Oberst Tremont? Sir?«

Miles sank wieder das Herz, als er sah, daß Tremont nichts tat außer zu atmen. Er lag regungslos da, seine Augen waren geöffnet, aber auf nichts gerichtet. Er war dünn, sogar dünner als Suegar. Miles erkannte nach den Holovids, die er studiert hatte, die eckigen Kinnbacken und die Form von Tremonts Ohr. Die Überbleibsel eines Gesichts – wie die zerstörte Festung von Fallow Core. Man brauchte fast den Blick eines Archäologen, um die Verbindungen zwischen Vergangenheit und Gegenwart zu erkennen.

Der Mann war bekleidet, sein Becher stand aufrecht neben seinem Kopf, aber der Boden um seine Matte war zu einem scharfen stinkenden Schlamm aufgeschäumt. Vom Urin, erkannte Miles. Tremonts Ellbogen zeigten wunde, wundgelegene Stellen, den Beginn von Druckgeschwüren. Ein feuchter Fleck auf dem grauen Stoff seiner Hosen wies auf weiter fortgeschrittene und schlimmere Wundstellen darunter hin.

Aber irgend jemand muß ihn pflegen, dachte Miles, *sonst würde er nicht einmal so gut aussehen.*

Oliver kniete neben Miles hin, seine nackten Zehen quietschten im Schlamm, und holte unter dem elastischen Gürtelband seiner Hose ein Stück von einem Rattenriegel hervor. Er bröselte mit seinen kräftigen Fingern ein Stückchen davon ab und schob es zwischen Tremonts Lippen. »Essen Sie«, flüsterte er. Die Lippen bewegten sich fast; die Brösel fielen auf die Matte. Oliver versuchte es erneut, er schien sich bewußt zu sein, daß Miles' Augen auf ihm ruhten, und stopfte den Rest des Rattenriegels wieder in seine Hose. Dabei knurrte er unverständliche Worte vor sich hin.

»Wurde – wurde er verletzt, als Fallow Core gestürmt wurde?« fragte Miles. »Eine Kopfverletzung?«

Oliver schüttelte den Kopf. »Fallow Core wurde nicht gestürmt, mein Junge.«

»Aber es fiel am 6. Oktober, so wurde berichtet, und…«

»Es fiel am 5. Oktober. Fallow Core wurde verraten.« Oliver drehte sich um und ging fort, bevor sein erstarrtes Gesicht eine Emotion verraten konnte.

Miles kniete im Dreck und atmete langsam aus.

So war es also. Und so.

War das dann das Ende seiner Suche?

Er wollte hin und her gehen und nachdenken, aber das Gehen schmerzte noch zu sehr. Er humpelte ein bißchen zur Seite, wobei er acht gab, daß er nicht aus Versehen in das Territorium irgendeiner größeren Gruppe eindrang, und setzte sich hin, dann legte er sich mit den Händen hinter dem Kopf auf den Boden und starrte auf das perlenfarbene Leuchten der Kuppel, die wie eine Käseglocke den Raum über ihnen abschloß.

Er erwog seine Optionen: eins, zwei, drei. Er überlegte sie sorgfältig. Das dauerte nicht lange.

Ich dachte, du glaubtest nicht mehr an die Einteilung in die Guten und die Bösen? Er hatte gedacht, er hätte seine Gefühle abgetötet, als er hier hereinkam, zu seinem eigenen Schutz, aber er spürte, wie seine sorgfältig kultivierte Unparteilichkeit davonglitt. Er begann diese Kuppel auf eine echt intime und persönliche Art zu hassen. Sie war ästhetisch elegant, vereinte Form und Funktion so perfekt wie eine Eierschale, ein Wunder der Physik – pervertiert zu einem Instrument der Folter.

Einer subtilen Folter… Miles überdachte die Regeln der Interstellaren Schiedskommission für die Behandlung von Kriegsgefangenen, die auch Cetaganda unterzeichnet hatte. Soundso viele Quadratmeter Platz pro Person, ja, die gab es hier bestimmt. Kein Gefangener sollte länger als vierundzwanzig Stunden allein eingesperrt sein – richtig, hier gab es keine Einsamkeit, außer, man zog sich in den Wahnsinn zurück. Dunkelheit durfte nicht länger als vierundzwanzig Stunden dauern, das war einfach, denn hier gab es überhaupt keine Dunkelheit, statt dessen immerzu die Helligkeit des Mittags. Keine Prügel – gewiß, die Wachen konnten wahrheitsgemäß behaupten, daß sie nie Hand an ihre Gefangenen legten. Sie schauten einfach zu, wie sich die Gefangenen statt dessen selber gegenseitig verprügelten. Vergewaltigungen, die sogar noch strenger verboten waren, wurden zweifellos auf die gleiche Weise behandelt.

Miles hatte gesehen, was sie mit der Ausgabe von zwei ISK-Standardrationsriegeln pro Tag anrichten konnten. Der Tumult um die Rattenriegel war eine besonders hübsche Sache, dachte er. Keiner konnte sich einer Teilnahme entziehen (er rieb sich den knurrenden Magen). Der Feind hätte den anfänglichen Zusammenbruch anstiften können, indem er nur einen kleinen Stapel schickte. Aber vielleicht auch nicht – der erste, der zwei Riegel schnappte statt einen, brachte einen anderen Gefangenen um sein Essen. Vielleicht nahm der, der leer ausgegangen war, nächstesmal drei, zum Ausgleich, und so lief es schnell nach dem Schneeballsystem. So konnte jede Hoffnung auf Ordnung zerbrochen sowie Gruppe gegen Gruppe und Person gegen Person in einem Handgemenge aufgehetzt werden, und alle wurden zweimal am Tag an ihre Machtlosigkeit und Erniedrigung erinnert. Niemand konnte es sich leisten, sich lange davon fernzuhalten, wenn er nicht langsam verhungern wollte.

Keine Zwangsarbeit – ha, halt. Das würde ja die Einführung einer Ordnung erfordern. Zugang zu medizinischem Personal – richtig, die eigenen Sanitäter der verschiedenen Einheiten mußten irgendwo dort draußen unter die anderen gemischt sein. Er wiederholte noch mal aus seinem Gedächtnis die Formulierung dieses Paragraphen – bei Gott, sie lautete »Personal«, nicht wahr? Keine Medizin, nur medizinisches Personal. Nackte Ärzte und Sanitäter mit leeren Händen. Er verzog seine Lippen zu einem freudlosen Grinsen. Genaue Listen der Gefangenen war pflichtgemäß abgeschickt worden, wie es verlangt war. Aber sonst gab es keine Kommunikation ...

Kommunikation. Das Fehlen von Nachrichten aus der äußeren Welt könnte sogar ihn binnen kurzem zum Wahnsinn treiben. Das war so schlimm wie das Beten, wenn man zu einem Gott sprach, der nie antwortete. Kein Wunder, daß alle hier an einer Art solipsistischer Schizophrenie litten. Ihre Zweifel steckten ihn an. *Gab es* dort draußen noch jemanden? Wurde seine Stimme gehört und verstanden?

Ach, blinder Glaube. Der Sprung des Glaubens ins Ungewisse. Er ballte die rechte Hand zur Faust, als zerdrückte er eine Eierschale. »Das«, sagte er deutlich, »macht eine größere Änderung in den Plänen erforderlich.«

Er rappelte sich hoch und ging wieder auf die Suche nach Suegar.

Miles fand ihn nicht weit entfernt. Er saß am Boden und malte in den Staub. Mit einem kurzen Lächeln blickte Suegar auf. »Hat Oliver dich zu – zu deinem Cousin gebracht?«

»Ja, aber ich bin zu spät gekommen. Er liegt im Sterben.«

»Hm ... ich hatte befürchtet, daß dies der Fall sein würde. Tut mir leid.«

»Ich hatte es auch befürchtet.« Einen Moment lang lenkte die Neugierde Miles von seinem Vorhaben ab. »Suegar, was macht man hier drinnen eigentlich mit Leichen?«

»Es gibt eine Art Müllhaufen, drüben an einer Seite der Kuppel. Die Kuppel baucht sich von Zeit zu Zeit und verschluckt ihn irgendwie, auf die gleiche Art, wie Nahrung und neue Gefangene hereingebracht werden. Wenn eine Leiche aufquillt und zu stinken beginnt, dann schleppt sie gewöhnlich einer dort rüber. Ich mache das auch manchmal.«

»Es gibt wohl keine Chance, daß sich jemand in dem Müllhaufen nach draußen schleicht?«

»Bevor sich die Pforte öffnet, wird der Müll mit Mikrowellen verbrannt.«

»Ach so.« Miles holte tief Atem und sagte: »Suegar, es ist mir jetzt klar geworden. Ich *bin* der andere Eine.«

Suegar nickte gelassen. Er war nicht überrascht. »Das hatte ich mir schon gedacht.«

Miles schwieg verwirrt. War das die ganze Reaktion…? Er hatte etwas Energischeres erwartet, entweder dafür oder dagegen. »Es ist mir in einer Vision aufgegangen«, erklärte er dramatisch und folgte dabei jedenfalls seinem Drehbuch.

»Ach, ja?« Suegars Aufmerksamkeit nahm erfreulich zu. »Ich hatte noch nie eine Vision«, fügte er neidisch hinzu. »Ich mußte es alles aus dem Zusammenhang herausfinden, weißt du. Wie ist eine Vision? Wie eine Trance?«

Mist, und ich hatte gedacht, die Kerl spräche mit Elfen und Engeln … Miles nahm sich etwas zurück. »Nein, sie ist wie ein Gedanke, nur zwingender. Sie stürmt über den Willen hinweg – brennt wie Lust, ist nur nicht so leicht zu befriedigen. Nicht wie eine Trance, denn sie treibt einen nach außen, nicht nach innen.« Er zögerte beunruhigt, denn er hatte mehr von der Wahrheit ausgesprochen, als er eigentlich beabsichtigt hatte.

Suegar blickte sehr ermutigt drein. »Oh, gut. Eine Sekunde lang hatte ich gefürchtet, du seist einer von den Typen, die mit Leuten reden, die keiner sehen kann.«

Miles blickte unwillkürlich nach oben, dann richtete er seinen Blick wieder direkt auf Suegar.

»... also das ist eine Vision. Na ja, so ging es mir auch.« Sein Blick schien sich zu fokussieren und intensiver zu werden.

»Hattest du sie nicht an dir selbst erkannt?« fragte Miles sanft.

»Nicht unter diesem Namen... es ist nicht angenehm, auf diese Art ausgewählt zu werden. Ich habe lange Zeit versucht, dem zu entgehen, aber Gott findet Wege, um mit den Drückebergern fertigzuwerden.«

»Du bist zu bescheiden, Suegar. Du glaubst an deine Schrift, aber nicht an dich selbst. Weißt du nicht, daß man mit einer Aufgabe auch die Kraft bekommt, sie zu erfüllen?«

Suegar seufzte mit freudiger Befriedigung. »Ich wußte, daß es eine Aufgabe für zwei ist. Es ist genau so, wie die Schrift es sagt.«

»Ah, ganz recht. Also sind wir jetzt zu zweit. Aber wir müssen mehr sein. Am besten fangen wir mit deinen Freunden an.«

»Das wird nicht lange dauern«, sagte Suegar bitter. »Du denkst auch an einen zweiten Schritt, hoffe ich.«

»Dann fangen wir mit deinen Feinden an. Oder mit deinen Grußbekanntschaften. Wir fangen mit dem allerersten an, der uns über den Weg läuft. Es ist egal, wo wir anfangen, denn ich habe vor, am Ende alle zu haben. Alle, bis zum letzten und geringsten.« Ein besonders passendes Zitat schoß ihm durch den Kopf, und er deklamierte lebhaft: »›Wer Ohren hat, der höre.‹ Alle.« Damit schickte Miles ein echtes Gebet aus seinem Herzen zum Himmel.

»Okay«, Miles zog Suegar auf die Beine, »gehen wir und predigen wir den Unbekehrten.«

Plötzlich lachte Suegar. »Ich hatte mal einen Spieß, der pflegte zu sagen: ›Gehen wir und treten wir einen in den Arsch‹, und das in genau dem gleichen Ton.«

»Das auch.« Miles zog eine Grimasse. »Du verstehst, die allgemeine Mitgliedschaft in dieser Gemeinde wird nicht ganz freiwillig kommen. Aber Du überläßt das Anwerben der Neuen mir, ja?«

Suegar strich über seine Barthaare und betrachtete Miles mit gerunzelter Stirn. »Ein Schreiber, was?«

»Ganz richtig.«

»Jawohl, Sir.«

Sie begannen mit Oliver.

Miles begrüßte ihn mit einer Geste. »Dürfen wir Ihr Büro betreten?«

Oliver rieb sich mit dem Handrücken die Nase und schniefte. »Ich will Ihnen mal einen Rat geben, mein Junge. Als Stand-up-Komiker werden Sie hier keinen Erfolg haben. Jeder Witz, den man vielleicht machen kann, ist hier schon zu Tode geritten worden. Sogar die makabren.«

»Sehr gut.« Miles setzte sich im Schneidersitz neben Olivers Matte nieder, allerdings nicht zu nahe. Suegar kauerte sich hinter Miles' Schulter, nicht so fest auf den Boden, als wollte er bereit sein, nach hinten wegzuspringen, falls nötig. »Dann werde ich Ihnen offen erklären. Mir gefällt es nicht, wie die Dinge hier laufen.«

Oliver verzog sarkastisch den Mund, gab aber keinen Kommentar von sich. Er hatte es auch nicht nötig.

»Ich werde die Dinge ändern«, fügte Miles hinzu.

»Scheiße«, sagte Oliver und rollte sich auf die andere Seite.

»Wir fangen damit hier und jetzt an.«

Nach einem Moment des Schweigens sagte Oliver: »Hauen Sie ab, oder ich schlage Sie nieder.«

Suegar schickte sich an aufzustehen. Miles bedeutete ihm gereizt, er solle sich wieder setzen.

»Er war bei den Kommandotrupps«, flüsterte Suegar besorgt. »Er kann dir die Knochen brechen.«

»Neun Zehntel der Leute in diesem Lager können mir die Knochen brechen, die Mädels eingeschlossen«, flüsterte Miles zurück. »Das spielt keine große Rolle.«

Miles beugte sich vor, packte Olivers Kinn und drehte dessen Gesicht wieder sich zu. Angesichts dieser gefährlichen Taktik stieß Suegar einen Pfiff aus.

»Also, reden wir mal über Zynismus, Sergeant. Das ist die trägste moralische Einstellung im ganzen Universum. Wirklich bequem. Wenn man nichts tun kann, dann sind Sie kein Mistkerl, weil Sie es nicht tun, und Sie können hier liegen und in vollkommenem Frieden vor sich hinstinken.«

Oliver schlug Miles' Hand weg, aber er drehte sich nicht wieder um. In seinen Augen flackerte Wut auf. »Hat Suegar Ihnen gesagt, daß ich Sergeant war?« zischte er.

»Nein, es steht Ihnen mit Flammenbuchstaben auf der Stirn geschrieben. Hören Sie mal, Oliver …«

Oliver rollte sich herüber und stützte seinen Oberkörper mit den Fingerknöcheln auf der Schlafmatte ab. Suegar zuckte zusammen, floh aber nicht.

»Hören Sie mal zu, Sie Mutant«, knurrte Oliver. »Wir haben schon alles gemacht. Wir haben Drill absolviert und Spiele gemacht, wir haben uns um Sauberkeit, Leibesübungen und kalte Duschen bemüht, außer daß es hier keine kalten Duschen gibt. Wir haben in Gruppen gesungen und Varieté-Veranstaltungen organisiert. Wir haben es nummernweise gemacht, nach dem Buch und bei Kerzenlicht. Wir haben schon Gewalt angewendet und echte Kriege gegeneinander geführt. Danach haben wir es mit Sünde und Sex und Sadismus probiert, bis uns alles hochgekommen ist. Wir haben alles mindestens zehnmal probiert. Glauben Sie, Sie seien der erste Reformer, der hier aufsteht?«

»Nein, Oliver.« Miles beugte sich zu seinem Gesicht vor und bohrte ungerührt seinen Blick in Olivers brennende Augen. Er dämpfte seine Stimme zu einem flüstern. »Ich glaube, ich bin der letzte.«

Oliver schwieg einen Augenblick lang, dann lachte er bellend. »Bei Gott, Suegar hat endlich seinen Seelenfreund gefunden. Zwei Verrückte zusammen, genau wie seine Schrift sagt.«

Miles schwieg nachdenklich und setzte sich so aufrecht hin, wie es sein Rückgrat ihm erlaubte. »Lies mir deine Schrift noch einmal vor, Suegar. Den vollen Text.« Er schloß die Augen, zur vollen Konzentration, aber auch um Unterbrechungen von Olivers Seite zu entmutigen.

Suegar raschelte herum und räusperte sich nervös. »›Für diejenigen, die die Erben der Erlösung sein sollen‹«, begann er. »›So gingen sie auf das Tor zu. Jetzt ist zu bemerken, daß die Stadt auf einem mächtigen Hügel stand, aber die Pilger gingen jenen Hügel leicht hinauf, denn sie hatten diese beiden Männer bei sich, die sie an den Armen führten; sie hatten auch ihre sterblichen Kleider hinter sich im Fluß zurückgelassen, denn obwohl sie mit ihnen hineingingen, kamen sie ohne sie heraus. Deshalb gingen sie sehr behende und geschwind hier herauf, durch die Fundamente, auf denen die Stadt höher gegründet war als die Wolken. Deshalb gingen sie hinauf durch die Regionen der Luft...‹« Entschuldigend fügte er hinzu: »Hier bricht es ab. Das ist, wo ich die Seite abgerissen habe. Ich bin mir nicht sicher, was das bedeutet.«

»Wahrscheinlich bedeutet es, daß du danach selbst improvisieren mußt«, schlug Miles vor und öffnete wieder die Augen. Also das war das Rohmaterial, auf dem er aufbaute. Er mußte zugeben, daß besonders die letzte Zeile ihn erschreckte, sie ließ ihn frösteln wie ein Bauch voll kalter Würmer. So soll es sein. Vorwärts!

»Da haben Sie's, Oliver. Das ist es, was ich anbiete. Die einzige Hoffnung, die es wert ist, daß man dafür atmet. Die Erlösung selbst.«

»Sehr erhebend«, sagte Oliver verächtlich.

»Ich möchte gerade, daß ihr alle ›emporgehoben‹ werdet. Sie müssen verstehen, Oliver. Ich bin ein Fundamentalist. Ich nehme meine Heiligen Schriften *sehr* wörtlich.«

Oliver öffnete den Mund, dann klappte er ihn wieder zu. Miles hatte seine ganze Aufmerksamkeit gewonnen.

Endlich gibt es Kommunikation, flüsterte Miles stumm sich selber zu. *Wir haben eine Verbindung hergestellt.*

»Es wäre ein Wunder nötig«, sagte Oliver schließlich, »um diesen ganzen Ort emporzuheben.«

»Meine Theologie richtet sich nicht nur an die Erwählten, ich beabsichtige, zu den Massen zu predigen. Sogar«, er bekam wirklich den Bogen heraus, »zu den Sündern. Der Himmel ist für alle da.

Aber Wunder müssen aufgrund ihrer Natur von draußen hereinbrechen. Wir tragen sie nicht in unseren Taschen …«

»Sie tragen nichts, das ist sicher«, murmelte Oliver mit einem Blick auf Miles' Blöße.

»… wir können nur beten, und uns auf eine bessere Welt vorbereiten. Aber Wunder kommen nur zu denen, die dafür bereit sind. Sind Sie bereit, Oliver?« Miles beugte sich vor, seine Stimme vibrierte vor Energie.

»Sch …« Olivers Stimme brach ab. Er blickte, seltsam genug, Suegar zustimmungheischend an. »Meint es dieser Kerl ernst?«

»Er denkt, daß er nur schwindelt«, sagte Suegar kühl, »aber das tut er nicht. Er ist der Eine, ganz recht und gewiß.«

Die kalten Würmer zappelten wieder. Sich mit Suegar zu befassen war wie Fechten in einer Halle voller Spiegel, dachte Miles. Das Ziel war, obwohl es real war, nie ganz dort, wo es zu sein schien.

Oliver holte Luft. Hoffnung und Furcht, Glaube und Zweifel mischten sich auf seinem Gesicht. »Wie sollen wir gerettet werden, Hochwürden?«

»Ach – nennen Sie mich Bruder Miles. Ja. Sagen Sie

mir – wieviel Bekehrte können Sie mit Ihrer eigenen bloßen Autorität herbeibringen?«

Oliver blickte äußerst nachdenklich drein. »Lassen Sie sie nur *dieses* Licht sehen, und sie werden ihm überallhin folgen.«

»Nun … nun … Erlösung ist für alle, gewiß, aber es gibt vielleicht gewisse zeitweilige Vorteile, wenn man eine Priesterschaft unterhält. Ich meine damit, selig sind auch die, die nicht sehen und doch glauben.«

»Es ist wahr«, stimmte Oliver zu, »wenn Ihre Religion kein Wunder zustandebrächte, dann würde gewiß ein menschliches Opfer folgen.«

»Ah … ganz richtig«, sagte Miles und schluckte. »Sie sind ein Mann scharfer Einsichten.«

»Das ist keine Einsicht«, sagte Oliver. »Das ist eine persönliche Garantie.«

»Ja, gut … um zu meiner Frage zurückzukommen. Wie viele Anhänger können Sie organisieren? Ich spreche hier von Körpern, nicht von Seelen.«

Oliver runzelte die Stirn. Er war immer noch vorsichtig. »Vielleicht zwanzig.«

»Können irgendwelche von denen weitere mitbringen? Ausschwärmen und noch mehr herholen?«

»Vielleicht.«

»Machen Sie sie dann zu Ihren Korporälen. Ich glaube, wir sollten hier frühere Ränge außer acht lassen. Nennen wir es … hm … die Armee der Wiedergeborenen. Nein. Die Reform-Armee. Das klingt besser. Wir sollen reformiert werden. Der Körper hat sich aufgelöst, wie die Raupe in ihrem Kokon, aber wir werden ihn zum Schmetterling umformen und davonfliegen.«

Oliver schniefte wieder. »Was für Reformen planen Sie denn?«

»Nur eine, glaube ich. Bezüglich des Essens.«

Oliver starrte ihn ungläubig an. »Sind Sie sicher, daß dies nicht bloß eine Masche ist, damit Sie sich eine zusätzliche Mahlzeit beschaffen?«

»Es stimmt, ich werde allmählich hungrig ...« Miles ließ von dem Witz ab, da Oliver eisig unbeeindruckt blieb. »Aber so geht es auch einer Menge anderer Leute. Morgen schon können wir erreicht haben, daß sie uns alle aus der Hand fressen.«

»Wann brauchen Sie diese zwanzig Kerle?«

»Beim nächsten Essensappell.« Gut, er hatte den Mann überrascht.

»So bald?«

»Verstehen Sie, Oliver, der Glaube, daß Sie alle Zeit der Welt haben, ist eine Illusion, die dieser Ort absichtlich fördert. Widerstehen Sie ihm!«

»Sie haben es so eilig.«

»Haben Sie etwa einen Termin beim Zahnarzt? Ich glaube nicht. Außerdem habe ich nur halb so viel Masse wie Sie. Ich muß mich doppelt so schnell bewegen, nur um in Schwung zu bleiben. Zwanzig und mehr, beim nächsten Essensappell.«

»Was, zum Teufel, glauben Sie mit zwanzig Mann tun zu können?«

»Wir werden den Essensstapel nehmen.«

Oliver preßte voller Abscheu die Lippen zusammen. »Nicht mit zwanzig Mann, das schaffen Sie nicht. Geht nicht. Außerdem hat man es schon mal versucht. Ich habe Ihnen doch gesagt, wir haben hier drinnen wirklich Krieg geführt. Es würde nur zu einem schnellen Massaker führen.«

»... und dann, wenn wir die Riegel genommen haben, dann verteilen wir sie. Fair und gerecht, einen Rattenriegel pro Kunde, alles kontrolliert und wie beim Quartiermeister. An die Sünder und alle. Beim nächsten Essensappell werden alle, die je zu kurz gekommen sind, zu uns überwechseln. Und dann werden wir in der Lage sein, uns mit den schweren Fällen zu befassen.«

»Sie sind verrückt. Das schaffen Sie nicht. Nicht mit zwanzig Mann.«

»Habe ich gesagt, daß wir nur zwanzig Mann haben werden? Suegar, habe ich das gesagt?«

Suegar, der fasziniert zuhörte, schüttelte den Kopf.

»Nun, ich strecke nicht meinen Hals raus und kassiere dann Prügel, solange Sie nicht eine sichtbare Unterstützung herbeibringen«, sagte Oliver. »Wir könnten dabei umkommen.«

»Wird gemacht«, versprach Miles unbekümmert. Man mußte irgendwo mit dem Emporheben beginnen; seine imaginären Initialzündungen würden gut genug funktionieren. »Ich werde zum Essensappell 500 Kämpfer für die heilige Sache beibringen.«

»Tun Sie das, und ich werde nackt auf meinen Händen rund um dieses Lager laufen«, erwiderte Oliver.

Miles grinste. »Ich könnte Sie beim Wort nehmen, Sergeant. Zwanzig und mehr. Beim Essensappell.« Miles stand auf. »Kommen Sie, Suegar.«

Oliver scheuchte sie gereizt fort. Sie traten den geordneten Rückzug an. Als Miles über die Schulter zurückschaute, war Oliver aufgestanden und ging auf eine Gruppe belegter Matten in der Nähe seiner eigenen zu und stoppte einen Mann, den er offensichtlich kannte.

»Also, woher bekommen wir bis zum nächsten Essensappell 500 Kämpfer?« fragte Suegar. »Ich sollte dich lieber warnen. Oliver war das Beste, den ich auf Lager hatte. Der Nächste wird schwieriger sein.«

»Was«, sagte Miles, »gerät dein Glaube so schnell ins Wanken?«

»Ich glaube«, sagte Suegar. »Ich sehe es nur nicht. Vielleicht macht mich das zu einem Gesegneten. Ich weiß es nicht.«

»Ich bin überrascht. Ich dachte, es sei ziemlich offensichtlich. Da.« Miles zeigte über das Lager hinweg zu der unmarkierten Grenze der Frauengruppe.

»Oh.« Suegar blieb abrupt stehen. »Oh, oh. Das glaube ich nicht, Miles.«

»Doch. Gehen wir!«

»Dort kommst du ohne eine Operation zur Geschlechtsumwandlung nicht rein.«

»Was – obwohl du so von Gott angetrieben bist, hast du noch nicht versucht, ihnen deine Schrift zu predigen?«

»Ich habe es versucht. Wurde verprügelt. Habe es danach woanders versucht.«

Miles hielt inne, schürzte die Lippen und musterte Suegar. »Das war keine Niederlage, oder hättest du so lange durchgehalten, um mir zu begegnen? War es ... hm ... Scham, die deine sonst übliche Entschlossenheit schwächte? Mußt du in dieser Beziehung etwas abarbeiten?«

Suegar schüttelte den Kopf. »Nicht persönlich. Außer vielleicht Unterlassungssünden. Ich hatte einfach nicht mehr den Mumm, sie länger zu belästigen.«

»Dieser ganze Ort leidet unter Unterlassungssünden.« Es war erleichternd, daß Suegar nicht eine Art erklärter Vergewaltiger war. Miles Blick glitt über die Szene und suchte nach einem Muster, ausgehend von den beschränkten Hinweisen auf Stellung, Gruppenbildung, Aktivität. »Ja ... ein Druck wie von Raubtieren erzeugt ein Herdenverhalten. So, wie die soziale Zersplitterung hier ist, muß der Druck ziemlich hoch sein, um eine Gruppe dieser Größe beisammenzuhalten. Aber seit ich hierher kam, habe ich keine Vorfälle beobachtet ...«

»Es kommt und geht«, sagte Suegar. »Mondphasen oder so was.«

Mondphasen, ganz recht. Miles schickte in seinem Herzen ein Dankgebet zu den zuständigen Göttern – an alle, die es anging –, daß die Cetagandaner anscheinend zusammen mit den anderen Immunisierungen allen ihren weiblichen Gefangenen einen Ovulationshemmer mit Standardzeitauslösung implantiert hatten. Gesegnet sei jener Unbekannte, der *diese* Klausel in die ISK-Regeln eingefügt hatte und so die Cetagandaner zu subtileren Formen legaler Folter zwang. Und doch, wären Schwangerschaften und die Anwesenheit von Kindern unter den Gefangenen ein weiterer destablisierender Stressfaktor gewesen – oder eine stabilisierende Kraft, tiefer und stärker als alle früheren Loyalitäten, die die Cetagandaner anscheinend so erfolgreich zerbrochen hatten? Von einem rein logistischen Standpunkt aus gesehen war Miles froh, daß diese Frage nur theoretischer Natur war.

»Nun gut …« Miles holte tief Luft und zog sich einen imaginären Hut in einem aggressiven Winkel über die Augen. »Ich bin neu hier, und so einstweilen ungeniert. Wer ohne Sünde ist, der werfe den ersten Köder aus. Außerdem habe ich einen Vorteil bei dieser Art von Verhandlung. Ich bin ganz offensichtlich keine Bedrohung.« Er marschierte vorwärts.

»Ich werde hier auf dich warten«, rief Suegar hilfsbereit und kauerte sich dort nieder, wo er war.

Miles richtete seinen Vormarsch so ein, daß er auf eine Patrouille von sechs Frauen traf, die an der Grenze ihres Territoriums entlanggingen. Er stellte sich vor ihnen auf und zog seinen imaginären Hut, um ihn strategisch über seine Blöße zu halten. »Guten Tag, meine Damen. Ich möchte mich entschuldigen, daß ich …«

Seine Eröffnungsworte wurden von einer Mundvoll Erde unterbrochen, an die er abrupt geriet, als die vier Frauen, die ihn umstellt hatten, seine Beine nach hinten und seine Schultern nach vorn stießen und ihn so sauber auf das Gesicht warfen. Er war noch nicht einmal dazugekommen, den Dreck auszuspucken, als er an den Armen und Beinen hochgehoben und – immer noch mit dem Gesicht nach unten – durch die Luft gewirbelt wurde. Es wurde murmelnd bis drei gezählt, und dann flog er einen kurzen, einsamen Bogen und landete nicht weit weg von Suegar. Die patrouillierenden Frauen gingen ohne ein Wort weiter.

»Verstehst du, was ich sagen wollte?« sagte Suegar.

Miles drehte den Kopf und schaute ihn an. »Du hattest diese Flugbahn auf den Zentimeter genau ausgerechnet, nicht wahr?« sagte er undeutlich.

»In etwa«, bestätigte Suegar. »Ich hatte mir vorgestellt, daß sie dich ein hübsches Stückchen weiter schleudern könnten als gewöhnlich, wenn man deine Größe in Betracht zieht.«

Miles rappelte sich wieder in eine sitzende Stellung hoch und rang noch immer um Atem. Zum Teufel mit den Rippenschmerzen, die schon fast erträglich geworden waren, aber jetzt bei jedem Atemzug seinem Brustkasten fast einen elektrischen Schlag versetzten. Einige Minuten später stand er auf und wischte sich ab. Dann hob er auch seinen unsichtbaren Hut auf. Ihm war schwindlig, und er mußte einen Augenblick lang die Hände auf die Knie aufstützen.

»In Ordnung«, murmelte er, »gehen wir zurück.«

»Miles ...«

»Es muß geschehen, Suegar. Es gibt keine andere Wahl. Ich kann sowieso nicht aufhören, wenn ich mal angefangen habe. Man hat mir schon gesagt, ich sei pathologisch hartnäckig. Ich *kann nicht* aufgeben.«

Suegar öffnete den Mund zu einem Widerspruch, dann schluckte er aber seinen Protest hinunter. »Ganz recht«, sagte er. Er setzte sich im Schneidersitz hin; seine rechte Hand streichelte unbewußt die Bibliothek in seinem Lumpenseil. »Ich warte hier, bis du mich rufst.« Er schien in einen Tagtraum zu verfallen, oder in Meditation – oder vielleicht in einen Schlummer.

Miles' zweiter Versuch endete genau wie der erste, außer daß vielleicht seine Flugbahn etwas höher und etwas länger war. Der dritte Versuch zeitigte das gleiche Ergebnis, nur war diesmal sein Flug viel kürzer.

»Gut«, murmelte er vor sich hin. »Das muß sie ermüden.«

Diesmal hüpfte er parallel zu der Patrouille, außer Reichweite, aber genau innerhalb ihrer Hörweite. »Hören Sie«, keuchte er, »Sie müssen das nicht stückchenweise tun. Lassen Sie mich es Ihnen einfach machen. Ich habe eine teratogene Knochenmißbildung – ich bin kein Mutant, verstehen Sie, meine Gene sind normal, nur ihr Ausdruck wurde verzerrt, weil meine Mutter während der Schwangerschaft einem gewissen Gift ausgesetzt war – es war eine einmalige Sache und wird nicht die Kinder in Mitleidenschaft ziehen, die *ich* vielleicht einmal habe – ich habe immer die Erfahrung gemacht, daß es leichter war, ein Rendezvous zu bekommen, wenn das klargestellt war: *kein* Mutant – auf jeden Fall sind meine Knochen spröde, tatsächlich könnte jede von Ihnen mir wahrscheinlich jeden Knochen brechen. Sie mögen sich fragen, warum ich Ihnen all das erzähle – tatsächlich ziehe ich es normalerweise vor, es nicht auszuposaunen – Sie müssen stehenbleiben und mir zuhören. Ich bin keine Bedrohung – sehe ich wie eine Bedrohung aus? –, vielleicht eine Herausforderung, aber keine Bedrohung – wollen Sie, daß ich im ganzen Lager hinter Ihnen herlaufe? Machen Sie mal langsamer, um Gottes willen...« Wenn es in diesem Tempo weiterging, dann wäre er sehr bald außer Atem gewesen, und damit auch ohne verbale Munition. Er hüpfte ihnen in den Weg und pflanzte sich vor ihnen mit ausgebreiteten Armen auf.

»... wenn Sie also vorhaben, mir jeden Knochen im Leib zu brechen, dann tun Sie es bitte jetzt und bringen Sie es hinter sich, denn ich werde immer wieder hierher kommen, bis Sie es tun.«

Auf ein kurzes Handzeichen ihrer Anführerin hin blieb die Patrouille vor ihm stehen.

»Nehmt ihn beim Wort«, schlug eine große Rothaarige vor. Ihr kurzes, kupferfarbenes Bürstenhaar faszinierte Miles und lenkte ihn fast ab; er stellte sich vor, welche Massen dieses Haares unter den Scheren der rücksichtslosen cetagandanischen Gefängniswärter zu Boden gefallen sein mußten. »Ich breche ihm den linken Arm, wenn du den rechten brichst, Connor«, redete sie weiter.

»Wenn das nötig ist, um Sie dazu zu bringen, daß Sie stehenbleiben und mir fünf Minuten zuhören, dann soll es sein«, antwortete Miles und zog sich nicht zurück. Die Rothaarige trat vor und straffte sich, dann nahm sie seinen linken Ellbogen in einen Armgriff und übte Druck aus.

»Fünf Minuten, in Ordnung?« fügte Miles verzweifelt hinzu, als der Druck zunahm. Sie starrte ihn unverwandt an. Er leckte sich die Lippen, schloß die Augen, hielt den Atem an und wartete. Der Druck erreichte den kritischen Punkt – er stellte sich auf die Zehen ...

Sie ließ ihn abrupt los, so daß er zurücktaumelte. »Männer«, bemerkte sie voller Abscheu. »Müssen immer aus allem einen Pinkelwettbewerb machen.«

»Biologie ist Schicksal«, keuchte Miles und riß die Augen wieder auf.

»... oder Sie sind eine besondere Sorte Perverser – geht Ihnen einer ab, wenn Frauen Sie verprügeln?«

Himmel, ich hoffe nicht. Sein Unterleib verriet ihn nicht durch unautorisierte Regungen. Wenn er sich oft in der Nähe dieser Rothaarigen aufhalten müßte, dann würde er auf jeden Fall irgendwie wieder an seine Hosen kommen müssen. »Falls ich ja sagte, würden Sie dann auf diese Prozedur verzichten, einfach um mich zu bestrafen?« schlug er vor.

»Blödsinn, natürlich nicht.«

»Das war nur so ein Gedanke ...«

»Hör mit dem Mist auf, Beatrice«, sagte die Anführerin der Patrouille. Sie ruckte mit dem Kopf, und die Rothaarige trat wieder in die Gruppe zurück. »Okay, Kleiner, du hast deine fünf Minuten. Vielleicht.«

»Danke, Madame.« Miles holte Luft und brachte sich in Ordnung, soweit er das ohne zu ordnende Uniform tun konnte. »Zuerst möchte ich mich entschuldigen, daß ich so unbekleidet in Ihren Privatbereich eindringe. Praktisch die ersten Leute, denen ich nach Betreten dieses Lagers begegnete, waren eine Selbsthilfegruppe – sie verhalfen sich selbst zu meinen Kleidern, unter anderem ...«

»Das habe ich gesehen«, bestätigte Beatrice die Rothaarige unerwarteterweise. »Pitts Haufen.«

Miles zog seinen Hut und schwenkte ihn vor ihr in einer Verneigung. »Ja, danke.«

»Wenn Sie das tun, dann zeigen Sie den Leuten, die hinter Ihnen stehen, den Arsch«, bemerkte sie leidenschaftslos.

»Das ist deren Sache«, erwiderte Miles. »Was mich angeht, so möchte ich mit Ihrer Anführerin oder Ihren Anführerinnen sprechen. Ich habe einen ernsthaften Plan zur Verbesserung der Atmosphäre an diesem Ort hier und möchte Ihre Gruppe zur Mitarbeit einladen. Offen gesagt bilden Sie den größten noch verbleibenden Rest von Zivilisation, um nicht zu sagen von militärischer Ordnung hier drin. Ich würde gern sehen, daß Sie Ihre Grenzen ausdehnen.«

»Es braucht alles, was wir haben, um unsere Grenzen davor zu bewahren, daß sie überrannt werden, mein Kleiner«, erwiderte die Anführerin. »Mehr geht nicht. Also scheren Sie sich weg.«

»Holen Sie sich einen runter«, schlug Beatrice vor. »Sie werden hier keine von uns bekommen.«

Miles seufzte und drehte seinen Hut an der breiten Krempe in den Händen herum. Er ließ ihn einen Moment lang auf einem Finger rotieren und blickte der Rothaarigen fest in die Augen. »Schauen Sie meinen Hut an. Der war das einzige Kleidungsstück, das ich aus dem Überfall durch Pitts Haufen retten konnte.«

Sie schnaubte. »Diese Trottel ... warum bloß einen

Hut? Warum nicht Hosen? Warum nicht eine volle Uniform, wenn Sie schon dabei sind?« fügte sie sarkastisch hinzu.

»Ein Hut ist ein nützlicherer Gegenstand zur Kommunikation. Man kann große Gesten machen«, er machte eine, »Aufrichtigkeit ausdrücken«, er hielt den Hut über sein Herz, »oder Verlegenheit anzeigen«, er hielt ihn über seine Genitalien und duckte sich wie beschämt, »oder Wut…«, er warf den Hut auf den Boden, als wollte er gleich darauf herumstampfen, dann hob er ihn wieder auf und wischte ihn sorgfältig ab, »oder Entschlossenheit…«, er schob ihn sich auf den Kopf und zog die Krempe über die Augen herunter, »oder sich höflich zeigen.« Er schwenkte ihn grüßend. »Sehen Sie den Hut?«

Sie fing an, Vergnügen an der Sache zu finden. »Ja.«

»Sehen Sie die Federn auf dem Hut?«

»Ja…«

»Beschreiben Sie sie!«

»Oh… fedrige Dinger.«

»Wie viele?«

»Zwei. Zusammengebunden.«

»Sehen Sie die Farbe der Federn?«

Sie wich zurück, plötzlich wieder befangen, und warf ihren Gefährtinnen einen Seitenblick zu. »Nein.«

»Sobald Sie die Farbe der Federn sehen können«, sagte Miles sanft, »werden Sie auch verstehen, wie Sie Ihre Grenzen in die Unendlichkeit ausdehnen können.«

Sie schwieg. Ihr Gesicht war verschlossen. Aber die Anführerin der Patrouille murmelte: »Vielleicht sollte der Zwerg mal lieber mit Tris sprechen. Nur dies eine Mal.«

Die oberste Anführerin der Frauen war offensichtlich einmal Frontkämpferin gewesen, keine Technikerin wie die Mehrzahl der Frauen. Die Muskeln, die sich wie geflochtene Lederriemen unter ihrer Haut abzeichneten, hatte sie sicher nicht erworben, indem sie in einem rückwärtigen unterirdischen Posten stundenlang vor einem Holovid-Display hockte. Sie hatte echte Waffen mit sich herumgetragen, die echten Tod ausspien, und war manchmal zusammengebrochen; sie war gegen die Grenzen dessen angerannt, was wirklich mit Fleisch und Bein und Metall erreicht werden konnte, und dieser Deformationsprozeß hatte sie gezeichnet. Illusionen waren wie eine Infektion aus ihr ausgebrannt worden und hatten eine Brandnarbe hinterlassen. Wut brannte andauernd in ihren Augen wie Feuer in einem Kohlenflöz, unterirdisch und unauslöschbar. Sie war vielleicht fünfunddreißig oder vierzig.

Gott, ich habe mich verliebt, dachte Miles. *Bruder Miles möchte SIE für die Reform-Armee haben …* Dann zügelte er seine Gedanken. Hier, jetzt, war der Knackpunkt seines Plans, und was er alles an Persiflage, verbaler Irreführung, Charme, Chutzpe und cleverem Gequatsche aufbieten konnte, würde nicht ausreichen, nicht einmal, wenn er es mit einer blauen Schleife verzierte.

Die Verletzten wollen Macht haben, nichts anderes; sie glauben, daß sie sie davor bewahren wird, erneut verletzt zu werden. Diese Frau hier wird kein Interesse zeigen für Suegars seltsame Botschaft – zumindest noch nicht jetzt … Miles holte tief Luft.

»Madame, ich bin hier, um Ihnen das Kommando über dieses Lager anzubieten.«

Sie starrte ihn an, als wäre er etwas, das sie als Wucherung an den Wänden in einer dunklen Ecke der Latrine entdeckt hätte. Ihre Blicke strichen über seine Nacktheit hinweg; Miles spürte, wie die Spuren der Krallen von seinem Kinn bis zu seinen Zehen brannten.

»Das Sie gewiß in Ihrem Matchbeutel mit sich führen«, knurrte sie. »Ein Kommando über dieses

Lager existiert nicht, Mutant. Also können Sie es nicht hergeben. Bring ihn an die Grenze unseres Gebietes, und zwar stückweise, Beatrice.«

Er duckte sich vor der Rothaarigen. Die Geschichte mit dem Mutanten würde er später korrigieren. »Es ist meine Sache, das Kommando über dieses Lager zu *kreieren*«, versicherte er. »Bemerken Sie bitte, was ich anbiete, ist Macht, nicht Rache. Rache ist ein zu teurer Luxus. Kommandanten können ihn sich nicht leisten.«

Tris erhob sich von ihrer Schlafmatte zu ihrer vollen Größe, dann ging sie in die Knie, um in Miles' Augenhöhe zu sein und zischte: »Zu schade,. kleiner Scheißkerl. Sie interessieren mich fast. Weil ich Rache *will*. An jedem Mann in diesem Lager.«

»Dann haben die Cetagandaner Erfolg gehabt: Sie haben vergessen, wer Ihr wirklicher Feind ist.«

»Sagen Sie lieber, ich habe entdeckt, wer mein wirklicher Feind ist. Wollen Sie wissen, was sie uns angetan haben – unsere eigenen Leute ...«

»Die Cetagandaner wollen Sie glauben machen, daß das hier« – mit einer Handbewegung umschloß er das ganze Lager – »etwas ist, das ihr euch gegenseitig antut. Indem ihr so gegeneinander kämpft, werdet ihr zu ihren Puppen. Sie beobachten euch die ganze Zeit, wissen Sie, als Voyeure eurer Erniedrigung.«

Ihr Blick schnellte nach oben. Gut. Es war schon fast eine Krankheit unter diesen Leuten, daß sie lieber in jede andere Richtung schauten als hinauf in die Kuppel.

»Macht ist besser als Rache«, sagte Miles und zuckte nicht vor ihrem schlangenkalten Gesicht und ihren glühend heißen Augen zurück. »Macht ist etwas Lebendiges, mit dem Sie in die Zukunft greifen können. Rache ist etwas Totes, das aus der Vergangenheit nach Ihnen greift.«

»... und Sie sind ein Künstler des Gequatsches«, unterbrach sie ihn, »der nach allem greift, was runterfällt. Ich habe Sie jetzt festgenagelt. *Das* ist Macht.« Sie hielt ihm ihren Arm unter die Nase und ließ die Muskeln spielen. »Das ist die einzige Macht, die hier drin existiert. Sie haben sie nicht, und Sie suchen jemanden, der Sie unter seinen Schutz nimmt. Aber da sind Sie bei mir an der falschen Adresse.«

»Nein«, sagte Miles und tippte sich an die Stirn. »*Das hier* ist Macht. Und die richtige Adresse ist meine eigene. Das hier steuert das«, und er schlug mit den Fäusten aufeinander. »Menschen mögen Berge bewegen, aber Ideen bewegen die Menschen. Der Geist kann durch den Körper erreicht werden – was sonst ist der Sinn von all dem«, er wies auf das Lager, »als euren Geist durch eure Körper zu erreichen. Aber diese Macht fließt in beide Richtungen, und was hinausfließt, ist stärker.

Wenn Sie den Cetagandanern erlaubt haben, Ihre Macht auf *das* allein zu reduzieren«, er drückte zur Unterstreichung seiner Worte ihren Bizeps – es war, als drückte er einen mit Samt bedeckten Stein, und sie verkrampfte sich vor Empörung über diese Dreistigkeit, »dann haben Sie ihnen erlaubt, Sie auf Ihren schwächsten Teil zu reduzieren. Und sie gewinnen.«

»Sie gewinnen sowieso«, versetzte sie und schüttelte seine Hand ab. Er atmete erleichtert auf, daß sie sich nicht entschlossen hatte, seinen Arm zu brechen. »Nichts, was wir in diesem Kreis tun, wird eine echte Veränderung mit sich bringen. Wir sind immer noch Gefangene, egal was wir tun. Die Cetagandaner können uns das Essen vorenthalten oder die Luft, oder sie können uns zu Brei quetschen. Und die Zeit ist auf ihrer Seite. Wenn wir unsere Energie damit vergeuden, Ordnung wiederherzustellen – falls es das ist, was Sie zu erreichen versuchen –, dann müssen sie bloß abwarten, um sie wieder zu zerbrechen. Wir sind *geschlagen*. Wir sind *erobert. Da draußen* ist niemand mehr übrig. Wir sind für immer hier. Und Sie sollten sich lieber an diesen Gedanken gewöhnen.«

»Dieses Lied habe ich schon früher gehört«, sagte Miles. »Benutzen Sie doch Ihren Kopf. Wenn die Cetagandaner die Absicht hätten, euch für immer hier zu behalten, dann hätten sie euch schon gleich zu Beginn eingeäschert und sich die beträchtlichen Kosten des Betriebs dieses Lagers erspart. Nein. Sie wollen euern Geist haben. Ihr alle seid hier, weil ihr die besten und intelligentesten Soldaten von Marilac wart, die ausdauerndsten Kämpfer, die stärksten, die schlimmsten, die gefährlichsten. Diejenigen, die alle, die an Widerstand gegen die Besetzung denken, zu Führern wählen würden. Es ist der Plan der Cetagandaner, euch zu zerbrechen, und euch dann in eure Welt zurückzuschicken wie kleine eingeimpfte Infektionen, damit ihr euren Leuten den Rat gebt, sich zu unterwerfen.

Wenn das hier getötet wird«, er berührte, nur ganz leicht, ihre Stirn, »dann haben die Cetagandaner nichts mehr von dem hier zu fürchten«, er legte einen Finger auf ihren Bizeps, »und ihr werdet alle freikommen. In eine Welt, deren Horizont euch so umgeben wird wie diese Kuppel hier, und zwar genauso unentrinnbar. Der Krieg ist nicht vorbei. Ihr seid *hier,* weil die Cetagandaner immer noch auf die Kapitulation von Fallow Core warten.«

Einen Augenblick lang dachte er, sie würde ihn umbringen, ihn auf der Stelle erdrosseln. Sicher würde sie es vorziehen, ihn in Stücke zu reißen, als ihn sehen zu lassen, wie sie weinte.

Sie warf den Kopf zurück und holte Luft, und damit gewann sie wieder die Bitterkeit und Spannung, die ihr Selbstschutz war. »Wenn das wahr ist, dann entfernen wir uns von der Freiheit, wenn wir Ihnen folgen, anstatt ihr näherzukommen.«

Verdammt, die Frau konnte obendrein noch logisch denken. Sie mußte ihn nicht verprügeln. Sie konnte ihn zu Tode analysieren, wenn er sich nicht beeilte. Er beeilte sich. »Es gibt einen subtilen Unterschied zwischen einem Gefangenen und einem Sklaven. Ich mache nicht den Fehler, einen von beiden für frei anzusehen. Und Sie auch nicht.«

Sie verfiel in Schweigen, starrte ihn mit zusammengekniffenen Augen an und zog unbewußt an ihrer Unterlippe. »Sie sind ein seltsamer Bursche«, sagte sie schließlich. »Warum sagen Sie ›ihr‹ und ›Sie‹ und nicht ›wir‹?«

Miles hob lässig die Schultern. Verdammt – er ging schnell noch einmal sein Geschwätz durch – sie hatte recht, er hatte sich so ausgedrückt. Da war er etwas zu nah an den Rand geraten. Aber vielleicht konnte er noch aus dem Fehler einen Nutzen ziehen. »Sehe ich aus wie die Blüte der militärischen Macht von Marilac? Ich bin ein Außenseiter, der in einer Welt gefangen wurde, die ich nie gemacht hatte. Ein Reisender – ein Pilger – nur auf der Durchreise. Fragen Sie Suegar.«

Sie schnaubte. »Der Verrückte!«

Sie hatte nicht angebissen. Mist, wie Elli sagen würde. Elli fehlte ihm. Er würde es später noch einmal versuchen. »Unterschätzen Sie Suegar nicht. Er hat eine Botschaft für Sie. Ich fand sie faszinierend.«

»Ich habe sie schon gehört. Ich finde sie irritierend ... Also, was wollen Sie jetzt? Und sagen Sie mir nicht ›nichts‹, weil ich Ihnen dann nämlich nicht glaube. Offen gesagt, ich glaube, Sie sind selber hinter dem Kommando des Lagers her, und ich melde mich nicht freiwillig, um Ihr Sprungbrett bei einem Plan der Machtergreifung zu sein.«

Ihre Gedanken entwickelten sich jetzt schnell und konstruktiv und folgten tatsächlich anderen Gleisen als nur der Idee, ihn stückweise an die Grenze des Frauenbereichs zurückzutransportieren. Miles kam in Fahrt ...

»Ich möchte nur Ihr spiritueller Berater sein. Ich will kein Kommando, tatsächlich kann ich es nicht einmal einsetzen. Ich möchte nur ein Berater sein.«

Es mußte etwas an dem Begriff ›Berater‹ gewesen sein, wo es bei ihr klingelte, irgendeine alte Assoziation. Sie riß die Augen plötzlich ganz auf. Miles war nahe genug an ihr dran, um zu sehen, wie ihre Pupillen sich weiteten. Sie beugte sich vor und folgte mit ihrem Zeigefinger den schwachen Einkerbungen in seinem Gesicht neben der Nase, die durch gewisse Kontrolleitungen in einem Raumhelm entstanden waren. Sie richtete sich wieder auf und ihre Finger bildeten ein V und streichelten die tieferen Furchen, die auf Dauer ihre eigene Nase flankierten. »Was sagten Sie noch mal, was Sie früher waren?«

»Ein Schreiber im Erfassungsamt«, antwortete Miles hartnäckig.

»Ich … verstehe.«

Und falls sie erkannte, wie absurd es war, daß jemand behauptete, er sei ein Schreiber aus der Etappe, wo er doch eine Kampfrüstung oft und lange genug getragen hatte, daß er noch jetzt ihre Abdrücke trug, dann war er im Spiel. Vielleicht.

Sie rollte sich wieder auf ihrer Schlafmatte zusammen und wies auf deren anderes Ende. »Setzen Sie sich, Herr Militärseelsorger. Und reden Sie weiter.«

Suegar war echt eingeschlafen, als Miles ihn wieder entdeckte: er saß im Schneidersitz da und schnarchte. Miles tippte ihn auf die Schulter.

»Aufwachen, Suegar. Wir haben es geschafft.«

Mit einem Schnauben erwachte Suegar. »Himmel, ich vermisse Kaffee. Ha?« Er zwinkerte Miles zu. »Du bist noch heil und ganz?«

»Es war eine haarige Sache. Hör mal, diese Geschichte von den Kleidern im Fluß – jetzt, da wir uns gefunden haben, müssen wir da auch weiterhin nackt bleiben? Oder ist die Prophezeiung schon hinreichend erfüllt?«

»Wie?«

»Können wir uns jetzt anziehen?« wiederholte Miles geduldig.

»Na – ich weiß nicht. Ich nehme an, wenn wir Kleider haben sollten, dann würden sie uns gegeben ...«

Miles stupste ihn und zeigte. »Da. Man gibt sie uns.«

Ein paar Meter entfernt stand Beatrice mit einem Bündel grauen Tuchs unter dem Arm. »Wollt ihr zwei Bekloppten das Zeug oder nicht? Ich gehe jetzt zurück.«

»Du hast sie dazu gebracht, daß sie dir Kleider bringen?« flüsterte Suegar überrascht.

»Uns, Suegar, uns!« Miles winkte Beatrice. »Ich glaube, es ist okay.«

Sie schmiß ihm das Bündel zu, schnaufte und stolzierte weg.

»Danke«, rief Miles. Er schüttelte den Stoff aus. Zwei graue Pyjamas, ein kleiner und ein großer. Miles mußte nur den Saum der Hosenbeine ein Stückchen hochkrempeln, damit er nicht mit den Fersen darauf trat. Die Pyjamas war fleckig und steif vor altem Schweiß und Schmutz; wahrscheinlich hatte man sie Verstorbenen abgenommen, überlegte Miles. Suegar kroch in seinen Pyjama und stand da und befingerte staunend den grauen Stoff.

»Sie haben uns Kleider gegeben. *Gegeben*«, murmelte er. »Wie hast du das angestellt?«

»Sie haben uns alles gegeben, Suegar. Komm, ich muß wieder mit Oliver sprechen.« Miles schleifte Suegar entschlossen mit sich. »Ich frage mich, wieviel Zeit haben wir wirklich bis zum nächsten Essensappell? Zwei sollen in jedem Vierundzwanzig-Stunden-Zyklus vorkommen, gewiß, aber ich wäre nicht überrascht, wenn sie unregelmäßig wären, um die zeitliche Desorientierung zu fördern – schließlich stellen sie die einzige Uhr hier drinnen dar ...«

Eine Bewegung lenkte Miles Blick auf sich: ein Mann rannte. Es handelte sich nicht um die gelegentliche Unruhe, wenn jemand vor einer feindlichen Gruppe davonlief; der hier rannte einfach dahin, mit aller Kraft, den Kopf nach unten gerichtet; die bloßen Füße stampften in einem panischen Rhythmus auf den Boden. Er folgte im allgemeinen dem Umkreis der Kuppel, nur um die Grenze der Frauengruppe machte er einen Bogen. Während er dahinrannte, weinte er.

»Was bedeutet das?« fragte Miles und wies mit einem Nicken auf die näherkommende Gestalt.

Suegar zuckte die Achseln. »Solche Anfälle bekommt man von Zeit zu Zeit. Wenn man es nicht mehr aushält, hier herumzuhocken. Ich habe mal einen Kerl gesehen, der lief, bis er tot umfiel. Herum und herum und herum…«

»Nun«, sagte Miles, »der hier rennt auf uns zu.«

»Er wird im Nu an uns vorbeirennen…«

»Dann hilf mir, ihn aufzuhalten.«

Miles traf ihn unten, Suegar oben. Suegar setzte sich auf seinen Brustkasten, Miles auf seinen rechten Arm und halbierte so seinen Widerstand. Der Soldat mußte sehr jung gewesen sein, als er gefangen wurde – vielleicht hatte er bei der Musterung sein Alter falsch angegeben –, denn er hatte noch immer ein Knabengesicht, das nun tränenüberströmt war und gezeichnet von seiner persönlichen Ewigkeit in dieser hohlen Perle. Er schluchzte keuchend beim Einatmen und stieß beim Ausatmen verstümmelte Flüche aus. Nach einiger Zeit beruhigte er sich.

Miles beugte sich zu seinem Gesicht hinab und grinste wölfisch. »Hast du zu einem Kommandotrupp gehört, mein Junge?«

»Ja…« Seine Augen rollten nach links und rechts, aber es kam keine Hilfe.

»Wie steht's mit deinen Freunden? Sind sie auch von einem Kommandotrupp?«

»Sie sind die besten«, beteuerte der Junge, den vielleicht insgeheim der Verdacht gepackt hatte, er sei in die Hände von jemandem gefallen, der noch verrückter war als er selbst. »Sie sollten lieber von mir runtergehen, Mutant, oder meine Freunde werden Sie in der Luft zerreißen.«

»Ich möchte dich und deine Freunde zu einem *größeren* Kommando-Unternehmen einladen«, erklärte Miles. »Wir werden heute abend ein Kommando haben, das ein historisches Ereignis darstellt. Weißt du, wo du Sergeant Oliver findest, der früher einmal bei den 14. Kommandotruppen war?«

»Ja ...«, gab der Junge vorsichtig zu.

»Also dann, hol deine Freunde und melde dich bei ihm. Du solltest dir lieber schon jetzt deinen Platz auf seinem Fahrzeug reservieren lassen, denn wenn du nicht draufsitzt, dann wird es über dich hinwegfahren. Die Reform-Armee legt los. Kapiert?«

»Kapiert«, keuchte der Junge, während Suegar nachdrücklich seine Faust in seinen Solarplexus preßte.

»Sage ihm, Bruder Miles schickt dich«, rief Miles, als der Junge davonstolperte und nervös über die Schulter zurückblickte. »Du kannst dich hier drin nicht verstecken. Wenn du nicht auftauchst, dann werde ich die Kosmische Kommandotruppe schicken, dich zu holen.«

Suegar schüttelte seine verkrampften Glieder und seine neu in Gebrauch genommenen Kleider.

Miles grinste. »Kampf oder Flucht. Der Junge ist okay.« Er streckte sich und schlug wieder seine ursprüngliche Richtung ein. »Zu Oliver!«

Am Ende hatten sie nicht zwanzig, sondern 200. Oliver hatte sechsundvierzig aufgegabelt. Der Renner brachte achtzehn mit. Die Anzeichen von Ordnung und Aktivität in der Umgebung lockte die Neugierigen an – einer, der am Rand der Gruppe vorbeiwanderte, hatte nur zu fragen: »Was ist hier eigentlich los?«, da wurde er schon eingegliedert und auf der Stelle zum Korporal beförderte. Das Interesse unter den Zuschauern wuchs zu einem Fieber an, als Olivers Truppe zur Grenze der Frauen aufmarschierte – und hineingelassen wurde! Auf der Stelle bekamen sie weitere fünfundsiebzig Freiwillige.

»Wissen Sie, was hier vor sich geht?« fragte Miles einen von ihnen, als er sie durch den kurzen Spießrutenlauf einer Untersuchung lotste und dann zu einer der vierzehn Kommandogruppen schickte, die er sich ausgedacht hatte.

»Nein«, gab der Mann zu. Er winkte eifrig in Richtung auf die Mitte der Frauengruppe. »Aber ich möchte dorthin gehen, wo *die* hingehen …«

Als die Zahl 200 erreicht war, brach Miles weitere Zulassungen ab, aus Rücksicht auf Tris' zunehmende Nervosität über diese Infiltration ihrer Grenzen, und er verwandelte prompt diese Höflichkeit in eine Trumpfkarte in ihrer noch laufenden Strategiedebatte. Tris wollte ihre Gruppe auf die übliche Weise aufteilen: ein Hälfte für den Angriff, die andere zur Verteidigung der Heimatbasis und zur Aufrechterhaltung der Grenzen. Miles bestand auf einem totalen Einsatz.

»Wenn wir gewinnen, dann brauchen Sie keine Wachen mehr.«

»Was ist, wenn wir verlieren?«

Miles dämpfte seine Stimme. »Wir dürfen es nicht wagen zu verlieren. Dies ist das einzige Mal, wo wir die Überraschung auf unserer Seite haben. Ja, wir können zurückfallen – uns neu gruppieren – noch einmal versuchen – ich zum Beispiel bin darauf vorbereitet – nein, gezwungen – immer wieder zu versuchen, bis es mich umbringt. Aber danach wird das, was wir zu tun versuchen, allen Gegengruppen völlig offensichtlich sein, und sie werden Zeit haben, eine eigene Gegenstrategie zu entwerfen. Ich habe eine besondere Abneigung gegen Pattsituationen. Ich ziehe es vor, Kriege zu gewinnen, als sie zu verlängern.«

Sie seufzte. Einen Augenblick lang wirkte sie erschöpft, müde, alt. »Ich habe viel Zeit im Krieg zugebracht, wissen Sie das? Nach einer Weile kann es sogar wünschenswerter erscheinen, einen Krieg zu verlieren, als ihn zu verlängern.«

Miles spürte, wie seine eigene Entschlossenheit nachließ und in den Strudel dieses gleichen dunklen Zweifels gesaugt wurde. Er zeigte nach oben und verfiel ihn ein heiseres Flüstern: »Aber gewiß nicht gegenüber *diesen* Mistkerlen verlieren.«

Sie blickte nach oben. Ihre Schultern strafften sich. »Nein. Nicht denen gegenüber ...« Sie holte tief Luft. »In Ordnung, Hochwürden. Sie bekommen Ihren totalen Einsatz. Nur einmal ...«

Oliver kehrte von einem Rundgang zu den Kommandogruppen zurück und hockte sich neben sie. »Sie haben ihre Befehle bekommen. Wie viele trägt Tris zu jeder Gruppe bei?«

»Kommandantin Tris«, korrigierte Miles schnell, als sie die Stirn runzelte. »Es wird ein Unternehmen mit totalem Einsatz. Sie werden alle bekommen, die hier laufen können.«

Oliver rechnete schnell im Staub, mit seinem Finger als Schreibgriffel. »Da kommen etwa fünfzig auf jede Gruppe – das sollte eigentlich reichen ... übrigens, was halten Sie davon, wenn wir zwanzig Gruppen aufstellen? Das wird die Verteilung beschleunigen, wenn wir die Reihen aufstellen. Das könnte der Unterschied sein, der den Erfolg bringt.«

»Nein«, fiel Miles schnell ein, als Tris ansetzte, zustimmend zu nicken. »Es müssen vierzehn sein. Vierzehn Kampfgruppen machen vierzehn Reihen für vierzehn Stapel. Vierzehn ist – ist eine theologisch bedeutsame Zahl«, fügte er hinzu, als sie ihn zweifelnd anblickten.

»Warum?« fragte Tris.

»Nach den vierzehn Aposteln«, säuselte Miles und faltete fromm seine Hände.

Tris zuckte die Achseln. Suegar kratzte sich am Kopf und setzte an zu sprechen – doch Miles durchbohrte ihn mit einem drohenden Blick, und er blieb stumm.

Oliver musterte ihn mit zusammengekniffenen Augen. »Was?« Aber er erhob keinen Einspruch.

Dann kam das Warten. Miles hörte auf, sich mit seiner größten Befürchtung herumzuquälen – daß ihre Wärter den nächsten Essensstapel zu früh hereinbringen würden, bevor seine Pläne fertig waren – und begann sich mit seiner zweitgrößten Befürchtung herumzuquälen, nämlich daß der Essensstapel so spät käme, daß er die Kontrolle über seine Truppen verlieren würde und sie anfangen würden, gelangweilt und entmutigt davonzuwandern. Bei dem Unternehmen, sie alle zusammenzubringen, war Miles sich vorgekommen wie ein Mann, der mit einem Seil aus Wasser an einer Ziege zerrt. Nie war die immaterielle Natur der Gedanken offensichtlicher erschienen.

Oliver tippte ihn auf die Schulter und zeigte. »Es geht los …«

Eine Seite der Kuppel, etwa ein Drittel des Weges am Rand entlang von ihnen entfernt, begann sich nach innen auszubuchten.

Das Timing war perfekt. Seine Truppen waren auf dem Höhepunkt ihrer Bereitschaft. Zu vollkommen … die Cetagandaner hatten alles beobachtet; gewiß würden sie keine Gelegenheit vorbeigehen lassen, ihren Gefangenen das Leben schwieriger zu machen. Falls der Essensstapel nicht zu früh kam, dann mußte er spät kommen. Oder …

Miles sprang auf die Beine und schrie: »Wartet! Wartet! Wartet auf meinen Befehl!«

Seine Sprintgruppen schwankten, das erwartete Ziel zog sie an. Aber Oliver hatte seine Gruppenkommandanten gut ausgewählt – sie hielten sich und ihre Gruppen zurück, und schauten auf Oliver. Schließlich waren sie einmal Soldaten gewesen. Oliver schaute auf Tris, die von ihrer Leutnantin Beatrice flankiert wurde, und Tris schaute verärgert auf Miles.

»Was ist jetzt los? Wir verlieren unseren Vorteil …«, begann sie, als der allgemeine Ansturm des Lagers auf die Ausbuchtung begann.

»Wenn ich unrecht habe«, stöhnte Miles, »dann bringe ich mich um – wartet, verdammt, auf meinen Befehl. Ich kann nichts sehen – Suegar, heb mich hoch …« Er kletterte auf die Schultern des dünnen Mannes und starrte auf die Ausbuchtung. Die Energiewand hatte nur halb ausgefunkelt, als die ersten fernen Schreie der Enttäuschung an seine gespannten Ohren drangen. Miles drehte hektisch den Kopf herum. Wie viele Rädchen innerhalb der Räder – wenn die Cetagandaner es wußten, und er wußte, daß sie es wußten, und sie wußten, daß er wußte, daß sie wußten, und … Er unterdrückte sein inneres Geplapper, als eine zweite Ausbuchtung zu erscheinen begann, auf der gegenüberliegenden Seite.

Miles' Arm schnellte vor und zeigte dorthin, wie ein Mann, der Würfel warf. »Dort! Dort! Los, los, los!«

Da begriff auch Tris, sie stieß einen Pfiff aus und warf ihm einen Blick überraschten Respekts zu, bevor sie loswirbelte und forteilte, um die Hauptmasse ihrer Truppen zum Laufschritt hinter den Sprintergruppen her anzuspornen. Miles glitt von Suegar herunter und humpelte hinterher.

Er blickte über die Schulter zurück und sah, wie die schwankende graue Menschenmasse gegen die gegenüberliegende Seite der Kuppel prallte und umkehrte. Er kam sich plötzlich vor wie ein Mann, der versuchte, vor einer Flutwelle davonzurennen. Er gestattete sich ein kurzes, vorwegnehmendes Wimmern und humpelte schneller.

Eine weitere Chance, einen tödlichen Fehler zu begehen – nein. Seine Sprintgruppen hatten den Stapel erreicht, und der Stapel war wirklich da. Schon begannen sie ihn aufzuteilen. Die unterstützenden Truppen umringten sie mit einer Mauer aus Leibern, als sie sich entlang des Umkreises der Kuppel auszubreiten begannen. Die Cetagandaner hatten sich selbst ausgetrickst. Diesmal.

Als die Flutwelle ihn überrollte, wurde Miles von seinem Feldherrnblick in die Froschperspektive gestoßen. Jemand stieß ihn von hinten, und er schlug mit dem Gesicht im Staub auf. Er dachte, er würde den Rücken von Pitt erkennen, der sich über ihm wölbte, aber er war sich nicht sicher – gewiß wäre Pitt auf ihn draufgetreten, anstatt über ihn hinweg. Suegar riß ihn am linken Arm hoch, und Miles unterdrückte einen Schmerzensschrei. Es gab schon genügend Geheul.

Miles erkannte den Renner, der in Boxerstellung vor einem anderen Schläger stand. Miles schob sich an ihm vorbei und rief ihm zur Erinnerung zu: »Du sollst rufen: *Stellt euch in Reihen auf!*, NICHT *Der Teufel soll euch holen!* … Das Signal wird im Kampf immer verstümmelt«, murmelte er vor sich hin. »Immer …«

Beatrice tauchte neben ihm auf. Miles hängte sich sofort an sie dran. Beatrice hatten ihren persönlichen Raum, ihren eigenen privaten Umkreis, verteidigt, indem sie beiläufig ihren Ellbogen mit einem ziemlich gräßlichen Krachen jemandem gegen das Kinn stieß. Wenn er dies versuchte, dachte Miles neidisch, dann würde er nicht nur seinen eigenen Ellbogen zerschmettern, sondern die Brustwarze seines Gegners bliebe auch völlig unverletzt. Apropos Brustwarzen, er fand sich Gesicht zu – nun ja, nicht Gesicht – gegenüber der Rothaarigen. Er unterdrückte den Impuls, sich mit einem zufriedenen Seufzer in den weichen grauen Stoff zu kuscheln, der die Heimatbasis bedeckte, denn dabei würden ihm sicher beide Arme gebrochen. Er hörte auf zu schielen und blickte ihr ins Gesicht.

»Los«, sagte sie und schleifte ihn durch den Mob

weg. Sank der Geräuschpegel? Die menschliche Mauer seiner eigenen Truppen teilte sich gerade weit genug, daß sie sich hindurchquetschen konnten.

Sie waren nahe am Ausgangspunkt der Essensschlange. Es funktionierte, bei Gott, es *funktionierte!* Die vierzehn Gruppen, die noch eher zu eng gedrängt entlang der Kuppelwand standen – aber das konnte beim nächstenmal verbessert werden – ließen immer nur jeweils einen der Hungrigen zum Essenfassen durch. Die Verteiler sorgten dafür, daß sich die Reihen, schnell wie möglich vorwärts bewegten, und kanalisierten die schon Versorgten hinter der Menschenmauer in einen ständigen Strom, der am Rande des Mobs wieder in das Lager hinausfloß. Oliver hatte seine am härtesten wirkenden Burschen in Paaren dazu abgestellt, hinter den Ausgabestellen zu patrouillieren und sicherzustellen, daß keinem der Rattenriegel mit Gewalt abgenommen wurde.

Es war lange her, daß irgend jemand hier die Gelegenheit gehabt hatte, sich als Held zu erweisen. Nicht wenige der neu ernannten Polizisten widmeten sich ihrer Arbeit mit großer Begeisterung – vielleicht wurde so mancher persönliche Groll hier abgeladen –; Miles erkannte einen der sauren Burschen, der vor einem Paar von Patrouillierenden lag und dem offensichtlich das Gesicht zerdroschen wurde. Miles, der sich erinnerte, um was es ihm ging, versuchte, das Aufklatschen der Fäuste auf dem Fleisch nicht als Musik zu empfinden.

Miles und Beatrice und Suegar blockierten den Strom von Gefangenen mit Rattenriegeln in den Händen, die erneut zu den Verteilungsstellen wollten. Mit einem leicht bedauernden Seufzen holte Miles Oliver heraus und schickte ihn zum Ausgang, damit er wieder Ordnung unter seinen Ordnern herstellte.

Tris hatte die Verteilungsstellen und die unmittelbar anschließenden Reihen unter strenger Kontrolle. Miles beglückwünschte sich selbst, daß er Frauen die Lebensmittel ausgeben ließ. Er hatte damit ein tiefes emotionales Echo geweckt. Nicht wenige der Gefangenen murmelten sogar ein schäfisches »Danke«, wenn ihnen die Rattenriegel in die Hände gedrückt wurden, und ebenso taten es die in den Schlangen hinter ihnen Stehenden, wenn sie an die Reihe kamen.

Pff! dachte Miles mit Blick hinauf zur kühlen und schweigenden Kuppel. *Ihr habt nicht länger das Monopol für psychologische Kriegsführung, ihr Mistkerle. Wir werden eure Peristaltik umkehren, und ich hoffe, ihr kotzt eure Därme leer ...*

Eine Auseinandersetzung an einem der Essensstapel unterbrach seine Überlegungen. Er verzog ärgerlich die Lippen, als er sah, daß Pitt den Mittelpunkt bildete. Eilig humpelte er zu der Stelle.

Pitt, so schien es, hatte für seinen Rattenriegel nicht mit einem ›Danke‹ gezahlt, sondern mit einem frechen Grinsen, einer höhnischen Bemerkung und einer Zote. Mindestens drei der Frauen in Hörweite versuchten, ihn in der Luft zu zerreißen, doch ohne Erfolg. Er war groß und kräftig und hatte keine Hemmungen zurückzuschlagen. Eine der Frauen, nicht viel größer als Miles selbst, wurde über den Haufen geworfen und kam nicht wieder hoch. In der Zwischenzeit war die Schlange blockiert, und der glatte, zivilisierte Strom der Essenfasser wurde völlig durcheinandergebracht. Miles fluchte leise.

Miles tippte drei, vier seiner Leute auf die Schultern: »Packt den Kerl. Schafft ihn hier weg – zurück an die Kuppelwand ...«

Die von Miles Ausgewählten waren nicht sonderlich erfreut über ihre Aufgabe, aber inzwischen waren Tris und Beatrice herbeigerannt und führten den Angriff mit mehr Sachkunde. Pitt wurde gepackt und weggeschleppt, hinter die wartenden Schlangen. Miles stellte sicher, daß die Verteilung der Rattenriegel wieder weiterlief, bevor er seine Aufmerksamkeit dem wilden, unflätigen Pitt widmete. Inzwischen hatten sich auch Oliver und Suegar ihm angeschlossen.

»Ich werde dem Mistkerl die Eier abreißen«, sagte Tris. »Ich befehle …«

»Sie führen das militärische Kommando«, unterbrach Miles sie. »Falls dieser Kerl hier des ungebührlichen Verhaltens angeklagt wird, dann sollten Sie ihn vor ein Kriegsgericht stellen.«

»Er ist ein Vergewaltiger und ein Mörder«, erwiderte sie eisig. »Eine Hinrichtung ist zu gut für ihn. Er wird *langsam* sterben.«

Miles zog Suegar beiseite. »Es ist zwar verlockend, aber mir ist doch unwohl bei dem Gedanken, ihn ihr ausgerechnet jetzt auszuliefern. Und doch … wirklich unwohl. Warum?«

Suegar betrachtete ihn respektvoll. »Ich denke, du hast recht. Weißt du, es gibt – es gibt zu viele Schuldige.«

Pitt, der jetzt vor Wut schäumte, entdeckte Miles. »Du! Du kleiner fotzenleckender Schwächling – meinst du, *die* könnten dich beschützen?« Er zeigte mit dem Kopf auf Tris und Beatrice. »Die haben nicht die Macht. Wir haben sie schon früher überrannt, und wir werden sie wieder überrennen. Wir hätten den verdammten Krieg nicht verloren, wenn wir echte Soldaten hätten – wie die Barrayaraner. Die haben ihre Armee nicht mit Fotzen und Fotzenleckern aufgefüllt. Und sie haben die Cetagandaner von ihrem Planeten vertrieben …«

»Ich bezweifle«, knurrte Miles, den das Thema berührte, »daß Sie ein Experte für die Verteidigung Barrayars durch die Barrayaraner im Ersten Cetagandanischen Krieg sind. Sonst hätten Sie vielleicht etwas gelernt …«

»Hat Tris dich zur Fotze ehrenhalber ernannt, Mutant?« höhnte Pitt. »Dazu brauchte es nicht viel …«

Warum stehe ich eigentlich hier und streite mich mit diesem miesen Spinner? fragte sich Miles, während Pitt weiter tobte. *Keine Zeit für so was. Machen wir dem ein Ende.*

Miles trat zurück und verschränkte die Arme. »Ist es schon jemand von euch aufgegangen, daß dieser Mann ganz offensichtlich ein Agent der Cetagandaner ist?«

Selbst Pitt war so schockiert, daß er verstummte.

»Die Beweise sind offenkundig«, fuhr Miles entschlossen fort und hob die Stimme, so daß alle, die in der Nähe standen, ihn hören konnten. »Er ist ein Rädelsführer bei eurer Spaltung. Durch Beispiel und Tücke hat er die anständigen Soldaten um sich herum verdorben, hat einen gegen den anderen aufgehetzt. Ihr wart die Besten von Marilac. Die Cetagandaner konnten nicht mit eurem Fall rechnen. Deshalb pflanzten sie einen Samen des Bösen unter euch. Um sicherzugehen. Und es hat funktioniert – wunderbar gut. Ihr hattet nicht den Verdacht …«

Oliver packte Miles am Ohr und murmelte: »Bruder Miles – ich kenne diesen Kerl. Er ist kein Agent der Cetagandaner. Er ist bloß einer von einem Haufen …«

»Oliver«, zischte Miles durch die zusammengebissenen Zähne, »*halten Sie die Klappe*!« Und dann fuhr er mit seinem deutlichsten Kasernenhofgebrüll fort: »Natürlich ist er ein Spion der Cetagandaner. Ein Maulwurf. Und die ganze Zeit habt ihr gedacht, das sei etwas, was ihr *euch selbst* antut.«

Und wo der Teufel nicht existiert, dachte Miles bei sich, *mag es vielleicht nützlich sein, ihn zu erfinden.* Sein Magen drehte sich um, aber er behielt auf seinem Gesicht den Ausdruck rechtschaffener Empörung bei. Er blickte auf die Gesichter der Umstehenden. Nicht wenige waren so bleich, wie seines sein mußte, doch aus einem anderen Grund. Ein leises Gemurmel setzte unter ihnen ein, teilweise verwirrt, teilweise unheilvoll.

»Zieht sein Hemd herunter«, befahl Miles, »und legt

ihn mit dem Gesicht auf den Boden. Suegar, geben Sie mir Ihren Becher.«

Suegars' Plastikbecher hatten einen Zacken an seinem angebrochenen Rand. Miles setzte sich auf Pitts Gesäß und mit diesem Zacken als Griffel ritzte er die Worte

CETA
SPION

in großen Buchstaben in Pitts Rücken. Er schnitt tief und erbarmungslos, und das Blut quoll hoch. Pitt schrie und fluchte und bäumte sich auf.

Miles rappelte sich hoch, zitternd und außer Atem von mehr als nur der physischen Anstrengung.

»Jetzt«, befahl er, »gebt ihm seinen Rattenriegel und eskortiert ihn zum Ausgang.«

Tris setzte zu einem Widerspruch an, klappte dann aber den Mund wieder zu. Ihre Blicke brannten in Pitts Rücken, während er weggeschafft wurde. Ihr Blick kehrte unschlüssig zu Miles zurück, den sie mit Oliver flankierte.

»Glauben Sie wirklich, er war ein Cetagandaner?« fragte sie Miles leise.

»Auf keinen Fall«, versetzte Oliver. »Was, zum Teufel, soll die ganze Charade, Bruder Miles?«

»Ich bezweifle Tris' Anschuldigung hinsichtlich seiner anderen Verbrechen nicht«, sagte Miles unnachgiebig. »Das müssen Sie wissen. Aber er konnte dafür nicht bestraft werden, ohne daß wir das Lager gespalten und so Tris' Autorität untergraben hätten. Auf diese Weise haben Tris und die Frauen ihre Rache, ohne daß die Hälfte der Männer gegen sie aufgehetzt wird. Die Hände der Kommandantin bleiben sauber, und doch wurde ein Verbrecher bestraft, und ein harter Fall, der draußen sicher ins Militärgefängnis wandern würde, wurde für uns hier erledigt. Außerdem haben alle Gleichgesinnten eine Warnung bekommen, die sie nicht ignorieren werden. So wirkt das auf allen Ebenen.«

Olivers Gesicht war ausdruckslos geworden. Nach einem Augenblick des Schweigens bemerkte er: »Sie kämpfen mit schmutzigen Mitteln, Bruder Miles.«

»Ich kann es mir nicht leisten zu verlieren.« Miles warf ihm einen finsteren Blick zu. »Sie etwa?«

Oliver preßte die Lippen aufeinander. »Nein.«

Tris gab überhaupt keinen Kommentar ab.

Miles beaufsichtigte persönlich die Auslieferung der Rattenriegel an alle Gefangenen, die zu krank oder zu schwach oder zu sehr verprügelt worden waren, als daß sie es an der Essenausgabe hätten versuchen können.

Oberst Tremont lag zu still auf seiner Matte, zusammengerollt, mit leeren Augen nach oben starrend. Oliver kniete neben ihm nieder und schloß die austrocknenden, reglosen Augen. Der Oberst mochte irgendwann in den letzten paar Stunden gestorben sein.

»Es tut mir leid«, sagte Miles ehrlich. »Es tut mir leid, daß ich zu spät gekommen bin.«

»Nun …«, sagte Oliver, »nun …« Er stand auf, biß auf die Unterlippe, schüttelte den Kopf und sagte nichts mehr. Miles und Suegar, Tris und Beatrice halfen Oliver die Leiche, die Matte, die Kleider, den Becher und alles andere zum Müllhaufen zu tragen. Oliver schob den Rattenriegel, den er für Tremont reserviert hatte, unter den Arm des Toten. Niemand versuchte, die Leiche zu entkleiden, nachdem sie sich abgewandt hatten, obwohl ein anderer im Tod Erstarrter schon ausgeraubt worden war und jetzt nackt dalag.

Kurz danach stolperten sie über Pitts Leiche. Die Todesursache war höchstwahrscheinlich Strangulation, aber das Gesicht war so von Schlägen lädiert, daß seine purpurne Färbung keinen sicheren Hinweis gab.

Tris hockte sich neben der Leiche nieder und schaute

Miles an. Allmählich schien sie ihn neu einzuschätzen. »Ich glaube, Sie könnten recht haben mit dem, was Sie über Macht sagen, Kleiner.«

»Und über Rache?«

»Ich dachte, ich könnte nie genug davon bekommen«, seufzte sie und betrachtete die Leiche. »Ja … auch damit.«

»Danke.« Miles stupste die Leiche mit seiner Zehe. »Täuschen Sie sich aber nicht, *das* ist ein Verlust für unsere Seite.«

Miles ließ Suegar jemand anderen anweisen, die Leiche zum Müllhaufen zu schleifen.

Unmittelbar nach dem Essensappell hielt Miles einen Kriegsrat ab. Tremonts Totenträger, die Miles inzwischen als seinen Generalstab betrachtete, und die vierzehn Gruppenführer versammelten sich um ihn an einer Stelle nahe der Grenze der Frauengruppe. Miles ging vor ihnen hin und her und gestikulierte dabei energisch.

»Ich belobige die Gruppenführer für ihre ausgezeichnete Arbeit, und Sergeant Oliver belobige ich dafür, daß er sie ausgewählt hat. Dadurch, daß wir das fertiggebracht haben, haben wir uns nicht nur die Loyalität des größeren Teils des Lagers gewonnen, sondern auch Zeit. Jeder Essensappell dürfte in Zukunft ein bißchen einfacher ablaufen, ein bißchen glatter, jeder wird eine Echtzeitübung für den nächsten werden.

Und mißverstehen Sie mich nicht, es handelt sich um eine militärische Übung. Wir sind wieder im Krieg. Wir haben die Cetagandaner schon dazu gebracht, daß sie ihre sorgfältig berechnete Routine durchbrechen und einen Gegenzug machen. Wir haben agiert. Sie haben reagiert. So seltsam das alles Ihnen erscheinen mag, *wir* hatten den Vorteil der Offensive.

Jetzt beginnen wir unsere nächsten Strategien zu

planen. Ich möchte, daß Sie darüber nachdenken, worin die nächste Herausforderung der Cetagandaner bestehen wird.« *Tatsächlich möchte ich einfach, daß Sie nachdenken. Punkt.* »Soweit die Predigt – Kommandantin Tris, übernehmen Sie.« Miles zwang sich, sich im Schneidersitz niederzulassen, und übergab das Wort seiner Erwählten, ob sie es wollte oder nicht. Er erinnerte sich daran, daß Tris eine Feldoffizierin gewesen war, kein Stabsmitglied; sie brauchte die Übung mehr als er.

»Natürlich können sie wieder geringere Stapel schikken, wie sie es früher schon einmal gemacht haben«, begann sie nach einem Räuspern. »Manche meinen, daß so das ganze Durcheinander begonnen hat.« Ihr Blick kreutzte sich mit dem Miles', der ihr ermutigend zunickte. »Das bedeutet, daß wir beginnen müssen, immer unsere Leute zu zählen, und daß wir im voraus einen strikten Rotationsplan ausarbeiten müssen, wie die Leute ihre Rationen mit den Zukurzgekommenen teilen müssen. Jeder Gruppenführer muß einen Quartiermeister auswählen und dazu einige Buchhalter, die seine Zählung überprüfen.«

»Als genauso irritierenden Schlag könnten die Cetagandaner versuchen«, mußte Miles unbedingt einwerfen, »ein überzählige Menge zu schicken und uns damit das interessante Problem zu stellen, wie wir die Extrarationen gerecht aufteilen. Dafür würde ich auch eine Maßnahme vorsehen, wenn ich Sie wäre.« Er lächelte freundlich zu Tris empor.

Sie blickte ihn mit gerunzelter Stirn an und fuhr fort: »Sie können auch versuchen, den Essensstapel aufzuteilen und damit unser Problem zu komplizieren, wie wir ihn beschlagnahmen, um die Verteilung strikt zu kontrollieren. Gibt es noch weitere wirklich schmutzige Tricks, die sich jemand von euch schon jetzt vorstellen kann?« Sie mußte ihren Blick Miles zuwenden.

Einer der Gruppenführer hob zögernd die Hand:

»Madame – die hören doch das alles mit. Erledigen wir nicht das Denken für sie?«

Miles erhob sich und beantwortete die Frage laut und deutlich. »Natürlich hören sie zu. Wir haben zweifellos ihre volle Aufmerksamkeit.« Er machte eine derbe Geste in Richtung auf die Kuppel. »Lassen wir sie doch. Jeder Zug, den sie unternehmen, ist eine Botschaft von draußen, ein Schatten, der ihre Gestalt abzeichnet, Information über sie. Wir nehmen sie entgegen.«

»Was ist eigentlich«, sagte ein anderer Gruppenführer noch zögernder, »wenn sie uns wieder die Luft abstellen? Für dauernd?«

»Dann«, sagte Miles sanft, »verlieren sie ihre schwer erworbene Position eine Nasenlänge vor der ISK, für die sie sich ungeheuer anstrengen mußten. Es handelt sich dabei um einen Propagandaschachzug, um den sie in letzter Zeit viel Trara gemacht haben, besonders seit unsere Seite, unter der Belastung der Verhältnisse zu Hause, nicht in der Lage war, für ihre eigenen Truppen ordentlich zu sorgen, geschweige denn für die gefangenen Cetagandaner. Die Cetagandaner, die öffentlich die Meinung vertreten, sie teilten ihre imperiale Regierung mit uns aus kultureller Großzügigkeit, behaupten, dies sei eine Demonstration ihrer überlegenen Zivilisation und ihrer guten Sitten ...«

Einige höhnische Zwischenrufe und Pfiffe zeigten, was die Gefangenen von dieser Behauptung hielten. Miles lächelte und fuhr fort: »Die Sterberate, die aus diesem Lager berichtet wurde, ist so außerordentlich hoch, daß sie die Aufmerksamkeit der ISK erregt hat. Bis jetzt ist es den Cetagandanern gelungen, sich bei drei separaten ISK-Inspektionen zu rechtfertigen, aber 100 Prozent wäre selbst für sie zu viel.« Eine Bewegung der Zustimmung, unterdrückte Empörung, lief durch die Schar der aufmerksam Lauschenden.

Miles setzte sich wieder hin. Oliver beugte sich zu

ihm herüber und flüsterte: »Wie, zum Teufel, sind Sie an diese ganzen Informationen herangekommen?«

Miles grinste. »Hat es überzeugend geklungen? Gut.«

Oliver lehnte sich wieder zurück und sah dabei genervt aus. »Sie haben überhaupt keine Hemmungen, oder?«

»Nicht im Kampf.«

Tris und ihre Gruppenführer verbrachten die nächsten zwei Stunden damit, Flußdiagramme für die verschiedenen Essensappellszenarios und ihre taktischen Reaktionen an jeder Verzweigung zu. entwerfen. Sie trennten sich dann, damit die Gruppenführer die Informationen an ihre ausgewählten Untergebenen weitergeben konnten, und Oliver an seine zusätzliche Eingreifmannschaft.

Tris blieb vor Miles stehen, der irgendwann während der zweiten Stunde der Schwerkraft nachgegeben hatte, auf dem Boden lag und etwas gedankenverloren in die Kuppel emporblickte, wobei er blinzelte, um seine müden Augen offenzuhalten. In den anderthalb Tagen vor Betreten des Lagers hatte er nicht geschlafen. Er war sich nicht sicher, wieviel Zeit seitdem vergangen war.

»Mir ist ein weiteres Szenario eingefallen«, bemerkte Tris. »Was tun wir, wenn sie überhaupt nichts tun? Nichts tun, nichts ändern?«

Miles lächelte schläfrig. »Das scheint am wahrscheinlichsten zu sein. Das falsche Spiel, das sie beim letzten Essensappell versucht haben, war meiner Meinung nach ein Versehen ihrerseits.«

»Aber wie lange können wir vorgeben, eine Armee zu sein, wenn es keinen Feind gibt?« fragte sie hartnäckig weiter. »Sie haben uns dafür vom Boden hochgescheucht. Wenn sich das totläuft, was dann?«

Miles rollte sich auf der Seite zusammen und versank in seltsame und gestaltlose Gedanken; dabei lockte ihn ein Vorzeichen auf einen erotischen Traum über eine große, aggressive Rothaarige. Ein Gähnen ging über sein Gesicht. »Dann beten wir um ein Wunder. Erinnern Sie mich daran, daß ich später ... mit Ihnen ... über Wunder diskutiere ...«

Er wachte noch einmal halb auf, als jemand eine Schlafmatte unter ihn schob. Er schenkte Beatrice ein schläfriges Schlafzimmerlächeln.

»Verrückter Mutant«, knurrte sie ihn an und rollte ihn grob auf die Matte. »Glauben Sie bloß nicht, daß das meine Idee war.«

»Ach Suegar«, murmelte Miles, »ich.glaube, sie *mag* mich.«

Dann kuschelte er sich wieder friedlich in die Arme der Traum-Beatrice.

Zu Miles geheimer Bestürzung stellte sich seine Analyse als richtig heraus. Die Cetagandaner kehrten zu ihrer ursprünglichen Routine bei der Ausgabe der Rattenriegel zurück und reagierten nicht mehr auf die inneren Veränderungen unter ihren Gefangenen. Miles war sich nicht sicher, ob ihm das gefiel. Natürlich gab ihm das ausreichend Gelegenheit, sein Verteilungssystem genau abzustimmen. Aber etwas Schikane aus der Kuppel hätte die Aufmerksamkeit der Gefangenen nach draußen gelenkt, hätte ihnen wieder ein erneuertes Feindbild gegeben und vor allem die lähmende Langeweile ihres Alltags durchbrochen. Auf lange Sicht würde Tris recht haben.

»Ich hasse einen Feind, der keine Fehler macht«, murmelte Miles gereizt und widmete seine Bemühungen den Ereignissen, die er kontrollieren konnte.

Er fand einen phlegmatischen Gefangenen mit einem gleichmäßigen Herzschlag, bat ihn, sich auf dem Boden niederlegen und seinen eigenen Puls messen, dann begann er das Timing der Verteilung zu überarbeiten, um Zeit zu sparen.

»Das ist eine spirituelle Übung«, verkündete er, als er seine vierzehn Quartiermeister anwies, die Rattenriegel zu 200 Stück gleichzeitig auszugeben, mit einer dreißigminütigen Pause zwischen den Gruppen.

»Das ist eine Veränderung des Tempos«, erklärte er Tris unter vier Augen. »Wenn wir die Cetagandaner nicht dazu veranlassen können, für etwas Abwechslung zu sorgen, dann müssen wir es einfach selber tun.« Schließlich führte er auch eine genaue Zählung der überlebenden Gefangenen durch. Miles war überall, ermutigte, spornte an, schob voran, hielt zurück.

»Wenn Sie wirklich wollen, daß es schneller vorangeht, dann machen Sie, verdammt noch mal, mehr Stapel«, protestierte Oliver.

»Bitte keine Flüche«, sagte Miles und wies seine Gruppen an, ihre Rattenriegel zu Verteilungsstapeln zu transportieren, die gleichmäßig am Umkreis der Kuppel verteilt waren.

Am Ende des neunzehnten Essensappells, seit er das Lager betreten hatte, hielt Miles sein Verteilungssystem für komplett und korrekt. Da er jeweils zwei Essensappelle einen ›Tag‹ nannte, war er jetzt schon neun Tage im Lager.

»Ich bin ganz fertig«, erkannte er mit einem Stöhnen, »und es ist *zu früh.*«

»Weinen Sie, weil Sie keine Welten mehr zu erobern haben?« fragte Tris mit einem sarkastischen Grinsen.

Beim zweiunddreißigsten Essensappell lief das System immer noch glatt, aber Miles wurde allmählich gereizt.

»Willkommen auf der Durststrecke«, sagte Beatrice trocken. »Sie sollten sich lieber daran gewöhnen, Bruder Miles. Wenn es stimmt, was Tris sagt, dann werden wir wegen Ihnen noch länger hier drin sein. Ich muß irgendwann daran denken, Ihnen dafür passend zu danken.« Sie grinste ihm bedrohlich zu, und Miles erinnerte sich klugerweise, daß er auf der gegenüberliegenden Seite des Lagers etwas zu erledigen hatte.

Sie hatte recht, dachte Miles demprimiert. Die meisten Gefangenen hier zählten ihre Gefangenschaft nicht nach Tagen und Wochen, sondern nach Monaten und Jahren. Er selber würde wahrscheinlich schon nach einem Zeitraum durchdrehen, der den anderen bloß wie ein Atemzug vorkam. Er fragte sich düster, welche Form seine Verrücktheit wohl annehmen würde. Eine Manie, inspiriert von der glitzernden Illusion, er sei – zum Beispiel – der Eroberer von Komarr? Oder eine Depression wie bei Tremont, wo er sich in sich selber zurückzog, bis er überhaupt niemand mehr war, eine Art menschliches Schwarzes Loch?

Wunder. Es hatte in der Geschichte Führer gegeben, die sich in ihrer zeitlichen Vorhersage von Harmageddon getäuscht hatten und ihre geschröpften Anhängerscharen auf Berge hinaufführten, um auf eine Apotheose zu warten, die niemals kam. Ihr späteres Leben verlief meist in Anonymität und war von Alkoholproblemen gekennzeichnet. Hier drin gab es keinen Alkohol. Miles hätte gerne sechs Doppelte gehabt, jetzt auf der Stelle.

Jetzt. Jetzt. Jetzt.

Miles hatte es sich angewöhnt, nach jedem Essensappell am Rand der Kuppel entlang zu wandern, teils zur (zumindest vorgeblichen) Inspektion, teils, um etwas von seiner unangenehm sich aufstauenden nervösen Energie abzubauen. Es wurde immer schwerer für ihn zu schlafen. Im Lager hatte es eine Periode der Ruhe gegeben, nachdem die Essensappelle erfolgreich reguliert worden waren, als wäre ihre Neuordnung ein Kristall, der in eine übersättigte Lösung gefallen war. Aber in den letzten paar Tagen hatte die Anzahl der Faustkämpfe zugenommen, die von der Eingreifmannschaft abgebrochen wurden. Die Männer der

Eingreifmannschaft griffen selbst schneller zur Gewalt und nahmen ein möglicherweise unangenehmes Gehabe an.

Mondphasen. Wer konnte den Mond überholen?

»Etwas langsamer, Miles«, beschwerte sich Suegar, der neben ihm herschlenderte.

»Tut mir leid.« Miles zügelte seinen Schritt, unterbrach seine Selbstbetrachtung und blickte um sich. Zu seiner Linken stieg die glühende Kuppel empor, die mit einem beunruhigenden Summen zu pulsieren schien, das gerade unter seinem Hörbereich lag. Zu seiner Rechten breitete sich Stille aus: Gruppen von Menschen, die meistens saßen. Nicht viel sichtbare Veränderung seit seinem ersten Tag hier drin. Vielleicht ein bißchen weniger Spannung, vielleicht ein bißchen mehr gemeinsame Sorge um die Verletzten oder Kranken. Mondphasen. Miles schüttelte sein Unbehagen ab und lächelte Suegar fröhlich zu.

»Bekommst du in letzter Zeit noch positive Reaktionen auf deine Predigten?« fragte Miles.

»Nun ja – keiner versucht mich noch zu verprügeln«, sagte Suegar. »Aber schließlich habe ich nicht mehr so oft gepredigt, weil ich mit den Essensappellen und all dem so beschäftigt war. Und dann gibt es jetzt die Eingreifmannschaft. Es ist schwer zu sagen.«

»Versuchst du es auch weiterhin?«

»O ja.« Suegar zögerte. »Ich habe schlimmere Orten als diesen gesehen, weißt du. Ich war einmal in einem Bergwerkslager, als ich kaum mehr als ein Kind war. Dort wurden Feuergemmen geschlagen. Anstatt daß sich eine große Gesellschaft oder die Regierung dort reindrängte, war das Feld zur Abwechslung einmal in Hunderte und Aberhunderte kleiner Claims aufgeteilt worden, gewöhnlich etwa zwei Meter im Quadrat. Die Burschen gruben dort mit der Hand, mit Maurerkellen und Kleiderbesen – große Feuergemmen sind empfindlich, weißt du, ein unachtsamer Schlag und sie zersplittern – also die gruben dort unter der brennenden Sonne, Tag um Tag. Eine Menge dieser Kerle hatte weniger Kleider als wir jetzt. Eine Menge von ihnen aß nicht so gut oder nicht so regelmäßig. Die schufteten sich den Arsch ab. Mehr Unfälle, mehr Krankheiten als hier. Raufereien gab's auch, massenweise.

Aber sie lebten für die Zukunft. Vollbrachten die unglaublichsten Leistungen an körperlicher Ausdauer um der Hoffnung willen, alles freiwillig. Sie waren besessen. Sie waren – nun ja, du erinnerst mich sehr an sie. Sie gaben nicht mit leeren Händen auf. Innerhalb eines Jahres hatten sie einen Berg abgetragen, und das mit Handspateln. Es war irre. Mir gefiel es.

Dieser Ort hier«, Suegar blickte um sich, »jagt mir bloß einen Mordsschiß ein.« Seine rechte Hand griff nach seinem Armreif aus dem Lumpenseil. »Dieser Ort verschlingt deine Zukunft, verschluckt einen – es ist, als wäre danach der Tod nur noch eine Formalität. Eine Zombie-Siedlung, eine Selbstmordstadt. An dem Tag, an dem ich aufhöre, es zu versuchen, wird mich dieser Ort hier verschlingen.«

»Mm«, sagte Miles zustimmend. Sie näherten sich dem nach Miles' Meinung fernsten Punkt ihres Rundgangs, auf der anderen Seite des Lagers, von der Frauengruppe aus gesehen, an deren jetzt durchlässiger Grenze Miles und Suegar ihre Schlafmatten liegen hatten.

Ein paar Männer, die aus der Gegenrichtung am Rand der Kuppel ihnen entgegenkamen, schlossen sich mit einem anderen Paar in grauen Pyjamas zusammen. Scheinbar beiläufig und spontan erhoben sich rechts von Miles drei weitere von ihren Matten. Ohne den Kopf zu wenden, konnte er es nicht sicher sagen, aber Miles dachte, er hätte weitere Bewegung am Rand wahrgenommen, die sich den anderen anschloß.

Die vier, die sich von vorn näherten, blieben ein paar Meter vor ihnen stehen. Miles und Suegar zögerten.

Grau gekleidete Männer, jeder größer als Miles – wer war nicht größer als er? –, mit finsteren Blicken, voll von einer wilden Spannung, die auf Miles übergriff und seine Nerven hinabrieselte. Miles erkannte nur einen von ihnen, einen der einstigen sauren Brüder, den er in Pitts Gesellschaft gesehen hatte. Miles machte sich nicht die Mühe, den Blick von Pitts Kumpan abzuwenden und nach der Eingreifmannschaft Ausschau zu halten. Er war sich ziemlich sicher, daß einer der Männer in der Gruppe, die ihnen gegenüberstand, zur Eingreifmannschaft gehörte.

Und das schlimmste war, es war seine eigene Schuld, wenn sie hier in die Ecke gedrängt wurden – sofern man hier drin überhaupt von Ecke reden konnte –, denn er hatte seine Rundgänge zu einer vorhersagbaren täglichen Routine werden lassen. Das war ein dummer Anfängerfehler – unverzeihlich.

Pitts Kumpan trat vor und starrte Miles aus tiefliegenden Augen an, wobei er auf der Unterlippe kaute. *Er stimmt sich darauf ein,* erkannte Miles. *Wenn er mich bloß zu Brei schlagen wollte, dann könnte er das im Schlaf tun.* Der Mann ließ ein sorgfältig geflochtenes Lumpenseil durch seine Finger gleiten. Eine Schnur zum Strangulieren... nein, diesmal gab es keine neue Prügelei. Diesmal handelte es sich um wohlüberlegten Mord.

»Du«, sagte Pitts Kumpan mit rauher Stimme. »Zuerst wußte ich nicht, wer du bist. Du bist keiner von uns. Du konntest nicht einer von uns gewesen sein. Mutant... Du hast mir selbst den Hinweis gegeben. Pitt war kein Spion der Cetagandaner. Aber *du* bist einer!« Und er stürzte vorwärts.

Miles wich ihm aus, überwältigt von dem Angriff und einer Erkenntnis. Verdammt, er hatte gewußt, es mußte einen guten Grund geben, weshalb es ihm so sehr als Fehler erschienen war, Pitt zu erledigen, obwohl es so wirksam gewesen war. Die falsche Anschuldigung war zweischneidig, ebenso gefährlich für den, der sie vorbrachte, wie für das Opfer – Pitts Kumpan mochte vielleicht sogar glauben, *seine* Anschuldigung sei wahr –; Miles hatte eine Hexenjagd ausgelöst. Es war ausgleichende Gerechtigkeit, daß er ihr erstes Opfer war, aber wo würde es enden? Kein Wunder, daß ihre Gefängniswärter sich in letzter Zeit nicht eingemischt hatten. Ihre schweigenden cetagandanischen Beobachter mußten im Augenblick gerade vor Lachen von den Stühlen fallen – er hatte Fehler auf Fehler gehäuft, und das gipfelte jetzt darin, daß er hier blödsinnig starb, wie ein Raubtier durch andere Raubtiere in dieser Raubtierhöhle …

Hände packten ihm; er zog sich krampfhaft zusammen und stieß um sich, doch er durchbrach ihren Griff nur halb. Neben ihm wirbelte Suegar herum, stieß und schlug um sich und schrie mit dämonischer Energie. Er hatte zwar eine ansehnliche Reichweite, aber ihm fehlte die Masse. Miles hatte weder Reichweite noch Masse. Immerhin gelang es Suegar, für einen Augenblick Miles dem Griff eines Angreifers zu entwinden.

Suegars linker Arm, der zu einem Rückhandschlag ausholte, wurde gepackt und blockiert. Miles zuckte zusammen, in mitfühlender Erwartung des vertrauten gedämpften Knackens brechender Knochen, aber statt dessen zog der Mann das Lumpenseil-Armband von Suegars Handgelenk herunter.

»Heh, Suegar!« höhnte der Mann und tänzelte rückwärts. »Schau mal, was ich da hab'!«

Suegars Kopf wirbelte herum. Jetzt war seine Aufmerksamkeit nicht mehr auf die entschlossene Verteidigung von Miles gerichtet. Der Mann schälte das zerknitterte, ramponierte Stück Papier aus seiner Tuchumhüllung und schwenkte es in der Luft. Suegar schrie entsetzt auf und stürzte sich auf den Mann, doch zwei andere blockierten seinen Weg. Der Mann riß das Papier zweimal entzwei, dann hielt er inne, als müßte er einen Augenblick lang überlegen, wie er es loswerden sollte – dann stopfte er mit einem plötzlichen Grinsen die Stücke in den Mund und begann sie zu kauen. Suegar kreischte.

»Verdammt!« schrie Miles wütend, »ihr wolltet doch mich haben! Das hättest du nicht tun sollen...« Mit aller Kraft rammte er seine Faust in das höhnisch grinsende Gesicht des am nächsten stehenden Angreifers, dessen Aufmerksamkeit für einen Moment durch Suegars Spektakel abgelenkt war.

Miles spürte, wie seine Knochen bis zum Handgelenk zersplitterten. Er war seiner Knochen so verdammt *müde,* es war es müde, immer wieder verletzt zu werden...

Suegar kreischte und schluchzte und versuchte an den Mann heranzukommen, der dastand und grinsend weiterkaute. Suegar hatte bei seiner Attacke alle Technik fallenlassen und drosch um sich wie eine Windmühle. Miles sah, wie er zu Boden ging, dann blieb ihm für nichts anderes mehr Aufmerksamkeit als für die Anakondaschlinge des Würgeseils, das sich über seinen Hals legte. Es gelang ihm, eine Hand zwischen das Seil und den Hals zu bringen, doch es war die gebrochene. Wellen von Schmerz durchschauerten seinen Arm und schienen sich unter seiner Haut bis zur Schulter vorzugraben. Der Druck in seinem Kopf nahm bis zum Bersten zu, ihm verging das Sehen. Dunkelpurpurne und gelbe Wolken mit Moirémuster quollen vor seinen Augen wie Gewitterwolken auf. Eine leuchtende Bürste roten Haares zischte durch sein schwindendes Blickfeld...

Dann lag er auf dem Boden, und Blut, wunderbares Blut pulste wieder in sein nach Sauerstoff hungerndes Hirn. Ein angenehmer Schmerz, heiß und pulsierend. Einen Moment lang lag er da und kümmerte sich um nichts anderes. Es wäre so gut, wenn er nicht wieder aufstehen müßte...

Die verdammte Kuppel, kalt und weiß und eintönig, spottete seinen Blicken, als er wieder sehen konnte. Miles schnellte auf die Knie hoch und blickte wild um sich. Beatrice, einige Männer von der Eingreifmannschaft und einige Kumpel von Olivers Kommando jagten Miles' Angreifer durch das Lager. Miles war wahrscheinlich nur für ein paar Sekunden ohnmächtig gewesen. Suegar lag ein paar Meter weiter auf dem Boden.

Miles kroch zu Suegar hinüber. Der dünne Kerl lag zusammengerollt da, sein Gesicht war fahlgrün und schweißnaß, ein unwillkürliches Zittern schüttelte seinen Körper. Das war nicht gut, sah nach Schock aus. Den Patienten warm halten und Synergin verabreichen. Hier gab es kein Synergin. Miles schälte sich schwerfällig aus seiner Jacke und legte sie über Suegar. »Suegar? Alles in Ordnung? Beatrice hat die Barbaren verjagt ...«

Suegar blickte auf und lächelte kurz, aber das Lächeln wurde fast auf der Stelle von einem Schmerz verschlungen.

Schließlich kam Beatrice zurück, mit zerknitterten Kleidern und schwer atmend. »Ihr Idioten«, begrüßte sie sie leidenschaftslos. »Ihr braucht keine Leibwache, ihr braucht, verdammt noch mal, ein Kindermädchen.« Sie plumpste neben Miles auf die Knie und schaute auf Suegar. Sie preßte die Lippen zu einem bleichen Spalt zusammen. Sie blickte Miles an; ihre Augen verdunkelten sich, und die Falten zwischen den Augenbrauen wurden tiefer.

Ich habe meine Meinung geändert, dachte Miles. *Fang nicht an, dich um mich zu kümmern, Beatrice, fang nicht an, dich um irgend jemanden zu kümmern. Du wirst nur verletzt werden. Immer wieder und wieder ...*

»Ihr kommt besser zurück zu meiner Gruppe«, sagte Beatrice.

»Ich glaube nicht, daß Suegar laufen kann.«

Beatrice organisierte ein paar kräftige Leute, und der dünne Mann wurde auf eine Schlafmatte gerollt und zurück zu ihrem Schlafplatz getragen; für Miles' Geschmack ähnelte das zu sehr der Behandlung von Oberst Tremonts Leiche.

»Suchen Sie einen Arzt für ihn«, bat Miles.

Beatrice kam wieder und brachte eine verärgerte, ältere Frau mit.

»Er hat vermutlich innere Verletzungen im Unterleib«, knurrte die Ärztin. »Wenn ich einen Diagnostik-Viewer hätte, könnte ich Ihnen sagen, was genau verletzt wurde. Haben Sie einen Diagnostik-Viewer? Er braucht Synergin und Plasma. Haben Sie welches? Ich könnte ihn aufschneiden und wieder zusammenkleben und seine Heilung mit Elektra-Stim beschleunigen, wenn ich einen Operationssaal hätte. Nach drei Tagen wäre er wieder auf den Beinen, kein Problem. Haben Sie einen Operationssaal? Nein, das hatte ich mir schon gedacht.

Hören Sie auf, mich so anzuschauen. Ich hatte immer gedacht, ich sei eine Heilerin. Dieser Ort hier hat mich gelehrt, daß ich nichts anderes war als nur eine Schnittstelle zwischen der Technik und dem Patienten. Jetzt ist die Technik futsch, und ich bin schlicht und einfach nichts.«

»Aber was können wir tun?« fragte Miles.

»Ihn zudecken. In ein paar Tagen wird es ihm entweder besser gehen oder er wird sterben, abhängig davon, was verletzt wurde. Das ist alles.« Sie verstummte, stand mit verschränkten Armen da und betrachtete Suegar mit einem Groll, als sei seine Verletzung eine persönliche Beleidigung. Und das war sie auch für sie: eine weitere Last an Kummer und Versagen, die ihren schwer erworbenen Heilerstolz erniedrigte. »Ich glaube, er wird sterben«, fügte sie hinzu.

»Das glaube ich auch«, sagte Miles.

»Weshalb wollten Sie dann, daß ich komme?« Sie stapfte davon.

Später kam sie mit einer Schlafmatte und ein paar extra Lumpen zurück und half Suegar darin zur zusätzlichen Isolierung einzupacken, dann stapfte sie wieder davon.

»Wir haben diese Kerle geschnappt, die versucht haben, Sie umzubringen«, meldete Tris. »Was sollen wir mit ihnen machen?«

»Lassen Sie sie laufen«, sagte Miles müde. »Sie sind nicht der Feind.«

»Zum Teufel, das sind sie nicht.«

»Sie sind auf jeden Fall nicht meine Feinde. Es handelte sich nur um einen Fall von Verwechslung. Ich bin bloß ein glückloser Reisender auf der Durchreise.«

»Wachen Sie auf, Kleiner. Zufällig teile ich Olivers Glauben an Ihr ›Wunder‹ nicht. Sie sind hier nicht auf der Durchreise. Das hier ist die Endstation.«

Miles seufzte. »Ich fange an zu glauben, daß Sie recht haben.« Er blickte auf Suegar, der flach und zu schnell atmete und neben dem Miles sich zur Beobachtung hingekauert hatte. »Sie haben fast sicher recht, diesmal. Trotzdem – lassen Sie sie laufen.«

»Warum?« jaulte sie empört.

»Weil ich es sage. Weil ich Sie darum gebeten habe. Wollen Sie, daß ich für sie bettle?«

»Aargh! Nein. Schon gut!« Sie drehte sich um und ging weg. Dabei fuhr sie sich mit den Händen durch das kurz geschnittene Haar und murmelte etwas vor sich hin.

Eine zeitlose Zeit verging. Suegar lag auf der Seite und sagte nichts, obwohl sich seine Augen dann und wann öffneten und blicklos vor sich hinstarrten. Miles befeuchtete in regelmäßigen Abständen Suegars Lippen mit Wasser. Ein Essensappell kam und ging vorüber, ohne besondere Vorfälle, ohne Miles' Beteiligung; Beatrice kam vorbei und legte zwei Rattenriegel neben ihn ab, starrte sie mit einem bewußt verstockten Blick allgemeiner Mißbilligung an und ging wieder weg.

Miles setzte sich im Schneidersitz hin und bettete seine verletzte Hand in den Schoß. Im Geist ging er den Katalog der Fehler durch, die ihn in diese kritische Lage gebracht hatten. Er dachte über seine scheinbare Begabung nach, den Tod seiner Freunde zu verursachen. Er hatte eine unangenehme Vorahnung, daß Suegars Tod fast so schlimm sein würde wie der von Sergeant Bothari vor sechs Jahren, und dabei hatte er Suegar nur Wochen gekannt, nicht Jahre. Wiederholter Schmerz ließ einen neue Verletzungen noch mehr fürchten, wie er wohl wußte, nicht weniger: eine zunehmende Angst, die einem den Magen umdrehte. Nicht schon wieder, niemals wieder ...

Er legte sich auf den Rücken und starrte in die Kuppel empor, in das weiße, ungerührte Auge eines toten Gottes. Und waren nicht schon mehr Freunde, als er wußte, durch diese größenwahnsinnige Eskapade getötet worden? Es würde genau zu den Cetagandanern passen, daß sie ihn hier drinnen in Unwissenheit ließen und dafür sorgten, daß die wachsenden Zweifel und die zunehmende Angst ihn allmählich um den Verstand brachten.

Ihn schnell um den Verstand brachten – das Auge des Gottes blinzelte.

Miles blinzelte in einer sympathetischen Nervenreaktion, dann riß er die Augen auf und starrte zur Kuppel empor, als könnte er sie mit seinen Blicken durchbohren. Hatte sie geblinzelt? War das Flackern eine Illusion gewesen? Drehte er schon durch?

Die Kuppel flackerte wieder. Miles schnellte hoch, und holte Luft, Luft, Luft.

Die Kuppel verschwand. Für einen kurzen Augenblick wogte die planetarische Nacht herein, Nebel und

Nieselregen und der Kuß eines kalten, feuchten Windes. Die ungefilterte Luft dieses Planeten roch nach faulen Eiern. Die ungewohnte Dunkelheit machte die Augen blind.

»ESSENSAPPELL!« schrie Miles aus vollen Lungen.

Dann verwandelte sich die Vorhölle in ein Chaos – im blendenden Blitz einer Schmerzbombe, die hinter einer Gebäudegruppe explodierte. Rotes Licht schien grell von der Unterseite einer riesigen emporwogenden Trümmerwolke. Eine krachende Folge ähnlicher Explosionen umringte das Lager, vertrieb die Nacht und betäubte ungeschützte Ohren. Miles, der immer noch schrie, konnte seine eigene Stimme nicht mehr hören. Antwortfeuer vom Boden säumte die Wolken mit Strahlen bunten Lichts.

Mit weit aufgerissenen Augen rumpelte Tris an Miles vorbei. Er packte sie mit seiner unversehrten Hand am Arm und bohrte die Fersen in den Boden, um sie anzuhalten, dann riß er sie herunter, damit er ihr in die Ohren schreien konnte.

»Jetzt geht es los! Alarmieren Sie die vierzehn Gruppenführer: sie sollen ihre ersten Blöcke zu 200 Mann sich aufstellen lassen und am Rand warten. Holen Sie Oliver, wir müssen die Eingreifmannschaft in Bewegung setzen, damit die restlichen Leute kontrolliert abwarten, bis sie an der Reihe sind. Wenn das genau so geht, wie wir es geübt haben, dann kommen wir alle weg.« *Hoffe ich.* »Aber wenn sie über die Shuttles so herfallen, wie sie es bei den Essensstapeln gemacht haben, dann kommt keiner von uns weg. Kapiert?«

»Ich hätte nie geglaubt… ich hatte nie gedacht… *Shuttles?*«

»Sie brauchen nicht zu denken. Wir haben es fünfzigmal geübt. Folgen Sie einfach dem Drill für Essensappelle. Dem *Drill!*«

»Sie *hinterlistiger* kleiner Bastard!« Als sie losrannte, winkte sie anerkennend. Es sah aus, als salutierte sie.

Eine Kette von Blitzen explodierte im Himmel über dem Lager, als rotierte dort ein gewaltiger weißer Röhrenblitz, und beleuchtete geisterhaft die darunter liegende Szenerie. Im Lager wimmelte es wie in einem umgestoßenen Termitenbau. Männer und Frauen rannten verwirrt und schreiend in alle Richtungen. Das war nicht gerade das Bild von Ordnung, das Miles sich vorgestellt hatte. Warum, zum Beispiel, hatten seine Leute sich für einen nächtlichen Überfall entschieden, und nicht für einen bei Tag? Zu diesem Punkt würde er seinen Stab später in die Mangel nehmen, wenn er damit fertig war, ihnen die Füße zu küssen....

»Beatrice!« Miles stoppte sie. »Setzen Sie es in Umlauf! Wir machen den Essensappell-Drill. Aber statt einem Rattenriegel bekommt jede Person einen Platz in einem Shuttle. Bringen Sie die Leute dazu, daß sie das verstehen – lassen Sie niemand in die Nacht abhauen, sonst verpaßt er seinen Flug. Dann kommen Sie hierher zurück und bleiben bei Suegar. Ich möchte nicht, daß er zurückgelassen wird oder daß man über ihn hinwegtrampelt. *Bewachen*, kapiert?«

»Ich bin doch kein Hund, verdammt. Was für Shuttles?«

Der Laut, nach dem sich Miles' Ohren gespitzt hatten, drang endlich durch das Getöse: ein hohes, vielfaches Jaulen, das immer lauter wurde. Wie gigantische Käfer kamen sie aus den brodelnden, scharlachroten Wolken herab, mit Panzer und Schwingen, und während die Menschen von unten hinaufstarrten, fuhren die Shuttles ihre Landebeine aus. Voll gepanzerte Kampflandeshuttles, zwei, drei, sechs... sieben, acht... Miles zählte mit stummen Lippenbewegungen. Dreizehn, vierzehn, Gott sei Dank! Es war ihnen gelungen, Nr. B-7 rechtzeitig aus der Werkstatt zu bekommen.

Miles zeigte nach oben. »*Meine* Shuttles.«

Beatrice stand mit offenem Mund da und blickte nach oben. »Himmel, sind die schön.« Er konnte fast sehen, wie ihre Gedanken einklinkten. »Aber das sind nicht *unsere*. Und auch keine der Cetagandaner. Wer, zum Teufel …?«

Miles verneigte sich. »Das ist eine bezahlte politische Rettungsaktion.«

»*Söldner?*«

»Wir sind nicht etwas mit zu vielen Beinen, das zappelt und das Sie in Ihrem Schlafsack gefunden haben. Im richtigen Ton heißt das *Söldner!* – mit einem fröhlichen Aufschrei.«

»Aber … aber … aber …«

»*Rennen* Sie, verdammt! Streiten können wir uns *später*.«

Sie warf die Hände hoch und rannte los.

Miles selbst packte jeden, den er erreichen konnte, und gab den Tagesbefehl durch. Er erwischte einen von Olivers großen Kommandokumpeln und forderte ihn auf, ihn auf die Schulter zu nehmen. Ein schneller Blick in der Runde zeigte ihm vierzehn dichter werdende Knäuel von Menschen in der Masse, am Rand verteilt in annähernd den richtigen Positionen. Die Shuttles schwebten mit heulenden Motoren über ihnen in der Luft, dann landeten sie eines nach dem anderen rings um das Lager.

»Das muß gehen«, murmelte Miles vor sich hin. Er klopfte den Mann auf die Schulter. »Lassen Sie mich runter.«

Er zwang sich, langsam zum nächsten Shuttle zu gehen. Ein Ansturm auf die Shuttles war genau das Szenario, zu dessen Vermeidung er in diesen letzten – drei, vier? – Wochen Blut und Knochen und Stolz riskiert hatte.

Vier voll bewaffnete und halb gepanzerte Soldaten kamen als erste über die Shuttle-Rampe herunter und nahmen Wachtpositionen ein. Gut. Ihre Waffen zeigten sogar in die richtige Richtung, nämlich auf die Gefangenen, die sie hier retten sollten. Eine größere Patrouille in voller Rüstung folgte im Laufschritt und erweiterte ihre eigene Schußweite in die Dunkelheit in Richtung auf die Installationen der Cetagandaner, die die Kuppel umgaben. Es war schwer zu beurteilen, aus welcher Richtung die größte Gefahr drohte – nach dem andauernden Feuerwerk zu schließen, boten seine Kampfshuttle den Cetagandanern genügend äußere Ablenkung.

Schließlich kam der Mann, den Miles am meisten zu sehen verlangte, der Funkoffizier des Shuttles.

»Leutnant ... ah«, er suchte nach dem Namen, der zu diesem Gesicht gehörte, »Murka! Hier herüber!«

Murka entdeckte ihn. Er fingerte aufgeregt an seinem Gerät herum und rief in sein Mikrophon: »Kommodore Tung! Er ist *hier*, ich *habe* ihn!«

Miles zog den Kommunikatorset rücksichtslos vom Kopf des Leutnants, der sich entgegenkommend duckte, um das Abnehmen zu ermöglichen, dann schob er sich mit der linken Hand das Gerät auf seinen eigenen Kopf, gerade rechtzeitig, um zu hören, wie Tungs Stimme dünn antwortete: »Okay, um Himmels willen verlieren Sie ihn nicht wieder, Murka. Setzen Sie sich auf ihn drauf, wenn's sein muß.«

»Ich möchte meinen Stab haben«, rief Miles in das Mikrophon. »Haben Sie schon Elli und Elena ausfindig gemacht? Wieviel Zeit haben wir für das Ganze?«

»Jawohl, Sir, nein, und etwa zwei Stunden – wenn wir Glück haben«, antwortete Tungs Stimme. »Es ist gut, Sie wieder an Bord zu haben, Admiral Naismith.«

»Wem sagen Sie das ...! Holen Sie Elena und Elli. Priorität Eins.«

»Wird gemacht. Tung Ende.«

Miles wandte sich um und sah, daß es dem Gruppenführer in diesem Abschnitt tatsächlich gelungen war, seine erste Gruppe von 200 Leuten antreten zu lassen, und daß er jetzt damit beschäftigt war, die zweiten 200 in einem Block niedersitzen zu lassen, damit sie warteten, bis sie an der Reihe waren. Ausgezeichnet. Die Gefangenen wurden einer nach dem anderen die Rampe hinauf kanalisiert und mußten dabei einen seltsamen Spießrutenlauf absolvieren. Ein Söldner schlitzte mit einem schnellen Schnitt eines Vibramessers den Rücken einer jeden grauen Jacke auf. Ein zweiter Söldner klatschte jedem Gefangenen mit einem medizinischen Betäuber auf den Rücken. Ein dritter kam mit einem medizinischen Handtraktor und entfernte die cetagandanische Seriennummer, die in die Haut eincodiert war. Er machte sich dabei nicht die Mühe, die behandelten Stellen danach zu verbinden. »Gehen Sie nach vorn und setzen Sie sich zu fünft in einer Reihe, gehen Sie nach vorn und setzen Sie sich zu fünft in einer Reihe ...«, leierte er im Rhythmus seines sich hypnotisch bewegenden Gerätes.

Miles' seinerzeitiger Adjutant, Kapitän Thorne, erschien eilig aus dem grellen Licht und den schwarzen Schatten, flankiert von einer Armeeärztin der Flotte und – er sei gelobt! – einem Soldaten, der Miles' Kleider und Stiefel brachte. Miles stürzte sich auf die Stiefel, doch statt dessen schnappte ihn die Ärztin.

Sie rannte ihm einen medizinischen Betäuber zwischen seine nackten ungleichen Schultern und fuhr mit einem Handtraktor hinterher.

»Au!« schrie Miles. »Konnten Sie, verdammt noch mal, nicht wenigstens eine Sekunde warten, bis die Betäubung wirkt?« Der Schmerz wich schnell der Taubheit, während Miles' linke Hand auf die entsprechende Stelle klopfte. »Um was geht es denn?«

»Tut mir leid, Sir«, sagte die Ärztin heuchlerisch. »Hören Sie auf damit, Ihre Finger sind schmutzig.« Sie verpaßte ihm einen Plastikverband. Der Rang brachte schon einige Privilegien mit sich. »Kapitänin Bothari-Jesek und Kommandantin Quinn haben etwas von ihren Kollegen beim cetagandanischen Lagermonitoring erfahren, was wir nicht wußten, bevor Sie ins

Lager gingen. Diese Codierung ist durchsetzt mit Drogenperlen, deren Lipoidmembranen auf ein Niedrigenergie-Magnetfeld eingestellt waren, das die Cetagandaner in der Kuppel aufrecht erhielten. Nach einer Stunde außerhalb der Kuppel werden die Membranen durchlässig und geben ein Gift frei. Etwa vier Stunden später stirbt der Betreffende – auf sehr unangenehme Weise. Vermutlich eine kleine Versicherung gegen Fluchten.«

Miles schauderte und sagte matt: »Ich verstehe.« Er räusperte sich und fügte lauter hinzu: »Kapitän Thorne, notieren Sie ein Lob – mit *höchsten* Ehren – für Kommandantin Elli Quinn und Kapitänin Elena Bothari-Jesek. Der ... äh ... Geheimdienst unseres Auftraggebers wußte nicht einmal das. Tatsächlich fehlten sehr viele Punkte in den Geheimdienstberichten unseres Auftraggebers. Ich werde mit denen reden müssen – ziemlich heftig –, wenn ich die Rechnung für diese erweiterte Operation präsentiere. Bevor Sie dieses Ding weglegen, Doktor, betäuben Sie bitte meine Hand.« Miles streckte seine rechte Hand aus, damit die Ärztin sie untersuchen konnte.

»Haben Sie es wieder geschafft, was?« murmelte die Ärztin. »Ich hatte gedacht, Sie würden es endlich lernen ...« Eine Bewegung mit dem medizinischen Betäuber, und Miles' angeschwollene Hand verschwand aus seiner Tastwahrnehmung; vom Handgelenk abwärts war nichts mehr vorhanden. Nur seine Augen versicherten ihm, daß sie noch an seinem Arm war.

»Ja, aber werden sie für die erweiterte Operation zahlen?« fragte Kapitän Thorne besorgt. »Das Ganze hat angefangen als schnelles Blitzunternehmen, um einen einzigen Kerl herauszuholen, gerade die Sorte von Unternehmungen, auf die kleine Organisationen wie die unsere spezialisiert sind – jetzt nimmt es die ganze Dendarii-Flotte in Anspruch. Diese verdammten Gefangenen übertreffen *uns* zahlenmäßig im Verhältnis zwei zu eins. Das war nicht im ursprünglichen Kontrakt. Was ist, wenn unser immerwährender geheimnisvoller Auftraggeber beschließt, uns zu prellen?«

»Das wird er nicht tun«, versicherte Miles. »Mein Wort darauf. Aber – es gibt keinen Zweifel, daß ich die Rechnung persönlich abliefern muß.«

»Dann helfe Ihnen Gott«, murmelte die Ärztin und ging daran, weitere wartende Gefangene von ihren Codierungen zu befreien.

Kommodore Ky Tung, ein untersetzter Eurasier mittleren Alters in Halbrüstung mit einem Kommandokanal-Helm, tauchte neben Miles auf, als die ersten Shuttles voller Gefangener ihre Schleusen schlossen und kreischend in den schwarzen Nebel aufstiegen. Sie starteten der Reihe nach, ohne zu warten. Da Miles Tungs Leidenschaft für dichte Formationen kannte, kam er zu dem Schluß, daß die Zeit ihr gefährlichster einschränkender Faktor sein mußte.

»Wohin laden wir diese Burschen oben um?« fragte Miles Tung.

»Wir haben ein paar gebrauchte Frachter leergeräumt. Wir können bei jedem etwa 5000 Mann in die Frachträume zwängen. Der Abflug wird schnell und unangenehm sein. Sie müssen sich alle hinlegen und so wenig wie möglich atmen.«

»Was lassen die Cetagandaner auf uns los?«

»Im Augenblick kaum mehr als ein paar Polizeishuttles. Der größte Teil ihres militärischen Kontingents für den Lokalraum ist im Augenblick zufällig auf der anderen Seite ihrer Sonne. Das ist auch der Grund, weshalb wir diesen Moment zufällig genutzt haben, um vorbeizuschauen … wir mußten wieder auf ihre Manöver warten, für den Fall, daß Sie anfingen sich zu fragen, was uns denn aufhielte. Mit anderen Worten, das gleiche Szenario wie unser ursprünglicher Plan, um Oberst Tremont herauszuholen.«

»Außer, daß er um den Faktor 10000 erweitert

wurde. Und wir müssen – wie viele? – vier Flüge statt einem machen«, sagte Miles.

»Ja, aber berücksichtigen Sie folgendes«, erwiderte Tung grinsend. »Die Cetagandaner haben diese Gefangenenlager auf diesen miserablen, abseits gelegenen Planeten verlegt, damit sie nicht so viele Truppen und Geräte zur Bewachung der Leute einsetzen mußten – berechnet nach der Entfernung von Marilac und der dortigen Drosselung des Krieges –, um Befreiungsversuche zu entmutigen. Aber in dem Zeitraum, seit Sie ins Lager gegangen waren, wurde die Hälfte ihrer ursprünglichen Wachbesatzung an andere Brennpunkte verlegt. Die Hälfte!«

»Sie haben sich auf die Kuppel verlassen.« Miles schaute Tung an. »Und was sind die schlechten Nachrichten?« murmelte er.

Tungs Lächeln wurde bitter. »Bei dieser Aktion beträgt unser ganzes Zeitfenster nur zwei Stunden.«

»Autsch. Die Hälfte ihrer Lokalraumflotte ist immer noch zu viel. Und sie werden in zwei Stunden zurück sein?«

»Jetzt in einer Stunde und vierzig Minuten.« Tungs Augen schnellten zur Seite und verrieten so die Position seiner Einsatzuhr, die am Rand seines Blickfeldes von seinem Kommandohelm per Holovid in die Luft projiziert wurde.

Miles rechnete im Kopf nach und dämpfte seine Stimme. »Können wir die letzte Ladung hochbringen?«

»Das hängt davon ab, wie schnell wir die ersten drei hochbringen können«, sagte Tung. Sein gewöhnlich stoisches Gesicht war jetzt noch ausdrucksloser als je zuvor und verriet weder Furcht noch Hoffnung.

Und das hängt wieder davon ab, wie effektiv es mir gelungen ist, sie alle zu drillen … Was geschehen war, war geschehen; was auf sie zukam, war noch nicht. Miles richtete seine Aufmerksamkeit auf die unmittelbare Gegenwart.

»Haben Sie schon Elli und Elena gefunden?«

»Ich habe drei Patrouillen unterwegs, die sie suchen.«

Er hatte sie also noch nicht gefunden. Miles' Eingeweide krampften sich zusammen. »Ich hätte es nicht einmal versucht, diese Operation mittendrin zu erweitern, wenn ich nicht gewußt hätte, daß sie mich abhörten und all diese seltsamen Hinweise wieder in Befehle übersetzen konnten.«

»Haben sie alles richtig verstanden?« fragte Tung. »Wir haben uns um manche ihrer Interpretation Ihrer zweideutigen Reden in den Vids gestritten.«

Miles blickte um sich. »Sie haben sie richtig verstanden ... haben Sie Vids von all dem?« Mit einer erstaunten Handbewegung beschrieb Miles das Rund des Lagers.

»Von Ihnen auf jeden Fall. Direkt von den cetagandanischen Monitoren. Die beiden haben sie tagtäglich per Impulstransmission übermittelt. Sehr ... hm ... unterhaltend, Sir«, fügte Tung höflich hinzu.

Es gab Leute, die würden es als Unterhaltung empfinden zuzuschauen, wie jemand Schnecken verschlang, überlegte Miles. »Sehr gefährlich ... wann hatten Sie den letzten Kontakt mit ihnen?«

»Gestern.« Tungs Hand packte Miles' Arm fest und hinderte ihn daran, unwillkürlich hochzuspringen. »Sie können es nicht besser machen als meine drei Patrouillen, Sir, und ich habe keine übrig, die ich auf die Suche nach *Ihnen* schicken könnte.«

»Autsch, autsch.« Miles schlug frustriert mit der rechten Faust in die linke Hand, bevor er sich erinnerte, daß dies nicht sonderlich klug war. Seine beiden Mitagentinnen, seine vitale Verbindung zwischen der Kuppel und den Dendarii, fehlten. Die Cetagandaner pflegten Spione mit deprimierender Konsequenz zu erschießen. Gewöhnlich nach einer Serie von Verhören, die den Tod als Erlösung willkommen erscheinen ließen … Er versuchte sich selbst mit Logik zu beruhigen. Wenn ihre Tarnung als Monitortechnikerinnen der Cetagandaner aufgeflogen wäre, dann wäre Tung hier in einen Fleischwolf geraten. Das war er nicht, folglich war ihre Tarnung nicht aufgeflogen. Natürlich konnten sie vom ›freundlichen‹ Feuer der eigenen Seite getötet worden sein, gerade eben … Freunde. Er hatte zu viele Freunde, um in diesem verrückten Geschäft bei gesundem Verstand zu bleiben.

»Gehen Sie dorthin«, Miles nahm die Kleider von dem immer noch wartenden Soldaten entgegen und zeigte nach hinten, »und suchen Sie eine rothaarige Frau namens Beatrice und einen verwundeten Mann namens Suegar. Bringen Sie sie zu mir. Tragen Sie ihn vorsichtig; er hat innere Verletzungen.«

Der Soldat salutierte und ging los. Ah, das Vergnügen, wieder Befehle geben zu können, ohne sie im Nachhinein mit theologischen Argumenten stützen zu müssen. Miles seufzte. Die Erschöpfung wartete darauf, ihn zu verschlingen; sie lauerte am Rand der vom Adrenalin aufgepeitschten Blase seiner Überbewußtheit. Alle Faktoren – Shuttles, Timing, der herannahende Feind, die Entfernung bis zum Sprungpunktausgang –, wurden in seinem Geist in allen ihren möglichen Permutationen kombiniert und neu kombiniert. Aber er hatte gewußt, daß es so sein würde, als er begonnen hatte. Ein Wunder, daß sie so weit gekommen waren. Nein – er schaute auf Tung, auf Thorne –, kein Wunder, sondern die außerordentliche Initiative und Hingabe seiner Leute. *Gut gemacht, o ja, gut gemacht …*

Thorne half ihm, als er bei dem Versuch, sich mit einer Hand anzuziehen, herumfummelte. »Wo, zum Teufel, ist mein Kommandohelm?« fragte Miles.

»Uns wurde gesagt, Sie seien verletzt, Sir, und in einem Zustand der Erschöpfung. Sie waren für unmittelbare Evakuierung vorgesehen.«

»Verdammt anmaßend von irgend jemand …« Miles

schluckte seinen Zorn hinunter. In diesem Plan war kein Platz für zusätzliche Aufträge. Außerdem, wenn er seinen Helm hätte, dann wäre er versucht, Befehle zu geben, und er war noch nicht genügend über die innere Komplexität der Operation, vom Standpunkt der Dendarii-Flotte aus gesehen, unterrichtet. Ohne weitere Kommentare akzeptierte Miles seinen Beobachterstatus. Dadurch wurde er frei für die Nachhut.

»Holen Sie meine Ärztin«, sagte Miles. Sein Soldat trottete gehorsam davon und brachte sie herbei. Sie kniete neben dem halb bewußtlosen Suegar nieder und entfernte die Codierung von seinem Rücken. Ein Knoten der Spannung löste sich in Miles' Hals, als er das beruhigende Zischen eines Hyposprays mit Synergin hörte.

»Wie schlimm ist es?« wollte er wissen.

»Nicht gut«, gestand die Ärztin ein und blickte auf ihren Diagnostik-Viewer. »Milz verletzt, Magenblutungen – der Mann sollte auf dem Kommandoschiff sofort operiert werde. Sanitäter ...«, sie winkte einem Dendarii, der mit den Wachen auf die Rückkehr des Shuttles wartete, und gab ihm Instruktionen für die Trage. Der Sanitäter hüllte Suegar in eine dünne Wärmeschutzfolie.

»Ich werde dafür sorgen, daß er operiert wird«, versprach Miles. Er zitterte und schaute neidvoll auf die Wärmefolie, während der nieselige saure Nebel in seinem Haar Tröpfchen bildete und bis in seine Knochen drang.

Tungs Gesichtsausdruck und Aufmerksamkeit wurden abrupt von einer Botschaft aus seinem Kommunikator beherrscht. Miles, der Leutnant Murka dessen Helm zurückgegeben hatte, damit dieser weiter seine Pflicht tun konnte, trat von einem Fuß auf den anderen, ganz erpicht auf Nachrichten. *Elena, Elli, wenn ich euch umgebracht habe ...*

Tung sprach in sein Mikrophon. »Gut. Gut gemacht.

Meldet euch an der Landestelle A7.« Mit einem Ruck seines Kinns wechselte er den Kanal. »Sim, Nout, zieht euch mit euren Patrouillen zur Landestelle eurer Shuttles zurück. Man hat sie gefunden.«

Miles merkte, wie er vorgebeugt dastand, eine Hand auf die weichen Knie gestützt, und er wartete darauf, daß er wieder klar im Kopf würde, während sein Herz heftig pochte. »Elli und Elena? Geht es ihnen gut?«

»Sie haben keinen Sanitäter angefordert… Sind Sie sicher, daß Sie nicht selber einen brauchen? Sie sind so grün im Gesicht.«

»Geht schon.« Miles' Herz beruhigte sich, er richtete sich auf und fand Beatrices Blick fragend auf sich gerichtet. »Beatrice, würden Sie bitte Tris und Oliver zu mir bringen? Ich muß mit ihnen sprechen, bevor die nächste Shuttle-Staffel aufsteigt.«

Sie schüttelte hilflos den Kopf und machte sich davon. Sie salutierte nicht. Andrerseits disputierte sie auch nicht. Miles wurde unbewußt ermutigt.

Das dröhnende Getöse um das Kuppelrund war dem gelegentlichen Gewinsel kleiner Feuerwaffen gewichen, menschlichen Rufen oder verschwommen verstärkten Stimmen. In der Ferne brannten Feuer, rotorangenes Glühen im Nebelvorhang. Keine chirurgisch saubere Operation… Die Cetagandaner werden äußerst wütend sein, wenn sie ihre Verluste gezählt haben werden, dachte Miles. Dann wäre es Zeit, weg zu sein, und zwar weit weg. Er versuchte, sich an die vergifteten Codierungen zu erinnern, als Gegenmittel zu dem Bild cetagandanischer Büroleute und Techniker, die im Schutt ihrer brennenden Gebäude begraben lagen, aber die beiden Alpträume schienen sich zu verstärken, anstatt gegenseitig aufzulösen.

Tris und Oliver kamen. Beide blickten ein bißchen wild drein. Beatrice stellte sich neben Tris' rechter Schulter auf.

»Meine Glückwunsche«, begann Miles, bevor sie

etwas sagen konnten. Es gab viele Punkte durchzusprechen, doch nur wenig Zeit. »Sie haben eine Armee geschaffen.« Mit einer Armbewegung wies er auf die ordentlichen Reihen der Gefangenen – Exgefangenen –, die über das Lager in ihren Shuttle-Gruppen verteilt waren. Sie warteten ruhig, die meisten am Boden sitzend. Oder hatten die Cetagandaner ihnen diese Geduld beigebracht? Wie auch immer.

»Einstweilen«, sagte Tris. »Das ist die Ruhe vor dem Sturm, glaube ich. Wenn es heiß wird, wenn Sie ein Shuttle oder mehrere verlieren, wenn jemand in Panik gerät und die sich ausbreitet …«

»Sie können allen, die zu Panik neigen, sagen, sie können mit mir hochfliegen, wenn sie sich dadurch besser fühlen. Ach – ich sollte lieber auch erwähnen, daß ich mit der *letzten* Fuhre hochgehe«, sagte Miles.

Tung, dessen Aufmerksamkeit zwischen diesem Gespräch und den Nachrichten aus seinem Helm hin und her wechselte, zog eine wütende Grimasse, als er dies hörte.

»Das wird sie beruhigen«, sagte Oliver grinsend.

»Gibt ihnen auf jeden Fall Stoff zum Nachdenken«, gab Tris zu.

»Jetzt gebe ich Ihnen Stoff zum Nachdenken. Der neue Widerstand von Marilac. Der sind Sie«, sagte Miles. »Mein Auftraggeber hatte mich ursprünglich engagiert, um Oberst Tremont zu befreien, damit er eine neue Armee aufstellen und den Kampf fortsetzen könnte. Als ich ihn fand … im Sterben liegend, da mußte ich entscheiden, ob ich dem Buchstaben meines Vertrags folgen und einen Katatoniker beziehungsweise eine Leiche zurückbringen sollte, oder den Geist – und eine Armee. Ich entschied mich für letzteres, und ich wählte Sie beide aus. *Sie* müssen Oberst Tremonts Werk fortsetzen.«

»Ich war nur Feldleutnant«, begann Tris erschrokken, und Oliver stimmte ein: »Ich bin ein gewöhnlicher

Soldat, kein Stabsoffizier. Oberst Tremont war ein Genie …«

»Sie sind jetzt seine Erben. Das sage *ich.* Schauen Sie um sich. Mache ich Fehler bei der Auswahl meiner Untergebenen?«

Nach einem Augenblick des Schweigens murmelte Tris: »Anscheinend nicht.«

»Bilden Sie sich einen Stab. Finden Sie Ihre Taktikgenies, Ihre Technikzauberer, und lassen Sie sie für Sie arbeiten. Aber der Antrieb und die Entscheidungen und die Leitung muß von Ihnen kommen, hier in dieser Falle geschmiedet. Sie müssen sich an diesen Ort erinnern, und sich damit auch immer daran erinnern, was Sie tun und warum.«

»Und wann mustern wir aus dieser Armee aus, Bruder Miles?« fragte Oliver ruhig. »Meine Zeit war während der Belagerung von Fallow Core zu Ende. Wenn ich irgendwo anders gewesen wäre, dann hätte ich heimgehen können.«

»Bis die cetagandanische Besatzungsarmee durch Ihre Straßen gerollt wäre.«

»Selbst dann. Die Chancen stehen nicht gut.«

»Die Chancen standen seinerzeit schlechter für Barrayar, aber die Barrayaraner haben die Cetagandaner davongejagt. Es dauerte zwanzig Jahre und forderte mehr Blut, als Sie beide zusammen in Ihrem ganzen Leben gesehen haben, aber sie haben es geschafft«, sagte Miles mit Nachdruck.

Oliver schien von diesem historischen Präzedenzfall mehr beeindruckt zu sein als Tris, die skeptisch sagte: »Barrayar hatte diese verrückten Vor-Krieger. Irre, die in den Krieg stürmten, denen es *gefiel* zu sterben. Marilac hat diese kulturelle Tradition einfach nicht. Wir sind zivilisiert – oder wir waren es einmal …«

»Lassen Sie mich Ihnen etwas über die barrayaranischen Vor erzählen«, fiel ihr Miles ins Wort. »Die Verrückten, die einen ruhmreichen Tod in der Schlacht suchten, fanden ihn sehr früh. Dadurch wurde die Befehlskette sehr schnell von den angesammelten Narren befreit. Die Überlebenden waren diejenigen, die lernten, schmutzig zu kämpfen und mit dem Leben davonzukommen, und am nächsten Tag zu kämpfen und zu siegen, zu siegen, zu siegen, und für die nichts, keine Bequemlichkeit, keine Sicherheit, nicht ihre Familie oder ihre Freunde oder ihre unsterblichen Seelen, wichtiger war als zu siegen. Tote sind per Definition Verlierer. Überleben und Sieg. Sie waren keine Supermänner oder immun gegen Schmerzen. Sie schwitzten in Verwirrung und Düsternis. Und mit weniger als der Hälfte der physischen Ressourcen, über die Marilac sogar jetzt noch verfügt, haben sie gewonnen. Wenn man ein Vor ist«, Miles bremste sich ein bißchen, »dann gibt es kein Ausmustern.«

Nach einem Moment des Schweigens sagte Tris: »Selbst eine freiwillige patriotische Armee muß essen. Und wir werden die Cetagandaner nicht schlagen, indem wir mit Papierkügelchen auf sie feuern.«

»Finanzielle und militärische Hilfe wird kommen, und zwar über einen verborgenen Kanal, nicht über mich. Falls es ein Widerstandskommando gibt, an das diese Hilfe geliefert werden kann.«

Tris maß Oliver mit den Augen ab. Ihr inneres Feuer brannte näher an der Oberfläche, als es Miles je gesehen hatte, und lief über diese Muskelstränge hinweg. Das Winseln der ersten zurückkehrenden Shuttles drang durch den Nebel. Tris sprach sehr sanft. »Und ich dachte, ich sei die Atheistin, Sergeant, und Sie wären der Gläubige. Kommen Sie mit mir – oder mustern Sie aus?«

Oliver beugte die Schultern. Unter dem Gewicht der Geschichte, nicht der Niederlage, erkannte Miles, denn das Feuer in seinen Augen glich dem in Tris' Blick. »Ich komme«, knurrte er.

Miles fing Tungs Blick auf. »Wie steht's?«

Tung schüttelte den Kopf und hielt Finger hoch. »Etwa sechs Minuten Verspätung, beim Ausladen oben.«

»Okay.« Miles wandte sich wieder Tris und Oliver zu. »Ich möchte, daß Sie beide mit dieser Welle hochgehen, in getrennten Shuttles, auf jedes Truppenschiff einer. Wenn Sie dort ankommen, dann beginnen Sie damit, das Ausladen Ihrer Leute zu beschleunigen. Leutnant Murka wird Ihnen Ihr Shuttle zuweisen...« Er winkte Murka herbei und schickte sie mit ihm zusammen weg.

Beatrice blieb zurück. »Ich neige zu Panik«, informierte sie Miles in einem distanzierten Ton. Ihre nackte Zehe schmierte Kreise in den feuchten Boden.

»Ich brauche keine Leibwache mehr«, sagte Miles und grinste. »Vielleicht ein Kindermädchen...«

In ihren Augen leuchtete ein Lächeln auf, das ihren Mund noch nicht erreichte. Später, versprach Miles sich selbst. Später würde er dafür sorgen, daß dieser Mund lachte.

Die zweite Welle der Shuttles hob ab, während noch die restlichen der zurückkehrenden ersten landeten. Miles betete darum, daß alle Sensoren richtig arbeiteten und die Shuttles im Nebel schön aneinander vorbeiflogen. Ihr Timing konnte von jetzt an nur noch schwieriger werden. Der Nebel verdichtete sich zu einem kalten Regen, der mit Silbernadeln herunterkam.

Der Kern der Operation näherte sich jetzt schnell, es ging mehr um Maschinen und Zahlen und Timing, weniger um Loyalitäten und Seelen und fürchterliche Verpflichtungen. Ein emotional pathologisches Gemüt hätte es sogar Spaß nennen mögen, dachte Miles. Er begann mit der linken Hand Zahlen auf den Boden zu schreiben: soundso viele oben, soundso viele noch unten, im Transit, übrig, aber der Boden verwandelte sich in klebrigen schwarzen Schlamm und das Gekritzel löste sich auf.

»Mist«, zischte Tung plötzlich mit zusammengebissenen Zähnen. Die Luft vor seinem Gesicht verschwamm in einem Gewirr eintreffender Informationen, die als Vid projiziert wurden, und seine Augen überflogen sie mit geübter Schnelligkeit. Seine rechte Hand ballte sich zur Faust und zuckte, als sei er versucht, seinen Helm herunterzureißen und ihn frustriert und angeekelt in den Dreck zu stampfen. »Jetzt ist es passiert. Wir haben gerade zwei Shuttles aus der zweiten Welle verloren.«

Welche zwei? schrien Miles' Gedanken. *Oliver, Tris …* Er zwang sich, seine erste Frage zu formulieren: »Wie?« *Ich schwöre, wenn sie ineinandergekracht sind, dann suche ich mir eine Wand und knalle meinen Kopf dagegen, bis ich bewußtlos werde …*

»Ein cetagandanisches Kampfshuttle hat unseren Cordon durchbrochen. Es ging auf die Truppentransporter los, aber wir haben es rechtzeitig erwischt. Fast rechtzeitig.«

»Haben Sie die Identifikation der beiden Shuttles? Und waren sie beladen oder auf der Rückkehr hierher?«

Tungs Lippen bewegten sich, während er die Informationen las. »A-4, voll beladen. B-7, leer auf dem Rückflug. Totaler Verlust, keine Überlebenden. Kampfshuttle 5 von der *Triumph* ist durch Feindfeuer außer Gefecht gesetzt; Rettung des Piloten ist im Gange.«

Miles hatte seine Kommandanten nicht verloren. Seine ausgewählten und sorgfältig aufgebauten Nachfolger für Oberst Tremont waren sicher. Er öffnete die Augen, die er vor Schmerz zusammengekniffen hatte, und sah Beatrice vor sich, der die Shuttle-Identifikationen nichts bedeuteten und die ängstlich auf eine Erläuterung wartete.

»Zweihundert Tote?« flüsterte sie.

»Zweihundertsechs«, korrigierte Miles. Die Gesichter, Namen, Stimmen der sechs vertrauten Dendarii huschten durch sein Gedächtnis. Die 200 Nummern mußten auch Gesichter haben. Er verdrängte sie. Die Last war sonst zu schwer.

»So etwas passiert nun mal«, murmelte Beatrice wie betäubt.

»Alles in Ordnung?«

»Natürlich, bei mir ist alles in Ordnung. So etwas passiert nun mal. Unvermeidlicherweise. Ich bin kein weinerlicher Schwächling, der im Feuer zusammenklappt.« Sie blinzelte schnell und hob das Kinn. »Geben Sie mir ... etwas zu tun. Irgend etwas.«

Und das schnell, fügte Miles für sie hinzu. *Ganz recht.* Er zeigte über das Lager hinweg. »Gehen Sie zu Pel und Liant. Teilen Sie ihre übrigen Shuttle-Gruppen in Blocks von dreiunddreißig auf und geben Sie sie zu jeder der übrigen Shuttle-Gruppen der dritten Welle hinzu. Wir werden die dritte Welle überladen hinaufschicken müssen. Dann melden Sie sich wieder bei mir. Gehen Sie schnell, die übrigen werden in Minuten zurück sein.«

»Jawohl, Sir.« Sie salutierte. Das war für sie wichtig, nicht seinetwillen, der Ordnung und der Rationalität wegen, die hier Rettungsanker darstellten. Er erwiderte ernst den militärischen Gruß.

»Sie waren schon überladen«, widersprach Tung, sobald sie außer Hörweite war. »Die werden wie Ziegelsteine fliegen, wenn 233 Mann an Bord gequetscht sind. Und es wird länger dauern, sie hier vollzuladen und oben zu entladen.«

»Ja. Himmel!« Miles gab es auf, Zahlen in den Schlamm zu kritzeln. »Lassen Sie die Zahlen für mich durch den Computer laufen, Ky. Ich traue mir selber nicht mehr zu, zwei und zwei zu addieren. Wie weit werden wir hintendran sein, wenn das Hauptkontingent der Cetagandaner in Schußweite kommt? Berechnen Sie es so genau, wie Sie können – bitte keine frisierten Faktoren.«

Tung murmelte etwas in seinen Helm, rasselte Zahlen, Abstände und Zeitangaben herunter. Miles verfolgte jedes Detail mit der Aufmerksamkeit eines Raubtiers. Tung sagte schließlich schonungslos: »Am Ende der letzten Welle werden noch fünf Shuttles auf das Entladen warten, wenn das Feuer der Cetagandaner uns schon einheizt.«

Tausend Männer und Frauen …

»Darf ich mit allem Respekt vorschlagen, Sir, daß jetzt der Zeitpunkt gekommen ist, wo wir anfangen, unsere Verluste zu begrenzen?« fügte Tung hinzu.

»Sie dürfen, Kommodore.«

»Option Eins, am effizientesten: in der letzten Welle landen nur sieben Shuttles. Wir lassen die letzten fünf Shuttle-Gruppen der Gefangenen am Boden. Sie werden dann zwar wieder gefangen, aber zumindest überleben sie.« Beim letzten Satz klang Tungs Stimme sehr überzeugend.

»Da gibt es nur ein Problem, Tung. *Ich* will nicht hier bleiben.«

»Sie können immer noch in dem letzten Shuttle sein, das aufsteigt, genau wie Sie es gesagt haben. Habe ich Ihnen übrigens schon gesagt, Sir, daß ich das für ein echt idiotisches Stück von Effekthascherei halte?«

»Sehr eloquent, mit Ihren Augenbrauen, vorhin. Und während ich geneigt bin, Ihnen zuzustimmen, haben Sie schon bemerkt, wie genau die noch übrigen Gefangenen mich beobachten? Haben Sie schon einmal eine Katze beobachtet, die sich an eine Heuschrecke anschleicht?«

Tung blickte unbehaglich um sich und nahm das Phänomen wahr, das Miles beschrieben hatte.

»Mir gefällt es gar nicht, die letzten Tausend niederzuschießen, damit mein Shuttle aufsteigen kann.«

»So wie wir hintendran sind, wird es ihnen vielleicht erst auffallen, daß keine Shuttles mehr kommen, wenn Sie schon in der Luft sind.«

»Also sollen wir sie einfach da stehen und auf uns warten lassen?« *Die Schafe blicken auf, doch sie werden nicht gefüttert ...*

»Ganz recht.«

»Gefällt Ihnen diese Option, Ky?«

»Am liebsten würde ich kotzen, aber ... denken Sie an die 9000 anderen. Und an die Dendarii-Flotte. Wenn ich mir vorstelle, daß ich alle hops gehen lasse bei dem von vornherein zum Scheitern verurteilten Versuch, alle diese Ihre ... armseligen Sünder mitzunehmen, da möchte ich noch viel mehr kotzen. Neun Zehntel ist *viel* besser als gar nichts.«

»Abgehakt. Gehen wir bitte zu Option Zwei über. Der Flug aus dem Orbit hinaus ist berechnet nach der Geschwindigkeit des langsamsten Schiffs, und das ist ...?«

»Das sind die Frachter.«

»Und die *Triumph* bleibt das schnellste?«

»Da können Sie Gift drauf nehmen.« Tung war einmal Kapitän der *Triumph* gewesen.

»Und das am besten gepanzerte.«

»Gewiß. Also?« Tung sah genau, in welche Richtung er getrieben wurde. Seine Begriffsstutzigkeit war nur versteckter Widerstand.

»Also. Die ersten sieben Shuttles der letzten Welle docken an die Truppenfrachter an und starten nach Plan. Wir rufen fünf der Kampfshuttle-Piloten der *Triumph* zurück, trennen uns von ihren Shuttles und vernichten sie. Eines ist ja schon beschädigt, stimmt's? Die letzten fünf dieser Landeshuttles klampen statt der Kampfshuttles an der *Triumph* an und sind dann vor dem inzwischen eintreffenden Feuer der Cetagandaner-Schiffe durch die volle Abschirmung der *Triumph* geschützt. Wir packen die Gefangenen in die Korridore der *Triumph,* schließen die Shuttle-Luken und hauen ab wie der Teufel.«

»Die zusätzliche Masse von tausend Menschen ...«

»Wäre weniger als die von zwei Landeshuttles. Die können wir auch zurücklassen und in die Luft jagen, wenn wir müssen, damit die Relation zwischen Masse und Beschleunigung stimmt.«

»... würde die Lebenserhaltungs-Systeme überlasten ...«

»Der Notvorrat an Sauerstoff wird uns bis zum Wurmlochsprungpunkt bringen. Nach dem Sprung können die Gefangenen in aller Ruhe auf die anderen Schiffe verteilt werden.«

»Die Landeshuttles sind *brandneu.*« Tungs Stimme nahm einen gequälten Ton an. »Und meine Kampfshuttles – *fünf* davon – können Sie sich vorstellen, wie schwer es sein wird, wieder an das Geld zu kommen, um sie zu ersetzen? Das bedeutet ...«

»Ich hatte Sie gebeten, die Zeit zu berechnen, Ky, nicht den Preis«, sagte Miles verbissen. Etwas ruhiger fügte er hinzu: »Ich werde sie auf unsere Rechnung setzen.«

»Haben Sie schon jemals das Wort *Kostenüberschreitung* gehört, junger Mann? Sie werden ...« Tung richtete seine Aufmerksamkeit wieder auf seinen Helm, der nur eine Erweiterung des Taktikraums an Bord der *Triumph* darstellte. Es wurde gerechnet, neue Anweisungen wurden eingegeben und ausgeführt.

»Es haut hin«, seufzte Tung. »Bringt uns verdammt teure fünfzehn Minuten. Wenn sonst nichts schiefgeht ...« Er ging zu einem enttäuschten Murmeln über. Er war ebenso unzufrieden wie Miles, daß er nicht an drei Orten gleichzeitig sein konnte.

»Hier kommt mein Shuttle zurück«, bemerkte Tung laut. Er schaute Miles an, offensichtlich nicht bereit, seinen Admiral sich selber zu überlassen, und genauso offensichtlich erpicht darauf, aus dem sauren Regen, der Dunkelheit und dem Schlamm wegzukommen, näher hinein in das Nervenzentrum der Operation.

»Machen Sie sich auf den Weg«, sagte Miles. »Sie

können sowieso nicht mit mir zusammen hochfliegen, das ist gegen die Vorschriften.«

»Die Vorschriften – hah«, sagte Tung düster.

Nach dem Abflug der dritten Welle waren knapp 2000 Gefangene noch am Boden. Die Aktivitäten nahmen ab; die gepanzerten Kampfpatrouillen waren jetzt auf dem Rückzug von den umliegenden cetagandanischen Anlagen, in die sie eingedrungen waren, und bewegten sich auf die ihnen zugewiesenen Shuttle-Landestellen zu. Eine gefährliche Wendung der Dinge, sollte ein überlebender Offizier der Cetagandaner genügend Mumm finden, ihren Rückzug zu stören.

»Wir sehen uns dann an Bord der *Triumph*«, betonte Tung. Außer Hörweite von Miles blieb er noch einmal stehen und redete Leutnant Murka ins Gewissen. Miles grinste aus Sympathie für den überstrapazierten Leutnant; er wußte genau, welche Befehle Tung ihm jetzt gab. Falls Murka nicht mit Miles im Schlepptau zurückkam, dann wäre es für ihn wahrscheinlich am klügsten, überhaupt nicht mehr zurückzukommen.

Nichts blieb übrig als ein letztes kurzes Warten. Sich beeilen und warten. Das Warten war sehr schlecht für ihn, erkannte Miles. Es ermöglichte, daß das selbst erzeugte Adrenalin wieder abgebaut wurde. Es ermöglichte ihm zu spüren, wie müde und verletzt er in Wirklichkeit war. Die lodernden Flammen, die zuerst die Szenerie beleuchtet hatten, erstarben zu einem roten Glühen.

Das schwere Dröhnen des letzten abfliegenden Shuttles der dritten Welle war noch nicht lange verklungen, da ertönte schon das schrille Winseln des ersten landenden Shuttles der vierten Welle. Leider war dieser kurze zeitliche Abstand mehr eine Folge der Komplikationen als der Schnelligkeit. Die Marilacaner warteten immer noch in ihren Blöcken, die Disziplin hielt noch an. Natürlich hatte ihnen niemand etwas von dem kleinen Problem mit dem Timing erzählt, mit dem sie konfrontiert waren. Aber die nervösen Dendarii-Patrouillen, die sie zu den Rampen hoch dirigierten, hielten die Dinge nach Miles' Geschmack in Gang. Es war nie beliebt, zur Nachhut zu gehören, nicht einmal bei den wenigen Fanatikern, die ihre Waffen mit Kerben verunstalteten und kicherten, während sie über neuartigere und groteskere Methoden spekulierten, ihre Feinde in die Luft zu jagen.

Miles ließ den halb bewußtlosen Suegar als ersten die Rampe emportragen. Suegar, so kalkulierte Miles, würde in seiner Gesellschaft die Krankenstation der *Triumph* auf diesem direkten Flug schneller erreichen, als wenn er mit einem früheren Shuttle zu einem der Truppenfrachter geschickt worden wäre und dort auf einen sicheren Augenblick zum Transport auf die *Triumph* hätte warten müssen.

Die Arena, die sie verließen, war still und dunkel geworden, vom Regen durchweicht, trist und gespenstisch. *Ich werde die Tore der Hölle aufbrechen und die Toten zurückbringen ...* Irgend etwas stimmte nicht ganz in diesem nur halb erinnerten Zitat. Es spielte keine Rolle.

Die gepanzerte Patrouille dieses Shuttles, die letzte, zog sich aus dem Nebel und der Dunkelheit zurück, wie ein Rudel Schäferhunde elektronisch herbeigepfiffen von ihrem Herrn und Meister Murka. Er stand am Fuß der Rampe als Verbindungsmann zwischen der Bodenpatrouille und der Shuttle-Pilotin, die immer wieder ihre Motoren kurz aufheulen ließ und damit zeigte, wie begierig sie darauf wartete, vom Boden wegzukommen.

Dann zischte aus der Dunkelheit Plasmafeuer durch die regennasse Luft. Irgend ein cetagandanischer Held – ein Offizier, ein gewöhnlicher Soldat, ein Techniker, wer weiß? – war aus den Trümmern gekrochen und hatte eine Waffe gefunden – und einen Feind, auf die er sie abfeuern konnte. Splitter von Nachbildern tanzten rot und grün vor Miles' Augen. Ein Dendarii-Kämpfer rollte aus der Dunkelheit heraus. Über seinen Rücken zog sich eine glühende Linie, die rauchte und Funken sprühte, bis der schwarze Schlamm sie auslöschte. Die gepanzerten Beine nach oben gestreckt, lag er da und zappelte wie ein verzweifelter Fisch beim Versuch, sich aus der Rüstung zu schälen. Ein zweiter Plasmaschuß, schlecht gezielt, verwandelte nur ein paar Kilometer von Nebel und Regen in überhitzten Dampf, in einer geraden Linie hinaus in eine unbekannte Unendlichkeit.

Das hätte ihnen gerade noch gefehlt – *jetzt* von Heckenschützen festgenagelt zu werden ... Zwei Dendarii von der Nachhut liefen zurück in den Nebel. Ein aufgeregter Gefangener – du lieber Himmel, es war wieder Pitts Kumpan – schnappte sich die Waffe des in seiner Rüstung gelähmten Soldaten und rannte hinter den anderen her.

»Nein! Kommen Sie wieder hierher und kämpfen Sie, wenn Ihre Zeit gekommen ist, Sie Trottel!« Miles stapfte zu Murka. »Rückzug, an Bord, und dann ab in die Luft! Keine Unterbrechung zum Kampf! Keine Zeit dafür!«

Einige der letzten Gefangenen hatten sich flach auf den Boden geworfen und gruben sich in den Schlamm ein wie Riesensalamander. In einem anderen Zusammenhang wäre das ein vernünftiger Reflex gewesen. Miles sauste zwischen ihnen herum und klopfte sie auf den Rücken. »An Bord, die Rampe hoch, los, los, los!« Beatrice sprang aus dem Schlamm hoch und tat es ihm gleich. Unsicher trieb sie ihre Kameraden vor sich her.

Neben seinem gestürzten Dendarii blieb Miles stehen und öffnete mit der linken Hand die Klammern der Rüstung. Der Soldat stieß seinen gefährlichen Panzer ab, rollte sich auf die Füße hoch und suchte hinkend die Sicherheit des Shuttles. Miles rannte dicht hinter ihm her.

Murka und ein Dendarii-Kämpfer warteten am Fuß der Rampe.

»Machen Sie sich bereit, auf mein Zeichen hin die Rampe einzuziehen und zu starten«, sagte Murka zur Shuttle-Pilotin. »R…«, seine Worten erstarben in einem explosiven Knall, als ein Plasmastrahl seinen Hals durchschnitt. Miles spürte, wie die sengende Hitze des Schusses nur Zentimeter über seinem Kopf dahinstrich, während er neben seinem Leutnant stand. Murkas Körper sackte zusammen.

Miles wich aus, blieb stehen und riß Murkas Kommunikatorhelm herunter. Der Kopf ging mit ab. Miles mußte mit seiner gefühllosen Hand dagegendrücken, damit er den Helm abziehen konnte. Das Gewicht des Kopfes, seine Dichtheit und Rundheit, brannte sich seinen Sinnen ein. Bis zu seinem Tod würde er diese Erinnerung nicht mehr verlieren. Er ließ den Kopf neben Murkas Leiche fallen.

Dann stolperte er die Rampe hinauf. Ein letzter Dendarii in Kampfanzug zog ihn am Arm. Er spürte, wie die Rampe unter ihren Füßen eigenartig nachgab, blickte hinunter und sah die halb geschmolzene Linie quer durch die Rampe, die der Plasmabogen, der Murka getötet hatte, eingebrannt hatte.

Miles fiel durch die Luke, packte den Helm und schrie hinein: »Starten, starten! Los jetzt, los!«

»Wer da?« antwortete die Stimme der Shuttle-Pilotin.

»Naismith.«

»Jawohl, *Sir.*«

Das Shuttle hob vom Boden ab, die Motoren brüllten auf, noch bevor die Rampe eingezogen war. Der Rampenmechanismus arbeitete, Metall und Plastik quietschten – dann klemmte sie dort, wo sie sich an der Schmelzstelle verbogen hatte. »Machen Sie die

Luke da hinten zu!« kreischte die Stimme der Pilotin über den Kommunikator.

»Die Rampe klemmt«, schrie Miles zurück. »Werfen Sie sie ab!«

Der Rampenmechanismus quietschte und kreischte und lief rückwärts. Die Rampe zitterte und klemmte wieder. Arme streckten sich aus, Fäuste schlugen heftig dagegen. »So schafft ihr das nie!« schrie Beatrice, die hinter Miles stand. Sie drängelte sich um ihn herum und stieß mit ihren bloßen Füßen gegen die Rampe. Der Flugwind heulte über die offene Luke hinweg, wie ein Riese, der über eine Flaschenöffnung hinwegblies, und ließ das Shuttle rütteln und vibrieren.

Unter Geschrei, Getrommel und Gefluche schlingerte das Shuttle abrupt zur Seite. Männer, Frauen und loses Gerät verhedderten sich auf dem schrägen Deck. Beatrice stieß verzweifelt gegen den letzten klemmenden Bolzen. Endlich riß sich die Rampe los. Beatrice rutschte aus und fiel mit ihr.

Miles hechtete hinter ihr her und stürzte auf die Luke zu. Ob er sie noch erwischt hatte, wußte er nicht, denn seine rechte Hand war ein gefühlloser Klumpen. Er sah ihr Gesicht nur noch als einen weißen Fleck, als sie in die Dunkelheit gerissen wurde.

In seinem Kopf war etwas wie ein Schweigen, ein großes Schweigen. Obwohl das Heulen des Windes, das Gedröhn der Motoren, das Geschrei, Gefluche und Gekreische weitergingen, verschwanden sie irgendwo zwischen seinen Ohren und seinem Gehirn und entgingen der Wahrnehmung. Er sah nur einen weißen Flecken, der in der Dunkelheit verschwand, und das immer wieder und wieder, wie eine dauernd wiederholte Vid-Schleife.

Schließlich fand er sich auf Händen und Knien kauernd, von der Beschleunigung des Shuttles an das Deck gepreßt. Sie hatten die Luke zubekommen. Das nur noch von Menschen stammende Gebrabbel im Innern des Shuttles wirkte gedämpft und dünn, nachdem jetzt die brüllenden Stimmen der Götter verstummt waren. Miles blickte auf und schaute in das bleiche Gesicht von Pitts Kumpan, der neben ihm kauerte und immer noch die nicht abgefeuerte Dendarii-Waffe hielt, die er in einem anderen Leben aufgeklaubt hatte.

»Sie sollten lieber eine Menge Cetagandaner für Marilac töten«, sagte Miles schließlich mit heiserer Stimme zu ihm. »Sie sollten lieber für *irgend* jemand etwas wert sein, denn ich habe bestimmt zuviel für Sie gezahlt.«

Das Gesicht des Marilacaners zuckte unsicher und eingeschüchtert. Miles überlegte, wie wohl sein eigenes Gesicht aussehen mußte. Nach diesem Spiegelbild zu schließen: seltsam, sehr seltsam.

Miles kroch vorwärts, suchte etwas, jemanden … Formlose Blitze bildeten gelbe Streifen am Rande seines Blickfelds. Eine Dendarii-Söldnerin im Kampfanzug, die ihren Helm schon abgenommen hatte, zog ihn auf die Beine.

»Sir? Sollten Sie nicht lieber nach vorn ins Cockpit kommen, Sir?«

»Ja, schon gut …«

Sie schlang einen Arm um ihn, unter seinem Arm hindurch, damit er nicht wieder hinfiel. Sie bahnten sich ihren Weg durch das überfüllte Shuttle nach vorn, durch Marilacaner und Dendarii hindurch. Gesichter wandten sich ihm zu, bemerkten ihn furchtsam, aber niemand wagte eine Äußerung zu tun. Als sie sich dem vorderen Ende des Shuttles näherten, zog ein silberner Kokon Miles' Blick auf sich.

»Warten Sie …«

Er fiel neben Suegar auf die Knie. Ein Blitz der Hoffnung … »Suegar. He, Suegar!«

Suegar öffnete die Augen zu Schlitzen. Es war nicht festzustellen, wieviel von alldem durch Schmerz, Schock und Drogen zu ihm durchdrang.

»Jetzt bist du auf deinem Weg. Wir haben es geschafft, wir haben das Timing eingehalten. Ganz glatt. Behende und schnell. Hinauf durch die Regionen der Luft, höher als die Wolken. Du hattest recht mit der Schrift, wirklich.«

Suegar bewegte die Lippen. Miles neigte den Kopf tiefer.

»... das war nicht wirklich eine Schrift«, flüsterte Suegar. »Ich habe es gewußt ... du hast es gewußt ... Verarsch mich nicht ...«

Miles schwieg, zu Stein erstarrt. Dann beugte er sich wieder vor. »Nein, Bruder«, flüsterte er. »Denn obwohl wir bekleidet hineingingen, sind wir sicherlich nackt herausgekommen.«

Suegars Lippen zuckten in einem trockenen Lachen.

Miles weinte erst, als sie den Wurmlochsprung hinter sich hatten.

EPILOG

Illyan saß schweigend da. Miles legte sich zurück, bleich und erschöpft. Ein törichtes Beben, das sich in seinem Unterleib verbarg, ließ seine Stimme zittern. »Tut mir leid. Ich dachte, ich wäre schon darüber hinweggekommen. Soviel Verrücktes ist seitdem geschehen, ich hatte keine Zeit zum Nachdenken, zum Verdauen ...«

»Erschöpfung nach dem Kampf«, meinte Illyan.

»Der Kampf dauerte nur ein paar Stunden.«

»So? Nach dieser Abrechnung hatte ich sechs Wochen veranschlagt.«

»Wie lang auch immer. Aber wenn Ihr Graf Vorvolk argumentieren möchte, ich hätte Leben gegen Gerät tauschen sollen, nun ... ich hatte vielleicht fünf Minuten für diese Entscheidung, unter feindlichem Feuer. Wenn ich einen Monat Zeit gehabt hätte, um die Lage zu studieren, wie er, dann wäre ich zum selben Schluß gekommen. Und ich werde jetzt dazu stehen, vor dem Kriegsgericht oder in jeder gottverdammten Arena, in der er mit mir kämpfen will.«

»Beruhige dich«, riet ihm Illyan. »*Ich* werde mich mit Vorvolk befassen, und auch mit seinen Einbläsern. Ich denke ... nein, ich *garantiere,* ihre kleine Intrige wird deine Genesung nicht weiter stören, Leutnant Vorkosigan.« Seine Augen funkelten. Illyan hatte dreißig Jahre im Kaiserlichen Sicherheitsdienst gedient, erinnerte sich Miles. Aral Vorkosigans Wachhund hatte noch Zähne.

»Es tut mir leid, daß meine ... Sorglosigkeit Ihr Vertrauen in mich erschüttert hat, Sir«, sagte Miles. Eine seltsame Wunde hatte der Zweifel ihm zugefügt; Miles spürte sie noch, einen unsichtbaren Schmerz in der Brust, der nur langsam heilte. Also war Vertrauen viel stärker eine Feedback-Schleife, als er je gedacht hatte. Hatte Illyan recht? Sollte er mehr Augenmerk auf seine äußere Wirkung richten? »Ich werde versuchen, in Zukunft klüger zu sein.«

Illyan schaute ihn an mit einem Blick, der nicht zu enträtseln war, der Mund blieb unbewegt, der Hals rötete sich seltsam. »Auch ich, Leutnant.«

Die Tür zischte, Röcke raschelten. Gräfin Vorkosigan war eine große Frau, in ihr rotes Haar mischten sich graue Strähnen. Ihre Art zu gehen hatte sie nie ganz an die barrayaranische Frauenmode angepaßt. Sie trug die langen, üppigen Röcke einer Matrone aus der Klasse der Vor so fröhlich wie ein Kind eine Verkleidung – und auch etwa so überzeugend.

»Mylady.« Illyan nickte ihr zu und stand auf.

»Hallo, Simon. Ade, Simon«, erwiderte sie lächelnd den Gruß. »Dieser Arzt, dem Sie einen Schrecken eingejagt haben, hat mich angefleht, meine überlegene Feuerkraft einzusetzen und Sie hinauszuwerfen. Ich weiß, Ihr Offiziere und Gentlemen habt Geschäfte zu besprechen, aber es ist Zeit, Schluß zu machen. Das sagen zumindest die medizinischen Monitore.« Sie schaute Miles an. Über ihre gelassenen Züge huschte ein Ausdruck der Mißbilligung, ein Aufblitzen von Stahl.

Auch Illyan bemerkte es und verbeugte sich. »Wir sind schon fertig, Mylady. Kein Problem.«

»Das hoffe ich.« Mit erhobenem Kinn beobachtete sie, wie er hinausging.

Miles studierte dieses ruhige Profil und erkannte mit einem plötzlichen Stich, warum wohl der Tod einer bestimmten großen, aggressiven Rothaarigen ihn noch immer quälte, lange nachdem er sich mit anderen Verlusten, für die er sicherlich nicht weniger verantwortlich war, versöhnt hatte. *Ha. Wie spät kommen wir zu unseren Einsichten. Und wie nutzlos sind sie.* Doch löste sich eine Enge in seinem Hals, als Gräfin Vorkosigan sich ihm wieder zuwandte.

»Du siehst aus wie eine aufgetaute Leiche, mein Lieber.« Ihre Lippen berührten warm seine Stirn.

»Danke, Mutter«, piepste Miles.

»Diese nette Kommandantin Quinn, die dich hierher gebracht hat, sagt, daß du nicht richtig ißt. Wie gewöhnlich.«

»Ah.« Miles' Gesicht erhellte sich. »Wo ist Quinn? Kann ich sie sehen?«

»Nicht hier. Sie ist von geheimen Bereichen ausgeschlossen, wie zum Beispiel von diesem Kaiserlichen Militärkrankenhaus, da sie ja einem ausländischen Militär angehört. Diese Barrayaraner!« Das war Captain (Betanischer Astronomischer Erkundungsdienst, i. R.) Cordelia Naismiths beliebtester Fluch, der je nach Anlaß ganz verschieden klang, diesmal wütend. »Ich habe sie ins Palais Vorkosigan mitgenommen, damit sie dort auf dich warten kann.«

»Danke. Ich ... schulde Quinn eine Menge.«

»Das habe ich mitbekommen.« Sie lächelte ihn an. »Wenn du diesen Doktor dazu bringst, daß er dich aus diesem schrecklichen Gebäude hier entläßt, dann kannst du in drei Stunden am langen See sein. Ich habe Kommandantin Quinn eingeladen mitzukommen – dorthin. Ich dachte, das könnte dich motivieren, deiner Genesung mehr ernsthafte Aufmerksamkeit zu schenken.«

»Jawohl, *Madame*.« Miles kuschelte sich in seine Bettdecke. In seine Arme kehrte allmählich wieder Gefühl zurück. Unglücklicherweise war dieses Gefühl Schmerz. Er lächelte bleich. Es war besser als überhaupt kein Gefühl, o ja.

»Wir werden uns darin abwechseln, dich zu füttern

und zu verwöhnen«, versprach sie ihm. »Und ... du kannst mir alles über die Erde erzählen.«

»Ach ... ja. Ich habe dir sehr viel über die Erde zu erzählen.«

»Dann ruh dich aus.« Noch ein Kuß, und sie war gegangen.